Raymond

Chandler

Erpresser schießen nicht

Ausgewählte Kriminalstories 1933–1936

Aus dem Amerikanischen von Hans Wollschläger

Verlag Volk und Welt
Berlin

ISBN 3-353-00116-6

2. Auflage
Lizenzausgabe des Verlages Volk und Welt, Berlin 1987
für die Deutsche Demokratische Republik
L. N. 302, 410/212/87
Die Texte wurden dem Band *Raymond Chandler, Gesammelte Detektivstories*
entnommen;
Titel der englischen Ausgabe: *The Smell of Fear*, erschienen bei
Hamish Hamilton London;
Printed in the German Democratic Republic
Einbandentwurf: Erhard Grüttner
Satz, Druck und Einband: Karl-Marx-Werk Pößneck V 15/30
LSV 7334
Bestell-Nr. 648 357 0

00680

Vorwort

Eines Tages einmal wird vielleicht ein Antiquar, einer von besonderem Schlag, die Mühe nicht scheuen, die ganzen Stöße von billigen Detektivmagazinen durchzustöbern, die in den späten zwanziger und frühen dreißiger Jahren in Blüte standen, um der Frage nachzugehen, wie und wann und wodurch eigentlich der populäre Kriminalroman seine bislang so raffiniert feinen Manieren in den Rauchfang geschrieben hat und bodenständig geworden ist. Der Mann wird scharfe Augen brauchen und einen aufgeschlossenen Verstand. Das Billigpapier hat nie vom Nachruhm geträumt, und der größte Teil dürfte inzwischen eine schmutzigbraune Farbe angenommen haben. Und es bedarf tatsächlich schon eines sehr aufgeschlossenen Verstandes, um hinter die unnötig aufgedonnerten Umschläge zu sehen, hinter die reißerischen Titel und die kaum erträglichen Wareninserate, um die echte Kraft einer Schreibweise zu erkennen, an der gemessen fast die ganze Romanliteratur der Zeit wie eine Tasse lauwarm kraftloser Würfelbrühe in einem altjüngferlichen Teesalon schmeckt.

Ich glaube nicht, daß diese Kraft nur im stofflichen Moment der Gewalttätigkeit lag, obwohl viel zu viele Leute umgebracht wurden in diesen Geschichten und ihr Ableben eine etwas zu liebevolle Detailausmalung erfuhr. Mit Sicherheit beruhte sie auch nicht auf Stilqualitäten, denn jeder Versuch in dieser Richtung wäre von vornherein erbarmungslos dem Rotstift der Redaktion zum Opfer gefallen. Auch Handlung und Charaktere konnten keine besonders große Originalität für sich in Anspruch nehmen. Die Handlungen waren meist ziemlich platt und ordinär, und die Charaktere bestanden aus ziemlich primitiven Menschentypen.

Vielleicht lag die Kraft in der ganz eigentümlichen Atmosphäre der Angst, die diese Geschichten auszubreiten vermochten. Ihre Gestalten lebten in einer Welt, in der alles schiefgelaufen war, einer Welt, in der, schon lange vor der Atombombe, die Zivilisation sich die Maschinerie zu ihrer eigenen Zerstörung geschaffen hatte und mit dem ganzen irren Vergnügen damit umzugehen lernte, mit dem ein Gangster seine erste Maschinenpistole ausprobiert. Das Gesetz war ein Etwas, das sich um des Profits oder der Macht willen manipulieren ließ. Auf den Straßen herrschte eine Finsternis, die noch um einiges tiefer war als die der Nacht. Die Kriminalgeschichte wurde hart und zynisch in ihren Handlungsmotiven und Gestalten, aber sie war nicht zynisch im eigentlichen Kern, in den Wirkungen, die sie hervorzurufen suchte, so wenig wie in den technischen Mitteln, die sie dazu einsetzte. Ein paar außergewöhnliche Kritiker haben das damals erkannt, und mehr durfte man schwerlich erwarten. Der Durchschnittskritiker erkennt eine Leistung nie, wenn sie vollbracht wird. Er erklärt sie, nachdem sie sich durchgesetzt hat.

Die emotionale Basis der üblichen Detektivgeschichte hat immer darin bestanden, daß der Mord seine Aufklärung findet und der Gerechtigkeit Genüge geschieht. Die technische Basis war die relative Bedeutungslosigkeit sämtlicher Handlungsdetails gegenüber der Lösung am Schluß. Was zu ihr hinführte, war mehr oder weniger Beiwerk. Die Lösung rechtfertigte schlechthin alles. Die technische Basis beim Geschichtentyp der *Black Mask* bestand in der Vorrangigkeit der Szene vor der Handlung, d. h., eine Handlung war dann gut, wenn sie gute Szenen abgab. Als Ideal schwebte uns ein Kriminalroman vor, den man auch dann las, wenn der Schluß fehlte. Wir, die ihn zu schreiben versuchten, nahmen dabei denselben Standpunkt ein wie die Filmemacher. Ganz zu Beginn meiner Arbeit in Hollywood sagte mir einmal ein sehr intelligenter Produzent, einen Kriminalroman könne man gar nicht erfolgreich verfilmen, weil der ganze Pfiff in der Enthüllung stecke, und die dauere am Schluß auf der Leinwand bloß ein paar Sekunden, während die Zuschauer schon nach ihren Hüten griffen. Er lag ganz falsch damit, aber nur weil er den falschen Typus Kriminalroman dabei vor Augen hatte.

Was nun die emotionale Basis der knallharten Kriminalgeschichte betrifft, so glaubt diese offenbar selber nicht daran, daß Mord seine Aufklärung findet und der Gerechtigkeit Genüge geschieht – es sei denn, ein sehr entschlossenes Individuum setzt es sich zur Aufgabe, eben darauf zu sehen, daß der Gerechtigkeit Genüge geschieht. Die Geschichten drehten sich um die Männer, die dafür sorgten. Das waren notgedrungen harte Burschen, und was sie machten, egal ob sie nun als Polizeibeamte, Privatdetektive oder Zeitungsreporter daherkamen, war harte, gefährliche Arbeit. Es war eine Arbeit, die man jederzeit kriegen konnte. Sie lag praktisch auf der Straße, massenweise. Das ist auch heute noch so. Fraglos hatten die Geschichten darüber etwas Phantastisches an sich. Denn wohl passierten solche Sachen in der Wirklichkeit, aber doch nicht in so gedrängter Folge, nicht in einem so dicht verstrickten Personenkreis und nicht in einem so engen logischen Rahmen. Diese Verdichtung ins Phantastische stellte sich unvermeidlich ein, da das Erfordernis bestand, permanent Handlung zu bringen; hielt man inne, um nachzudenken, so war man verloren. Wenn man nicht mehr weiterwußte, ließ man einen Mann mit einer Pistole in der Hand durch die Tür kommen. Das konnte zwar zu allerhand Blödsinn führen, aber irgendwie schien das nichts weiter auszumachen. Ein Schriftsteller, der Angst hat, sich zu übernehmen, ist genauso unnütz wie ein General, der sich von der Sorge beschleichen läßt, er könnte vielleicht einen Fehler begehen.

Wenn ich nun so auf meine eigenen Geschichten zurückblicke, so wäre es widersinnig, wenn ich nicht den Wunsch dabei empfände, sie wären mir besser geraten. Aber wenn sie mir damals wirklich viel besser geraten wären, dann hätte ich sie gar nicht gedruckt bekommen. Wäre das Schema ein bißchen weniger starr gewesen, so hätte vielleicht mehr vom Geschriebenen der Zeit überlebt. Einige von uns haben sich weidlich geplagt, aus dem Schema auszubrechen, aber in der Regel wurden wir erwischt und wieder eingeliefert. Die Grenzen des Schemas durchlässig zu machen, ohne es selber zu sprengen, davon träumt jeder Schriftsteller, der für Zeitschriften und Magazine arbeitet, sofern er nicht ein hoffnungsloser Schmock und Schmierakler ist. In meinen Geschichten gibt es Sachen, die ich eigentlich gern ändern oder ganz streichen würde. Das zu bewerkstelligen sieht vielleicht sehr einfach aus, aber wenn man's praktisch versucht, stellt sich heraus, daß es schlechthin nicht geht. Man zerstört bloß, was gut ist, ohne das Schlechte nur irgendwie merklich zu beeinflussen. Es gelingt einem nicht, die Stimmung von damals wiederzufinden, den »Stand der Unschuld«, und schon gar nicht den urtümlichen Stil und Geschmack, den man hatte, als man sehr wenig sonst besaß. Alles, was ein Schriftsteller über Kunst oder Handwerk des Schreibens dazulernt, nimmt ihm jeweils ein Stückchen vom Drang oder Wunsch, überhaupt zu schreiben. Am Ende kennt er sämtliche Tricks – und hat nichts mehr zu sagen.

Was die literarische Qualität meiner hier folgenden früheren Produkte angeht, so entnehme ich dem Umstand, daß sie in einem renommierten Verlag erscheinen, die Berechtigung, mich nicht ganz so demütig und bescheiden aufzuführen, daß dem Leser davon schlecht werden müßte. Ich habe mich, als Schriftsteller, nie so umwerfend ernst nehmen können, wie es nebst anderem für die Gilde so peinlich bezeichnend ist. Und ich hatte das Glück, vor dem bewahrt zu bleiben, was (vom *Punch*, glaube ich) »jene Form von Snobismus« genannt worden ist, »die in der Vergangenheit auch die Unterhaltungsliteratur durchaus gelten läßt, in der Gegenwart aber nur die aufklärerische«. Zwischen den einsilbigen Dümmlichkeiten der Comic-Strips und den anämischen Finessen der Hochliteraten liegt das bekannte weite Feld, auf dem die Kriminalgeschichte vielleicht – oder vielleicht auch nicht – einen bedeutenden Markstein bildet. Es gibt Leute, die hassen sie in allen ihren Formen. Und es gibt Leute, die mögen sie, wenn sie von netten Menschen handelt (»Diese reizende Mrs. Jones, wer hätte gedacht, daß sie ihrem Mann mit einem Metzgerbeil den Kopf abhacken würde? Wo er doch so ein stattlicher Mann auch war!«). Es gibt Leute, die halten Gewalttätigkeit und Sadismus für austauschbare Begriffe, und dann wieder Leute, denen gilt der Detektivroman grundsätzlich als Subliteratur, und zwar einfach nur darum, weil er in der Regel nicht an verschachtelten Nebensätzen, vertrackter Interpunktion und hypothetischen Konjunktiven erstickt. Es gibt Leute, die lesen ihn nur, wenn sie müde sind oder krank, und nach der Quantität zu urteilen, in der sie ihn konsumieren, müssen sie die meiste Zeit müde oder krank sein. Es gibt die Fanatiker der deduktiven Logik (über die ich mich schon bei anderer Gelegenheit ausgelassen habe) und die Fanatiker des Sex, denen es partout nicht in die hitzigen kleinen Köpfe will, daß der Romandetektiv ein Katalysator ist und nicht ein Casanova. Die ersteren verlangen einen genauen Grundriß von Greythorpe Manor, der das Arbeitszimmer zeigt, den Gewehrraum, die Halle, das Treppenhaus und die Passage zu dem finsteren kleinen Zimmer, in dem der Butler mit dünnen Lippen und schweigend dem Schreiten des Schicksals lauscht und dabei das georgianische Silber putzt. Die letzteren meinen, die kürzeste Entfernung zwischen zwei Punkten sei die zwischen einer Blondine und einem Bett.

Kein Schriftsteller kann es ihnen allen recht machen, kein Schriftsteller sollte es versuchen. Als die Geschichten dieses Buches geschrieben wurden, hat ihr Autor gewiß nicht im Traum daran gedacht, daß sie zehn Jahre später noch irgendwem gefallen könnten. Die Kriminalgeschichte ist eine Gattung, die nicht im Schatten der Vergangenheit hausen muß und dem Klassikerkult, wenn überhaupt, nur wenig verpflichtet ist. Es ist schon einiges mehr als unwahrscheinlich, daß ein heute lebender Schriftsteller einen besseren historischen Roman als den *Henry Esmond*, eine bessere Kindergeschichte als *Das Goldene Zeitalter*, eine schärfere sozialkritische Skizze als die *Madame Bovary*, eine anmutigere und elegantere Geisterbeschwörung als *The Spoils of Poynton*, ein reicheres Kolossalgemälde als *Krieg und Frieden* oder *Die Brüder Karamasow* schreiben könnte. Aber eine plausiblere Kriminalgeschichte zu ersinnen als den *Hund von Baskerville* oder den *Stibitzten Brief* sollte nicht allzu schwierig sein. Schwieriger wäre heutzutage eher das Gegenteil. Es gibt keine »Klassiker« des Kriminal- oder Detektivromans. Nicht einen einzigen. Klassisch – im Rahmen seines eigenen Bezugssystems, nach dem es einzig und allein beurteilt werden sollte – ist ein Schriftwerk dann, wenn es alle Möglichkeiten seiner Form voll ausschöpft und schlechthin nicht mehr übertroffen werden kann. Das hat bis heute noch keine Kriminalgeschichte und kein Kriminalroman geschafft. Nur ein paar wenigen ist es annähernd gelungen. Und eben das ist einer der Hauptgründe dafür, daß sonst ganz vernünftige Leute immer noch und immer wieder versuchen, die Zitadelle zu stürmen.

Raymond Chandler

Erpresser schießen nicht

I

Der Mann in dem kobaltblauen Anzug – der unter den Lichtern im Club Bolivar gar nicht mehr kobaltblau wirkte – war hochgewachsen, hatte breitstehende graue Augen, eine dünne Nase und einen Unterkiefer aus Stein. Darüber einen recht sensiblen Mund. Sein Haar war kraus und schwarz, ganz schwach mit Grau meliert, wie von einer fast schüchternen Hand. Seine Kleidung paßte ihm, als hätte sie eine eigene Seele, nicht bloß eine zweifelhafte Vergangenheit. Er hieß, zufällig, Mallory.

Er hielt eine Zigarette zwischen den starken, präzisen Fingern seiner einen Hand. Er legte die andere Hand flach auf das weiße Tischtuch und sagte:

»Die Briefe kosten Sie zehn Riesen, Miss Farr. Das ist nicht zuviel.«

Er warf dem Mädchen, das ihm gegenübersaß, einen kurzen Blick zu; dann blickte er über leere Tische hinüber zu der herzförmigen Fläche, auf der die Tanzenden unter wechselnden Farbenlichtern herumschlichen.

Das Gedränge reichte so dicht an die Gästetische, die um die Tanzfläche standen, daß die schwitzenden Kellner sich wie Seiltänzer hindurchbalancieren mußten, um an sie heranzukommen. Aber in Mallorys Nähe saßen nur vier Personen.

Eine schlanke, dunkle Frau trank einen Highball, am Tisch einem Mann gegenüber, in dessen fettem, rotem Nacken feuchte Borsten schimmerten. Die Frau starrte mürrisch in ihr Glas und fummelte an einem großen silbernen Flakon auf ihrem Schoß herum. Ein Stück weiter rauchten zwei gelangweilte Männer stirnrunzelnd lange, dünne Zigarren, ohne miteinander zu sprechen.

Mallory sagte nachdenklich: »Zehn Riesen sind eine angemessene Gegenleistung, Miss Farr.«

Rhonda Farr war sehr schön. Sie hatte, für diese Gelegenheit, Schwarz angelegt, mit Ausnahme eines weißen Pelzkragens, leicht wie Distelwolle, auf ihrem Abendumhang. Mit Ausnahme auch einer weißen Perücke, die sie unkenntlich machen sollte und ihr ein sehr mädchenhaftes Aussehen verlieh. Ihre Augen waren kornblumenblau, und sie hatte die Art Haut, die einen alten Wüstling zum Träumen bringt.

Sie sagte garstig, ohne den Kopf zu heben: »Das ist lächerlich.«

»Wieso ist das lächerlich?« fragte Mallory, mit mild überraschtem und einigermaßen beunruhigtem Gesicht.

Rhonda Farr hob das Gesicht und bedachte ihn mit einem Blick, der hart wie Marmor war. Dann nahm sie eine Zigarette aus dem Silberetui, das offen vor ihr auf dem Tisch lag, und schob sie in eine lange, schlanke Spitze, ebenfalls schwarz. Sie fuhr fort:

»Die Liebesbriefe eines Filmstars? Längst nicht mehr so viel. Das Publikum ist keine süße alte Dame in langen Spitzenschlüpfern mehr.«

Ein Licht tanzte verächtlich in ihren purpurblauen Augen. Mallory antwortete mit einem harten Blick.

»Aber immerhin sind Sie wie der Blitz hergelaufen gekommen, um darüber zu reden«, sagte er, »mit einem Mann, von dem Sie noch nie was gehört hatten.«

Sie machte eine Bewegung mit der Zigarettenspitze und sagte: »Ich muß verrückt gewesen sein.«

Mallory lächelte mit den Augen, ohne die Lippen zu bewegen. »Nein, Miss Farr. Sie hatten einen verdammt guten Grund dafür. Soll ich Ihnen sagen, welchen?«

Rhonda Farr sah ihn wütend an. Dann blickte sie weg, schien ihn fast zu vergessen. Sie hob die Hand, in der sie die Zigarettenspitze hielt, und betrachtete sie mit affektierter Miene. Es war eine schöne Hand, ohne jeden Ring. Schöne Hände sind so selten wie Jacarandabäume in Blüte, in einer Stadt, wo hübsche Gesichter so alltäglich sind wie Laufmaschen in Eindollarstrümpfen.

Sie wandte den Kopf und blickte zu der starräugigen Frau hinüber, dann an ihr vorbei hinüber ins Gewimmel um die Tanzfläche. Das Orchester dudelte weiter, sacharinsüß und monoton.

»Ich hasse diese Kaschemmen«, sagte sie dünn. »Sie sehen aus, als gäb es sie nur nach Einbruch der Dunkelheit, wie Ghule. Die Menschen sind ausschweifend ohne Anmut und sündig ohne Ironie.« Sie senkte die Hand auf das weiße Tischtuch. »Ah ja, die Briefe, was macht sie denn so gefährlich, Sie Erpresser?«

Mallory lachte. Er hatte ein klingendes Lachen mit einem harten Unterton darin, einem kratzenden, mißtönenden Laut. »Sie sind gut«, sagte er. »An den Briefen selbst ist vielleicht gar nicht soviel dran. Bloß kitschiges Sexgesäusel. Die Memoiren eines Schulmädchens, das mal verführt worden ist und nicht aufhören kann, immerzu davon zu reden.«

»Das war eine lausige Gemeinheit«, sagte Rhonda Farr mit einer Stimme wie vereister Samt.

»Was sie wichtig macht, ist der Mann, an den sie geschrieben wurden«, sagte Mallory kalt. »Ein Gangster, ein Spieler, ein schneller Geldmacher. Damit wird was draus. Ein Bursche, mit dem man sich nicht sehen lassen kann – wenn man weiter zur Creme gehören will.«

»Ich lasse mich ja gar nicht mit ihm sehen, Erpresser. Ich habe schon seit Jahren nicht mehr mit ihm gesprochen. Landrey war ein durchaus netter Kerl, als ich ihn kennenlernte. Die meisten von uns haben was hinter sich, was man sich lieber nicht näher ansieht. In meinem Fall ist die Sache endgültig ausgestanden.«

»Ach ja? Tapfer, tapfer«, sagte Mallory mit einem jähen höhnischen Grinsen. »Dabei haben Sie sich doch grad wieder an ihn gewandt, daß er Ihnen hilft, die Briefe zurückzubekommen.«

Ihr Kopf zuckte. Ihr Gesicht schien zu zerfallen, schien bloß noch aus einzelnen Zügen zu bestehen, die keine Kontrolle mehr zusammenhielt. Ihr Blick wirkte wie das Vorspiel zu einem Schrei – aber nur für eine Sekunde.

Fast augenblicklich hatte sie ihre Selbstbeherrschung wiedergewonnen. Aus ihren Augen war alle Farbe gewichen, bis sie fast so grau waren wie seine eigenen. Sie legte die schwarze Zigarettenspitze mit übertriebener Sorgfalt weg, verschränkte die Finger. Die Knöchel wurden weiß.

»So gut kennen Sie Landrey?« sagte sie bitter.

»Vielleicht komme ich bloß ein bißchen herum und höre dabei so dies und das ... Also, wie ist das, machen wir nun ein Geschäft zusammen, oder blaffen wir uns weiter gegenseitig an?«

»Wo haben Sie die Briefe her?« Ihre Stimme war immer noch rauh und bitter.

Mallory zuckte die Achseln. »In unserer Branche redet man über solche Sachen nicht.«

»Ich hab einen Grund für meine Frage. Schon ein paar andere Leute haben versucht, mir diese verdammten Briefe zu verkaufen. Deswegen sitze ich hier. Ich war neugierig. Aber wahrscheinlich sind Sie auch bloß einer von denen und versuchen, mir durch Preistreiberei so einzuheizen, daß ich was mache.«

Mallory sagte: »Nein, ich arbeite auf eigene Rechnung.«

Sie nickte. Ihre Stimme war kaum mehr als ein Wispern. »Das wird ja immer schöner. Vielleicht ist irgendein Schlaukopf auf die Idee gekommen, sich eine Privatausgabe meiner Briefe machen zu lassen. Photokopien ... Nun, ich zahle jedenfalls nicht. Es brächte mir nichts ein. Kein Geschäft, Erpresser. Wenn Sie mich fragen, können Sie bei der nächsten Gelegenheit, wenn's abends wieder schön dunkel ist, in den Hafen gehen und vom Dock springen mit Ihren lausigen Briefen!«

Mallory zog die Nase kraus, schielte mit einer Miene tiefer Konzentration daran nieder. »Nett ausgedrückt, Miss Farr. Aber auch das bringt uns nichts ein.«

Sie sagte bedächtig: »War auch nicht so gedacht. Ich könnte es noch besser ausdrücken. Und wenn mir rechtzeitig eingefallen wäre, meine kleine Pistole mit dem Perlmuttgriff mitzubringen, dann könnte ich's mit ein paar Kugeln sagen, und ich käme ohne weiteres damit durch! Aber ich bin nicht erpicht auf diese Art von Publicity.«

Mallory hob zwei magere Finger in die Höhe und untersuchte sie kritisch. Er machte ein amüsiertes, fast befriedigtes Gesicht.

Rhonda Farr legte ihre schlanke Hand an ihre weiße Perücke, hielt sie dort einen Augenblick und ließ sie dann wieder sinken.

Ein Mann, der etwas weiter weg an einem Tisch saß, stand sofort auf und kam auf sie zu.

Er kam rasch, ging mit leichtem, geschmeidigem Schritt und schwang in Schenkelhöhe einen weichen schwarzen Hut. Er wirkte gepflegt und trug einen Abendanzug.

Während er herankam, sagte Rhonda Farr: »Sie hatten doch nicht erwartet, ich würde allein herkommen, oder? Ich gehe grundsätzlich nicht allein in Nachtklubs.«

Mallory grinste. »Sicher, das dürften Sie auch kaum nötig haben, Schatz«, sagte er trocken.

Der Mann trat an den Tisch. Er war klein, von ebenmäßigen Zügen, dunkel. Er hatte einen kleinen schwarzen Schnurrbart, glänzend wie Satin, und die klare Blässe, die von den Lateinamerikanern bei Rubinen geschätzt wird.

Mit einer öligen Bewegung, die eine dramatische Fortsetzung verhieß, beugte er sich über den Tisch und nahm eine von Mallorys Zigaretten aus dem Silberetui. Er zündete sie mit einem affektierten Armschwenk an.

Rhonda Farr führte die Hand an die Lippen und gähnte. Sie sagte: »Das ist Erno, mein Leibwächter. Er gibt ein bißchen auf mich acht. Nett von ihm, nicht wahr?«

Sie stand langsam auf. Erno half ihr mit dem Umhang. Dann zog er die Lippen zu einem freudlosen Lächeln breit, sah Mallory an, sagte:

»Hallo, Schatz.«

Er hatte dunkle, fast undurchdringliche Augen mit heißen Lichtern darin.

Rhonda Farr schlug den Umhang um sich, nickte leicht, deutete mit den delikaten Lippen ein kurzes sarkastisches Lächeln an und entfernte sich durch den Gang zwischen den Tischen. Sie ging mit stolz erhobenem Kopf, das Gesicht ein wenig gespannt und wachsam, wie eine Königin, die sich auf gefährlichem Terrain bewegt. Nicht ohne Furcht, aber zu hochmütig, um Furcht zu zeigen. Es war allerliebst gemacht.

Die beiden gelangweilten Männer widmeten ihr einen interessierten Blick. Die dunkle Frau brütete finster über der Aufgabe, sich einen Highball zu mixen, der ein Pferd umgeworfen hätte. Der Mann mit dem fetten, verschwitzten Nacken schien eingeschlafen zu sein.

Rhonda Farr ging die fünf mit einem scharlachroten Teppich belegten Stufen zur Halle hinauf, vorüber an einem sich verbeugenden Oberkellner. Sie ging durch zurückgeschlagene goldene Vorhänge und verschwand.

Mallory sah ihr nach, bis sie außer Sicht war, dann wandte er den Blick Erno zu. Er sagte: »Na, du Scheißer, wo fehlt's denn?«

Er sagte es beleidigend, mit einem kalten Lächeln. Ernos Gestalt versteifte sich. Seine behandschuhte Linke, in der er die Zigarette hielt, zuckte kurz, so daß etwas Asche herunterfiel.

»Willst dich wohl aufspielen, Jungchen?« fragte er rasch.

»Womit denn, Hosenscheißer?«

Rote Flecken traten auf Ernos blasse Wangen. Seine Augen verengten sich zu schwarzen Schlitzen. Er bewegte die handschuhlose Rechte ein wenig, krümmte die Finger, so daß die schmalen rosa Nägel funkelten. Er sagte dünn:

»Mit ein paar Briefen, Jungchen. Vergiß sie. Da ist nichts drin, Jungchen, absolut nichts!«

Mallory betrachtete ihn mit kunstvollem, zynischem Interesse und fuhr sich mit den Fingern durch das krause schwarze Haar. Er sagte langsam:

»Vielleicht weiß ich gar nicht, wovon du redest, kleiner Mann.«

Erno lachte. Ein metallisches Geräusch, ein unnatürliches, tödliches Geräusch. Mallory kannte diese Art Lachen: an manchen Orten das Vorspiel zu einer Musik mit großem Knall. Er behielt Ernos schnelle kleine rechte Hand im Auge. Er sprach ätzend:

»Verdünnisier dich, schöner Freund, und reiß dir dein Jungchen woanders auf. Ich könnte sonst Lust kriegen, dir deinen Stoppelstrunk von der Lippe zu wischen.«

Ernos Gesicht verzerrte sich. Die roten Flecken auf seinen Wangen bekamen etwas Alarmierendes. Er hob die Hand, in der er die Zigarette hielt, hob sie ganz langsam und schnippte die brennende Zigarette scharf nach Mallorys Gesicht. Mallory bewegte ein wenig den Kopf, und der weiße Stummel flog ihm im Bogen über die Schulter.

Auf seinem hageren, kalten Gesicht zeigte sich keinerlei Ausdruck. Wie von fernher, undeutlich, als spräche eine andere Stimme, sagte er:

»Aufgepaßt, Hosenscheißer. Mit so was hat sich schon mancher ein Loch im Kopf geholt.«

Erno lachte, dasselbe metallische, unnatürliche Lachen. »Erpresser schießen nicht, Jungchen«, sagte er bissig. »Oder etwa doch?«

»Hau ab, du dreckiger kleiner Makkaroni!«

Die Worte, der kalte, höhnende Ton reizten Erno zur Wut. Seine rechte Hand schoß hoch wie eine zuschnappende Schlange. Eine Pistole schnellte hinein, aus einer Schulterhalfter. Dann stand er reglos, funkelnd vor Haß. Mallory beugte sich ein wenig vor, die Hände an der Tischkante, die Daumen unter die Kante gekrümmt. Seine Mundwinkel deuteten ein flüchtiges Lächeln an.

Von der dunklen Frau drang ein unterdrückter Schrei herüber, nicht laut. Die Farbe wich aus Ernos Wangen, so daß sie wieder blaß waren, eingefallen. Mit einer Stimme, die etwas Pfeifendes hatte in ihrer Wut, sagte er:

»Okay, Jungchen. Wir gehn nach draußen. Los, marsch, du . . .!«

Einer der gelangweilten Männer drei Tische weiter machte eine plötzliche Bewegung, die gar nichts zu bedeuten hatte. So gering sie auch war, sie entging Erno nicht. Sein Blick irrte ab. Da traf ihn der Tisch in den Magen, warf ihn der Länge nach zu Boden.

Es war ein leichter Tisch, und Mallory war kein Leichtgewicht. Es tat einen krachenden Schlag, begleitet von einem Durcheinander anderer Geräusche. Geschirre schepperten, etwas Silber. Erno lag ausgestreckt auf dem Boden, den Tisch quer über den Schenkeln. Seine Pistole lag einen Fuß weit von seiner danach klaubenden Hand. Sein Gesicht war krampfhaft verzerrt.

Einen Augenblick lang war es, als sei die Szene völlig erstarrt, wie in Glasfluß gebannt, und würde sich nie wieder ändern. Dann schrie die dunkle Frau wieder auf, lauter diesmal. Alles wurde ein Wirbel von Bewegung. Auf allen Seiten sprangen Leute auf. Zwei Kellner hoben die Arme in die Luft und fingen an, ein wildes Neapolitanisch hervorzusprudeln. Ein schweißnasser, erschöpfter Pikkolo kreuzte auf, dessen Angst vor dem Oberkellner größer war als die vor einem plötzlichen Tod. Ein gedrungener, rötlicher Mann mit hellgelbem Haar kam die Stufen heruntergeeilt und fuchtelte mit einem Packen Speisekarten.

Erno stieß sich die Beine frei, drehte sich auf die Knie, schnappte nach seiner Pistole. Er schwenkte herum, Flüche spuckend. Mallory, als einziger gelassen im Mittelpunkt der babylonischen Verwirrung, beugte sich nieder und knallte eine harte Faust gegen Ernos wackliges Kinn.

Das Bewußtsein verdunstete aus Ernos Augen. Er sank in sich zusammen wie ein halbgefüllter Sack Sand.

Mallory behielt ihn ein paar Sekunden lang sorgfältig im Auge. Dann hob er sein Zigarettenetui vom Boden auf. Es waren immer noch zwei Zigaretten darin. Er steckte sich eine davon zwischen die Lippen, steckte das Etui dann weg. Er zog ein paar Geldscheine aus der Hosentasche, faltete einen der Länge nach und steckte ihn einem Kellner zu.

Er ging ohne Hast davon, zu den fünf mit einem scharlachroten Teppich belegten Stufen hinüber und zum Eingang.

Der Mann mit dem fetten Nacken öffnete ein vorsichtiges und fischiges Auge. Die betrunkene Frau taumelte auf die Füße, gakkernd, als habe sie einen Einfall, ergriff mit ihren dünnen, juwelengeschmückten Händen eine Schale Eiswürfel und ließ sie, mit schöner Zielsicherheit, mitten auf Ernos Magen plumpsen.

II

Mallory trat ins Freie, seinen weichen Hut unter dem Arm. Der Pförtner sah ihn fragend an. Er schüttelte den Kopf und ging ein kleines Stück den gebogenen Gehsteig hinunter, der an der halbkreisförmigen Privatzufahrt entlangführte. Er blieb an der Kante der Bordsteinfassung stehen, in der Dunkelheit, und dachte scharf nach. Kurz darauf glitt langsam ein Isotta-Fraschini an ihm vorbei.

Es war ein offener Tourenwagen, riesig groß selbst für die wohlberechnet protzigen Verhältnisse Hollywoods. Er glitzerte wie eine ganze Ziegfeld-Revue, als er an den Eingangslichtern vorbeifuhr, dann war er von mattem Grau und Silber. Ein Chauffeur in Livree saß hinter dem Steuer, so steif wie ein Schürhaken, eine Schirmmütze verwegen über dem einen Auge in die Höhe gestülpt. Auf dem Rücksitz, unter dem Halbverdeck, saß Rhonda Farr mit der starren Reglosigkeit einer Wachsfigur.

Der Wagen glitt lautlos die Zufahrt hinunter, zwischen zwei gedrungenen Steinpfeilern hindurch und verlor sich unter den Lichtern des Boulevards. Mallory setzte abwesend den Hut auf.

Etwas regte sich in der Dunkelheit hinter ihm, zwischen den hohen italienischen Zypressen. Er fuhr herum, gewahrte das matte Schimmern eines Pistolenlaufs.

Der Mann, der die Waffe in der Hand hielt, war sehr groß und breit. Er hatte einen unförmigen Filzhut auf dem Hinterkopf, und sein schlapper Mantel hing ihm offen von den Schultern. Trübes Licht aus einem hochgelegenen schmalen Fenster ließ buschige Brauen erkennen, eine Hakennase. Es stand noch ein weiterer Mann hinter ihm.

Er sagte: »Das hier ist eine Kanone, Freundchen. Sie macht bum-bum, und man fällt um. Wollen Sie's mal probieren?«

Mallory sah ihn mit leerem Blick an und sagte: »Mach halblang, Polyp. Was soll das Theater?«

Der große Mann lachte. Sein Gelächter hatte einen dumpfen Klang, wie das Meer, wenn es sich im Nebel an Felsen bricht. Er sagte mit plumpem Sarkasmus:

»Der Schlauberger hat uns erkannt, Jim. Einer von uns beiden muß wie ein Bulle aussehen.« Er faßte Mallory ins Auge und fügte hinzu: »Wir haben gesehen, wie Sie einem kleinen Kerl da drinnen den Ballermann gezeigt haben. War denn das nett?«

Mallory stieß seine Zigarette weg, sah sie im Bogen durch die Dunkelheit fliegen. Er sagte vorsichtig:

»Könnten zwanzig Eier Sie bewegen, die Sache andersherum zu sehen?«

»Heute abend nicht, Mister. Sonst meistens schon, aber heute leider nicht.«

»Ein Hunderter?«

»Nicht mal der, Mister.«

»Das«, sagte Mallory ernst, »muß Ihnen verdammt sauer werden.«

Der große Mann lachte abermals, kam ein wenig näher heran. Der Mann hinter ihm tauchte aus dem Schatten und pflanzte Mallory eine schwabblige, fette Hand auf die Schulter. Mallory glitt zur Seite, ohne die Stellung seiner Füße zu verändern. Die Hand rutschte von ihm ab. Er sagte:

»Lassen Sie die Pfoten von mir runter, Leisetreter!«

Der andere Mann gab einen knurrenden Laut von sich. Etwas pfiff durch die Luft. Etwas traf Mallory sehr hart hinter das linke Ohr. Er ging in die Knie. Er schwankte auf den Knien einen Moment lang hin und her und schüttelte heftig den Kopf. Seine Augen klärten sich. Er konnte das Rautenmuster auf dem Gehsteig wieder erkennen. Langsam brachte er sich wieder auf die Füße.

Er sah den Mann an, der ihn mit dem Totschläger niedergestreckt hatte, und begann ihn dann zu beschimpfen, aus voller Brust und mit einer so konzentrierten Wildheit, daß der Mann förmlich zurückprallte und sein schlaffer Mund wie schmelzender Gummi zuckte.

Der große Mann sagte: »Verdammt noch mal, Jim! Warum, zum Teufel, hast du das gemacht?«

Der Jim genannte Mann führte seine schwabblige, fette Hand zum Mund und nagte daran. Er schob den Totschläger in die Seitentasche seiner Jacke.

»Vergiß es!« sagte er. »Nehmen wir diesen — — — und machen wir, daß wir weiterkommen. Ich brauch was zu trinken.«

Er trottete den Gehsteig hinunter. Mallory wandte sich langsam um, folgte ihm mit den Augen und rieb sich dabei die getroffene Seite seines Kopfes. Der große Mann machte eine fast geschäftsmäßige Bewegung mit seiner Pistole und sagte:

»Los geht's, Freundchen. Wir machen eine kleine Fahrt im Mondschein.«

Mallory ging los. Der große Mann machte sich an seine Seite. Der Jim genannte Mann hielt sich ebenfalls neben ihm. Er schlug sich selber hart auf die Magengrube und sagte:

»Ich brauch was zu trinken, Mac. Ich bin mit den Nerven am Ende.«

Der große Mann sagte friedlich: »Wer wäre das nicht, du armes Würstchen?«

Sie gingen zu einem Tourenwagen, der in der Nähe der gedrungenen Pfeiler am Rand des Boulevards geparkt war. Der Mann, der Mallory geschlagen hatte, setzte sich hinter das Steuer. Der große Mann bugsierte Mallory auf den Rücksitz und stieg neben ihm ein. Er hielt die Pistole quer auf seinem dicken Oberschenkel, schrägte den Hut noch etwas mehr nach hinten und zog eine zerknüllte Packung Zigaretten heraus. Er zündete sich vorsichtig eine an, mit der linken Hand.

Der Wagen fuhr ins Lichtermeer hinaus, rollte ein kurzes Stück nach Osten, wandte sich dann nach Süden die lange Steigung hinunter. Die Lichter der Stadt bildeten eine endlose glitzernde Fläche. Neonreklamen glühten und blitzten. Der schlaffe Strahl eines Scheinwerfers fingerte zwischen hohen, matt treibenden Wolken herum.

»Es dreht sich um folgendes«, sagte der große Mann und blies Rauch aus seinen weiten Nasenlöchern. »Wir sind Ihnen auf die Schliche gekommen. Sie haben versucht, ein paar nicht ganz waschechte Briefe an diese Ziege, die Farr, zu verhökern.«

Mallory lachte kurz auf, freudlos. Er sagte: »Ihr Polypen macht mich noch krank.«

Der große Mann starrte vor sich hin und schien die Sache zu überdenken. Vorbeischwirrende Bogenlampen warfen huschende Lichtwellen über sein breites Gesicht. Nach einer Weile sagte er:

»Sie sind schon der Richtige. In unserer Branche hat man dafür einen Riecher.«

Mallorys Augen verengten sich in der Dunkelheit. Seine Lippen lächelten. Er sagte: »Und in welcher Branche haben Sie im Moment grad Ihre Nase stecken, Schupo?«

Der große Mann riß weit den Mund auf, schloß ihn wieder mit einem Klapp. Er sagte:

»Sie sollten lieber auspacken, Schlauberger. So eine gute Gelegenheit kommt nicht so leicht wieder. Jim und ich, wir sind ganz umgängliche Leute, aber wir haben Freunde, die nicht so zimperlich sind.«

Mallory sagte: »Worüber sollte ich denn zum Beispiel auspakken, Leutnant?«

Der große Mann schüttelte sich in lautlosem Gelächter, gab keine Antwort. Der Wagen fuhr an dem Ölbohrturm vorbei, der auf der Mitte des La-Cienega-Boulevard steht, bog dann in eine stille, von Palmen gesäumte Straße ab. Nach einer Weile hielt er an, vor einem freien Grundstück. Jim stellte den Motor und die Scheinwerfer ab. Dann zog er einen Flachmann aus dem Türfach und setzte ihn an den Mund, seufzte tief, reichte die Flasche über die Schulter nach hinten.

Der große Mann nahm einen Schluck, schwenkte die Flasche, sagte:

»Wir müssen hier auf einen Freund warten. Reden wir mal ein bißchen inzwischen. Mein Name ist Macdonald – von der Kripo. Sie haben versucht, die Farr zu erpressen. Da ist ihr Schutzpatron dazwischengekommen. Den haben Sie aufs Kreuz gelegt. War saubere Arbeit und hat uns gefallen. Aber was uns nicht gefallen hat, das war die andere Schose.«

Jim langte hinter sich nach der Whiskyflasche, nahm einen weiteren Schluck, schnüffelte am Flaschenhals herum, sagte: »Wir haben einen Tip gekriegt und Sie ein bißchen beschattet. Aber wie Sie die Tour abgezogen haben, so ganz offen als Freilichtspiel, das paßt nicht ins Bild. Irgendwas stimmt da nicht.«

Mallory stützte einen Arm auf die Seitenlehne des Wagens und sah hinaus und hinauf in den stillen, blauen, sternenübersäten Himmel. Er sagte:

»Sie wissen zuviel, Schupo. Und Miss Farr hat Ihnen die Weisheit nicht eingetrichtert. Kein Filmstar würde bei einer Erpressung zur Polizei laufen.«

Macdonalds großer Kopf fuhr herum. Seine Augen glommen matt im dunklen Innern des Wagens.

»Wir haben kein Wort gesagt, von wem wir unsern Tip haben, Schlauberger. Aber ein Erpressungsversuch war's also, oder?«

Mallory sagte ernst: »Miss Farr ist eine alte Freundin von mir. Jemand versucht sie zu erpressen, das stimmt, aber das bin nicht ich. Ich hab da bloß so eine vage Vermutung.«

Macdonald sagte rasch: »Und weshalb hat der Makkaroni dann so mit der Kanone gefuchtelt?«

»Er fand mich unsympathisch«, sagte Mallory mit gelangweilter Stimme. »Ich war nicht lieb zu ihm.«

Macdonald sagte: »Quatsch mit Dünnschiß!« Er murrte wütend. Der Mann auf dem Vordersitz sagte: »Schmatz ihm eins in die Fresse, Mac. Gib dem ... Saures!«

Mallory streckte die Arme nach unten und reckte die Schultern wie einer, der vom Sitzen verkrampft ist. Er spürte den Druck seiner Luger unter dem linken Arm. Er sagte langsam:

»Sie sagten, ich hätte versucht, ein paar nicht ganz waschechte Briefe zu verhökern. Wieso glauben Sie, die Briefe wären falsch?«

Macdonald sagte sanft: »Vielleicht wissen wir, wo die richtigen sind.«

Mallory sagte gedehnt: »Sehn Sie, genau das hab ich mir gedacht, Schupo«, und lachte.

Macdonald bewegte sich jäh, riß die geballte Faust hoch, traf ihn ins Gesicht, wenn auch nicht sehr hart. Mallory lachte erneut, dann berührte er mit vorsichtigen Fingern die verletzte Stelle hinter seinem linken Ohr.

»Das ging ins Schwarze, was?« sagte er.

Macdonald fluchte dumpf. »Vielleicht sind Sie eine Idee zu gerissen, Schlauberger. Aber das kriegen wir noch raus, warten Sie nur.«

Er verfiel in Schweigen. Der Mann auf dem Vordersitz nahm den Hut ab und kratzte sich in einem Gestrüpp grauen Haars. Abgerissene Hupsignale drangen vom Boulevard herüber, einen halben Block entfernt. Scheinwerfer strömten am Ende der Straße vorbei. Nach einiger Zeit schwenkten zwei in weitem Bogen herüber, bohrten weiße Strahlenspeere sich in die Finsternis unter den Palmen. Eine dunkle Masse glitt näher und hielt vor dem Tourenwagen am Bordstein an. Die Lichter wurden abgeschaltet.

Ein Mann stieg aus und kam zurück. Macdonald sagte: »He, Slippy, wie ist's gelaufen?«

Der Mann war von großer, dünner Statur, hatte ein schattendunkles Gesicht unter der in die Stirn gezogenen Mütze. Er lispelte etwas beim Sprechen. Er sagte:

»Alles glatt. Keiner hat verrückt gespielt.«

»Okay«, grunzte Macdonald. »Dann laß den heißen Kasten verschwinden und nimm diese Karre hier.«

Jim stieg mit nach hinten in den Tourenwagen, setzte sich links neben Mallory, grub ihm einen harten Ellbogen in die Seite. Der dünnlange Mann glitt hinter das Steuer, ließ den Motor an und fuhr zum La Cienega zurück, dann südlich zum Wilshire, dann wieder nach Westen. Er fuhr schnell und scharf.

Sie überfuhren achtlos eine rote Ampel, brausten an einem großen Kino vorbei, dessen Beleuchtung zum größten Teil schon abgeschaltet und dessen gläserner Kassenraum leer war; dann durch Beverly Hills, auf der Schnellstraße. Das Dröhnen des Auspuffs wurde lauter an einem Berg, an dessen Steilhängen die Straße entlangführte. Macdonald sagte plötzlich:

»Verdammt, Jim, ich hab ganz vergessen, unser Jungchen zu filzen. Halt mal die Knarre einen Moment.«

Er beugte sich schräg zu Mallory vor, dicht an ihn heran, blies ihm seinen Whiskyatem ins Gesicht. Eine große Hand fuhr ihm über die Taschen, an den Innenseiten der Jacke nieder, um die Hüften, hinauf unter den linken Arm. Sie hielt dort einen Moment inne, bei der Luger in der Schulterhalfter. Dann wechselte sie zur anderen Seite hinüber und zog sich ganz zurück.

»Okay, Jim. Unser Schlauberger ist eisenfrei.«

Ein scharfes Licht der Verwunderung flammte tief in Mallorys Hirn auf. Seine Brauen zogen sich zusammen. Der Mund wurde ihm trocken.

»Was dagegen, wenn ich mir eine Zigarette anzünde?« fragte er nach einer Pause.

Macdonald sagte mit mokanter Höflichkeit: »Aber woher denn, gegen so eine Kleinigkeit, Jungchen?«

III

Das Apartmenthaus stand auf einer Anhöhe über Westward Village, war neu und sah ziemlich billig aus. Macdonald, Mallory und Jim stiegen davor aus, und der Tourenwagen fuhr weiter, um eine Ecke, und verschwand.

Die drei Männer gingen durch eine stille Halle, vorüber an einer Telefonvermittlung, wo im Augenblick niemand saß, und fuhren mit dem automatischen Fahrstuhl in den sechsten Stock hinauf. Sie gingen einen Flur entlang, blieben vor einer Tür stehen, Macdonald zog einen einzelnen Schlüssel aus der Tasche, öffnete die Tür. Sie gingen hinein.

Es war ein sehr neues Zimmer, sehr hell, sehr vermieft von Zigarettenrauch. Das Mobiliar war in schreienden Farben gepolstert, der Teppich ein Gewimmel aus plumpen grünen und gelben Rauten. Es gab einen Kamin mit Flaschen auf dem Sims.

Zwei Männer saßen an einem achteckigen Tisch, große Gläser vor den Ellbogen. Einer hatte rotes Haar, sehr dunkle Brauen und ein todweißes Gesicht mit tiefliegenden dunklen Augen. Der andere hatte eine lächerlich dicke Knollennase, überhaupt keine Brauen und Haar von der Farbe des Inneren einer Sardinenbüchse. Er legte langsam ein paar Karten hin und kam mit einem breiten Lächeln durch das Zimmer. Er hatte einen weichen, gutmütigen Mund und zeigte einen liebenswürdigen Ausdruck.

»Hat's Ärger gegeben, Mac?« fragte er.

Macdonald rieb sich das Kinn, schüttelte säuerlich den Kopf. Er sah den Mann mit der Nase an, als haßte er ihn. Der Mann mit der Nase fuhr fort zu lächeln. Er sagte:

»Schon gefilzt?«

Macdonald verzog den Mund zu einem dicken höhnischen Grinsen und stelzte durchs Zimmer zum Kaminsims mit den Flaschen. Er sagte in garstigem Ton:

»Der Schlauberger schleppt sich nicht mit Kanonen ab. Der arbeitet mit Köpfchen. Ist ein gerissener Bursche.«

Er kam plötzlich wieder durch das Zimmer zurück und schlug Mallory mit der flachen Hand über den Mund. Mallory lächelte dünn, rührte sich nicht. Er stand vor einem großen gallefarbenen Sofa, das mit grellen zornroten Quadraten gemustert war. Seine Hände hingen an den Seiten nieder, und Zigarettenrauch stieg von seinen Fingern auf und mischte sich mit dem Dunst, der bereits unter der rauhen gewölbten Decke lagerte.

»Nun bleib mal auf dem Teppich, Mac«, sagte der Mann mit der Nase. »Du hast deinen Auftritt gehabt. Jim und du, ihr zieht jetzt Leine. Schmiert eure Räder und verschwindet.«

Macdonald knurrte: »Wem gibst denn du hier Befehle, großes Tier? Ich bleibe da, bis dieser Gauner sein Fett gekriegt hat, Costello.«

Der Mann, der Costello genannt worden war, zuckte kurz die Achseln. Der rothaarige Mann am Tisch drehte sich ein wenig in seinem Sessel und betrachtete Mallory mit der unpersönlichen Miene eines Sammlers, der einen aufgespießten Käfer studiert. Dann entnahm er einem geschmackvollen schwarzen Etui eine Zigarette und zündete sie pedantisch mit einem goldenen Feuerzeug an.

Macdonald ging zum Kamin zurück, goß sich aus einer eckigen Flasche etwas Whisky in ein Glas und kippte ihn unverdünnt herunter. Er lehnte sich, mit finsterem Stirnrunzeln, mit dem Rücken gegen den Kamin.

Costello stand vor Mallory und ließ die Gelenke von langen, knochigen Fingern knacken.

Er sagte: »Wo sind Sie her?«

Mallory sah ihn träumerisch an und steckte die Zigarette in den Mund. »McNeil's Island«, sagte er mit vager Belustigung.

»Wie lange schon?«

»Zehn Tage.«

»Weswegen haben Sie gesessen?«

»Fälschung.« Mallory gab die Auskunft mit sanfter, zufriedener Stimme.

»Früher schon mal hier gewesen?«

Mallory sagte: »Ich bin hier geboren. Wußten Sie das nicht?«

Costellos Stimme war liebenswürdig, fast begütigend. »N-nein, das habe ich nicht gewußt«, sagte er. »Wozu sind Sie denn hergekommen – vor zehn Tagen?«

Macdonald kam abermals durch das Zimmer gestampft, schwang die dicken Arme. Er schlug Mallory ein zweites Mal quer über den Mund, beugte sich dazu an Costellos Schulter vorbei. Ein roter Fleck zeigte sich auf Mallorys Gesicht. Er schüttelte den Kopf hin und her. Ein dumpfes Feuer war in seinen Augen.

»Herrje, Costello, dieser Dreckskerl soll vom McNeil sein? Der nimmt dich doch bloß auf den Arm.« Seine Stimme schmetterte. »Der Schlauberger ist bloß ein billiger kleiner Ganef aus Brooklyn oder K. C. – aus einer von diesen tollen Städten, wo die Bullen alle Krüppel sind.«

Costello hob eine Hand und versetzte Macdonalds Schulter einen leichten Knuff. Er sagte: »Du wirst hier nicht mehr benötigt, Mac«, mit flacher, tonloser Stimme.

Macdonald ballte wütend die Faust. Dann lachte er, tat plötzlich einen Sprung und pflanzte seinen Absatz auf Mallorys Fuß. Mallory sagte: »... verdammt!« und sackte hart auf das Sofa.

Die Luft im Zimmer enthielt kaum noch Sauerstoff. Fenster gab es nur in einer Wand, und davor hingen schwere Netzgardinen, starr und still. Mallory zog ein Taschentuch heraus und wischte sich die Stirn, tupfte sich die Lippen.

Costello sagte: »Jim und du, ihr zieht jetzt Leine, Mac«, mit derselben flachen Stimme.

Macdonald senkte den Kopf, starrte ihn beherrscht durch krause Brauen an. Sein Gesicht glänzte von Schweiß. Er hatte seinen schäbigen, zerknitterten Mantel nicht abgelegt. Costello wandte nicht einmal den Kopf. Nach einem Weilchen stapfte Macdonald schwerfällig zum Kamin zurück, stieß den grauhaarigen Polizisten mit dem Ellbogen aus dem Weg und grapschte nach der eckigen Flasche mit Scotch.

»Ruf den Boss an, Costello«, sagte er mit schmetternder Stimme über die Schulter. »Du hast nicht Grips genug für diesen Fall. Herrgott noch mal, laß doch endlich das Gequatsche und tu was!« Er wandte sich Jim zu, hieb ihm auf den Rücken, sagte mit höhnischem Grinsen: »Wolltest du etwa auch noch einen Schluck, Schupo?«

»Wozu sind Sie hergekommen?« fragte Costello Mallory noch einmal.

»Ein bißchen nach Verbindungen Ausschau zu halten.« Mallory starrte träge zu ihm auf. Das Feuer in seinen Augen war erstorben.

»Ziemlich komisch, wie Sie das angefangen haben, mein Junge.«

Mallory zuckte die Achseln. »Ich dachte, auf die Methode komme ich vielleicht mit den richtigen Leuten in Kontakt.«

»Vielleicht war die Methode doch nicht richtig genug dazu«, sagte Costello ruhig. Er schloß die Augen und rieb sich die Nase mit einem Daumennagel. »Solche Geschichten sind manchmal schwer abzusehen.«

Macdonalds rauhe Stimme dröhnte durch das geschlossene Zimmer. »Der Schlauberger macht keine Fehler, Mister. Nicht mit dem Grips, den er hat.«

Costello öffnete die Augen und warf über die Schulter einen Blick zurück auf den rothaarigen Mann. Der rothaarige Mann drehte sich schlaff in seinem Sessel. Seine rechte Hand lag auf seinem Oberschenkel, locker, halb geschlossen. Costello wandte sich nach der anderen Seite, sah Macdonald scharf an.

»Verzieh dich!« schnauzte er kalt. »Verzieht euch alle beide auf der Stelle. Du bist betrunken, und ich habe keine Lust, mich noch weiter mit dir zu streiten.«

Macdonald wetzte die Schultern am Kaminsims und steckte die Hände in die Seitentaschen seiner Anzugsjacke. Der Hut saß ihm formlos und zerknüllt auf dem breiten, quadratischen Hinterkopf. Jim, der grauhaarige Polizist, rückte ein wenig von ihm weg, starrte ihn angestrengt an, und sein Mund arbeitete.

»Ruf den Boss an, Costello!« schrie Macdonald. »Von dir

nehme ich keine Befehle entgegen. Du bist mir nicht sympathisch genug dazu.«

Costello zögerte, dann setzte er sich zum Telefon in Bewegung. Seine Augen starrten auf einen Fleck hoch oben an der Wand. Er hob den Hörer von der Gabel und wählte, den Rücken Macdonald zugekehrt. Dann lehnte er sich gegen die Wand und lächelte über die Sprechmuschel weg dünn zu Mallory hinüber. Wartend.

»Hallo ... ja ... Costello. Alles okay, bloß daß Mac einen sitzen hat. Er benimmt sich ziemlich feindselig ... will sich nicht auf die Socken machen. Weiß ich noch nicht ... kommt von auswärts irgendwo, der Bursche. Okay.«

Macdonald machte eine Bewegung, sagte: »Moment, laß mich ...«

Costello lächelte und legte den Hörer ohne Hast auf die Gabel zurück. Aus Macdonalds Augen glühte ihn ein grünliches Feuer an. Macdonald spuckte auf den Teppich, in die Ecke zwischen einem Sessel und der Wand. Er sagte:

»Das war lausig. Ganz lausig. Man kann Montrose gar nicht anrufen von hier aus.« Costello bewegte vage die Hände. Der rothaarige Mann erhob sich langsam. Er trat vom Tisch weg und stand in lockerer Haltung da, den Kopf ein wenig zurückgeneigt, damit ihm der Rauch seiner Zigarette nicht in die Augen stieg.

Macdonald wippte wütend auf seinen Absätzen. Seine Kinnbacken hoben sich als harte weiße Linie von seinem geröteten Gesicht ab. Seine Augen zeigten ein tiefes, hartes Glitzern.

»Also gut, dann läuft das Spielchen eben andersrum«, stellte er fest. Er nahm die Hände aus den Taschen, ganz beiläufig, und sein bläulicher Dienstrevolver beschrieb einen knappen, geschäftsmäßigen Bogen.

Costello sah den rothaarigen Mann an und sagte: »Übernimm ihn, Andy.«

Der rothaarige Mann straffte sich, spie die Zigarette aus seinen blassen Lippen, fuhr wie der Blitz mit der Hand in die Höhe.

Mallory sagte: »Nicht schnell genug. Der hier macht den Donner.«

Er hatte sich so rasch und so wenig bewegt, daß man eigentlich überhaupt keine Bewegung wahrgenommen hatte. Er beugte sich ein wenig auf dem Sofa vor. Die lange schwarze Luger war direkt auf den Leib des rothaarigen Mannes gerichtet.

Die Hand des rothaarigen Mannes kam langsam von seinem Rockaufschlag nieder, leer. Das Zimmer war sehr still. Costello warf Macdonald nur einen kurzen Blick unendlichen Ekels zu, dann streckte er die Hände vor sich aus, die Innenflächen nach oben, und sah mit kahlem Lächeln darauf nieder.

Macdonald sprach langsam, bitter: »Kidnapping geht mir eine Spur zu weit, Costello. Ich will damit nichts zu tun haben. Ich trete aus diesem Dilettantenklub aus. Ich hatte mir schon gedacht, daß der Schlauberger mir Rückendeckung geben würde dabei.«

Mallory stand auf und bewegte sich seitwärts auf den rothaarigen Mann zu. Als er etwa die halbe Entfernung zurückgelegt hatte, stieß der grauhaarige Polizist, Jim, plötzlich einen erstickten Schrei aus, stürzte sich auf Macdonald und klaubte dabei an seiner Tasche herum. Macdonald sah ihn mit jähem Erstaunen an. Er streckte seine große linke Hand aus und packte Jim hoch oben bei den Aufschlägen seines Mantels. Jim drosch mit beiden Fäusten auf ihn ein, traf ihn zweimal ins Gesicht. Macdonald zog die Lippen über den Zähnen zurück. »Passen Sie auf die Vögel auf«, rief er Mallory zu, legte dann in aller Ruhe seine Pistole auf den Kaminsims, langte nieder in Jims Jackentasche und holte den lederbezogenen Totschläger heraus. Er sagte:

»Du bist eine Laus, Jim. Du bist immer eine Laus gewesen.«

Er sagte es fast nachdenklich, ganz ohne Groll. Dann schwang er den Totschläger und traf den grauhaarigen Mann seitlich am Kopf. Der grauhaarige Mann sackte langsam in die Knie. Er klaubte blind nach Macdonalds Mantelschößen. Macdonald beugte sich über ihn und schlug ein weiteres Mal mit dem Totschläger zu, an dieselbe Stelle, sehr hart.

Jim schrumpelte nach der Seite weg zusammen und lag dann auf dem Boden, ohne Hut und mit offenem Mund. Macdonald schwang den Totschläger langsam hin und her. Ein Tropfen Schweiß rann ihm seitlich an der Nase nieder.

Costello sagte: »Nein, was du doch für ein harter Bursche bist,

Mac!« Er sagte es dumpf, abwesend, als hätte er nur sehr wenig Interesse an dem, was vor sich ging.

Mallory trat auf den rothaarigen Mann zu. Als er hinter ihm stand, sagte er:

»Nimm mal die Pfoten ein bißchen in die Höhe, Totmacher.«

Als der rothaarige Mann es getan hatte, griff ihm Mallory mit der freien Hand über die Schulter, hinab in die Jacke. Er zerrte eine Pistole aus einer Schulterhalfter und ließ sie hinter sich auf den Boden fallen. Er fühlte die andere Seite ab, tastete über die Taschen. Er trat zurück und umkreiste Costello, Costello hatte keine Waffe.

Mallory ging auf die andere Seite von Macdonald hinüber und stellte sich so, daß er jeden im Zimmer vor sich hatte. Er sagte:

»Wer ist gekidnappt worden?«

Macdonald griff nach seiner Pistole und seinem Whiskyglas. »Das Mädchen, die Farr«, sagte er. »Sie haben sie auf dem Heimweg erwischt, nehme ich an. Den Plan haben sie sich ausgedacht, wie sie von diesem Makkaroni, dem Leibwächter, von der Verabredung im Bolivar erfuhren. Ich weiß aber nicht, wo sie hingeschafft worden ist.«

Mallory pflanzte die Füße breit auseinander und zog die Nase kraus. Er hielt seine Luger ganz lässig, mit lockerem Handgelenk. Er sagte:

»Was haben Sie mit Ihrer kleinen Theateraufführung eigentlich bezweckt?«

Macdonald sagte ingrimmig: »Erzählen Sie mir erst mal was von Ihrer. Ich hab Ihnen eine Chance gegeben.«

Mallory nickte, sagte: »Sicher – und zwar aus guten Gründen. Ich hatte den Auftrag, mich nach ein paar Briefen umzusehen, die Rhonda Farr gehören.« Er sah Costello an. Costello zeigte keinerlei Ausdruck.

Macdonald sagte: »Soll mir recht sein. Ich hielt's für eine abgekartete Sache. Deswegen hab ich die Gelegenheit ergriffen. Was mich betrifft, ich will bloß aussteigen aus dem Laden hier, das ist alles.« Seine Hand beschrieb einen Bogen, der das Zimmer und alles darin umschloß.

Mallory griff nach einem Glas, sah hinein, ob es sauber war, goß sich dann etwas Scotch ein und trank ihn in kleinen genüßlichen Schlucken, wobei er die Zunge im Mund rollte.

»Dann wollen wir mal vom Kidnapping reden«, sagte er. »Mit wem hat Costello telefoniert?«

»Atkinson. Großer Rechtsverdreher in Hollywood. Fassade für die Jungs. Ist auch der Anwalt der Farr. Ein reizender Bursche, der Atkinson. Eine Laus.«

»Steckt mit drin in der Geschichte?«

Macdonald lachte und sagte: »Aber klar doch.«

Mallory zuckte die Achseln, sagte: »Kommt mir wie ein ziemlicher Narrenstreich vor – von seiner Seite gesehen.«

Er ging an Macdonald vorbei, entlang an der Wand zu der Stelle, wo Costello stand. Er stieß Costello die Mündung der Luger unter das Kinn, drückte ihm den Kopf nach hinten gegen den rauhen Putz.

»Costello ist ein netter alter Knabe«, sagte er gedankenvoll. »Der würde kein kleines Mädchen kidnappen. Was, Costello? Eine stille kleine Erpressung vielleicht, aber nichts so Rabiates. Stimmt's, Costello?«

Costellos Augen wurden leer. Er schluckte. Er sagte zwischen den Zähnen: »Lassen Sie die Faxen. Sie sind mir nicht witzig genug.«

Mallory sagte: »Warten Sie nur ab, wie's weitergeht – es wird immer witziger. Aber vielleicht wissen Sie gar nicht Bescheid über alles.«

Er hob die Luger und zog die Mündung an Costellos großer Nase nieder, hart. Sie hinterließ eine weiße Spur, die sich in einen roten Striemen verwandelte. Costello blickte leicht beunruhigt.

Macdonald wurde damit fertig, eine nahezu volle Flasche Scotch in seine Manteltasche zu schieben, und sagte:

»Überlassen Sie mir mal diesen – – –«

Mallory schüttelte mit ernstem Nachdruck den Kopf, ohne Costello aus den Augen zu lassen.

»Zu geräuschvoll. Sie wissen, wie diese Häuser gebaut sind. Atkinson ist der Mann, an den wir uns halten müssen. Immer gleich vor zur Spitze – wenn man rankommt.«

Jim öffnete die Augen, fuhr mit den flachen Händen über den Boden, versuchte aufzustehen. Macdonald hob einen großen Fuß und pflanzte ihn dem grauhaarigen Mann gleichgültig ins Gesicht. Jim sank wieder in sich zusammen. Sein Gesicht war von schlammgrauer Farbe. Mallory warf einen Blick auf den rothaarigen Mann und ging zum Telefon hinüber. Er hob den Hörer und wählte unbeholfen eine Nummer, mit der linken Hand.

Er sagte: »Ich rufe den Mann an, von dem ich den Auftrag habe ... Er hat einen großen schnellen Wagen ... Inzwischen werden wir unsere Jungs hier mal sicher verpacken.«

IV

Landreys großer schwarzer Cadillac rollte lautlos die lange Steigung nach Montrose hinauf. Lichter schimmerten tief zur Linken, im Schoß des Tals. Die Luft war kühl und klar, und die Sterne schienen sehr hell. Landrey sah vom Vordersitz nach hinten, legte einen Arm über die Rücklehne, einen langen schwarzen Arm, der in einem weißen Handschuh endete.

Er sagte, zum dritten- oder viertenmal bereits: »Also ihr eigener Rechtsverdreher verschaukelt sie. Also nein, so was!«

Er lächelte glatt, bedächtig. Alle seine Bewegungen waren glatt und bedächtig. Landrey war ein hochgewachsener, blasser Mann mit weißen Zähnen und pechschwarzen Augen, die unter dem Schein der Verdecklampe funkelten.

Mallory und Macdonald saßen auf dem Rücksitz. Mallory sagte nichts; er starrte aus dem Wagenfenster. Macdonald tat einen Zug aus seiner eckigen Scotchflasche, verlor den Korken auf dem Boden des Wagens und fluchte vor sich hin, während er sich vorbeugte, um danach zu grapschen. Als er ihn gefunden hatte, lehnte er sich zurück und blickte mürrisch in Landreys klares, blasses Gesicht über dem weißen Seidenschal.

Er sagte: »Sie haben immer noch den Laden am Highland Drive?«

Landrey sagte: »So ist es, Schupo, den habe ich immer noch. Und er läuft gar nicht so besonders gut.«

Macdonald gab ein Knurren von sich. Er sagte: »Das ist aber eine verdammte Schande, Mister Landrey.«

Dann legte er den Kopf in die Polsterung zurück und schloß die Augen.

Der Cadillac bog von der Schnellstraße ab. Der Fahrer schien zu wissen, wo es hinging. Er schlug einen Bogen und fuhr in eine großzügig angelegte, vornehme Villengegend. Laubfrösche quakten in der Dunkelheit, und man spürte den Duft von Orangenblüten.

Macdonald öffnete die Augen und beugte sich vor. »Das Haus an der Ecke«, wies er den Fahrer an.

Das Haus lag ein gutes Stück von der Straße ab, an einer weiten Kurve. Es hatte ein massiges Ziegeldach, einen Eingang wie ein normannischer Bogen und schmiedeeiserne Laternen, die zu beiden Seiten der Tür brannten. Neben der Zufahrt verlief eine Pergola, mit Kletterrosen bedeckt. Der Fahrer schaltete die Scheinwerfer aus und glitt geschickt zur Pergola hinauf.

Mallory gähnte und öffnete die Wagentür. Um die Ecke an der Straße parkten verschiedene andere Wagen. Die glühenden Zigarettenstummel einiger müßig wartender Chauffeure fleckten das sanfte bläuliche Dunkel.

»Eine Party«, sagte er. »Das macht's kinderleicht.«

Er stieg aus, stand einen Moment da und sah über den Rasen. Dann ging er über weiches Gras zu einem Fußweg aus mattdunklen Ziegeln, die so weiträumig verlegt waren, daß Gras zwischen ihnen wuchs. Er blieb zwischen den schmiedeeisernen Laternen stehen und läutete.

Ein Dienstmädchen in Haube und Schürze öffnete die Tür. Mallory sagte:

»Tut mir leid, daß ich Mr. Atkinson stören muß, aber es ist wichtig. Macdonald ist mein Name.«

Das Mädchen zögerte und ging dann ins Haus zurück, wobei sie die Haustür einen Spalt offenließ. Mallory schob sie gelassen ganz auf, blickte in eine geräumige Halle mit indianischen Teppichen auf dem Boden und an den Wänden. Er ging hinein.

Gleich hinter dem Eingang führte eine Tür in ein dämmriges Zimmer, dessen Wände mit Büchern bedeckt waren und in dem es nach guten Zigarren roch. Hüte und Mäntel lagen ringsum über den Sesseln. Aus einem Radio im hinteren Teil des Hauses dröhnte Tanzmusik.

Mallory zog seine Luger heraus und lehnte sich, innen, gegen den Türpfosten.

Ein Mann im Abendanzug kam durch die Halle. Er hatte eine plumpe Figur, mit festem weißem Haar über einem verschlagenen, rosaroten, reizbaren Gesicht. Blendend wattierte Schultern konnten die Aufmerksamkeit nicht davon ablenken, daß er zuviel Bauch angesetzt hatte. Seine schweren Augenbrauen waren in einem Stirnrunzeln zusammengezogen. Er hatte einen raschen Schritt und sah wütend aus.

Mallory trat hinter der Tür hervor und setzte Atkinson die Pistole auf den Bauch.

»Ich bin's, den Sie suchen«, sagte er.

Atkinson blieb stehen, dehnte ein wenig die Brust, gab einen erstickten Kehllaut von sich. Seine Augen waren geweitet und erschrocken. Mallory hob die Luger, setzte Atkinson die kalte Mündung an die Kehle, bohrte sie ins Fleisch grad über dem V seines Eckenkragens. Der Rechtsanwalt hob halb einen Arm, als wollte er die Waffe beiseite wischen. Dann hielt er inne, stand ganz still, den Arm halb in der Luft.

Mallory sagte: »Reden Sie gar nicht erst. Denken Sie nur nach. Sie sind reingelegt worden. Macdonald hat Sie verpfiffen. Costello und zwei andere Jungs sind auf Nummer Sicher in Westwood. Wir wollen Rhonda Farr.«

Atkinsons Augen waren von stumpfem Blau, undurchsichtig, ohne inneres Licht. Die Erwähnung von Rhonda Farrs Namen schien nicht viel Eindruck auf ihn zu machen. Er wand sich unter der Pistole und sagte:

»Wieso kommen Sie da zu mir?«

»Wir glauben, Sie wissen, wo sie steckt«, sagte Mallory tonlos. »Aber wir wollen nicht hier darüber reden. Gehn wir raus.«

Atkinson fuhr auf, sprudelte hervor: »Nein ... nein, ich habe Gäste!«

Mallory sagte kalt: »Den Gast, den wir suchen, haben Sie nicht hier.« Er verstärkte den Druck seiner Luger.

Eine plötzliche Welle der Erregung lief über Atkinsons Gesicht. Er wich einen kurzen Schritt zurück und schnappte nach der Pistole. Mallorys Lippen kniffen sich zusammen. Er beschrieb mit dem Handgelenk einen knappen Bogen, und das Visier der Waffe fuhr Atkinson über den Mund. Blut trat ihm auf die Lippen. Sein Mund begann anzuschwellen. Er wurde sehr blaß.

Mallory sagte: »Behalten Sie den Kopf klar, Fettwanst, dann leben Sie morgen früh vielleicht noch.«

Atkinson wandte sich um und stapfte durch die offene Tür nach draußen, blindlings, rasch.

Mallory packte seinen Arm und stieß ihn nach links, auf das Gras. »Immer mit der Ruhe«, sagte er leise.

Sie umrundeten die Pergola. Atkinson streckte die Hände von sich und taumelte gegen den Wagen. Ein langer Arm kam aus der offenen Tür und packte ihn. Er stieg ein, fiel gegen den Sitz. Macdonald schlug ihm eine Hand über das Gesicht und warf ihn in die Polsterung zurück. Mallory stieg nach und schmetterte die Wagentür zu.

Reifen quietschten, als der Wagen wie rasend wendete und davonschoß. Der Fahrer fuhr einen ganzen Block weit, ehe er die Scheinwerfer wieder anstellte. Dann wandte er ein wenig den Kopf, sagte:

»Wohin, Boss?«

Mallory sagte: »Irgendwohin. Zurück in die Stadt. Und bloß keine Aufregung.«

Der Cadillac bog wieder auf die Schnellstraße und begann, die lange Steigung hinunterzugleiten. Wieder zeigten sich die Lichter im Tal, kleine weiße Lichter, die sich unendlich langsam auf der Talsohle dahinbewegten. Scheinwerfer.

Atkinson dehnte sich auf seinem Sitz, zog ein Taschentuch heraus und betupfte sich den Mund. Er spähte nach Macdonald und sagte mit gefaßter Stimme:

»Was soll das Ganze, Mac? Erpressung?«

Macdonald lachte verdrossen. Dann stieß er auf. Er war leicht betrunken. Er sagte dumpf:

»Zum Teufel, nein. Die Jungs haben sich die Farr geschnappt

heute abend. Das hier sind Freunde von ihr, und denen gefällt das nicht. Aber Sie haben davon natürlich keine blasse Ahnung, oder, Sie großes Tier?« Er lachte abermals, höhnisch.

Atkinson sagte langsam: »So komisch es klingt . . . aber ich habe wirklich keine Ahnung.« Er hob den weißen Kopf höher, fuhr fort: »Wer sind diese Männer?«

Macdonald gab ihm keine Antwort. Mallory zündete sich eine Zigarette an, schützte die Streichholzflamme mit den hohlen Händen. Er sagte langsam:

»Das ist nicht weiter wichtig, oder? Entweder wissen Sie, wo Rhonda Farr hingeschafft worden ist, oder Sie können uns einen Hinweis geben. Machen Sie sich darüber mal Gedanken. Wir haben massenhaft Zeit.«

Landrey wandte den Kopf und sah nach hinten. Sein Gesicht war ein blaß verschwommener Fleck in der Dunkelheit.

»Das ist wohl kaum zuviel verlangt, Mister Atkinson«, sagte er ernst. Seine Stimme war kühl, verbindlich, freundlich. Er klopfte leicht auf die Rückenlehne mit seinen behandschuhten Fingern.

Atkinson starrte ihn eine Weile an, lehnte dann den Kopf gegen das Polster zurück. »Nehmen wir mal an, ich weiß nicht das geringste darüber«, sagte er maulig.

Macdonald hob die Hand und schlug ihm ins Gesicht. Der Kopf des Anwalts prallte gegen das Polster. Mallory sagte mit kalter, unfreundlicher Stimme:

»Jetzt machen Sie mal Pause, Schupo.«

Macdonald fluchte, wandte den Kopf weg. Der Wagen fuhr weiter.

Sie waren jetzt unten im Tal. Ein dreifarbiger Leuchtstrahl vom Flughafen strich durch den Himmel, gar nicht weit entfernt. Bewaldete Hänge begannen und kleine Talmulden zwischen dunklen Hügeln. Ein Zug donnerte vom Newhall-Tunnel herunter, holte Geschwindigkeit auf und raste mit langem Ratterkrach vorbei.

Landrey sagte etwas zu seinem Fahrer. Der Cadillac bog auf einen Feldweg ab. Der Fahrer schaltete die Scheinwerfer aus und suchte sich im Mondlicht seinen Weg. Der schmale Pfad endete auf einem Platz, auf dem totes braunes Gras stand, von niedrigen

Büschen umgeben. Alte Konservendosen und zerrissene, verfärbte Zeitungen waren schwach sichtbar auf dem Boden.

Macdonald zog seine Flasche heraus, hob sie an den Mund und nahm einen gurgelnden Schluck. Atkinson sagte mit belegter Stimme:

»Mir ist ein bißchen schwach. Geben Sie mir auch einen.«

Macdonald wandte sich, streckte die Flasche aus, knurrte dann: »Ach, gehn Sie zum Teufel!« und verstaute sie wieder in seinem Mantel. Mallory holte eine Taschenlampe aus dem Türfach, knipste sie an und richtete den Strahl auf Atkinsons Gesicht. Er sagte:

»Los, reden Sie!«

Atkinson legte die Hände auf die Knie und blickte stier in den Lichtstrahl der Taschenlampe. Seine Augen waren glasig, und es war Blut an seinem Kinn. Er sprach:

»Arrangiert hat das Ganze Costello. Worum es eigentlich geht, weiß ich nicht. Aber wenn Costello was macht, dann steckt ein Mann namens Slippy Morgan dahinter. Er hat eine Hütte auf der Bergebene bei Baldwin Hills. Da könnten sie Rhonda Farr hingeschafft haben.«

Er schloß die Augen, und eine Träne glitzerte im Schein der Taschenlampe. Mallory sagte langsam:

»Das sollte Macdonald eigentlich ebenfalls wissen.«

Atkinson hielt die Augen geschlossen, sagte: »Denke ich schon.« Seine Stimme war dumpf und ohne jede Empfindung.

Macdonald ballte die Faust, schwankte zur Seite und schlug ihm abermals ins Gesicht. Der Rechtsanwalt stöhnte, sackte in sich zusammen. Mallorys Hand zuckte vor, ließ die Taschenlampe vorzucken. Seine Stimme bebte vor Wut. Er sagte:

»Machen Sie das noch mal, und ich jage Ihnen ein Stück Blei in die Kutteln, Schupo. Verlassen Sie sich drauf, das mache ich.«

Macdonald wälzte sich weg, mit albernem Lachen. Mallory knipste die Taschenlampe aus. Er sagte ruhiger:

»Ich glaube, Sie sagen die Wahrheit, Atkinson. Wir werden diese Hütte von Slippy Morgan mal unter die Lupe nehmen.«

Der Fahrer stieß zurück, wendete und lenkte den Wagen wieder zur Schnellstraße hinüber.

V

Ein weißer Lattenzaun leuchtete einen Moment lang auf, bevor die Scheinwerfer ausgingen. Dahinter, auf einer Anhöhe, tasteten sich die hageren Gestalten mehrerer Bohrtürme in den Himmel hinauf. Der verdunkelte Wagen glitt langsam vorwärts, hielt dann auf der anderen Straßenseite, gegenüber von einem kleinen Fachwerkhaus. Auf dieser Seite der Straße gab es keinerlei Häuser, nichts zwischen dem Wagen und dem Ölfeld. Das Haus hatte kein Licht.

Mallory stieg aus und ging hinüber. Ein Kiesweg bildete die Zufahrt zu einem Schuppen ohne Tür. Ein Tourenwagen war in dem Schuppen abgestellt. Rechts und links von der Zufahrt gab es dünnes, abgetretenes Gras, dahinter dann einen Flecken Etwas, der einmal ein Rasen gewesen war. Ferner eine Drahtwäscheleine und eine kleine Vorplatzveranda mit einer verrosteten Gittertür. Der Mond ließ das alles erkennen.

Hinter der Veranda zeigte sich ein einzelnes Fenster, dessen Jalousie heruntergelassen war; zwei dünne Ritzen Licht liefen an den Kanten der Jalousie entlang. Mallory ging zum Wagen zurück, stapfte lautlos über das trockene Gras und den Staub des Feldwegs.

Er sagte: »Los, Atkinson, gehn wir.«

Atkinson stieg schwer heraus, taumelte über die Straße wie ein Mann, der noch halb im Schlaf befangen ist. Mallory packte seinen Arm. Die beiden Männer gingen die Holzstufen hinauf, durchquerten still die Veranda. Atkinson fummelte und fand die Klingel. Er drückte auf den Knopf. Ein dumpfes Summen erklang im Innern des Hauses. Mallory preßte sich flach gegen die Wand, auf der Seite, an der ihn die sich öffnende Tür nicht behindern konnte.

Dann ging die Haustür geräuschlos auf, und eine Gestalt zeichnete sich undeutlich hinter dem Gitter ab. Es war kein Licht hinter dieser Gestalt. Der Anwalt sagte mit gedämpftem Murmeln:

»Atkinson hier.«

Die Verriegelung wurde gelöst. Die Gittertür ging nach außen auf.

»Was ist das denn für ein Einfall?« sagte eine lispelnde Stimme, die Mallory schon einmal gehört hatte.

Mallory trat vor, die Luger in Gürtelhöhe. Der Mann in der Tür wirbelte zu ihm herum. Mallory drängte sich mit einem raschen Schritt dicht an ihn, machte mit Zunge und Zähnen ein schnalzendes Geräusch und schüttelte mißbilligend den Kopf.

»Sie haben doch bestimmt keine Waffe, nicht wahr, Slippy?« sagte er und versetzte ihm einen leichten Stups mit der Luger. »Und nun bleiben wir ganz schön ruhig und drehn uns um, Slippy. Wenn Sie was am Rückgrat spüren, dann gehn Sie langsam voran, Slippy. Wir sind dann gleich hinter Ihnen und laufen Ihnen bestimmt nicht weg.«

Der magere Mann hob die Hände und drehte sich um. Er ging zurück in die Dunkelheit, Mallorys Waffe im Rücken. Ein kleines Wohnzimmer roch nach Staub und Kochdünsten. Unter einer Tür war ein Streifen Licht. Der magere Mann senkte langsam eine Hand und öffnete die Tür.

Eine schirmlose Glühbirne hing mitten unter der Decke. Eine dünne Frau in schmutzigem weißem Kittel stand darunter, die Arme schlaff an den Seiten. Stumpfe, farblose Augen brüteten unter einem wirren Wust rostroten Haars. Ihre Finger flatterten und verkrampften sich in unwillkürlichen Muskelkontraktionen. Sie gab einen dünnen Klagelaut von sich, wie eine verhungernde Katze.

Der magere Mann ging zur gegenüberliegenden Wand des Zimmers, blieb dort stehen und preßte die Handflächen gegen die Tapete. Auf seinem Gesicht lag ein starres, ausdrucksloses Lächeln.

Landreys Stimme sagte von hinten: »Ich werde auf Atkinsons Kumpane aufpassen.«

Er kam ins Zimmer, eine große Automatik in der behandschuhten Hand. »Netter kleiner Zufluchtsort«, fügte er liebenswürdig hinzu.

In einer Ecke des Zimmers stand ein Eisenbett. Rhonda Farr lag darauf, bis zum Kinn in eine braune Armeedecke gehüllt. Die weiße Perücke war ihr halb vom Kopf gerutscht, und feuchte goldene Locken zeigten sich darunter. Ihr Gesicht war bläulich weiß, eine Maske, auf der Rouge und Lippenstift grell ins Auge stachen. Sie schnarchte.

Mallory griff mit der Hand unter die Decke, fühlte nach ihrem Puls. Dann hob er ein Lid und untersuchte angelegentlich die nach oben verdrehte Pupille.

Er sagte: »Gedopt.«

Die Frau im Kittel netzte sich die Lippen. »Eine Spritze M«, sagte sie mit lascher Stimme. »Nicht weiter schlimm, Mister.«

Atkinson setzte sich auf einen Stuhl, über dessen Lehne ein schmutziges Handtuch hing. Sein Frackhemd schillerte unter dem ungeschirmten Licht. Die untere Hälfte seines Gesichts war mit Blut verkrustet. Der magere Mann betrachtete ihn voller Verachtung und klopfte mit den flachen Händen gegen die schmierige Tapete. Dann trat Macdonald ins Zimmer.

Sein Gesicht war gerötet und schweißbedeckt. Er taumelte leicht und stützte sich mit hochrutschender Hand am Türrahmen. »Hallo, Jungs«, sagte er leer. »Dafür müßte ich eigentlich auf Beförderung rechnen können.«

Der magere Mann hörte auf zu lächeln. Er duckte sich sehr schnell zur Seite, und eine Pistole sprang in seine Hand. Donner erfüllte den Raum, ein großer, krachender Donner. Und noch einmal ein Donner.

Das Ducken des mageren Mannes wurde ein Gleiten, und das Gleiten schrumpfte zum Fall. Fast gemütlich streckte er sich auf dem kahlen Teppich aus. Er lag ganz still, das eine halboffene Auge wie auf Macdonald gerichtet. Die dünne Frau riß den Mund weit auf, aber es kam kein Laut daraus hervor.

Macdonald fuhr mit der anderen Hand zum Türrahmen hoch, beugte sich vor und begann zu husten. Hellrotes Blut rann ihm über das Kinn. Seine Hände rutschten langsam am Türrahmen nieder. Dann krümmte sich seine Schulter vor, er rollte vornüber wie ein Schwimmer in einer sich brechenden Welle und krachte hin. Er krachte auf sein Gesicht, den Hut immer noch auf dem Kopf, und in seinem Nacken darunter zeigte sich das mausgraue Haar in schlampig gelockten Büscheln.

Mallory sagte: »Zwei Mann ausgefallen«, und warf Landrey

einen angewiderten Blick zu. Landrey sah auf seine große Automatik nieder und steckte sie dann weg, in die Seitentasche seines dünnen dunklen Mantels.

Mallory beugte sich über Macdonald, legte ihm einen Finger an die Schläfe. Es war kein Herzschlag mehr zu spüren. Er versuchte es an der Drosselader, mit demselben Ergebnis. Macdonald war tot, und er roch immer noch stark nach Whisky.

Eine schwache Spur Rauch lag unter der Glühbirne, ein beißender Flocken Pulvergeruch. Die dünne Frau bückte sich, ging in die Hocke und kroch auf die Tür zu. Mallory stieß ihr eine harte Hand vor die Brust und warf sie zurück.

»Sie bleiben hübsch, wo Sie sind.«

Atkinson nahm die Hände von den Knien und rieb sie aneinander, als hätten sie alles Gefühl verloren. Landrey ging hinüber zum Bett, streckte die behandschuhte Hand nieder und berührte Rhonda Farrs Haar.

»Hallo, Schatz«, sagte er leichthin. »Lange nicht gesehen.« Er ging aus dem Zimmer und sagte dabei: »Ich bringe den Wagen hier auf unsere Straßenseite herüber.«

Mallory sah Atkinson an. Er sagte ganz beiläufig: »Wer hat die Briefe, Atkinson? Die Briefe, die Rhonda Farr gehören?«

Atkinson hob langsam das leere Gesicht, blinzelnd, als täte das Licht seinen Augen weh. Er sprach mit verschwommener, wie von weit her kommender Stimme.

»Ich – ich weiß nicht. Costello, vielleicht. Ich habe sie nie zu Gesicht bekommen.«

Mallory stieß ein kurzes rauhes Lachen aus, das in die harten, kalten Linien seines Gesichts keine Änderung brachte. »Das wäre doch ein Witz, wenn das stimmte!«

Er beugte sich über das Bett in der Ecke und schlug die braune Decke fest um Rhonda Farr. Als er sie aufhob, hörte sie auf zu schnarchen, erwachte aber nicht.

VI

Ein Fenster oder zwei in der Fassade des Apartmenthauses zeigten noch Licht. Mallory hob das Handgelenk und warf einen Blick auf die gerundete Armbanduhr auf dessen Innenseite. Die schwach leuchtenden Zeiger standen auf halb vier. Er sprach zurück in den Wagen:

»Geben Sie mir zehn Minuten oder so. Dann kommen Sie rauf. Ich sorge dafür, daß die Türen nicht zuschnappen.«

Der Straßeneingang zum Apartmenthaus war verschlossen. Mallory öffnete mit einem einzelnen Schlüssel, klinkte die Tür dann nur ein. Es gab ein wenig Licht in der Halle, von einer Stehlampe und einer abgeschirmten Birne über der Telefonvermittlung. Ein welker, weißhaariger kleiner Mann schlief neben der Telefonvermittlung auf einem Stuhl, mit offenem Mund und einem Atem, der in langen, klagenden Schnarchlauten kam wie von einem gequälten Tier.

Mallory ging eine teppichbelegte Treppenflucht hinauf. Im ersten Stock drückte er den Knopf für den automatischen Fahrstuhl. Als dieser rumpelnd von oben heruntergekommen war, stieg er ein und drückte den mit »7« bezeichneten Knopf. Seine Augen waren stumpf vor Müdigkeit.

Der Fahrstuhl kam taumelnd zum Halten, und Mallory ging den hellen, stillen Flur entlang. Vor einer grauen Tür aus Olivenholz blieb er stehen und legte das Ohr an die Verschalung. Dann steckte er den Einzelschlüssel langsam ins Schloß, drehte ihn langsam um, drückte die Tür einen Zoll oder zwei nach innen. Er lauschte noch einmal, trat dann ein.

Im Zimmer war Licht von einer Lampe mit rotem Schirm, die neben einem Sessel stand. Ein Mann lag hingerekelt in dem Sessel, und das Licht schwemmte über sein Gesicht. Er war an Hand- und Fußgelenken mit breiten Klebepflasterstreifen gefesselt. Auch seinen Mund schloß ein Pflaster.

Mallory lehnte die Tür an, ohne sie zu schließen. Er ging mit raschen, stillen Schritten durchs Zimmer. Der Mann im Sessel war Costello. Sein Gesicht war purpurn angelaufen über dem weißen Pflaster, das seine Lippen verklebte. Seine Brust hob sich stoßweise, und sein Atem machte ein rasselndes Geräusch in seiner großen Nase.

Mallory riß Costello das Pflaster vom Mund, legte den Ballen einer Hand an das Kinn des Mannes, drückte ihm den Mund weit auf. Der Atemrhythmus änderte sich ein wenig. Costellos Brust beruhigte sich, und die purpurne Färbung seines Gesichts wich einer Blässe. Er regte die Glieder, gab ein Stöhnen von sich.

Mallory nahm eine ungeöffnete Pint-Flasche Roggenwhisky vom Kaminsims und riß mit den Zähnen den Metallstreifen von der Verschlußkappe. Er stieß Costellos Kopf weit zurück, goß ihm etwas Whisky in den offenen Mund, schlug ihm hart ins Gesicht. Costello würgte, schluckte konvulsivisch. Etwas von dem Whisky lief ihm aus den Nasenlöchern. Er öffnete die Augen, begann seine Umgebung zu erfassen. Er murmelte irgend etwas Wirres vor sich hin.

Mallory ging durch Veloursvorhänge, die über einem Durchgang am Ende des Zimmers hingen, in einen kleinen Flur hinaus. Die erste Tür führte in ein Schlafzimmer mit Doppelbett. Es brannte Licht, und auf jedem der Betten lag gefesselt ein Mann.

Jim, der grauhaarige Polizist, schlief oder war immer noch bewußtlos. Sein Kopf war an der Seite steif von geronnenem Blut. Die Haut seines Gesichts hatte eine schmutziggraue Färbung.

Die Augen des rothaarigen Mannes standen weit offen, diamantenhell, voll Wut. Sein Mund arbeitete unter dem Pflaster, versuchte es durchzukauen. Er hatte sich auf die Seite gewälzt und fast vom Bett. Mallory stieß ihn in die Mitte zurück und sagte:

»Alles im Preis inbegriffen.«

Er ging zurück ins Wohnzimmer und machte mehr Licht. Costello hatte sich im Sessel hochgerappelt. Mallory zog ein Taschenmesser heraus, langte hinter ihn und durchsägte das Pflaster, das seine Gelenke band. Costello riß die Hände auseinander, grunzte und rieb sich den Rücken der Handgelenke, wo das Pflaster ihm Haare ausgerissen hatte. Dann beugte er sich vor und zog sich das Pflaster von den Knöcheln. Er sagte:

»Das hat mir gar nicht gutgetan. Ich atme immer durch den Mund.« Seine Stimme war unklar, flach und ohne Modulation.

Er brachte sich auf die Füße und goß sich zwei Zoll Roggenwhisky in ein Glas, stürzte es auf einen Zug hinunter, setzte sich wieder und legte den Kopf gegen die hohe Rückenlehne des Sessels. Leben kam in sein Gesicht; ein Glitzern trat in seine erschöpften Augen.

Er sagte: »Was gibt's Neues?«

Mallory löffelte in einer Schale voll Wasser, das einmal Eis gewesen war, runzelte die Stirn und nahm einen Schluck Whisky pur. Er rieb sich behutsam mit den Fingerspitzen die linke Seite seines Kopfes und zuckte zusammen. Dann setzte er sich hin und zündete sich eine Zigarette an.

Er sagte: »Verschiedenes. Rhonda Farr ist wieder zu Hause. Macdonald und Slippy haben Blei abgekriegt. Aber das ist nicht wichtig. Ich bin hinter ein paar Briefen her, die Sie an Rhonda Farr verscherbeln wollten. Rücken Sie raus damit.«

Costello hob den Kopf und grunzte. Er sagte: »Ich habe die Briefe nicht.«

Mallory sagte: »Sie holen die Briefe, Costello, auf der Stelle.« Er stippte seine Zigarettenasche sorgfältig mitten auf ein grüngelbes Karo im Teppichmuster.

Costello machte eine ungeduldige Bewegung. »Ich habe sie nicht«, beharrte er. »Ich habe sie nie gesehen.«

Mallorys Augen waren schiefergrau, sehr kalt, und seine Stimme klang spröde. Er sagte: »Wie wenig ihr Lumpen von euerm eigenen Gewerbe versteht, ist einfach haarsträubend ... Ich bin müde, Costello. Mir ist nicht danach, groß rumzustreiten. Sie würden sehr mies aussehen, wenn man Ihnen Ihren dicken Gesichtserker da mit einem Pistolenlauf von der Fassade risse.«

Costello hob seine knochige Hand und rieb sich die gerötete Haut rund um seinen Mund, wo das Abreißen des Pflasters sie wund gemacht hatte. Er schielte durch das Zimmer. Die Veloursvorhänge über dem Flurdurchgang zeigten eine leichte Bewegung, als hätte ein Luftzug sie getroffen. Aber es gab nirgends Zug. Mallory starrte auf den Teppich nieder.

Costello stand vom Sessel auf, langsam. Er sagte: »Ich habe einen Wandsafe. Ich werde ihn öffnen.«

Er ging durchs Zimmer zu der Wand, in der sich die Tür nach draußen befand, nahm ein Bild herunter und drehte am Kombinationsschloß eines kleinen, kreisrunden, in die Wand eingelassenen Safes. Er zog die kleine runde Tür auf und fuhr mit dem Arm hinein.

Mallory sagte: »Bleiben Sie mal schön, wie Sie sind, Costello.«

Er schritt lässig durch das Zimmer und ließ seine linke Hand an Costellos Arm entlang in den Safe gleiten. Als sie wieder hervorkam, hielt sie eine kleine automatische Pistole mit Perlmuttgriff. Mallory spitzte die Lippen zu einem leisen Zischen und schob die kleine Waffe in die Tasche.

»Sie lernen einfach nie aus, was, Costello?« sagte er mit müder Stimme.

Costello zuckte die Achseln, ging zurück durch den Raum. Mallory tauchte mit den Händen in den Safe und kehrte den Inhalt auf den Boden. Er ließ sich auf ein Knie nieder. Es gab da ein paar lange weiße Umschläge, ein Bündel Zeitungsausschnitte, von einer Papierklammer zusammengehalten, ein schmales dickes Scheckbuch, ein kleines Fotoalbum, ein Adressenbuch, ein paar lose Papiere, ein paar gelbe Bankauszüge mit angehefteten Schecks. Mallory machte einen der langen Umschläge auf, achtlos, ohne besonderes Interesse.

Die Vorhänge über der Flurtür regten sich erneut. Costello stand wie erstarrt vor dem Kamin. Eine Pistole erschien zwischen den Vorhängen, in einer kleinen Hand, die nicht zitterte. Ein schlanker Körper folgte der Hand, ein weißes Gesicht mit glühenden Augen — Erno.

Mallory erhob sich langsam, die Hände in Brusthöhe, leer.

»Höher, Jungchen«, krächzte Erno. »Viel höher, Jungchen!«

Mallory hob die Hände noch etwas weiter. Auf seiner Stirn erschienen harte Runzeln. Erno trat ins Zimmer vor. Sein Gesicht glänzte. Eine Locke öligen schwarzen Haars hing ihm über eine Braue nieder. Seine Zähne zeigten ein steifes Grinsen.

Er sagte: »Ich glaube, Sie kriegen Ihr Fett am besten gleich hier, Sie Doppelschnüffler.«

Seine Stimme hatte einen fragenden Beiklang, als warte er auf Costellos Bestätigung.

Costello sagte kein Wort.

Mallory bewegte ein wenig den Kopf. Sein Mund fühlte sich sehr trocken an. Er beobachtete Ernos Augen, sah, wie sein Blick sich spannte. Er sagte ziemlich schnell:

»Sie sind reingelegt worden, Dummkopf, aber nicht von mir.«

Ernos Grinsen verwandelte sich in ein wütendes Knurren, und sein Kopf fuhr zurück. Sein Abzugsfinger wurde weiß am ersten Gelenk. Dann gab es vor der Tür draußen ein Geräusch, und sie ging auf.

Landrey kam herein. Er schloß die Tür mit einem Schulterstoß und lehnte sich dagegen, in dramatischer Pose. Seine beiden Hände steckten in den Seitentaschen seines dünnen dunklen Mantels. Die Augen unter dem weichen schwarzen Hut funkelten hell und teuflisch. Er sah aus, als sei ihm dies alles sehr angenehm. Er bewegte das Kinn in dem weißseidenen Halstuch, das lässig um seinen Nacken geschlungen war. Sein hübsches blasses Gesicht wirkte wie aus altem Elfenbein geschnitzt.

Erno bewegte ganz leicht seine Pistole und wartete. Landrey sagte gutgelaunt:

»Ich wette einen Riesen mit Ihnen, daß Sie zuerst auf dem Boden landen!«

Ernos Lippen verzerrten sich unter seinem glänzenden Schnurrbärtchen. Zwei Pistolen gingen zur selben Zeit los. Landrey schwankte wie ein Baum, den ein plötzlicher Windstoß getroffen hat; der schwere Donner seiner 45er klang noch einmal auf, gedämpft ein wenig durch Tuch und durch die Nähe seines Körpers.

Mallory ging hinter dem Sofa zu Boden, überschlug sich und kam wieder hoch, die Luger fest in der Hand. Aber Ernos Gesicht war bereits leer geworden.

Er sank ganz langsam nieder; sein leichter Körper schien vom Gewicht der Waffe in seiner rechten Hand gezogen zu werden. Er knickte in den Knien durch, als er fiel, und glitt vornüber zu Boden. Sein Rücken krümmte sich noch einmal und wurde dann schlaff.

Landrey nahm die linke Hand aus der Manteltasche und spreizte die Finger, als schiebe er etwas von sich fort. Langsam und mit Mühe bekam er die große Automatik aus der anderen Tasche und hob sie Zoll um Zoll, wobei er sich auf den Fußballen drehte. Er schwenkte den Oberkörper in die Richtung, wo wie erstarrt Costello stand, und drückte noch einmal auf den Abzug. Putzbrocken sprangen neben Costellos Schulter von der Wand.

Landrey lächelte vage, sagte: »Verdammt!« mit sanfter Stimme. Dann drehten sich seine Augen im Kopf nach oben, und die Pistole entsank seinen kraftlosen Fingern, plumpste auf den Teppich. Landrey sackte stückweise in sich zusammen, weich und graziös, kniete, schwankte einen Moment, bevor er zur Seite wegschmolz, streckte sich fast lautlos auf dem Boden aus. Mallory blickte zu Costello hinüber und sagte mit heiserer, böser Stimme: »Jungejunge, haben Sie ein Schwein!«

Der Summer surrte hartnäckig. Drei kleine Lampen glühten rot an der Schalttafel der Telefonvermittlung. Der welke, weißhaarige kleine Mann schloß mit einem Schnapp den Mund und rappelte sich schläfrig auf.

Mallory drückte sich an ihm vorbei, den Kopf abgewandt, schoß durch die Halle, zur Vordertür des Apartmenthauses hinaus, die drei marmorbelegten Stufen hinunter, über den Gehsteig und die Straße. Der Fahrer von Landreys Wagen hatte bereits auf den Starter getreten. Mallory schwang sich neben ihn, schwer keuchend, und schlug die Wagentür zu.

»Geben Sie Gas!« krächzte er. »Und bleiben Sie vom Boulevard weg. In fünf Minuten sind die Bullen hier!«

Der Fahrer sah ihn an und sagte: »Wo ist Landrey? ... Ich hab schießen hörn.«

Mallory hob die Luger, sagte kurz und kalt: »Zischen Sie ab, Mann!«

Das Getriebe griff, der Cadillac machte einen Satz, der Fahrer riß ihn leichtsinnig um eine Ecke, die Pistole im Augenwinkel.

Mallory sagte: »Landrey hat Blei abgekriegt. Ist tot und kalt.« Er hob die Luger, hielt dem Fahrer die Mündung unter die Nase.

»Aber nicht von meiner Kanone. Riechen Sie mal, Freund, Ist nicht abgefeuert worden.«

Der Fahrer sagte: »Ach, herrjemine!«, mit ganz verdatterter Stimme, fing den trudelnden Wagen ab, entging um einen knappen Zoll dem Bordstein.

Es wurde langsam Tag.

VII

Rhonda Farr sagte: »Publicity, Verehrtester. Bloß Publicity. Da ist jede Sorte besser als überhaupt keine. Ich bin durchaus nicht sicher, daß mein Vertrag erneuert wird, und vermutlich werde ich sie bitter nötig haben.«

Sie saß in einem tiefen Sessel, in einem großen, langen Raum. Sie betrachtete Mallory mit trägen, gleichgültigen, purpurblauen Augen und streckte die Hand nach einem großen, beschlagenen Glas aus. Sie nahm einen Schluck.

Der Raum war riesig groß. Sanftfarbene mandaringelbe Teppiche verhüllten den Boden. Es gab eine Unmasse Teakholz und roten Lack. Goldrahmen schimmerten hoch an den Wänden, und die Decke war fern und verschwommen, wie der dämmernde Himmel an einem heißen Tag. Ein riesiger Radioapparat mit Schnitzverzierungen gab gedämpfte und unwirkliche Klänge von sich.

Mallory zog die Nase kraus und wirkte auf eine grimmige Art belustigt. Er sagte:

»Sie sind eine garstige kleine Ratte. Ich mag Sie nicht.«

Rhonda Farr sagte: »Oh, da liegen Sie aber schief, Verehrtester. Sie mögen mich durchaus. Sie sind ganz verrückt nach mir.«

Sie lächelte und steckte sich eine Zigarette in eine jadegrüne Spitze, die zu ihrem jadegrünen Hausanzug paßte. Dann streckte sie ihre schöngeformte Hand aus und drückte auf einen Klingelknopf, der in die Platte eines niedrigen Tischchens aus Teak und Perlmutt an ihrer Seite eingelassen war. Ein schweigender japanischer Butler in weißer Jacke kam ins Zimmer geschwebt und mixte zwei weitere Highballs.

»Sie sind ein ziemlich schlauer Bursche, was, Verehrtester?« sagte Rhonda Farr, als er wieder gegangen war. »Und Sie haben da ein paar Briefe in der Tasche, von denen Sie glauben, daß sie mir Leib und Seele bedeuten. Fehlanzeige, Mister, totale Fehlanzeige.« Sie nippte an ihrem frischen Highball. »Die Briefe, die Sie haben, sind Blüten. Sind vor etwa einem Monat erst geschrieben worden. Landrey hat sie nie gehabt. Er hat mir *seine* Briefe schon vor langer Zeit zurückgegeben ... Was Sie da haben, sind bloß Requisiten.« Sie legte eine Hand an ihr schön gewelltes Haar. Die Erlebnisse der vergangenen Nacht schienen spurlos an ihr vorübergegangen zu sein.

Mallory betrachtete sie nachdenklich. Er sagte: »Wie wollen Sie das beweisen?«

»Durch das Briefpapier – wenn ich's überhaupt beweisen muß. Es gibt da einen kleinen Mann unten an der Ecke Fourth und Spring, der auf solche Sachen geeicht ist.«

Mallory sagte: »Und die Handschrift?«

Rhonda Farr lächelte matt. »Handschriften sind leicht zu fälschen, wenn man genügend Zeit hat. Hat man mir wenigstens erzählt. Jedenfalls ist das meine Story.«

Mallory nickte, schlürfte seinen Highball. Er griff mit der Hand in seine Brusttasche und zog einen flachen Umschlag aus Manilapapier hervor, Normformat. Er legte ihn auf sein Knie.

»Vier Männer mußten dran glauben letzte Nacht wegen dieser gefälschten Briefe«, sagte er beiläufig.

Rhonda Farr sah ihn ungerührt an. »Zwei Gangster, ein korrupter Polizist, macht schon drei von ihnen. Und wegen diesem Gelump sollte ich schlechter schlafen? Um Landrey tut es mir natürlich leid.«

Mallory sagte höflich: »Das ist aber nett von Ihnen, daß es Ihnen um Landrey leid tut.«

Sie sagte friedlich: »Landrey, das habe ich Ihnen schon einmal erzählt, war vor ein paar Jahren ein recht netter Bursche, als er nämlich versuchte, beim Film anzukommen. Aber dann hat er sich auf andere Geschäfte geworfen, und bei der Sorte von Geschäften muß man sich ja über kurz oder lang eine Kugel fangen.«

Mallory rieb sich das Kinn. »Komisch ist dabei nur, daß er sich gar nicht daran erinnerte, Ihnen die Briefe seinerzeit zurückgegeben zu haben. Wirklich sehr komisch.«

»Das war ihm egal, Verehrtester. Er war eben Schauspieler, und das Stück gefiel ihm so. Es bot ihm Gelegenheit, den starken Mann zu mimen. Das hat ihn mächtig gekratzt.«

Mallory ließ sein Gesicht hart werden und voller Abscheu. Er sagte: »Der Job kam mir sauber vor. Ich wußte nicht viel über Landrey, aber er kannte einen guten Freund von mir in Chicago. Er dachte sich was aus, wie man an die Kerls rankommen könnte, die Sie in der Mangel hatten, und ich hab's durchgespielt. Dann sind Sachen passiert, die alles einfacher gemacht haben – aber auch wesentlich lauter.«

Rhonda Farr klopfte sich mit kleinen schimmernden Nägeln gegen die kleinen schimmernden Zähne. Sie sagte: »Was sind Sie eigentlich da, wo Sie leben, Verehrtester? Einer von diesen Schnüfflern, die sich Privatdetektive nennen?«

Mallory lachte rauh, machte eine vage Bewegung und fuhr sich mit den Fingern durch das krause dunkle Haar. »Lassen wir das, Kindchen«, sagte er sanft. »Schwamm drüber.«

Rhonda Farr sah ihn mit einem überraschten Blick an, dann lachte sie ziemlich schrill.

»Da wird's wohl brenzlig, was?« gurrte sie. Dann fuhr sie fort, mit trockener Stimme: »Atkinson hat mich seit Jahren bluten lassen, auf diese oder jene Tour. Ich hab die Briefe geschrieben und sie so aufbewahrt, daß er drankommen konnte. Sie waren denn auch bald verschwunden. Ein paar Tage später rief ein Mann an, mit der bekannten zünftigen Rabaukenstimme, und fing an, mich unter Druck zu setzen. Ich ließ der Sache ihren Lauf. Ich hatte mir so gedacht, ich könnte Atkinson vielleicht wegen Diebstahl rankriegen, und unser beider Ruf zusammen würde einen ganz guten Aufhänger für die Zeitungen abgeben, ohne daß ich selber dabei zuviel Federn lassen müßte. Aber die Geschichte schien weitere Kreise zu ziehen, und da bekam ich's mit der Angst. Ich überlegte, ob ich nicht Landrey bitten sollte, mir herauszuhelfen. Ich war sicher, er würde das mit Kußhand machen.«

Mallory sagte roh: »Immer ehrlich und direkt, das kleine Mädchen, was? Einen Dreck!«

»Sie haben wohl keinen blassen Schimmer, wie das hier in Hollywood läuft, Verehrtester, oder?« sagte Rhonda Farr. Sie legte den Kopf auf die Seite und summte leise vor sich hin. Die Klänge einer Tanzkapelle fluteten träge durch die stille Luft. »Eine umwerfende Melodie ... Ist aus einer Sonate von Weber geklaut ... Publicity muß hier draußen immer ein bißchen weh tun. Sonst glaubt's keiner.«

Mallory stand auf, den Umschlag aus Manilapapier in der Hand. Er warf ihn ihr in den Schoß.

»Fünf Riesen kosten die Sie«, sagte er.

Rhonda Farr lehnte sich zurück und schlug die jadegrünen Beine übereinander. Ein kleiner grüner Pantoffel fiel von ihrem nackten Fuß auf den Teppich, und der Manilaumschlag fiel daneben. Weder der eine noch der andere veranlaßte sie zu einer Bewegung.

Sie sagte: »Wieso?«

»Ich bin Geschäftsmann, Kindchen. Ich werde für meine Arbeit bezahlt. Landrey hat mich nicht bezahlt. Fünf Riesen waren der Preis. Der Preis für ihn und jetzt der Preis für Sie.«

Sie sah ihn fast gleichgültig an, aus seelenruhigen, kornblumenblauen Augen, und sagte: »Kein Geschäft zu machen ... Erpresser. Wie ich Ihnen schon im Bolivar gesagt habe. Dankeschön in jeder Menge, aber mein Geld gebe ich selber aus.«

Mallory sagte kurz: »Dies könnte eine verdammt gute Gelegenheit sein, was davon auszugeben.«

Er beugte sich vor und griff nach ihrem Highball, trank einen Schluck davon. Als er das Glas hinsetzte, klopfte er einen Moment lang mit den Nägeln zweier Finger dagegen. Ein dünnes, verkniffenes Lächeln kräuselte seine Mundwinkel. Er zündete sich eine Zigarette an und stieß das Streichholz in eine Schale mit Hyazinthen.

Er sagte langsam: »Landreys Fahrer hat geredet, natürlich. Landreys Freunde wollen mich sprechen. Sie wollen wissen, wie das gekommen ist, daß Landrey in Westwood so plötzlich das Zeitliche gesegnet hat. Nach einer Weile werden auch die Bullen den Weg zu mir finden. Mit Sicherheit wird ihnen jemand einen Tip geben. Ich war bei vier plötzlichen Todesfällen dabei letzte Nacht, und da kann ich ihnen natürlich nicht einfach davonlaufen. Wahrscheinlich werde ich ihnen die ganze Geschichte haarklein erzählen müssen. Die Bullen werden Ihnen jede Menge Publicity verschaffen, Kindchen. Landreys Freunde – ich weiß nicht, was die tun werden. Irgendwas jedenfalls, was gar nicht angenehm sein dürfte, würde ich sagen.«

Rhonda Farr sprang mit einem Ruck auf die Füße und tastete mit dem großen Zeh nach ihrem grünen Pantoffel. Ihre Augen waren weit aufgerissen und erschrocken.

»Sie ... würden mich verkaufen?« keuchte sie.

Mallory lachte. Seine Augen waren hell und hart. Er starrte auf einen Lichtfleck am Boden, der von einer der Stehlampen kam. Er sagte mit gelangweilter Stimme:

»Warum zum Teufel sollte ich Sie denn schützen? Ich schulde Ihnen nichts. Und Sie sitzen verdammt zu fest auf Ihren Moneten, um mich zu engagieren. Ich hab zwar kein Strafregister, aber Sie wissen ja, wie beliebt ein Mensch von meiner Sorte bei den Hütern des Gesetzes ist. Und Landreys Freunde werden bloß eine dreckige, abgekartete Geschichte sehen, durch die ein guter Kerl ins Gras gebissen hat. Um Himmels willen, warum sollte ich wohl für eine Schwindlerin wie Sie den Rücken hinhalten?«

Er schnaubte wütend. Rote Flecken erschienen auf seinen sonnengebräunten Wangen.

Rhonda Farr stand ganz still und schüttelte langsam den Kopf von einer Seite zur anderen. Sie sagte: »Kein Geschäft, Erpresser ... kein Geschäft.« Ihre Stimme war winzig und müde, aber das Kinn hatte sie hart und tapfer gereckt.

Mallory streckte die Hand aus und griff nach seinem Hut. »Sie haben ganz schön Haare auf den Zähnen«, sagte er grinsend. »Mein Gott! Mit euch Frauenzimmern in Hollywood muß schwer auszukommen sein!«

Er beugte sich plötzlich vor, faßte sie mit der linken Hand um den Hinterkopf und küßte sie hart auf den Mund. Dann schnippte er ihr mit den Fingerspitzen über die Wange.

»Sie sind ein ganz nettes Mädchen – in mancher Hinsicht«,

sagte er. »Und als Lügnerin auch nicht so ohne. Ganz beachtlich sogar. Sie haben überhaupt keine Briefe gefälscht, Kindchen. Auf so einen Trick würde Atkinson nicht reinfallen.«

Rhonda Farr bückte sich vor, schnappte sich den Manilaumschlag vom Teppich und ließ herausflattern, was sich darin befand — eine Anzahl engbeschriebener grauer Seiten, büttenrandig, mit dünnem goldenem Monogramm. Sie starrte mit zitternden Nasenflügeln darauf nieder.

Sie sagte langsam: »Ich werde Ihnen das Geld schicken.«

Mallory legte ihr die Hand unter das Kinn und schob ihren Kopf zurück.

Er sagte ganz sanft:

»Ich hab Sie bloß auf den Arm genommen, Kindchen. Das ist eine schlechte Angewohnheit von mir. Aber an diesen Briefen ist zweierlei ziemlich komisch. Sie haben keine Umschläge, und aus nichts darin geht hervor, an wen sie gerichtet sind — aus keinem einzigen Wort. Und das zweite: Landrey hatte sie in der Tasche stecken, als er getötet wurde.«

Er nickte und wandte sich ab. Rhonda Farr sagte scharf: »Warten Sie!« Ihre Stimme klang plötzlich verängstigt.

Mallory sagte: »Sie kommen erst dran, wenn alles vorbei ist. Trinken Sie was.«

Er ging ein paar Schritte durchs Zimmer, wandte den Kopf. Er sagte: »Ich muß weg. Hab eine Verabredung mit einem großen bösen schwarzen Mann ... Schicken Sie mir ein paar Blumen. Wilde, blaue Blumen, wie Ihre Augen.«

Er ging durch einen Türbogen hinaus. Ein Tor öffnete und schloß sich schwer. Rhonda Farr saß lange Zeit da, ohne sich zu rühren.

VIII

Zigarettenrauch durchzog beengend die Luft. Ein Grüppchen von Leuten in Abendkleidung stand, Cocktails süffelnd, an der Seite eines vorhangverschlossenen Durchgangs, der zu den Spielsalons führte. Durch den Vorhang sah man, in flammendem Licht, das eine Ende eines Roulett-Tisches.

Mallory setzte die Ellbogen auf die Bar, und der Barmann wandte sich von zwei jungen Mädchen in Partykleidern ab und fuhr mit einem weißen Tuch über die hochglänzende Holzfläche vor ihm. Er sagte:

»Was hätten wir denn gern, Chef?«

Mallory sagte: »Ein kleines Bier.«

Der Barmann gab es ihm, lächelte, ging zu den beiden Mädchen zurück. Mallory nippte an dem Bier, zog eine Grimasse und sah in den langen Spiegel, der die ganze Wand hinter der Bar bedeckte und leicht vorgeneigt war, so daß die ganze Bodenfläche bis zur gegenüberliegenden Wand darin sichtbar war. Eine Tür ging auf in dieser Wand, und ein Mann im Abendanzug erschien. Er hatte ein faltiges braunes Gesicht und Haar von der Farbe der Stahlwolle. Er begegnete Mallorys Blick im Spiegel und kam nikkend durch den Raum auf ihn zu.

Er sagte: »Ich bin Mardonne. Nett, daß Sie gekommen sind.« Er hatte eine weiche, belegte Stimme, die Stimme eines fetten Mannes, obwohl er nicht fett war.

Mallory sagte: »Es ist kein Höflichkeitsbesuch.«

Mardonne sagte: »Gehn wir rauf in mein Büro.«

Mallory trank noch einen weiteren Schluck von seinem Bier, zog eine weitere Grimasse und schob das Glas von sich über die Bar. Sie gingen durch die Tür, eine teppichbelegte Treppe hinauf, die in halber Höhe auf eine weitere Treppe stieß. Eine offene Tür warf Licht auf den Treppenabsatz. Sie traten ein, wo das Licht war.

Das Zimmer war einmal ein Schlafzimmer gewesen, und man hatte sich keine sonderliche Mühe damit gemacht, es in ein Büro zu verwandeln. Es hatte graue Wände, darauf zwei oder drei Drucke in schmalen Rahmen. Es gab einen großen Aktenschrank, einen soliden Safe, Sessel. Auf einem Nußbaumschreibtisch stand eine Lampe mit Pergamentschirm. Ein sehr blonder junger Mann saß auf einer Ecke des Schreibtisches und wippte mit den übereinandergeschlagenen Beinen. Er hatte einen weichen Hut mit buntem Band auf dem Kopf.

Mardonne sagte: »Es ist gut, Henry. Ich habe zu tun.«

Der blonde junge Mann rutschte von der Tischkante, gähnte,

hielt sich mit einem affektierten Schlenker des Gelenks die Hand vor den Mund. An einem seiner Finger steckte ein großer Diamant. Er betrachtete Mallory, lächelte, ging dann langsam aus dem Zimmer und machte die Tür hinter sich zu.

Mardonne setzte sich in einen blauledernen Drehstuhl. Er zündete sich eine dünne Zigarre an und schob einen Luftbefeuchter über die gemaserte Schreibtischplatte. Mallory nahm sich einen Stuhl am Ende des Tisches, zwischen der Tür und zwei offenen Fenstern. Es gab noch eine weitere Tür, aber davor stand der Safe. Er zündete sich eine Zigarette an, sagte:

»Landrey war mir etwas Geld schuldig. Fünf Riesen. Hat hier jemand Interesse, das zu bezahlen?«

Mardonne legte die braunen Hände auf die Armlehnen seines Sessels und wiegte sich darin hin und her. »So weit sind wir noch nicht«, sagte er.

Mallory sagte: »Richtig. Und wie weit sind wir?«

Mardonne verengte seine stumpfen Augen. Seine Stimme war flach und ohne Ton. »Bei der Frage, wie Landrey zu Tode gekommen ist.«

Mallory steckte seine Zigarette in den Mund und verschränkte die Hände hinter dem Kopf. Er stieß Rauchwolken aus und sprach durch sie hindurch gegen die Wand über Mardonnes Kopf.

»Er hat jeden aufs Kreuz gelegt und schließlich dann sich selbst. Er wollte immer zu viele Rollen auf einmal spielen, und da sind ihm die Texte durcheinandergeraten. Er war schießwütig. Wenn er einen Ballermann in der Hand hatte, mußte er auch gleich auf jemanden ballern. Und da hat dann eben einer zurückgeknallt.«

Mardonne wiegte sich weiter, sagte: »Vielleicht könnten Sie das noch ein bißchen präziser ausdrücken.«

»Sicher ... Ich könnte Ihnen eine Geschichte erzählen ... von einem Mädchen, das mal ein paar Briefe geschrieben hat. Sie dachte, sie wäre verliebt. Es waren ziemlich leichtsinnige Briefe, so die Art, wie ein Mädchen sie schreibt, das mal ein bißchen mehr riskiert, als es ihr guttut. Da ist dann Gras drüber gewachsen, aber irgendwie sind die Briefe auf dem Erpressermarkt gelandet. Ein paar Ganefs fingen an, das Mädchen in die Mangel zu nehmen. Nicht besonders schlimm, nicht so, daß ihr die Luft ausging; nur leider scheint sie zu den Leuten zu gehören, die grundsätzlich nicht gut mit sich Kirschen essen lassen. Landrey meinte, er könnte ihr da aus der Patsche helfen. Er legte sich einen Plan zurecht, und der Plan erforderte einen Mann, der einen Smoking tragen konnte, beim Kaffeetrinken nicht schlürfte und in der Stadt hier nicht weiter bekannt war. Er verfiel auf mich. Ich betreibe eine kleine Agentur in Chicago.«

Mardonne drehte sich zu den offenen Fenstern herum und starrte hinaus in die Wipfel einiger Bäume. »Privatschnüffler, soso«, grunzte er ungerührt. »Aus Chicago.«

Mallory nickte, sah ihn kurz an, sah wieder auf denselben Fleck an der Wand. »Und einer, der einen ehrlichen Ruf hat, Mardonne. Obwohl man das nicht glauben sollte, der Gesellschaft nach, in der ich mich in letzter Zeit bewegt habe.«

Mardonne machte eine rasche, ungeduldige Geste, sagte nichts.

Mallory fuhr fort: »Na schön, ich interessierte mich für den Job, was mein erster und schlimmster Fehler war. Ich machte ein paar Fortschritte, da verwandelte sich die Erpressung in ein Kidnapping. Gar keine erfreuliche Sache. Ich setzte mich mit Landrey in Verbindung, und er beschloß, sich mit mir zu zeigen. Wir fanden das Mädchen, ohne uns überanstrengen zu müssen. Wir brachten sie nach Hause. Wir mußten nun noch die Briefe aufstöbern. Während ich damit beschäftigt war, dem Burschen, von dem ich annahm, daß er sie hätte, die Dinger aus dem Kreuz zu leiern, kam mir einer von den bösen Buben in den Rücken und fing an, mit seiner Kanone zu fuchteln. Landrey kriegte einen blendenden Auftritt, warf sich in Positur und ballerte mit dem Kerl um die Wette, Mann gegen Mann. Dabei fing er sich ein bißchen Blei. Das Ganze war nicht von schlechten Eltern, wenn man was übrig hat für solche Sachen, aber ich saß natürlich nun in der Tinte. Vielleicht bin ich also voreingenommen. Ich mußte erst mal türmen und wieder auf klare Gedanken kommen.«

Mardonnes stumpfe braune Augen zeigten ein vorübergehendes Aufflackern von Erregung. »Es könnte vielleicht ganz interessant sein, auch mal das Mädchen erzählen zu lassen«, sagte er kühl.

Mallory stieß eine blasse Wolke Rauch aus. »Sie war gedopt und erinnert sich nicht die Spur. Wenn sie's täte, würde sie wohl kaum reden. Und ich kenne nicht mal ihren Namen.«

»Aber ich«, sagte Mardonne. »Landreys Fahrer hat auch schon geredet mit mir. Da brauchte ich Sie also gar nicht belästigen.«

Mallory sprach weiter, seelenruhig: »So sieht die Geschichte aus, wenn man sie so obenhin betrachtet, ohne Anmerkungen. Die Anmerkungen machen sie ein bißchen sonderbarer – und verdammt viel dreckiger. Das Mädchen hat Landrey nicht um Hilfe gebeten, aber er wußte von der Erpressung. Er hatte die Briefe mal gehabt, weil sie nämlich an ihn selber gerichtet waren. Sein Plan, ihnen auf die Spur zu kommen, ging dahin, daß ich selber mich an das Mädchen heranmachen sollte, und zwar so, daß sie dachte, *ich* hätte die Briefe. Ich sollte sie zu einem Treffen in einem Nachtklub überreden, wo sie von den Leuten beobachtet werden konnte, die sie in der Mangel hatten. Sie würde bestimmt kommen, denn sie hatte den Nerv dazu. Sie würde beobachtet werden, denn einen Spitzel gab es sicher auch in ihrer Nähe – Dienstmädchen, Chauffeur oder was weiß ich. Die Jungens würden sich daraufhin für mich interessieren. Sie würden mich mal beiseite nehmen, und wenn ich nicht gleich eins auf den Dez bekam, dann konnte ich vielleicht in Erfahrung bringen, wer derjenige welcher war bei der Erpressung. Reizend ausgedacht, finden Sie nicht auch?«

Mardonne sagte kalt: »Ein bißchen dünn an manchen Stellen . . . Reden Sie weiter.«

»Als die Kerls auf den Köder anbissen, wußte ich, daß alles abgekartet war. Ich blieb trotzdem bei der Stange, weil ich im Moment nichts anderes machen konnte. Nach einer Weile wurde auch der zweite Akt ranzig, diesmal ohne Probe. Ein großer Schupo, der von der Bande Taschengeld bezog, kriegte kalte Füße und ließ die Jungs hochgehn. Gegen ein bißchen Erpressung hatte er nichts, aber Kidnapping, da ging ihm denn doch die Hose mit Grundeis. Sein Aussteigen machte die Sache einfacher für mich, und Landrey tat's keinen Schaden, weil der Schupo nicht allzu helle war. Der Dreckskerl, der Landrey erwischte, war's wohl auch nicht. Der hat bloß rot gesehen auf einmal, weil er dachte, er sollte um seinen Schnitt betrogen werden.«

Mardonne klopfte mit den braunen Händen auf die Stuhllehnen, wie ein Einkäufer, dem die Elogen der Firma auf die Nerven gehen. »War das vorgesehen, daß Sie das alles ausschnüffeln sollten?« fragte er höhnisch.

»Ich hab von meinem Kopf Gebrauch gemacht, Mardonne. Nicht früh genug, aber dann doch immerhin. Vielleicht war ich ja nicht zum Denken engagiert worden, aber ausdrücklich verboten hat man's mir auch wieder nicht. Wenn ich zu schlau wurde, hatte Landrey eben Pech gehabt. Für den Fall mußte er sich dann was einfallen lassen. Kam ich aber nicht dahinter, war ich immerhin so annähernd der ehrlichste Fremde, den er sich in der Geschichte leisten konnte.«

Mardonne sagte geschmeidig: »Landrey hatte massenhaft Geld. Er hatte auch Grips. Nicht überwältigend viel, aber doch ein bißchen. Auf so ein billiges Manöver hätte er sich nicht eingelassen.«

Mallory lachte ruppig. »So billig war das gar nicht für ihn, Mardonne. Er wollte das Mädchen. Sie war ihm davongeschwebt, eine Klasse höher. Sich selber da hinaufhangeln konnte er nicht, aber wieder runterziehen konnte er sie. Die Briefe reichten nicht aus, um sie auf Vordermann zu bringen. Wenn aber Kidnapping dazukam und eine schön hingefummelte Befreiung durch einen alten Verehrer, der leider ein Gangster war, dann war's eine Geschichte, zu der man keine Volkslieder mehr aufspielen konnte. Kam sie an die große Glocke, so war's mit der Karriere des Mädchens aus und vorbei. Raten Sie doch mal spaßeshalber, was der Preis dafür war, daß sie *nicht* an die große Glocke kam, Mardonne.«

Mardonne sagte: »Hm, hm«, und sah weiter aus dem Fenster.

Mallory sagte: »Aber das alles können wir jetzt in den Rauchfang schreiben. Ich war engagiert, ein paar Briefe aufzutreiben, und ich habe sie aufgetrieben – in Landreys Tasche, als er den

Löffel hingeschmissen hatte. Jetzt möchte ich gern meine Zeit bezahlt kriegen.«

Mardonne drehte sich in seinem Stuhl herum und legte die Hände flach auf die Schreibtischplatte. »Dann rücken Sie mal raus mit den Dingern«, sagte er. »Ich werde sehn, was sie mir wert sind.«

Mallorys Augen wurden scharf und bitter. »Das Ärgerliche bei euch Ganoven ist doch immer wieder, daß ihr euch einen anständigen Menschen einfach nicht vorstellen könnt ... Die Briefe sind aus dem Verkehr gezogen. Sie sind schon zuviel umgelaufen und haben sich abgenutzt.«

»Ein allerliebster Gedanke«, höhnte Mardonne. »Aber bitte nicht mit mir. Landrey war mein Partner, und ich habe eine Menge von ihm gehalten ... Soso, da geben Sie also die Briefe weg, und ich bleche dafür, daß Sie Landrey haben umpusten lassen. Das sollte ich mir in mein Tagebuch schreiben. Ich hab so einen Riecher, daß Sie schon reichlich bezahlt worden sind – von Miss Rhonda Farr.«

Mallory sagte sarkastisch: »Hab ich's mir doch gedacht, daß Sie auf so einen Einfall kommen würden. Vielleicht gefällt *Ihnen* ja besser diese Version ... Das Mädchen kriegte's satt, daß Landrey ihr immerzu am Schürzchen hing. Sie fälschte ein paar Briefe und bewahrte sie so auf, daß ihr schlauer Anwalt sie sich unter den Nagel reißen und an einen Mann weitergeben konnte, der sich ein Trüppchen Muskelmänner hielt, wie sie der Anwalt manchmal zur Durchsetzung seiner Rechtsauffassungen braucht. Das Mädchen schrieb an Landrey um Hilfe, und er holte mich dazu. Sie kam mir aber mit einem besseren Angebot. Sie engagierte mich, Landrey aus dem Frack zu stoßen. Ich spielte auf seiner Seite mit, bis ich ihn vor der Kanone eines Killers hatte, der so tat, als wollte er mir die Hosen runterziehen. Der Killer verpaßte ihm eins, und ich schoß den Killer um, damit alles schön sauber und nett aussah. Dann genehmigte ich mir ein Schlückchen und ging nach Hause und ins Bett.«

Mardonne beugte sich vor und drückte auf einen Summer an der Seite seines Schreibtisches. Er sagte: »So gefällt's mir schon viel besser. Ich überlege mir grad, ob ich's wohl ganz hieb- und stichfest machen könnte.«

»Das können Sie ja mal versuchen«, sagte Mallory lässig. »Es dürfte nicht das erstemal sein, daß Sie auf einer krummen Tour einen Haken schlagen.«

IX

Die Zimmertür ging auf, und der blonde Junge kam hereingeschlendert. Seine Lippen waren zu einem wohlgefälligen Grinsen verzogen, und die Zunge kam dazwischen hervor. Er hatte eine Automatik in der Hand.

Mardonne sagte: »Ich habe jetzt nicht mehr zu tun, Henry.«

Der blonde Junge schloß die Tür. Mallory stand auf und zog sich langsam zur Wand zurück. Er sagte grimmig:

»Jetzt kommen wir zum komischen Teil des Abends, was?«

Mardonne hob zwei braune Finger und kniff sich damit in sein Doppelkinn. Er sagte unwirsch:

»Hier gibt's keine Schießerei. In diesem Haus verkehren nette Leute. Vielleicht haben Sie ja Landrey nicht reingelegt, aber ich will Sie hier nicht mehr sehen. Sie sind mir im Wege.«

Mallory zog sich weiter zurück, bis er die Schultern an der Wand hatte. Der blonde Junge runzelte die Stirn, tat einen Schritt auf ihn zu. Mallory sagte:

»Bleiben Sie schön, wo Sie sind, Henry. Ich brauche Platz zum Nachdenken. Sie könnten mir vielleicht eins auf den Pelz brennen, aber damit würden Sie meine Kanone nicht hindern, auch ein Wörtchen mitzureden. Mich würde der Krach jedenfalls nicht im geringsten stören.«

Mardonne beugte sich über seinen Schreibtisch, sah zur Seite. Der blonde Junge machte langsamer. Die Zunge lugte ihm immer noch zwischen den Lippen hervor. Mardonne sagte:

»Ich hab ein paar Hunderter im Schreibtisch hier. Ich werde Henry zehn davon geben. Er fährt mit Ihnen ins Hotel. Er hilft Ihnen sogar packen. Sobald Sie im Zug nach Osten sitzen, gibt er Ihnen den Kies. Sollten Sie anschließend wieder auftauchen, werden die Karten neu verteilt — aber die sind dann gezinkt.« Er senkte langsam die Hand und öffnete die Schreibtischschublade.

Mallory ließ die Augen nicht von dem blonden Jungen. »Henry könnte vielleicht die Reihenfolge ändern wollen«, sagte er gemütlich. »Henry kommt mir ein bißchen labil vor.«

Mardonne stand auf, brachte die Hand aus der Schublade. Er ließ ein Päckchen Banknoten auf die Schreibtischplatte fallen. Er sagte:

»Das finde ich gar nicht. Henry tut gewöhnlich, was man ihm gesagt hat.«

Mallory grinste verkniffen. »Vielleicht ist es *das* ja eben, was mir angst macht«, sagte er. Sein Grinsen wurde noch verkniffener und hinterhältiger. Seine Zähne glitzerten zwischen seinen blassen Lippen. »Sie sagten, Sie hätten eine Menge von Landrey gehalten, Mardonne. Alles Kokolores. Ihnen ist Landrey schnurzegal, jetzt wo er tot ist. Sie haben sich vermutlich sofort seine Hälfte von dem Lokal unter den Nagel gerissen, und kein Mensch dürfte auf den Einfall kommen, Ihnen deswegen groß Fragen zu stellen. So läuft das doch unter Gangstern. Sie wollen mich aus der Gegend haben, weil Sie denken, Sie können Ihren Dreck immer noch verhökern — an der richtigen Stelle — für mehr, als dieser kleinkalibrige Bums in einem ganzen Jahr abwirft. Aber Sie werden ihn nicht mehr los, Mardonne. Der Markt ist geschlossen. Kein Mensch wird Ihnen auch nur einen lumpigen Nickel dafür zahlen, daß Sie dichthalten oder zur großen Glocke laufen.«

Mardonne räusperte sich weich. Er stand immer noch in derselben Haltung da, ein wenig nach vorn über den Schreibtisch gebeugt, beide Hände auf der Platte und das Päckchen Banknoten zwischen den Händen. Er leckte sich die Lippen, sagte:

»Na gut, Sie Meisterdenker. Und weshalb nicht?«

Mallory machte eine rasche, aber ausdrucksvolle Geste mit dem rechten Daumen.

»Ich bin der Dumme bei diesem Geschäft. *Sie* sind der lachende Dritte. Ich hab Ihnen beim erstenmal eine klippklare Geschichte erzählt, und mein Riecher sagt mir, daß Landrey den sauberen Plan nicht allein ausgeheckt hat. Sie selber haben auch mit dringesteckt, bis rauf zu Ihrem fetten Hals! ... Aber Sie haben sich selber ausgetrickst, als Sie Landrey die besagten Briefe mit sich rumschleppen ließen. Das Mädchen kann jetzt reden. Nicht besonders viel, aber doch genug, um Rückendeckung bei einem Unternehmen zu finden, das sich nicht einfach einen Millionen-Dollar-Ruf ruinieren läßt, bloß weil ein billiger kleiner Spieler mal ein ganz großer Schlauberger sein möchte ... Wenn Ihr Geld Ihnen da den Blick trübt, werden Sie derart eins in die Fresse kriegen, daß Sie nicht mehr wissen, wo oben und unten ist. Sie werden die allerliebste Vertuschung erleben, die Hollywood je zurechtgefummelt hat, und das will einiges heißen.«

Er hielt inne, warf einen blitzschnellen Blick auf den blonden Jungen. »Und noch was, Mardonne. Wenn Sie sich irgendwelche Schützenfeste einbilden, dann besorgen Sie sich doch einen Waffenträger, der auch weiß, wo's langgeht. Ihr schwuler Caballero da hat vergessen, die Sicherung umzulegen.«

Mardonne stand wie erstarrt. Die Augen des blonden Jungen zuckten für den Bruchteil einer Sekunde auf seine Pistole nieder. Mallory sprang wie der Blitz an der Wand entlang, und die Luger schnellte in seine Hand. Das Gesicht des blonden Jungen straffte sich, seine Pistole krachte. Dann krachte die Luger, und eine Kugel schlug neben dem bunten Filzhut des blonden Jungen in die Wand. Henry duckte sich elegant, drückte noch einmal Blei ab. Der Schuß schmiß Mallory gegen die Wand zurück. Sein linker Arm wurde gefühllos.

Seine Lippen verzerrten sich wütend. Er verschaffte sich festen Halt; die Luger sprach zweimal, sehr rasch hintereinander.

Der Pistolenarm des blonden Jungen wurde hochgerissen, und die Pistole segelte in hohem Bogen gegen die Wand. Seine Augen weiteten sich, der Mund ging ihm zu einem Schmerzschrei auf. Dann wirbelte er herum, stieß die Tür auf, stürzte kopfüber hinaus und landete mit einem Krachen auf dem Treppenabsatz.

Licht strömte hinter ihm her aus dem Zimmer. Irgendwo schrie jemand auf. Eine Tür knallte. Mallory sah zu Mardonne hinüber, sagte gleichmütig:

»Hat mich am Arm erwischt! ... Ich hätte den Dreckskerl viermal umlegen können!«

Mardonnes Hand kam mit einem bläulichen Revolver vom Schreibtisch hoch. Eine Kugel klatschte zu Mallorys Füßen in den Boden. Mardonne schwankte wie betrunken, warf die Waffe fort, als wäre sie glühend heiß. Seine Hände grapschten hoch in die Luft. Er wirkte auf einmal steif vor Angst.

Mallory sagte: »Jetzt gehn Sie mal schön vor mir her, großer Mann! Ich möchte das Lokal verlassen.«

Mardonne kam hinter dem Schreibtisch vor. Er bewegte sich ruckartig, wie eine Marionette. Seine Augen waren so tot wie verdorbene Austern. Speichel tropfte ihm am Kinn nieder.

Irgend etwas tauchte plötzlich in der Tür auf. Mallory hechtete zur Seite, schoß blind nach der Tür. Aber der Klang der Luger wurde vom gräßlich flachen Dröhnen einer Schrotflinte übertönt. Eine stechende Flamme fuhr an Mallorys rechter Seite nieder. Die ganze restliche Ladung bekam Mardonne.

Er stürzte zu Boden, aufs Gesicht, schon tot, noch ehe er auftraf.

Eine abgesägte Schrotflinte plumpste durch die offene Tür herein. Ein dickbäuchiger Mann in Hemdsärmeln rutschte am Türrahmen nieder, krampfhaft daran geklammert, und rollte herum, als er fiel. Ein ersticktes Schluchzen kam aus seinem Mund, und ein Blutfleck breitete sich auf seiner gestärkten Hemdbrust aus.

Plötzlicher Lärm flackerte unten auf. Schreien, Fußgetrappel, ein schrilles Lachen, ein greller hoher Laut, der ein Kreischen gewesen sein mochte. Wagen fuhren draußen an, Reifen quietschten auf der Zufahrt. Die Kundschaft machte, daß sie davonkam. Irgendwo ging eine Glasscheibe zu Bruch. Absätze klapperten hastig auf einem Gehsteig.

Hinter dem Lichtfleck auf dem Treppenabsatz rührte sich nichts. Der blonde Junge stöhnte leise, draußen auf dem Boden, hinter dem toten Mann in der Tür.

Mallory stapfte schwer durch das Zimmer, ließ sich in den Sessel am Ende des Schreibtisches fallen. Er wischte sich Schweiß von den Augen mit dem Ballen seiner Pistolenhand. Er stützte sich mit den Rippen gegen den Schreibtisch, keuchend, die Tür immer im Auge.

Sein linker Arm hatte zu pochen begonnen, und sein rechtes Bein fühlte sich an, als wären ihm sämtliche Plagen Ägyptens hineingefahren. Blut lief ihm aus dem Ärmel, über die Hand, tropfte von den Spitzen zweier Finger.

Nach einer Weile wandte er den Blick von der Tür ab und auf das Päckchen Banknoten, das unter der Lampe auf dem Schreibtisch lag. Er langte hinüber und schob es mit der Mündung der Luger in die offene Schublade. Grinsend vor Schmerzen, lehnte er sich weit genug vor, daß er die Schublade zuziehen konnte. Dann öffnete und schloß er rasch mehrmals die Augen, indem er sie erst fest zusammenkniff und dann weit aufriß. Das klärte ihm ein wenig den Kopf. Er zog sich das Telefon heran.

Unten im Haus herrschte jetzt Stille. Mallory legte die Luger hin, hob den Hörer von der Gabel und legte ihn neben die Luger.

Er sagte laut: »Jammerschade, Kindchen ... Vielleicht hab ich's schließlich doch falsch angestellt ... Vielleicht hätte der Lausekerl doch nicht den Nerv gehabt, sich mit dir anzulegen ... na ja ... jedenfalls sind jetzt ein paar Auskünfte fällig.«

Als er zu wählen begann, wurde das Heulen einer Sirene lauter.

X

Der uniformierte Beamte hinter dem Schreibmaschinentisch sprach in ein Diktaphon, dann sah er Mallory an und winkte mit dem Daumen in Richtung einer Glastür, auf der stand: »Captain der Kriminalpolizei. Privat.«

Mallory erhob sich steif von einem Holzstuhl und ging durch den Raum, lehnte sich gegen die Wand, um die Glastür zu öffnen, ging dann hinein.

Das Zimmer, in das er kam, war mit schmutzigem braunem Linoleum ausgelegt und in jener typisch greulichen Häßlichkeit möbliert, zu der es nur Behörden bringen können. Cathcart, der Captain der Kriminalpolizei, saß mutterseelenallein mittendrin, zwischen einem mit Papieren übersäten Zylinderschreibtisch, der nicht weniger als zwanzig Jahre alt war, und einem kahlen Eichentisch, groß genug, daß man Pingpong daran hätte spielen können.

Cathcart war ein großer schäbiger Ire mit einem verschwitzten Gesicht und einem schlapplippigen Grinsen. Sein weißer Schnurrbart war in der Mitte von Nikotin verfleckt. Seine Hände hatten eine Unmenge Warzen.

Mallory ging langsam auf ihn zu, gestützt auf einen schweren Stock mit Gummizwinge. Sein rechtes Bein fühlte sich geschwollen an und heiß. Sein linker Arm lag in einer Schlinge, die er sich aus einem schwarzen Seidenschal gemacht hatte. Er war frisch rasiert. Sein Gesicht zeigte eine tiefe Blässe, und seine Augen waren so dunkel wie Schiefer.

Er setzte sich an den Tisch, dem Captain der Kriminalpolizei gegenüber, legte auf den Tisch seinen Stock, klopfte sich eine Zigarette und zündete sie an. Dann fragte er beiläufig:

»Wie lautet das Urteil, Chef?«

Cathcart grinste. »Wie fühlen Sie sich denn so, mein Junge? Sie sehen ein bißchen mitgenommen aus.«

»Gar nicht so schlimm. Bloß ein bißchen steif.«

Cathcart nickte, räusperte sich, fummelte sinnlos in ein paar Papieren herum, die vor ihm lagen. Er sagte:

»Sie sind sauber. Man faßt es nicht, aber Sie sind sauber. Chicago hat für Sie gutgesagt – verdammt gut. Ihre Luger hat Mike Corliss erwischt, einen Burschen, den wir schon zweimal in Pension hatten. Ich behalte die Luger als Andenken. Okay?«

Mallory nickte. »Okay. Ich besorge mir eine 25er mit Kupfergeschossen. Eine Scharfschützenkanone. Hat keine Stoßwirkung, paßt aber besser zum Abendanzug.«

Cathcart sah ihn wohl eine Minute lang nachdenklich an, dann fuhr er fort: »Mikes Fingerabdrücke sind auf der Schrotflinte. Die Schrotflinte hat Mardonne erwischt. Dem weint keiner eine Träne nach. Der blonde Lackel ist nicht weiter schlimm verletzt. Die Automatik, die wir auf dem Fußboden gefunden haben, wies seine Fingerabdrücke auf, und damit wäre er ein Weilchen sicher aufgehoben.«

Mallory rieb sich müde das Kinn. »Was ist mit den andern?«

Der Captain hob verzottete Brauen, und seine Augen blickten abwesend. Er sagte: »Ich wüßte nichts, was Sie damit in Verbindung bringen könnte. Oder wissen *Sie* was?«

»Leider auch nicht«, sagte Mallory entschuldigend. »Ich hab nur überlegt.«

Der Captain sagte fest: »Das lassen Sie mal bleiben. Und fangen Sie auch lieber gar nicht an zu raten, wenn Sie jemand fragen sollte ... Nehmen wir mal den Fall Baldwin Hills. Wie wir die Sache sehen, ist Macdonald in Ausübung seiner Dienstpflicht getötet worden und hat dabei einen Rauschgifthändler namens Slippy Morgan mitgenommen. Wir haben einen Haftbefehl gegen Slippys Frau erlassen, aber ich glaube kaum, daß wir sie erwischen. Mac gehörte nicht zum Rauschgiftdezernat, aber er hatte seinen dienstfreien Abend und war immer schon ein großer Schnüffler vor dem Herrn an seinen dienstfreien Abenden. Mac hat seine Arbeit geliebt.«

Mallory lächelte schwach, sagte höflich: »Ach wirklich?«

»Ja-ah«, sagte der Captain. »Was die andere Sache betrifft, so scheint es, daß dieser Landrey, ein bekannter Spieler – er war übrigens auch Mardonnes Partner – ein komischer Zufall –, also daß der nach Westwood gefahren ist, um bei einem Burschen namens Costello abzukassieren, der ein Wettbüro für Rennen im Osten betrieb. Jim Ralston, einer von unseren Jungens, fuhr mit ihm. Das hätte er zwar nicht tun müssen, aber er war mit Landrey ziemlich gut bekannt. Es gab dann eine kleine Meinungsverschiedenheit wegen dem Geld. Jim kriegte eins mit dem Totschläger an die Birne, und Landrey und irgendein kleiner Ganef ballerten sich gegenseitig um. Es war noch ein anderer Bursche dabei, aber der ist wie vom Erdboden verschluckt. Dafür haben wir Costello, aber der will partout nicht reden, und uns liegt es nicht, so einen alten Knaben derb anzupacken. Er kriegt ein Verfahren wegen der Sache mit dem Totschläger. Ich glaube kaum, daß er da Zicken machen wird.«

Mallory rutschte auf seinem Stuhl vor, bis sein Nacken auf der Kante der Lehne ruhte. Er stieß Rauch aus, senkrecht empor gegen die fleckige Decke. Er sagte:

»Wie steht's denn mit vorgestern abend? Oder hat da bloß das

Roulett eine Fehlzündung gehabt und die Scherzzigarre ein Loch in den Garagenboden gesprengt?«

Der Captain der Kriminalpolizei rieb sich kräftig die beiden feuchten Backen, zog dann ein sehr großes Taschentuch heraus und schneuzte sich hinein.

»Ach das«, sagte er gleichgültig, »das war gar nichts weiter. Das blonde Jungchen – Henry Anson oder so ähnlich – hat zugegeben, daß alles seine Schuld war. Er war Leibwächter von Mardonne, aber das heißt ja noch lange nicht, daß er nun nach Gusto auf jeden losballern konnte. Somit wäre er versorgt, aber wir lassen ihn mit einem blauen Auge davonkommen, weil er uns eine plausible Geschichte erzählt hat.«

Der Captain hielt kurz inne und starrte Mallory mit hartem Blick an. Mallory grinste vor sich hin. »Aber natürlich, wenn Ihnen seine Geschichte nicht gefällt ...«, fuhr der Captain kalt fort.

Mallory sagte: »Ich hab sie noch gar nicht gehört. Aber ich bin sicher, sie wird mir bestens gefallen.«

»Okay«, grummelte Cathcart, besänftigt. »Tja, also dieser Anson sagt, Mardonne hat ihn mit dem Summer reingerufen, wo Sie und der Boss grad am Reden waren. Sie haben sich über irgendwas beschwert, vielleicht ein präpariertes Roulett unten. Es lag etwas Geld auf dem Schreibtisch, und Anson kam auf die Idee, Sie wollten dem Boss was abknöpfen. Sie machten einen leicht amoralischen Eindruck auf ihn, und da er nicht wußte, daß Sie Detektiv waren, wurde er ein bißchen nervös. Infolgedessen ging ihm die Kanone los. Sie haben nicht gleich zurückgeballert, aber da läßt das arme Würstchen noch einen Flitzer los und erwischt Sie am Arm. Daraufhin erst, beim ... haben Sie ihm die Schulter lahmgelegt, wie's wohl jeder an Ihrer Stelle auch getan hätte – außer mir, weil wenn ich Sie gewesen wäre, hätte ich ihm den Bauch vollgefetzt. Tja, und dann kommt dieser Schrotflintenjunge reingeplatzt, drückt ab, ohne weiter viel Fragen zu stellen, putzt Mardonne aus der Gegend und fängt sich einen Treffer von Ihnen. Wir dachten ja zuerst, der Bursche hätte Mardonne vielleicht mit Absicht umgelegt, aber das Jungchen sagt, er ist in der Tür gestolpert, wie er reinkam ... Zum Teufel, uns schmeckt das gar nicht, daß Sie hier die ganze Schießerei bestritten haben, wo

Sie doch bloß ein Zugereister sind und alles, aber der Mensch hat schließlich ein Recht darauf, sich gegen verbotene Waffen zur Wehr zu setzen.«

Mallory sagte liebenswürdig: »Da wäre aber noch der Staatsanwalt und der Coroner. Wie steht's denn mit denen? Ich würde doch ganz gern so sauber aus der Sache rauskommen, wie ich reingeraten bin.«

Cathcart blickte finster auf das schmutzige Linoleum nieder und biß sich in den Daumen, als hätte er plötzlich Lust bekommen, sich selber weh zu tun.

»Der Coroner schert sich einen Dreck um den Dreck. Und wenn der Staatsanwalt komisch werden will, dann kann ich ihn leicht an ein paar Fälle erinnern, die sein Büro längst nicht so sauber über die Bühne gebracht hat.«

Mallory nahm seinen Stock vom Tisch, schob den Stuhl zurück, stützte sich auf den Stock und stand auf. »Eine reizende Polizei haben Sie hier«, sagte er. »Man sollte nicht meinen, daß da überhaupt noch Verbrechen vorkommen.«

Er bewegte sich auf die Tür zu. Der Captain sagte zu seinem Rücken:

»Fahrn Sie nach Chicago zurück?«

Mallory zuckte vorsichtig die rechte Schulter, die heile. »Vielleicht bleibe ich noch ein bißchen in der Gegend«, sagte er. »Eine der Filmgesellschaften hat mir ein Angebot gemacht. Privatdetektei für Erpressungen und so weiter.«

Der Captain grinste herzlich. »Famos«, sagte er. »Die Eclipse Films sind ein famoses Unternehmen. Sind auch zu mir immer famos gewesen ... Nette, einfache Arbeit, Erpressung. Da dürfte's kaum je brenzlig für Sie werden.«

Mallory nickte feierlich. »Ganz leichte Arbeit, Chef. Fast schon unmännlich, wenn Sie verstehen, was ich meine.«

Er ging hinaus, den Flur hinunter zum Fahrstuhl, hinunter auf die Straße. Er stieg in ein Taxi. Es war heiß in dem Taxi. Er fühlte sich schwach und schwindlig, als er ins Hotel zurückfuhr.

Erstveröffentlichung 1933

Der superkluge Mord

I

Der Türsteher des Kilmarnock war an die einsneunzig groß. Er trug eine blaßblaue Uniform, und weiße Handschuhe ließen seine Hände riesig erscheinen. Er öffnete die Tür des Yellow-Taxis so behutsam, wie eine alte Jungfer eine Katze streichelt.

Johnny Dalmas stieg aus und drehte sich zu dem rothaarigen Fahrer um. Er sagte: »Fahr doch lieber um die Ecke und warte da auf mich, Joey.«

Der Fahrer nickte, schob einen Zahnstocher in seinem Mundwinkel noch etwas weiter zurück und schwang sein Taxi gekonnt aus dem weiß markierten Parkverbot vor dem Hotel. Dalmas überquerte den sonnigen Gehsteig und trat in die riesige kühle Halle des Kilmarnock. Die Teppiche waren dick, man ging völlig geräuschlos. Pagen standen mit verschränkten Armen herum, und die beiden Portiers hinter dem Marmor der Rezeption blickten streng in die Luft.

Dalmas ging zu den Fahrstühlen hinüber. Er stieg in einen getäfelten Lift und sagte: »Endstation bitte.«

Das Dachgeschoß hatte einen kleinen stillen Flur, auf den drei Türen führten, eine in jeder Wand. Dalmas trat vor eine davon und betätigte die Klingel.

Derek Walden öffnete die Tür. Er war etwa fünfundvierzig, möglicherweise etwas drüber, und hatte volles, staubiggraues Haar und ein hübsches, von Ausschweifungen gezeichnetes Gesicht, das schon langsam schwammig wurde. Er trug einen Morgenrock mit Monogramm und in der Hand ein volles Glas Whisky. Er war ein bißchen betrunken.

Er sagte mit belegter Stimme, mürrisch: »Ach, Sie sind's, Dalmas. Rein mit Ihnen.«

Er ging zurück in das Apartment, ließ die Tür offen. Dalmas schloß sie und folgte ihm in ein langes, hochdeckiges Zimmer mit einem Balkon am einen Ende und einer Reihe Fenstertüren zur Linken. Sie führten auf eine Dachterrasse.

Derek Walden setzte sich in einen braungoldenen Sessel an der Wand und streckte die Beine über einen Schemel. Er schwenkte den Whisky in seinem Glas herum und sah darauf nieder.

»Was haben Sie auf dem Herzen?« fragte er.

Dalmas starrte ihn ein wenig grimmig an. Nach einem Augenblick sagte er: »Ich bin vorbeigekommen, um Ihnen zu sagen, daß ich Ihnen den Job zurückgebe.«

Walden trank sein Glas leer und setzte es dann auf die Ecke eines Tisches.

Er tastete nach einer Zigarette, steckte sie sich in den Mund und vergaß sie anzuzünden.

»Was Sie nicht sagen.« Seine Stimme war verschwommen, aber von deutlicher Gleichgültigkeit.

Dalmas wandte sich von ihm weg und ging zu einem der Fenster hinüber. Es stand offen, und eine Markise flatterte draußen. Der Verkehrslärm vom Boulevard drang nur schwach herauf.

Er sprach über die Schulter: »Die Untersuchung führt zu nichts — weil Sie selber wollen, daß sie zu nichts führt. *Sie* wissen, warum Sie erpreßt werden. *Ich* nicht. Interessiert ist nur die Eclipse Films, weil sie nämlich eine Menge Zucker in die Filme gerührt hat, die Sie gebacken haben.«

»Ach, zum Teufel mit der Eclipse«, sagte Walden, fast ruhig.

Dalmas schüttelte den Kopf und wandte sich um. »Nicht von meinem Standpunkt aus. Der Firma steht ein handfester Verlust ins Haus, wenn Sie in einen Skandal verwickelt werden, mit dem ihre Publicity-Meute nicht fertig wird. Sie haben mich genommen, weil es von Ihnen verlangt wurde. Aber es war reine Zeitverschwendung. Nicht für einen Cent Kooperation von Ihrer Seite.«

Walden sagte in unfreundlichem Ton: »Ich deichsle diese Sache auf meine eigene Art, und von einem Skandal kann gar keine Rede sein. Ich werde alleine ein Abkommen treffen — sobald ich etwas kaufen kann, was dann auch ein für allemal gekauft ist... Und Sie haben nichts weiter zu tun, als den Leuten von der Eclipse das Gefühl zu geben, daß jemand die Lage im Auge behält. Ist das klar?«

Dalmas kam wieder halb durchs Zimmer zurück. Er blieb stehen, eine Hand auf der Tischplatte neben einem Aschenbecher voller Zigarettenstummel, an denen sehr dunkles Lippenrouge zu sehen war. Er blickte – abwesend auf sie nieder.

»So ist mir das nicht erklärt worden, Walden«, sagte er kalt.

»Ich dachte, Sie wären schlau genug, um von selber draufzukommen«, sagte Walden mit höhnischem Grinsen. Er beugte sich zur Seite und schlabberte sich einen neuen Whisky in sein Glas. »Wolln Sie auch was?«

Dalmas sagte: »Nein, danke.«

Walden fand die Zigarette in seinem Mund und warf sie auf den Boden. Er trank. »Was, zum Teufel, wollen Sie denn eigentlich?« schnaubte er. »Sie sind Privatdetektiv und werden dafür bezahlt, daß Sie ein paar Freiübungen machen, die Sie nichts kosten. Das ist doch ein sauberer Auftrag – im Vergleich zu dem, was Ihr Gewerbe sonst so mit sich bringt.«

Dalmas sagte: »Solche Bemerkungen können Sie sich an den Hut stecken.«

Walden machte eine abrupte, ärgerliche Bewegung. Seine Augen glitzerten. Seine Mundwinkel zogen sich nach unten, und sein Gesicht wurde mürrisch. Er mied Dalmas' Blick.

Dalmas sagte: »Ich habe nichts gegen Sie, aber ich bin auch nicht sonderlich für Sie eingenommen. Sie sind nicht der Typ, mit dem ich mich befreunden könnte. Aber wenn Sie mitgespielt hätten, dann hätte ich mein Möglichstes getan. Ich werde das auch immer noch tun – aber nicht Ihretwegen. Ich will Ihr Geld nicht – und Ihre Beschatter können Sie auch gern von mir abziehen, sobald Sie nur Lust haben.«

Walden stellte die Füße auf den Boden. Er setzte sehr vorsichtig das Glas neben seinem Ellbogen auf den Tisch. Der ganze Ausdruck seines Gesichts hatte sich verändert.

»Beschatter?... Ich verstehe Sie nicht.« Er schluckte. »Ich lasse Sie gar nicht beschatten.«

Dalmas starrte ihn an. Nach einem Augenblick nickte er. »Okay denn. Ich werde den nächsten mal beim Kragen nehmen und sehn, ob ich aus ihm rauskriege, für wen er arbeitet ... Ich werd's schon feststellen.«

Walden sagte sehr ruhig: »Das würde ich nicht tun, wenn ich Sie wäre. Sie – Sie lassen sich da mit Leuten ein, die sehr häßlich werden könnten ... Ich weiß, wovon ich rede.«

»Das wird mir kaum den Nachtschlaf rauben«, sagte Dalmas gleichmütig. »Und wenn's die Leute sind, die Ihr Geld wollen, dann sind die schon vor einer ganzen Weile häßlich geworden.«

Er hielt seinen Hut vor sich hin und betrachtete ihn. Waldens Gesicht schimmerte vor Schweiß. Seine Augen sahen krank aus. Er öffnete den Mund, um etwas zu sagen.

Der Türsummer erklang.

Walden runzelte finster die Stirn, fluchte. Er starrte durchs Zimmer, rührte sich aber nicht.

»Verdammt noch mal, es kommen doch andauernd Leute rauf, ohne sich anmelden zu lassen«, grollte er. »Mein japanischer Boy hat heute Ausgang.«

Der Türsummer erklang zum zweitenmal, und Walden wollte aufstehen. Dalmas sagte: »Ich werde mal nachsehen, was ist. Ich bin sowieso im Aufbruch.«

Er nickte Walden zu, ging durchs Zimmer und öffnete die Tür.

Zwei Männer kamen herein, Pistolen in den Händen. Eine der Pistolen grub sich Dalmas scharf in die Rippen, und der Mann, der sie hielt, sagte nachdrücklich: »Zurück in die gute Stube, und zwar ein bißchen dalli. Das ist so ein Überfall, wie man ihn manchmal in der Zeitung liest.«

Er war dunkel, sah gut aus und schien sich in aufgeräumter Stimmung zu befinden. Sein Gesicht war so klar geschnitten wie eine Kamee und hatte fast gar keine Härte. Er lächelte.

Der Mann hinter ihm war untersetzt und hatte sandfarbenes Haar. Er machte ein finsteres Gesicht. Der Dunkle sagte: »Das ist Waldens Schnüffler, Noddy. Kümmere dich mal um ihn und schau nach seiner Artillerie.«

Der sandfarbene Mann, Noddy, setzte Dalmas einen kurzläufigen Revolver auf den Bauch, und sein Partner trat die Tür zu und schlenderte dann sorglos durch das Zimmer auf Walden zu.

Noddy zog Dalmas einen 38er Colt unter dem Arm hervor, ging um ihn herum und klopfte ihm die Taschen ab. Er steckte seine eigene Pistole weg und nahm statt dessen Dalmas' Colt in seine Geschäftshand.

»Okay, Ricchio. Der hier wäre sauber«, sagte er mit grummelnder Stimme. Dalmas ließ die Arme fallen, drehte sich um und ging ins Zimmer zurück. Er sah nachdenklich auf Walden hinunter. Walden hatte sich vorgebeugt, den Mund offen und einen Ausdruck angestrengter Konzentration auf dem Gesicht. Dalmas sah den dunkelhaarigen Gangster an und sagte leise: »Ricchio?«

Der dunkle Junge warf ihm einen kurzen Blick zu. »Rüber da an den Tisch mit Ihnen, Süßer. Jetzt redet niemand, und das bin ich.«

Walden gab ein heiseres Räuspern von sich. Ricchio stand vor ihm und blickte mit freundlicher Miene auf ihn nieder, die Pistole baumelnd an einem Finger, am Abzugsbügel.

»Sie sind mit den Ratenzahlungen in Verzug, Walden. Verdammt lange schon! Darum sind wir mal vorbeigekommen, um mit Ihnen zu reden. Haben auch Ihren Schnüffler hier beschattet. War das nicht ganz reizend von uns?«

Dalmas sagte ernst, ruhig: »Dieses Arschloch war doch mal Ihr Leibwächter, Walden – wenn er Ricchio heißt.«

Walden nickte schweigend und leckte sich die Lippen. Ricchio knurrte Dalmas an: »Lassen Sie die Klugschnackerei, Schnüffler. Ich sag's Ihnen zum letztenmal.« Er starrte mit heißen Augen, sah dann wieder Walden an, sah auf eine Uhr an seinem Handgelenk.

»Es ist acht Minuten nach drei, Walden. Ich denke, so wie Sie bei den Leuten ziehen, kriegen Sie immer noch Geld von der Bank. Wir geben Ihnen eine Stunde, um zehn Riesen abzuheben. Genau eine Stunde. Und Ihren Schnüffler hier nehmen wir mit, um mit ihm die Übergabe zu arrangieren.«

Walden nickte wieder, immer noch still. Er legte die Hände

auf die Knie und umklammerte sie, bis seine Knöchel sich weißten.

Ricchio fuhr fort: »Wir spielen sauber. Unser Gewerbe wäre keine zerquetschte Fliege wert, wenn wir das nicht täten. Auch Sie werden sauber spielen. Wenn nicht, wacht Ihr Schnüffler auf einem Misthaufen auf. Das heißt, zum Aufwachen kommt er dann nicht mehr. Kapiert?«

Dalmas sagte verächtlich: »Und wenn er zahlt – dann laßt ihr mich vermutlich laufen, damit ich euch an den Kragen kann.«

Geschmeidig, ohne ihn anzusehen, sagte Ricchio: »Auch dafür gibt es eine Lösung ... Zehn Riesen heute, Walden. Die andern zehn am Ersten der Woche. Es sei denn, wir kriegen Schwierigkeiten ... Wenn ja, kommen die zusätzlich auf die Rechnung.«

Walden machte eine ziellose, besiegte Geste mit beiden ausgebreiteten Händen. »Ich denke, ich kann's arrangieren«, sagte er eilig.

»Famos. Dann wolln wir uns mal auf den Weg machen.«

Ricchio nickte kurz und steckte seine Pistole weg. Er zog einen braunen Wildlederhandschuh aus der Tasche, streifte ihn über die rechte Hand, ging hinüber, nahm dann dem sandhaarigen Mann Dalmas' Colt ab. Er überprüfte ihn, ließ ihn in seine Seitentasche gleiten und hielt ihn dort mit der behandschuhten Hand.

»Los geht's«, sagte er mit einem Kopfrucken.

Sie gingen hinaus. Derek Walden starrte ihnen trübe nach.

Der Fahrstuhl war leer bis auf den Bediener. Sie stiegen im Entresol aus und gingen durch ein stilles Schreibzimmer, an einem bunten Glasfenster vorbei, hinter dem elektrisches Licht die Wirkung von Sonnenschein erzeugte. Ricchio ging einen halben Schritt links hinter Dalmas. Der sandhaarige Mann hielt sich zu seiner Rechten, drängte ihn vorwärts.

Sie gingen teppichbelegte Stufen hinunter, durch eine Passage mit Luxusgeschäften, aus dem Hotel durch den Seiteneingang. Ein kleiner brauner Sedan parkte gegenüber an der Straße. Der sandhaarige Mann glitt hinters Steuer, schob sich die Pistole unter den Oberschenkel und trat auf den Starter. Ricchio und Dalmas stiegen hinten ein. Ricchio sagte gedehnt: »Auf dem Boulevard nach Osten, Noddy. Ich muß nachdenken.«

Noddy grunzte. »Das ist auch ein Einfall«, grollte er über die Schulter. »Bei hellichtem Tag mit so einem Burschen über den Wilshire zu gondeln.«

»Drück schon auf die Tube, Kerl.«

Der Sandhaarige grunzte erneut und löste den kleinen Sedan von der Bordsteinkante, verlangsamte einen Augenblick später am Boulevardstop. Ein leeres Yellow startete auf der westlichen Straßenseite, wendete in der Mitte des Blicks und schloß sich an. Noddy hielt vor dem Stoppschild, bog nach rechts und fuhr weiter. Das Taxi tat dasselbe. Ricchio warf ohne sonderliches Interesse einen Blick darauf zurück. Es war starker Verkehr auf der Wilshire.

Dalmas lehnte sich gegen die Polsterung zurück und sagte nachdenklich: »Warum hat Walden sich eigentlich nicht ans Telefon gehängt, während wir runterfuhren?«

Ricchio lächelte ihn an. Er setzte den Hut ab und ließ ihn auf seinen Schoß fallen, dann nahm er die rechte Hand aus der Tasche und schob sie mit der Pistole drin unter den Hut.

»Er hat eben nicht gewollt, daß wir böse auf ihn werden, Schnüffler.«

»Und da läßt er denn lieber zu, daß zwei Ganefs mit mir spazierenfahren.«

Ricchio sagte kalt: »Wir fahren nicht so spazieren, wie Sie meinen. Wir brauchen Sie bei unserm Geschäft ... Und wir sind keine Ganefs, verstanden?«

Dalmas rieb sich mit zwei Fingern das Kinn. Er lächelte leicht, sagte nichts. Der sandhaarige Mann wandte rasch den Kopf und fauchte: »An der Robertson weiter gradeaus?«

»Ja-ah. Ich bin immer noch am Nachdenken«, sagte Ricchio.

»Ein Superhirn!« höhnte der sandhaarige Mann.

Ricchio grinste verkniffen und zeigte ebenmäßige weiße Zähne. Einen halben Block vor ihnen sprang die Ampel auf Rot. Noddy ließ den Sedan aufholen und wurde der erste der Schlange an der Kreuzung. Das Yellow fuhr links von ihm auf. Nicht ganz bis auf gleiche Höhe. Der Fahrer hatte rotes Haar. Die

Mütze saß ihm schräg auf dem Kopf, und er pfiff vergnügt an einem Zahnstocher vorbei vor sich hin.

Dalmas zog die Füße gegen den Sitz zurück und legte sein ganzes Gewicht hinein. Er preßte den Rücken hart gegen die Polsterung. Die große Verkehrsampel wurde grün, und der Sedan startete, blieb dann aber noch einen Moment hängen, um einen Wagen vorzulassen, der mit einem raschen Schlenker von rechts die Spur gewechselt hatte. Das Yellow schlüpfte zur Linken vor, und der rothaarige Fahrer beugte sich über sein Steuer und riß es ganz plötzlich nach rechts. Es gab ein mahlendes, reißendes Geräusch. Der genietete Kotflügel des Taxis pflügte über den tiefgezogenen Kotflügel des braunen Sedan und blockierte sein linkes Vorderrad. Die beiden Wagen kamen mit einem Ruck zum Stehen.

Hinter ihnen begann es wütend zu hupen, ungeduldig.

Dalmas' rechte Faust krachte gegen Ricchios Kiefer. Seine linke Hand schloß sich über der Pistole in Ricchios Schoß. Er riß sie los, als Ricchio in die Ecke sackte. Ricchios Kopf schwankte. Seine Augen öffneten und schlossen sich flatternd. Dalmas glitt von ihm weg, am Sitz entlang, und schob sich den Colt unter den Arm.

Noddy saß ganz still auf dem Fahrersitz. Seine rechte Hand bewegte sich langsam auf die Pistole unter seinem Schenkel zu. Dalmas öffnete die Tür des Sedan und stieg aus, schloß die Tür, tat zwei Schritte und öffnete die Tür des Taxis. Er blieb neben dem Taxi stehen und beobachtete den sandhaarigen Mann.

Die Hupen der steckengebliebenen Wagen heulten wie wild. Der Fahrer des Yellow stand draußen und zerrte vorn an den beiden Wagen, mit großem Energieaufwand und ohne den geringsten Erfolg. Der Zahnstocher hüpfte auf und ab in seinem Mund. Ein Polizist mit bernsteinfarbener Schutzbrille fädelte sich auf seinem Motorrad durch den Verkehr, verschaffte sich einen Überblick über die Lage, gab dem Fahrer einen Wink mit dem Kopf.

»Steigen Sie ein und stoßen Sie zurück«, empfahl er. »Ausstreiten können Sie's anderswo — die Kreuzung brauchen wir zufällig auch noch für andere Zwecke.«

Der Fahrer grinste und drückte sich eiligst um den Kühler seines Taxis. Er kletterte hinein, legte den Gang ein und ruckte unter aufwendigem Hupen und Gestikulieren zurück. Er kam frei. Der sandhaarige Mann blickte hölzern aus dem Sedan. Dalmas stieg in das Taxi und zog die Tür hinter sich zu.

Der Polizist auf dem Motorrad holte eine Trillerpfeife heraus, gab zwei scharfe Pfiffe damit ab und breitete die Arme von Ost nach West. Der braune Sedan schoß über die Kreuzung, so schnell wie eine Katze, die von einem Polizeihund gejagt wird.

Das Yellow fuhr hinterher. Einen halben Block weiter beugte sich Dalmas vor und pochte an die Scheibe.

»Laß sie sausen, Joey. Einholen kannst du sie doch nicht, und ich hab auch gar nichts weiter mit ihnen im Sinn . . . Das da eben hast du ganz famos gemacht.«

Der Rotschopf wandte das Kinn zur Öffnung in der Trennscheibe hinüber. »Wenn's weiter nichts ist, Chef«, sagte er grinsend. »Da sollten Sie mich mal sehen, wenn's richtig hart auf hart geht!«

II

Das Telefon klingelte um zwanzig vor fünf. Dalmas lag auf dem Rücken auf seinem Bett. Er war in seinem Zimmer im Merrivale. Er griff, ohne hinzusehen, nach dem Hörer, sagte: »Hallo.«

Die Stimme des Mädchens war angenehm und ein bißchen gespannt. »Hier spricht Mianne Crayle. Erinnern Sie sich?«

Dalmas nahm eine Zigarette aus den Lippen. »Ja, Miss Crayle.«

»Hören Sie zu. Sie müssen bitte rübergehn und Derek Walden aufsuchen. Er ist zu Tode bedrückt und säuft sich noch blind. Man muß etwas machen.«

Dalmas starrte am Telefon vorbei gegen die Decke. Die Hand, die seine Zigarette hielt, trommelte einen Wirbel auf die Bettkante. Er sagte langsam: »Er geht nicht ans Telefon, Miss Crayle. Ich habe schon ein- oder zweimal versucht, ihn anzurufen.«

Am andern Ende der Leitung entstand ein kurzes Schweigen. Dann sagte die Stimme: »Ich habe meinen Schlüssel unter der

Tür gelassen. Es wäre am besten, Sie gingen doch gleich mal hin.«

Dalmas' Augen verengten sich. Der Finger seiner rechten Hand wurde still. Er sagte langsam: »Ich mache mich sofort rüber, Miss Crayle. Wo kann ich Sie erreichen?«

»Ich weiß nicht genau ... Im Lokal von John Sutro vielleicht. Wir wollten da hingehn.«

Dalmas sagte: »Ist gut.« Er wartete auf das Klicken, legte dann auf und stellte das Telefon auf den Nachttisch zurück. Er setzte sich auf die Bettkante und starrte eine oder zwei Minuten lang auf einen Fleck Sonnenlicht an der Wand. Dann zuckte er die Achseln, stand auf. Er trank sein Glas aus, das neben dem Telefon stand, setzte den Hut auf, fuhr im Fahrstuhl nach unten und stieg in das zweite der vor dem Hotel wartenden Taxis.

»Noch mal ins Kilmarnock, Joey. Drück auf die Tube.«

Sie brauchten fünfzehn Minuten, um zum Kilmarnock zu kommen.

Der Tanztee war gerade zu Ende gegangen, und die Straßen um das große Hotel wimmelten nur so von Wagen, die sich von den drei Einfahrten aus einen Weg in den Verkehr zu bahnen versuchten. Dalmas stieg einen halben Block entfernt aus dem Taxi und ging, vorüber an erregten Debütantinnen und ihren Begleitern, zu Fuß zur Eingangspassage. Er stieg die Treppe zum Entresol hinauf, durchquerte das Schreibzimmer und betrat einen Fahrstuhl voller Leute. Sie alle stiegen noch vor dem Dachgeschoß aus.

Dalmas drückte zweimal auf Waldens Klingel. Dann beugte er sich nieder und sah unter die Tür. Der feine Lichtfaden darunter war von einem Hindernis unterbrochen. Er schaute zum Fahrstuhlanzeiger hinüber, dann bückte er sich und zupfte mit der Klinge eines Federmessers ein Etwas unter der Tür hervor. Es war ein flacher Schlüssel. Er schloß damit auf, ging hinein ... blieb stehen ... starrte ...

In dem großen Zimmer war der Tod. Dalmas ging langsam darauf zu, mit leisem Schritt, lauschend. In seinen grauen Augen lag ein hartes Licht, und sein Kinnbackenknochen bildete eine scharfe Linie, die sich blaß vom Braun seiner Wange abhob.

Derek Walden hing fast lässig in dem braungoldenen Sessel. Sein Mund stand leicht offen. In seiner rechten Schläfe war ein geschwärztes Loch, und ein Spitzenmuster aus Blut zog sich über sein Gesicht und die Halsgrube bis auf den weichen Hemdkragen nieder. Seine rechte Hand hing schlaff auf den dicken Flor des Teppichs hinunter. Die Finger hielten eine kleine schwarze Automatik.

Das Tageslicht begann schon im Zimmer zu verblassen. Dalmas stand vollkommen still und starrte Derek Walden lange an. Nirgends war ein Laut zu vernehmen. Die Brise hatte sich gelegt, und das Markisentuch draußen vor den Fenstertüren hing unbewegt.

Dalmas zog ein Paar dünne Wildlederhandschuhe aus der linken Hüfttasche und streifte sie über. Er kniete neben Walden auf dem Teppich nieder und löste behutsam die Pistole aus dem Griff der schon steif werdenden Finger. Es war eine 32er mit Nußbaumgriff, schwarz poliert. Er drehte sie um und sah nach dem Schaft. Seine Lippen verkniffen sich. Die Nummer war abgefeilt worden, und die Feilstelle schimmerte schwach im matten Schwarz der Brünierung. Er legte die Pistole auf den Teppich und stand auf, ging langsam zum Telefon, das auf einem Bibliothekstisch stand, neben einer flachen Schale mit Schnittblumen.

Er streckte die Hand nach dem Telefon aus, berührte es aber dann doch nicht. Er ließ die Hand niedersinken. Er stand einen Augenblick lang da, drehte sich dann um und ging rasch zurück und hob die Pistole wieder auf. Er ließ das Magazin herausschnappen, stieß die Patronenhülse aus, die in der Kammer steckte, hob sie auf und drückte sie in das Magazin. Er gabelte zwei Finger seiner linken Hand über dem Lauf, hielt das Spannstück zurück, drehte den Verschlußblock und zerlegte die Waffe in zwei Teile. Er ging mit dem Kolbenteil zum Fenster hinüber.

Die Nummer, von der sich ein Doppel auf der Innenseite des Schafts befand, war hier nicht weggefeilt worden.

Er setzte die Waffe rasch wieder zusammen, steckte die leere Patronenhülse in die Kammer zurück, schob das Magazin an seinen Ort, spannte die Waffe und legte sie wieder in Derek Waldens tote Hand. Er zog die Wildlederhandschuhe von den Händen und schrieb sich die Nummer in ein kleines Notizbuch.

Er verließ das Apartment, fuhr im Fahrstuhl nach unten, verließ das Hotel. Es war halb sechs, und manche der Wagen auf dem Boulevard hatten bereits Licht eingeschaltet.

III

Der blonde Mann, der bei Sutro die Tür öffnete, tat es sehr gründlich. Die Tür schmetterte gegen die Wand zurück, und der blonde Mann saß auf dem Boden, die Hand immer noch an der Klinke. Er sagte indigniert: »Herrje, ein Erdbeben!«

Dalmas blickte ohne Belustigung auf ihn nieder.

»Ist Miss Mianne Crayle hier – oder wissen Sie das nicht?« fragte er.

Der blonde Mann stand vom Boden auf und gab der Tür einen Stoß. Sie schlug mit einem zweiten Krach ins Schloß. Er sagte mit lauter Stimme: »Alle Welt ist hier außer dem Kater des Papstes – und der muß jeden Moment kommen.«

Dalmas nickte. »Da muß es ja hoch hergehn bei Ihnen.«

Er ging an dem blonden Mann vorbei, die Halle hinunter, und trat durch einen Türbogen in einen großen altmodischen Raum mit eingebauten Porzellanschränken und einer Menge schäbigen Mobiliars. Es waren etwa sieben oder acht Leute in dem Raum, und sie hatten alle schon einen sitzen.

Ein Mädchen in Shorts und grünem Polohemd würfelte auf dem Fußboden mit einem Mann im Abendanzug. Ein fetter Mensch mit Kneifer redete mit strenger Miene in ein Spielzeugtelefon. Er sagte gerade: »Ferngespräch – Sioux City –, und machen Sie ein bißchen Dampf dahinter, Frollein.«

Das Radio plärrte *Sweet Madness*.

Zwei Paare tanzten achtlos durch die Gegend, traten sich gegenseitig auf die Füße, stießen gegen die Möbel. Ein Mann, der wie Al Smith aussah, tanzte ganz allein vor sich hin, einen Drink in der Hand und einen abwesenden Ausdruck auf dem Gesicht. Eine hochgewachsene Blondine mit weißem Gesicht winkte Dalmas zu und schwappte dabei Schnaps aus ihrem Glas. Sie kreischte: »Hallo, Schatz! Nein, daß wir uns hier wiedersehen!«

Dalmas ging um sie herum, ging auf eine safranfarbene Frau zu, die gerade mit einer Flasche Gin in jeder Hand in den Raum gekommen war. Sie stellte die Flaschen auf das Klavier und lehnte sich mit gelangweiltem Gesicht dagegen. Dalmas ging zu ihr und fragte nach Miss Crayle.

Die safranfarbene Frau angelte sich eine Zigarette aus einer offenen Dose auf dem Klavier. »Draußen — im Hof«, sagte sie tonlos.

Dalmas sagte: »Vielen Dank, Mrs. Sutro.«

Sie starrte ihn leer an. Er ging durch einen weiteren Türbogen, trat in ein verdunkeltes Zimmer mit Korbmobiliar. Eine Tür führte auf eine verglaste Veranda und aus dieser wieder eine Tür ein paar Stufen hinunter zu einem Weg, der sich zwischen dämmrigen Bäumen hinwand. Dalmas folgte dem Weg bis zum Rand eines Steilhangs, von dem man einen Ausblick über den erleuchteten Teil von Hollywood hatte. Am Rand das Hanges stand eine Steinbank. Ein Mädchen saß darauf, mit dem Rücken zum Haus. Eine Zigarette glühte in der Dunkelheit. Sie wandte langsam den Kopf und stand auf.

Sie war klein und dunkel und hatte eine zarte Figur. Ihr Mund zeigte ein dunkles Rouge, aber es war nicht hell genug, um ihr Gesicht deutlich zu erkennen. Ihre Augen waren verschattet.

Dalmas sagte: »Ich habe ein Taxi draußen, Miss Crayle. Oder sind Sie mit dem Wagen da?«

»Ohne Wagen. Gehn wir. Es ist hier zum Kotzen, und ich trinke keinen Gin.«

Sie gingen den Weg zurück und seitlich ums Haus. Ein Gittertor ließ sie auf den Gehsteig hinaus, und sie gingen am Zaun entlang zu der Stelle, wo das Taxi wartete. Der Fahrer lehnte daran, den einen Schuhabsatz auf die Kante des Trittbretts gehakt. Er machte die Taxitür auf. Sie stiegen ein.

Dalmas sagte: »Halte mal an einem Drugstore, ich brauche ein paar Glimmstengel, Joey.«

»Wird gemacht.«

Joey glitt hinters Steuer und startete. Das Taxi fuhr in Serpentinen einen steilen Berg hinunter. Der Asphalt hatte eine leicht feuchte Oberfläche, und die Ladenfronten warfen das wischende Geräusch der Reifen zurück.

Nach einer Weile sagte Dalmas: »Wann haben Sie Walden verlassen?«

Das Mädchen sprach, ohne ihm den Kopf zuzuwenden: »Gegen drei Uhr.«

»Setzen wir's mal ein bißchen später an, Miss Crayle. Um drei Uhr lebte er nämlich noch – und da war jemand anders bei ihm.«

Das Mädchen gab einen kleinen elenden Laut von sich, wie ein ersticktes Schluchzen. Dann sagte sie sehr leise: »Ich weiß ... er ist tot.« Sie hob die behandschuhten Hände und preßte sie gegen die Schläfen.

Dalmas sagte: »Genau. Spielen wir mal nicht mehr Versteck, als wir unbedingt müssen ... Vielleicht müssen wir's noch genug.«

Sie sagte sehr langsam, mit leiser Stimme: »Ich war da, als er schon tot war.«

Dalmas nickte. Er sah sie nicht an. Das Taxi fuhr weiter und hielt nach einer Weile vor einem Drugstore, an einer Ecke. Der Fahrer drehte sich auf seinem Sitz herum und blickte nach hinten. Dalmas starrte ihn an, sprach aber zu dem Mädchen.

»Sie hätten mir am Telefon ruhig etwas mehr sagen können. Ich hätte in Teufels Küche kommen können. Vielleicht stecke ich schon mittendrin – in Teufels Küche.«

Das Mädchen schwankte nach vorn und sackte in sich zusammen. Dalmas streckte schnell den Arm aus und fing sie auf, schob sie gegen das Polster zurück. Ihr Kopf taumelte auf ihren Schultern, und ihr Mund war ein dunkel klaffender Riß in ihrem kalkweißen Gesicht. Dalmas hielt ihre Schulter und fühlte ihr mit der freien Hand den Puls. Er sagte scharf, grimmig: »Fahrn wir zu Carli, Joey. Die Glimmstengel sind jetzt egal ... Die Kleine hier muß was zu trinken haben – und zwar dalli.«

Joey warf den Gang ein und trat aufs Gas.

IV

Das Carli war ein kleines Klublokal am Ende einer Passage zwischen einem Sportgeschäft und einer Leihbücherei. Es hatte eine vergitterte Tür, und hinter ihr stand ein Mann, der es längst aufgegeben hatte, eine Miene zu machen, als wäre es irgendwie wichtig, wer hier hereinkam.

Dalmas und das Mädchen setzten sich in eine kleine Nische mit harten Stühlen und zurückgebundenen grünen Vorhängen. Zwischen den Nischen waren hohe Trennwände. Es gab eine lange Bar auf der anderen Seite des Raums und an deren Ende eine große Jukebox. Hin und wieder, wenn nicht genügend Krach war, steckte der Barmann in die Jukebox einen Nickel.

Der Kellner stellte zwei kleine Gläser Brandy auf den Tisch, und Mianne Crayle stürzte ihres auf einen Schluck hinunter. Ein wenig Licht kam in ihre verschatteten Augen. Sie schälte einen schwarzweißen Handschuh von ihrer rechten Hand und saß da und spielte mit seinen leeren Fingern und starrte dabei vor sich auf den Tisch. Nach einer kleinen Weile kam der Kellner wieder, mit zwei Brandy-Highballs.

Als er gegangen war, begann Mianne Crayle mit leiser, klarer Stimme zu sprechen, ohne den Kopf zu heben: »Er hatte diverse Dutzend Frauen, und ich war nicht die erste. Er hätte auch noch diverse weitere Dutzend gehabt – und ich wäre nicht die letzte gewesen. Aber er hatte auch seine anständige Seite. Und ob Sie's glauben oder nicht, die Miete hat er nicht für mich bezahlt.«

Dalmas nickte, sagte nichts. Das Mädchen fuhr fort, ohne ihn anzusehen: »Er war in vieler Hinsicht ein Schuft. Wenn er nüchtern war, hatte er Depressionen wie der leibhaftige blaue Montag. Wenn er voll war, wurde er gemein. Nur wenn er ganz leicht einen in der Krone hatte, dann war er ein netter und umgänglicher Kerl – und außerdem der geschickteste Sex-Produzent in Hollywood. Was diesen ganzen schlüpfrigen Kitsch betrifft, so hat er davon bei Hays mehr durch die Zensur gekriegt als drei andere zusammen.«

Dalmas sagte ohne Ausdruck: »Er war auf dem absteigenden

Ast. Der Sex-Kitsch zieht nicht mehr, und das hat er genau gewußt.«

Das Mädchen sah ihn kurz an, senkte den Blick dann wieder und trank ein bißchen von ihrem Highball. Sie zog ein winziges Taschentuch aus ihrer Sportjacke und tupfte sich die Lippen.

Die Leute auf der anderen Seite der Trennwand machten einen Heidenkrach.

Mianne Crayle sagte: »Wir hatten auf dem Balkon zu Mittag gegessen. Derek war betrunken und strengte sich an, noch immer betrunkener zu werden. Irgendwas lag ihm auf der Seele. Es schien ihm schwere Sorgen zu machen.«

Dalmas lächelte schwach. »Vielleicht waren es die zwanzig Riesen, die ihm jemand aus dem Kreuz zu leiern versuchte – oder haben Sie davon nichts gewußt?«

»Das könnte es gewesen sein. Er war mit Geld ein bißchen eigen.«

»Der Schnaps hat ihn eine schöne Stange gekostet«, sagte Dalmas trocken. »Und auch der Motorkreuzer, mit dem er so gern in – in den Gewässern südlich der Zollgrenze herumgekurvt ist.«

Das Mädchen hob mit einem raschen Ruck den Kopf. Scharfe Lichter von Schmerz waren in ihren dunklen Augen. Sie sagte sehr langsam: »Er hat seinen ganzen Schnaps in Ensenada gekauft. Hat ihn selber hergeschafft. Er mußte aufpassen – bei dem Konsum, den er hatte.«

Dalmas nickte. Ein kaltes Lächeln spielte um seine Mundwinkel. Er trank sein Glas leer und steckte sich eine Zigarette in den Mund, tastete in der Tasche nach einem Streichholz. Der Behälter auf dem Tisch war leer.

»Erzählen Sie zu Ende, Miss Crayle«, sagte er.

»Wir gingen nach oben in sein Apartment. Er holte zwei frische Flaschen raus und sagte, jetzt trinkt er sich so richtig einen an ... Dann stritten wir uns ... Ich konnt es nicht länger aushalten. Ich ging weg. Als ich zu Hause war, fing ich an, mir Sorgen zu machen wegen ihm. Ich rief an, aber er kam nicht an den Apparat. Schließlich ging ich wieder hin ... machte mir selber mit dem Schlüssel, den ich hatte, auf ... und da lag er tot im Sessel.«

Nach einem Augenblick sagte Dalmas: »Warum haben Sie mir am Telefon kein bißchen davon erzählt?«

Sie preßte die Ballen ihrer Hände zusammen, sagte sehr leise: »Ich hatte ganz furchtbar Angst . . . Und dann war da noch etwas, das . . . das stimmte nicht.«

Dalmas legte den Kopf zurück gegen die Trennwand, starrte sie mit halbgeschlossenen Augen an.

»Ein alter Gag«, sagte sie. »Ich schäme mich fast, damit zu kommen. Aber Derek Walden war Linkshänder . . . Ich muß das ja wohl wissen, nicht?«

Dalmas sagte sehr leise: »Eine Menge Leute müssen das gewußt haben – aber einer von ihnen hat vielleicht nicht mehr dran gedacht.«

Dalmas starrte auf Mianne Crayles leeren Handschuh. Sie drehte ihn zwischen den Fingern.

»Walden war Linkshänder«, sagte er langsam. »Das bedeutet, daß er nicht Selbstmord begangen hat. Die Pistole war in seiner anderen Hand. Es gab keinerlei Anzeichen für einen Kampf, und das Loch in seiner Schläfe war pulvergeschwärzt und sah ganz so aus, als wäre der Schuß etwa aus dem richtigen Winkel gekommen. Das bedeutet, wer immer ihn erschossen hat, es war jemand, den er hereinließ und der nah an ihn heran konnte. Es sei denn, er war sinnlos betrunken – aber in dem Fall hätte der Betreffende einen Schlüssel haben müssen.«

Mianne Crayle schob den Handschuh von sich. Sie krampfte die Hände ineinander.

»Sie brauchen nicht noch deutlicher zu werden«, sagte sie scharf. »Ich weiß, die Polizei wird denken, ich hätt's getan. Also – ich war's nicht. Ich habe den blöden armen Kerl geliebt. Was halten Sie *davon*?«

Dalmas sagte ungerührt: »Sie *könnten* es getan haben, Miss Crayle. Man wird immerhin daran denken, oder? Und Sie wären vielleicht auch klug genug gewesen, sich hinterher so zu verhalten, wie Sie's getan haben. Auch daran wird man denken.«

»Das wäre nicht klug gewesen«, sagte sie bitter. »Bloß superklug.«

»Der superkluge Mord!« Dalmas lachte grimmig. »Nicht schlecht.« Er fuhr sich mit den Fingern durch sein krauses Haar. »Nein, ich glaube nicht, daß wir's Ihnen anhängen können – und vielleicht kriegt die Polizei auch nicht heraus, daß er Linkshänder war ... bis jemand Gelegenheit gehabt hat, die Sache aufzuklären.«

Er beugte sich ein wenig über den Tisch, legte die Hände auf die Kante, als wollte er aufstehen. Seine Augen, nachdenklich verengt, blickten ihr ins Gesicht.

»Ich kenne nur einen einzigen Mann in der Stadt, der mir vielleicht eine Chance gäbe. Er ist Bulle durch und durch, aber inzwischen ist er alt geworden und schert sich einen Dreck um Publicity. Wenn Sie mit mir hingehn, damit er Ihre Geschichte hören und sich ein Bild von Ihnen machen kann, ist er vielleicht bereit, den Fall für ein paar Stunden auf Eis zu legen und dafür zu sorgen, daß die Zeitungen noch nicht rankommen.«

Er sah sie fragend an. Sie zog den Handschuh über und sagte ruhig: »Gehn wir.«

V

Als die Fahrstuhltüren im Merrivale sich schlossen, ließ der große Mann die Zeitung vor seinem Gesicht niedersinken und gähnte. Er stand langsam auf von der Polsterbank in der Ecke und bummelte quer durch die kleine, aber ruhig daliegende Halle. Er quetschte sich in eine Zelle am Ende einer Reihe von Haustelefonen. Er steckte eine Münze in den Schlitz, wählte mit dickem Zeigefinger und bildete die Nummer dabei mit den Lippen.

Nach einer Pause lehnte er sich dicht an die Sprechmuschel und sagte: »Hier ist Denny. Ich bin im Merrivale. Unser Mann ist grad aufgetaucht. Ich hatte ihn draußen verloren und bin hergefahren, um hier zu warten, bis er zurückkommt.«

Er hatte eine schwere Stimme, mit einem gutturalen Schnarren darin. Er lauschte der Stimme am anderen Ende, nickte und hängte ein, ohne noch etwas zu sagen. Er trat aus der Zelle, ging zu den Fahrstühlen hinüber. Unterwegs ließ er einen Zigarettenstummel in eine lasierte, mit weißem Sand gefüllte Bodenvase fallen.

Im Fahrstuhl sagte er: »Neunter«, und nahm den Hut ab. Er hatte straffes schwarzes Haar, das feucht vom Schwitzen war, ein breites, flaches Gesicht und kleine Augen. Sein Anzug war ungebügelt, aber nicht schäbig. Er war Atelierdetektiv, und er arbeitete für die Eclipse Films.

Er stieg im neunten Stock aus und ging einen dämmrigen Korridor entlang, bog um eine Ecke und klopfte an eine Tür. Innen war ein Geräusch von Schritten. Die Tür ging auf. Dalmas öffnete sie.

Der große Mann trat ein, warf achtlos den Hut aufs Bett, setzte sich unaufgefordert in einen Sessel am Fenster.

Er sagte: »Hallo, mein Junge. Ich höre, du brauchst Hilfe.«

Dalmas sah ihn einen Moment an, ohne zu antworten. Dann sagte er langsam, mit einem Stirnrunzeln: »Vielleicht – um jemanden zu beschatten. Ich hatte um Collins gebeten. Du bist mir eigentlich ein bißchen zu auffällig.«

Er wandte sich ab und ging ins Bad, kam mit zwei Gläsern wieder. Er mixte die Drinks an der Kommode, reichte einen hinüber. Der große Mann trank, schmatzte mit den Lippen und stellte sein Glas auf die Bank des offenen Fensters. Er zog eine kurze, plumpe Zigarre aus der Westentasche.

»Collins war grad nicht greifbar«, sagte er. »Und ich hab sowieso bloß rumgesessen und Däumchen gedreht. Da hat der große Sultan mir den Job gegeben. Muß ich mir die Beine dabei vertreten?«

»Weiß ich nicht. Wahrscheinlich kaum«, sagte Dalmas gleichgültig.

»Wenn ich jemand im Wagen folgen soll, geht alles klar. Ich hab mein kleines Coupé dabei.«

Dalmas nahm sein Glas und setzte sich auf die Bettkante. Er starrte den großen Mann mit einem schwachen Lächeln an. Der große Mann biß von seiner Zigarre die Spitze ab und spuckte sie aus. Dann beugte er sich vor und hob das Stückchen auf, betrachtete es, warf es aus dem Fenster.

»Famoser Abend. Ein bißchen warm für die späte Jahreszeit«, sagte er.

Dalmas sagte langsam: »Wie gut kennst du Derek Walden, Denny?«

Denny sah aus dem Fenster. Es lag eine Art Dunst über dem Himmel, und der Widerschein einer roten Neonreklame hinter einem Gebäude in der Nähe wirkte wie ein Feuer.

Er sagte: »Eigentlich kennen tu ich ihn überhaupt nicht. Hab ihn mal so gelegentlich gesehen. Ich weiß nur, daß er einer der großen Kiesbagger auf dem Gelände ist.«

»Dann wird's dich ja nicht grad umwerfen, wenn ich dir erzähle, daß er tot ist«, sagte Dalmas gleichmütig.

Denny drehte sich langsam herum. Die Zigarre, immer noch unangezündet, bewegte sich auf und ab in seinem breiten Mund. Er machte ein milde interessiertes Gesicht.

Dalmas fuhr fort: »Das ist eine ganz komische Sache. Eine Erpresserbande hatte ihn in der Mangel, Denny. Sieht so aus, als hätte sie ihm ziemlich die Hölle heiß gemacht. Er ist tot – hat ein Loch im Kopf und eine Kanone in der Hand. Ist heute nachmittag passiert.«

Denny machte die kleinen Augen ein wenig weiter auf. Dalmas schlürfte seinen Drink und ließ das Glas auf dem Schenkel ruhen.

»Seine Freundin hat ihn gefunden. Sie hatte einen Schlüssel zu dem Apartment im Kilmarnock. Der japanische Boy war weg, und sonst hat er sich keine Hilfe gehalten. Das Mädel hat noch keinem was erzählt. Hat nur gemacht, daß sie wegkam, und mich angerufen. Ich bin sofort hin ... und ich hab ebenfalls noch keinem was erzählt.«

Der große Mann sagte sehr langsam: »Ach, herrjemine! Die Bullen werden's dir in die Schuhe schieben und dann Schlitten mit dir fahren, Bruder. Da kommst du nicht mit heiler Haut mehr raus.«

Dalmas starrte ihn an, dann wandte er den Kopf weg und starrte auf ein Bild an der Wand.

Er sagte kalt: »Ich versuch's immerhin – und du hilfst mir dabei. Wir haben einen Job und hinter uns eine verdammt mächtige Organisation. Für die steht eine Menge Moos auf dem Spiel.«

»Und wie stellst du dir die Sache vor?« fragte Denny grimmig. Er sah nicht so aus, als wäre er sehr angetan.

»Die Freundin glaubt nicht, daß Walden sich umgebracht hat, Denny. Ich ebenfalls nicht, und ich hab da so eine Art Anhaltspunkt. Aber das Ganze muß schnell über die Bühne gehen, denn der Anhaltspunkt ist für die Polente genausoviel wert wie für uns. Ich hatte eigentlich gar nicht damit gerechnet, daß ich's gleich überprüfen könnte, aber es ergab sich so.«

Denny sagte: »Hm, hm! Fang's bloß nicht zu schlau an. Ich bin ein langsamer Denker.«

Er riß ein Streichholz an und gab sich Feuer. Seine Hand zitterte ein ganz klein wenig.

Dalmas sagte: »Von schlau kann keine Rede sein. Eher von saudämlich. Auf der Waffe, die Walden getötet hat, ist die Nummer weggefeilt. Aber ich hab das Ding aufgemacht, und innen war die Nummer noch da. Und das Hauptquartier hat die Nummer, in der Spezialkartei.«

»Und da bist du einfach hingegangen und hast danach gefragt, und sie haben dir Auskunft gegeben«, sagte Denny grimmig. »Und wenn sie Walden finden und selber der Waffe nachgehen, werden sie dir einen Orden umhängen, weil du ihnen so schön zuvorgekommen bist.« Aus seiner Kehle kam ein heiser rauhes Geräusch.

Dalmas sagte: »Bloß keine Aufregung, Junge. Der Bursche, der's nachgeprüft hat, ist okay. Deswegen brauche ich mir keine Sorgen zu machen.«

»Den Teufel brauchst du! Und was soll ein Bursche wie Walden mit einer Kanone im Sinn gehabt haben, an der die Nummer weggefeilt war? Da steht doch schwere Strafe drauf.«

Dalmas trank sein Glas leer und trug es hinüber zur Kommode. Er streckte fragend die Whiskyflasche aus. Denny schüttelte den Kopf. Er machte ein angewidertes Gesicht.

»Wenn die Kanone in seinem Besitz war, dann muß er's nicht unbedingt gewußt haben, Denny. Es könnte auch sein, daß es gar nicht seine Kanone war. Wenn sie allerdings einem Killer gehörte, dann war der Killer ein Amateur. Ein Professioneller gäbe sich mit so einer Artillerie nicht ab.«

Der große Mann sagte langsam: »Okay, was hast du rausgekriegt über die Knarre?«

Dalmas setzte sich wieder aufs Bett. Er grub eine Packung Zigaretten aus der Tasche, zündete sich eine an und beugte sich vor, um das Streichholz durch das offene Fenster zu werfen. Er sagte: »Die Lizenz war vor etwa einem Jahr auf einen Notizenkritzler vom *Press-Chronicle* namens Dart Burwand ausgestellt worden. Diesen Burwand hat's letzten April auf der Rampe des Arcade Depot erwischt. Er war drauf und dran, die Stadt zu verlassen, hat's aber nicht geschafft. Der Fall ist nie geknackt worden, aber die Vermutung geht dahin, daß dieser Burwand die Finger bei irgendeiner Bande drin hatte – ganz wie im Mordfall Lingle in Chi – und daß er versucht hat, einen der großen Jungs auszunehmen. Der hat die Idee nicht gemocht und zurückgefeuert. Burwand ab.«

Der große Mann atmete tief. Er hatte seine Zigarre ausgehen lassen. Dalmas betrachtete ihn ernst, während er weitersprach.

»Ich hab das von Westfalls, vom *Press-Chronicle*«, sagte er. »Ist ein Freund von mir. Aber es kommt noch mehr. Die bewußte Kanone wurde Burwands Frau zurückgegeben – vermutlich. Sie wohnt noch hier – draußen an der North Kenmore. Sie könnte mir vielleicht sagen, was sie damit gemacht hat ... und sie könnte unter Umständen selber die Finger bei irgendeiner Bande drinhaben, Denny. In dem Fall würde sie mir nichts erzählen, dafür aber, wenn ich mit ihr fertig bin, ein paar Kontakte aufnehmen, die wir vielleicht kennen sollten. Merkst du, worauf ich hinauswill?«

Denny strich ein weiteres Streichholz an und hielt es ans Ende seiner Zigarre. Seine Stimme sagte belegt: »Was mache ich dabei – die Zicke beschatten, wenn du ihr den Einfall mit der Kanone gesteckt hast?«

»Richtig.«

Der große Mann stand auf, tat, als ob er gähnte. »Kann ich machen«, grunzte er. »Aber wieso diese ganze Heimlichtuerei mit Walden? Warum läßt du das nicht die Bullen rauskriegen?

Wir machen uns im Hauptquartier doch nur unbeliebt auf die Tour.«

Dalmas sagte langsam: »Das muß riskiert werden. Wir wissen nicht, was dieses Erpressergesocks gegen Walden in der Hand hatte, und für die Firma steht zuviel Geld auf dem Spiel, wenn's bei der Untersuchung rauskommt und im ganzen Land auf den Titelseiten verbreitet wird.«

Denny sagte: »Du redest, wie wenn Walden sich Valentino schriebe. Zum Teufel, der Kerl war doch bloß Regisseur. Die brauchten doch nichts weiter zu tun, als seinen Namen von ein paar Filmen runterzuradieren, die noch nicht freigegeben sind.«

»Sie rechnen anders«, sagte Dalmas. »Vielleicht ist das auch der Grund, weshalb sie mit dir nicht darüber geredet haben.«

Denny sagte grob: »Okay. Aber ich, ich würde diese Freundin die Suppe auslöffeln lassen! Was die Polizei braucht, ist doch bloß ein Sündenbock.«

Er ging zum Bett, um nach seinem Hut zu greifen, knüllte ihn sich auf den Kopf.

»Einfach toll«, sagte er säuerlich. »Wir sollen den ganzen Fall aufdrieseln, bevor die Bullen auch nur spitzkriegen, daß Walden hin ist.« Er fuchtelte mit einer Hand und lachte freudlos. »Ganz wie im Kino.«

Dalmas verstaute die Whiskyflasche in der Kommodenschublade und setzte seinen Hut auf. Er öffnete die Tür und trat beiseite, um Denny vorbeizulassen. Er knipste das Licht aus.

Es war zehn Minuten vor neun.

VI

Die große Blondine sah Dalmas aus grünlichen Augen mit sehr kleinen Pupillen an. Er ging rasch an ihr vorbei hinein, ohne daß er sich aber rasch zu bewegen schien. Er schob die Tür mit dem Ellbogen zu.

Er sagte: »Ich bin Detektiv – privat –, Mrs. Burwand. Ich ermittle zur Zeit in einer Sache, in der Sie mir vielleicht weiterhelfen können.«

Die Blondine sagte: »Dalton ist mein Name, Helen Dalton. Vergessen Sie den Burwand-Kram.«

Dalmas lächelte und sagte: »Tut mir leid. Das hätte ich wissen müssen.«

Die Blondine zuckte die Achseln und schwebte von der Tür fort. Sie setzte sich auf die Kante eines Sessels, der auf der Armlehne ein Zigarettenbrandloch hatte. Der Raum war das Wohnzimmer einer möblierten Wohnung, in dem eine Menge Warenhaus-Schnickschnack herumstand. Zwei Stehlampen brannten. Auf dem Boden lagen Kissen mit Volantbesatz, eine französische Puppe lehnte hingefläzt am Fuß der einen Lampe, und auf dem Kaminsims, über dem Gasfeuer, stand eine Reihe Kitschromane.

Dalmas schwenkte den Hut und sagte höflich: »Es dreht sich um eine Pistole, die einmal Dart Burwand gehört hat. Sie ist in einem Fall aufgetaucht, an dem ich arbeite. Ich versuche zur Zeit, ihrer Spur nachzugehen – von der Zeit an, wo sie in Ihrem Besitz war.«

Helen Dalton kratzte sich am Oberarm. Sie hatte halbzollange Fingernägel. Sie sagte kurz angebunden: »Ich habe keine Ahnung, wovon Sie reden.«

Dalmas starrte sie an und lehnte sich gegen die Wand. Seine Stimme verschärfte sich.

»Vielleicht erinnern Sie sich vage, daß Sie einmal mit Dart Burwand verheiratet waren und daß er letzten April umgelegt wurde ... Oder liegt das schon zu weit zurück?«

Die Blondine biß sich auf einen ihrer Knöchel und sagte: »Sie gehn ja gewaltig ran, was?«

»Nur wenn's sein muß. Aber nun schlafen Sie mir mal nicht ein von Ihrer letzten Spritze in den Arm.«

Helen Dalton straffte sich, ganz plötzlich. Alles Verschwommene wich aus ihrem Ausdruck. Sie sprach zwischen verkniffenen Lippen.

»Wozu der Lärm wegen der Kanone?«

»Es ist jemand damit umgebracht worden, das ist alles«, sagte Dalmas leichthin.

Sie starrte ihn an. Nach einem Augenblick sagte sie: »Ich war pleite. Da hab ich sie versetzt. Hab sie nie ausgelöst. Ich hatte einen Mann, der sechzig Eier die Woche verdiente, aber nie was für mich davon springenließ. Ich hab nie einen Penny gehabt.«

Dalmas nickte. »Erinnern Sie sich an die Pfandleihe, wo Sie das Ding hingebracht haben?« fragte er. »Vielleicht haben Sie ja sogar noch den Schein.«

»Nein. Es war an der Hauptstraße. Da liegt eine neben der andern. Und den Schein habe ich nicht mehr.«

Dalmas sagte: »Das hab ich schon befürchtet.«

Er ging langsam durch das Zimmer, sah nach den Titeln einiger der Bücher auf dem Kaminsims. Er ging weiter und blieb vor einem kleinen Klappschreibtisch stehen. Ein Foto in silbernem Rahmen stand auf dem Tisch. Dalmas starrte eine ganze Zeit lang darauf nieder. Er wandte sich langsam um.

»Ein richtiger Jammer, das mit der Pistole, Helen. Ein sehr bekannter Name ist heute nachmittag damit ausradiert worden. Die Nummer außen war abgefeilt. Wenn Sie das Ding versetzt haben, dann hat's irgendein Ganef dem Kerl von der Pfandleihe abgekauft, würde ich meinen, bloß daß ein richtiger Ganef nicht so an der Nummer rumgefeilt hätte. Er hätte gewußt, daß die Nummer innen noch einmal stand. Ein Professioneller war's also nicht – und der Mann, bei dem das Ding gefunden wurde, würde sich so was kaum in einer Pfandleihe kaufen.«

Die Blondine stand langsam auf. Rote Flecken brannten auf ihren Wangen. Die Arme hingen ihr steif an den Seiten nieder, und ihr Atem flüsterte. Sie sagte langsam, mit Anstrengung: »So können Sie mit mir nicht umspringen, Schnüffler. Ich will mit Polizeisachen nichts zu tun haben – und ich hab ein paar gute Freunde, die auf mich aufpassen. Am besten, Sie verkrümeln sich.«

Dalmas blickte zu dem Rahmen auf dem Schreibtisch hinüber. Er sagte: »Johnny Sutro sollte sein Konterfei nicht so rumstehen lassen. Man könnte auf falsche Gedanken kommen.« Die Blondine ging steifbeinig durchs Zimmer und knallte das Foto in die Schreibtischschublade. Sie knallte die Schublade zu und lehnte sich mit den Hüften gegen den Tisch.

»Sie sind auf dem Holzweg, Schnüffler. Das ist keiner, der Sutro heißt. Wollen Sie jetzt endlich machen, daß Sie wegkommen, Mann?«

Dalmas lachte unfreundlich. »Ich hab Sie heute nachmittag in Sutros Haus gesehen. Sie waren so betrunken, daß Sie's nicht mehr wissen.«

Die Blondine machte eine Bewegung, als wollte sie zur Tür gehen. Da ging die Tür auf, und ein Mann kam herein. Er blieb davor stehen und schob sie sehr langsam hinter sich zu. Er hatte die rechte Hand in der Tasche eines leichten Tweedmantels. Er war dunkelhäutig, hochschultrig, eckig, hatte eine scharfe Nase und ein scharfes Kinn.

Dalmas sah ihn ruhig an und sagte: »Guten Abend, Stadtrat Sutro.«

Der Mann sah an Dalmas vorbei, zu dem Mädchen hinüber. Er nahm keine Notiz von Dalmas. Das Mädchen sagte zittrig: »Der Bursche sagte, er ist Detektiv. Er hat mich in die Mangel genommen, richtig dritter Grad, wegen irgendeiner Pistole, die ich mal gehabt haben soll. Schmeiß ihn raus, ja?«

Sutro sagte: »Ein Detektiv, soso.«

Er ging an Dalmas vorbei, ohne ihn anzusehen. Die Blondine wich vor ihm zurück und fiel in einen Sessel. Ihr Gesicht bekam ein teigiges Aussehen, und in ihren Augen war Angst. Sutro blickte einen Moment lang auf sie nieder, dann drehte er sich um und zog eine kleine Automatik aus der Tasche. Er hielt sie ganz locker, die Mündung auf den Boden gerichtet.

Er sagte: »Ich habe nicht übermäßig viel Zeit.«

Dalmas sagte: »Ich war sowieso im Gehen.« Er bewegte sich auf die Tür zu.

Sutro sagte scharf: »Rücken Sie erst mal mit der Geschichte raus.«

Dalmas sagte: »Aber gewiß doch.«

Er bewegte sich geschmeidig weiter, ohne Hast, und stieß die Tür weit auf. Die Pistole in Sutros Hand fuhr hoch. Dalmas sagte: »Seien Sie kein Trottel. Sie können hier doch keine Ballerei anfangen, und das wissen Sie genau.«

Die beiden Männer starrten sich an. Nach einem Augenblick oder zweien steckte Sutro die Pistole in die Tasche zurück und leckte sich die dünnen Lippen. Dalmas sagte: »Miss Dalton hat früher mal eine Kanone gehabt, mit der ein Mann getötet worden ist – ganz vor kurzem erst. Aber sie hatte sie nicht sehr lange. Das war alles, was ich wissen wollte.«

Sutro nickte langsam. In seinen Augen lag ein eigenartiger Ausdruck.

»Miss Dalton ist eine Freundin meiner Frau. Ich wünsche nicht, daß sie belästigt wird«, sagte er kalt.

»Geht in Ordnung. Das wünschen Sie nicht«, sagte Dalmas. »Aber ein gesetzlich zugelassener Privatdetektiv hat ein Recht, gesetzlich zugelassene Fragen zu stellen. Ich bin hier nicht eingebrochen.«

Sutro beäugte ihn langsam. »Okay, aber bei meinen Freunden nehmen Sie sich Zeit. Ich hab hier allerlei zu sagen in der Stadt, und ich könnte Ihnen das Leben sauer machen.«

Dalmas nickte. Er ging ruhig zur Tür hinaus und schloß sie hinter sich. Er lauschte einen Moment. Es gab keinen Laut drinnen, den er hätte hören können. Er zuckte die Achseln und ging weiter, über den Flur, drei Stufen hinunter und durch eine kleine Halle, die keine Telefonvermittlung hatte. Vor dem Apartmenthaus sah er die Straße entlang. Der ganze Bezirk bestand aus Apartmenthäusern, und nach beiden Seiten parkten Wagen an der Straße. Er ging auf die Lichter des Taxis zu, das auf ihn wartete.

Joey, der rothaarige Fahrer, stand vor seinem Taxi auf der Bordsteinkante. Er rauchte eine Zigarette und starrte über die Straße hinüber, offenbar auf ein großes dunkles Coupé, das mit der linken Seite am Gehsteig parkte. Als Dalmas näher kam, warf er die Zigarette weg und ging ihm entgegen.

Er sagte hastig: »Hören Sie, Boss. Ich hab mir den Burschen in dem Cad . . .«

Blasse Flammen schossen in jähem Strahl über der Tür aus dem Coupé. Pistolenknall hallte zwischen den Gebäuden, die auf der anderen Straßenseite einander gegenüberstanden. Joey fiel gegen Dalmas. Das Coupé setzte sich mit einem jähen Ruck in Bewegung. Dalmas ließ sich seitlich zu Boden fallen, fing sich mit einem Knie ab, während der Fahrer sich an ihn klammerte. Er versuchte an seine Pistole zu kommen, schaffte es aber nicht. Das Coupé zog gummiquietschend um die Ecke, und Joey fiel an Dalmas' Seite nieder, auf den Gehsteig, und rollte auf den Rücken. Er schlug mit den Händen um sich auf dem Zement, und ein heiseres, qualvolles Stöhnen kam tief aus seinem Innern.

Wieder quietschten Reifen, und Dalmas sprang auf die Füße und fuhr mit der Hand unter seine linke Achsel. Er beruhigte sich, als ein kleiner Wagen schleudernd zum Halten kam und Denny sich herausfallen ließ und auf ihn zurobbte.

Dalmas beugte sich über den Fahrer. Licht von den Laternen neben dem Eingang zum Apartmenthaus zeigte Blut vorn auf Joeys Whipcordjacke, Blut, das durch den Stoff gesickert kam. Joeys Augen öffneten und schlossen sich wie die Augen eines sterbenden Vogels.

Denny sagte: »Hat keinen Zweck, der Kiste zu folgen. Zu schnell.«

»Häng dich ans Telefon und ruf einen Krankenwagen«, sagte Dalmas rasch. »Der Kleine hat schlimm was abgekriegt ... Und dann schnapp dir die Blondine.«

Der große Mann eilte zu seinem Wagen zurück, sprang hinein und preschte um die Ecke. Irgendwo ging ein Fenster auf, und ein Mann brüllte herunter. Ein paar Wagen hielten.

Dalmas beugte sich über Joey und murmelte: »Nicht die Ruhe verlieren, Alterchen ... Ruhig, mein Junge ... ganz ruhig.«

VII

Der Leutnant bei der Mordkommission hieß Weinkassel. Er hatte dünnes blondes Haar, eisige blaue Augen und eine Menge Pockennarben. Er saß in einem Drehstuhl, die Füße auf der Kante einer herausgezogenen Schublade und ein Telefon dicht neben seinem Ellbogen. Das Zimmer roch nach Staub und Zigarrenstummeln.

Ein Mann namens Lonergan, ein korpulenter Polizeibeamter mit grauem Haar und einem grauen Schnurrbart, stand an einem offenen Fenster und blickte mürrisch hinaus.

Weinkassel kaute auf einem Streichholz, starrte Dalmas an, der ihm auf der anderen Schreibtischseite gegenübersaß. Er sagte: »Nun reden Sie mal lieber ein bißchen. Der Taxikutscher kann nicht. Sie haben Glück gehabt hier in der Stadt und werden nicht wollen, daß Ihnen das in die Binsen geht.«

Lonergan sagte: »Der ist hart. Der redet nicht.« Er drehte sich nicht um, als er das sagte.

»Wenn du etwas weniger Quatsch abließest, kämen wir weiter, Lonnie«, sagte Weinkassel mit toter Stimme.

Dalmas lächelte schwach und rieb mit der flachen Hand die Seitenwand des Schreibtisches. Es gab ein quietschendes Geräusch.

»Was soll ich groß sagen?« fragte er. »Es war dunkel, und ich hab keinen blassen Schimmer von dem Mann hinter der Kanone mitgekriegt. Der Wagen war ein Cadillac-Coupé, ohne Licht. Das habe ich Ihnen bereits erzählt, Leutnant.«

»Hört sich aber nicht gut an«, grummelte Weinkassel. »Irgendwas ist krumm an der Geschichte. Sie müssen doch so ungefähr eine Ahnung haben, wer's gewesen sein könnte. Ist doch klar wie Kloßbrühe, daß es auf Sie abgesehen war.«

Dalmas sagte: »Aber wieso denn? Der Taxifahrer ist getroffen worden und nicht ich. Die Burschen kommen doch eine Menge herum. Da kann einer leicht bei ein paar harten Jungs mal querliegen.«

»Wie zum Beispiel Sie«, sagte Lonergan. Er stierte weiter aus dem Fenster.

Weinkassel betrachtete stirnrunzelnd Lonergans Rücken und sagte geduldig: »Der Wagen wartete draußen, während Sie noch drinnen waren. Auch der Taxifahrer war draußen. Hätte der Kerl mit der Kanone es auf ihn abgesehen gehabt, dann hätte er nicht zu warten brauchen, bis Sie rauskamen.«

Dalmas breitete die Hände und zuckte die Achseln. »Ihr Jungens denkt also, ich weiß, wer es war?«

»Das nun auch wieder nicht. Wir denken aber, Sie können uns ein paar Namen nennen, zum Überprüfen. Wen sind Sie denn besuchen gegangen in dem Apartmenthaus?«

Dalmas sagte einen Moment lang nichts. Lonergan wandte

sich vom Fenster ab, setzte sich auf das Schreibtischende und ließ die Beine baumeln. Auf seinem flachen Gesicht lag ein zynisches Grinsen.

»Na kommen Sie schon rüber damit, Jungchen«, sagte er aufgeräumt.

Dalmas kippte seinen Stuhl zurück und steckte die Hände in die Taschen. Er starrte Weinkassel nachdenklich an, ignorierte den grauhaarigen Polizeibeamten aber so völlig, als existierte er nicht.

Er sagte langsam: »Ich war geschäftlich da, im Auftrag eines Klienten. Sie können mich nicht zwingen, darüber zu reden.«

Weinkassel zuckte die Achseln und starrte ihn kalt an. Dann nahm er das zerkaute Streichholz aus dem Mund, betrachtete das flachgebissene Ende, stieß es weg.

»Mir könnte ja so der leichte Verdacht kommen, daß Ihre Geschäfte was mit der Schießerei zu tun hatten«, sagte er grimmig. »Dann wär's Sense mit der Heimlichtuerei. Oder?«

»Vielleicht«, sagte Dalmas. »Wenn ein begründeter Verdacht bestünde, dann ja. Aber auch dann sollte ich die Chance haben, vorher mit meinem Klienten zu reden.«

Weinkassel sagte: »Okay. Haben Sie bis morgen. Dann legen Sie die Karten auf den Tisch – oder Ihre Lizenz, verstanden?«

Dalmas nickte und stand auf. »Das ist nur fair, Leutnant.«

»Maulhalten ist alles, was so ein Schnüffler kann«, sagte Lonergan ruppig.

Dalmas nickte Weinkassel zu und ging aus dem Zimmer. Er schlenderte einen öden Korridor entlang und ein paar Stufen hinauf zur Eingangshalle. Vor dem Rathaus ging er eine lange Betonstufenflucht hinunter und über die Spring Street auf die andere Seite, wo ein blauer, nicht mehr ganz neuer Packard Roadster parkte. Er stieg ein, fuhr um die Ecke, dann durch die Unterführung der Second Street, einen Block weit geradeaus und dann nach Westen. Er behielt beim Fahren den Rückspiegel im Auge.

In Alvarado ging er in einen Drugstore und rief sein Hotel an. Der Portier gab ihm eine Nummer, bei der er zurückrufen sollte. Er wählte und hörte Dennys schwere Stimme am anderen Ende der Leitung. Denny sagte drängend: »Wo hast du gesteckt? Ich hab das Frauenzimmer hier draußen bei mir in der Wohnung. Sie ist besoffen. Komm her, wir werden sie schon so weit kriegen, daß sie uns erzählt, was du wissen willst.«

Dalmas starrte durch das Glas der Telefonzelle nach draußen, ohne etwas zu sehen. Nach einer Pause sagte er langsam: »Die Blondine? Wie ist denn das gekommen?«

»Eine Geschichte für sich, mein Junge. Komm raus, und du erfährst sie. Vierzehn-vierundfünfzig South Livesay. Weißt du, wo das ist?«

»Ich hab eine Karte. Werd's schon finden«, sagte Dalmas im selben Ton.

Denny erklärte ihm trotzdem, etwas langwierig, den Weg. Als er damit zu Ende war, sagte er: »Beeil dich ein bißchen. Sie schläft im Moment, aber sie kann jederzeit aufwachen und schreit dann vielleicht Zeter und Mordio.«

Dalmas sagte: »Da draußen, wo du wohnst, spielt das vermutlich keine große Rolle ... Ich mache mich gleich auf den Weg, Denny.«

Er hängte ein und ging hinaus zu seinem Wagen. Er holte eine Pintflasche Bourbon aus dem Handschuhfach und tat einen tiefen Zug. Dann startete er und fuhr in Richtung Fox Hills. Zweimal unterwegs hielt er an, saß still im Wagen, dachte nach. Aber jedesmal fuhr er weiter.

VIII

Die Straße bog bei Pico in eine Streusiedlung ab, die sich zwischen zwei Golfplätzen über hügeliges Gelände hinzog. Sie führte an einem der Golfplätze direkt vorbei, nur durch einen hohen Drahtzaun von ihm getrennt. Hier und da gab es Bungalows, über die Hänge getüpfelt. Nach einer Weile tauchte die Straße in eine Senkung, und in der Senkung lag ein einzelner Bungalow, dem Golfplatz gleich gegenüber.

Dalmas fuhr daran vorbei und parkte unter einem riesigen Eukalyptus, der einen tiefen, scharf begrenzten Schatten auf die mondbeschienene Straßenfläche warf. Er stieg aus und ging zurück, betrat einen Zementweg, der zum Bungalow führte. Dieser war flach in die Breite gebaut und hatte Verandafenster nach vorn heraus. Büsche wuchsen davor, bis zu halber Höhe der Jalousien. Drinnen war schwaches Licht, und der Klang eines leisegedrehten Radios drang durch die offenen Fenster.

Ein Schatten bewegte sich hinter den Jalousien entlang, und die Haustür ging auf. Dalmas trat in ein Wohnzimmer, das über die ganze Breite des Hauses ging. In einer Lampe brannte eine schwache Birne, und die Leuchtskala des Radios schimmerte. Auch ein wenig Mondlicht fiel in den Raum.

Denny hatte den Rock abgelegt und die Hemdsärmel an seinen dicken Armen hochgerollt.

Er sagte: »Das Frauenzimmer schläft immer noch. Ich werde sie wecken, sobald ich dir erzählt habe, wie's mit ihr gelaufen ist.«

Dalmas fragte: »Sicher, daß dich keiner beschattet hat?«

»Ausgeschlossen.« Denny breitete eine große Hand.

Dalmas setzte sich in einen Korbstuhl in der Ecke, zwischen dem Radio und dem Ende der Fensterreihe. Er legte den Hut auf den Boden, zog die Bourbonflasche heraus und betrachtete sie mit unzufriedener Miene.

»Besorg uns mal was Richtiges zu trinken, Denny. Ich bin hundemüde. Hab auch noch nichts zu Abend gegessen.«

Denny sagte: »Ich hab einen Dreisternemartell. Bin sofort wieder da.«

Er ging aus dem Zimmer, und im hinteren Teil des Hauses ging ein Licht an. Dalmas stellte die Flasche auf den Boden neben seinen Hut und rieb sich mit zwei Fingern die Stirn. Sein Kopf schmerzte. Nach einem Weilchen ging das Licht hinten wieder aus, und Denny kam mit zwei großen Gläsern zurück.

Der Brandy schmeckte sauber und hart. Denny setzte sich in einen anderen Korbstuhl. Er wirkte sehr groß und dunkel in dem halberleuchteten Zimmer. Er begann langsam zu reden, mit seiner gewohnten Grummelstimme.

»Es klingt verrückt, aber es hat funktioniert. Als die Bullen mit ihrem Gemurks endlich zu Rande gekommen waren, hab ich meinen Wagen in der Seitengasse abgestellt und bin durch den

Hintereingang rein. Ich wußte zwar die Nummer von der Zicke, aber sie selbst hatte ich noch nicht gesehn. Ich dachte, ich probier's erst mal mit einem Vorwand und schaue, was dabei rauskommt. Hab ich also an die Tür geklopft, aber sie machte nicht auf. Ich konnte hören, wie sie drinnen rumlief, und nach einer Minute hörte ich, daß sie den Telefonhörer abnahm und wählte. Ich ging zurück durch die Halle und probierte den Dienstboteneingang. Die Tür ließ sich öffnen, und ich bin rein. Sie war mit einem dieser Schraubenbolzen gesichert, die manchmal locker werden und nicht so schließen, wie man meinen sollte.«

Dalmas nickte, sagte: »Ich hab schon verstanden, Denny.«

Der große Mann trank aus seinem Glas und rieb den Rand an seiner Unterlippe entlang. Er fuhr fort:

»Sie telefonierte mit einem Burschen namens Gayn Donner. Dir ein Begriff?«

»Hab von ihm gehört«, sagte Dalmas. »Solche Verbindungen hat sie also.«

»Sie hat ihn mit Namen angeredet, und es klang richtig wütend«, sagte Denny. »Daher weiß ich ihn. Donner hat dieses Lokal am Mariposa Canyon Drive – den Mariposa Club. Man hört seine Band oft im Rundfunk – Hank Munn und seine Jungs.«

Dalmas sagte: »Hab sie schon gehört, Denny.«

»Okay. Als sie auflegte, bin ich rein zu ihr. Sie sah aus, als wäre sie high, schwankte ganz komisch rum, schien gar nicht richtig mitzukriegen, was lief. Ich hab mich ein bißchen umgeschaut, und auf dem Schreibtisch stand ein Foto von John Sutro, dem Stadtrat. Das hab ich für meinen Trick benutzt. Hab ihr erzählt, Sutro will, daß sie für ein Weilchen untertaucht, und ich wär einer von seinen Jungs, und sie sollte mitkommen. Darauf ist sie prompt reingefallen. Verrückt. Sie wollte was zu trinken. Ich sagte, ich hätte im Wagen was. Worauf sie Hütchen und Mantel nahm.«

Dalmas sagte leise: »So leicht ist das gegangen, tatsächlich?«

»Tja«, sagte Denny. Er trank sein Glas leer und stellte es irgendwo hin. »Im Auto hab ich ihr dann die Flasche an den Hals gesetzt, damit sie ruhig blieb, und wir sind glatt hier rausgekommen. Sie schlief sofort ein, und damit hatte sich's. Na, wie findest du das? War's übrigens schlimm in der Stadt?«

»Es reichte«, sagte Dalmas. »Ich hab den Jungs nicht viel vormachen können.«

»Irgendwas über den Walden-Mord?«

Dalmas schüttelte langsam den Kopf.

»Ich nehme an, der Japs ist noch nicht wieder nach Hause gekommen, Denny.«

»Willst du jetzt mit dem Frauenzimmer reden?«

Das Radio spielte einen Walzer. Dalmas lauschte ihm einen Augenblick, ehe er antwortete. Dann sagte er mit müder Stimme: »Schätze, daß ich deswegen ja doch hergekommen bin.«

Denny stand auf und ging aus dem Zimmer. Man hörte eine Tür aufgehen und gedämpfte Stimmen.

Dalmas zog seine Pistole unter dem Arm hervor und legte sie neben seinen Oberschenkel auf den Stuhl.

Die Blondine taumelte ein bißchen zu sehr, als sie hereinkam. Sie starrte in die Runde, kicherte, machte vage Bewegungen mit ihren langen Händen. Sie blinzelte Dalmas an, stand einen Moment schwankend, sank dann in den Sessel, in dem Denny vorher gesessen hatte. Der große Mann hielt sich in ihrer Nähe und lehnte sich gegen einen Bibliothekstisch, der an der Innenwand stand.

Sie sagte betrunken: »Mein alter Freund, der Schnüffler. Hallo, Fremder! Wie wär's, wenn Sie 'ner Dame mal was zu trinken spendierten?«

Dalmas starrte sie ohne Ausdruck an. Er sagte langsam: »Ist Ihnen noch was eingefallen wegen der Pistole? Sie wissen doch, die Pistole, von der wir sprachen, als Johnny Sutro reingeplatzt kam ... Die mit der weggefeilten Nummer ... Die Pistole, die Derek Walden getötet hat.«

Denny versteifte sich, machte dann eine plötzliche Bewegung nach der Hüfte. Dalmas hob seinen Colt und stand damit auf. Denny sah ihn und wurde ganz still, entspannte sich. Das Mädchen hatte sich überhaupt nicht gerührt, aber die Betrunkenheit fiel von ihr ab wie ein welkes Blatt. Ihr Gesicht war plötzlich verspannt und bitter.

Dalmas sagte gleichmütig: »Halt die Hände so, daß ich sie sehen kann, Denny, und alles läuft glatt ... Und jetzt, denke ich, erzählt ihr beiden billigen Betrüger mir mal, wozu ich hier bin.«

Der große Mann sagte mit belegter Stimme: »Ja, um Gottes willen! Was ist denn auf einmal in dich gefahren? Du hast mich erschreckt, als du dem Mädchen so plötzlich den Namen Walden nanntest.«

Dalmas grinste. »Schon recht, Denny. Vielleicht hat sie noch nie von ihm gehört. Jetzt wollen wir die Geschichte hier mal ganz schnell über die Bühne bringen. Ich hab so das Gefühl, daß hier noch allerlei Ärger auf mich wartet.«

»Du bist total verrückt!« knurrte der große Mann.

Dalmas bewegte leicht die Pistole. Er lehnte sich mit dem Rükken gegen die Endwand des Zimmers, beugte sich vor und drehte mit der linken Hand das Radio aus. Dann sprach er bitter: »Du hast mich verkauft, Denny. Das war leicht zu entdecken. Du bist ein zu großer Klotz, um jemanden zu beschatten, und mir ist nicht entgangen, daß du mir in letzter Zeit ein halbes dutzendmal gefolgt bist. Als du dich in die Sache heute abend einmischtest, war ich schon so gut wie sicher ... Und als du mir dann mit dieser komischen Geschichte kamst, von wegen wie du das Kindchen hierhergelotst hättest, da war ich ganz *verdammt* sicher ... Ja, zum Teufel, denkst du denn im Ernst, ein Bursche, der so lange am Leben geblieben ist wie ich, würde dir so einen Quatsch glauben? Komm schon, Denny, sei kein Idiot und erzähl mir, für wen du arbeitest ... Vielleicht lasse ich dich ungeschoren davonkommen ... Also, für wen arbeitest du? Donner? Sutro? Oder für jemand, den ich nicht kenne? Und warum das Theater hier draußen im Märchenwald?«

Das Mädchen schoß ganz plötzlich auf die Füße und sprang ihn an. Er schleuderte sie mit der freien Hand fort, und sie streckte sich auf dem Boden aus. Sie gellte: »Mach ihn fertig, du Tölpel! Mach ihn doch fertig!«

Denny rührte sich nicht. »Halten Sie den Rand, Sie Fixerin!« schnappte Dalmas. »Hier macht keiner einen fertig. Wir unterhalten uns nur unter Freunden. Kommen Sie wieder hoch und hören Sie auf, Ihre Kurven durch die Gegend zu schmeißen!«

Die Blondine stand langsam auf.

Dennys Gesicht hatte ein steinernes, unbewegliches Aussehen in der trüben Beleuchtung. Seine Stimme war dumpf und rauh wie eine Raspel. Er sagte: »Ich habe dich verkauft. Es war eine Sauerei. Okay, das wär's. Ich hatte die Nase voll davon, immer bloß auf ein Rudel Statistinnen aufzupassen, daß die sich nicht gegenseitig die Lippenstifte klauten ... Jetzt kannst du mich in die Grütze schicken, wenn dir danach ist.«

Er rührte sich immer noch nicht. Dalmas nickte langsam und sagte noch einmal: »Wer ist es, Denny? Für wen arbeitest du?«

Denny sagte: »Ich weiß nicht. Ich rufe eine Nummer an, krieg meine Weisungen und erstatte auf demselben Wege Bericht. Das Geld kommt mit der Post. Ich hab versucht, aus dem Weibsstück hier was rauszukriegen, hab aber kein Glück gehabt ... Ich glaube nicht, daß es auf dich abgesehen ist, und was die Schießerei sollte, da auf der Straße, hab ich keinen blassen Schimmer.«

Dalmas starrte ihn an. Er sagte langsam: »Du hast mich doch nicht hinhalten wollen, Denny – mich festnageln hier – oder?«

Der große Mann hob langsam den Kopf. Das Zimmer schien plötzlich sehr still zu werden. Ein Wagen hatte draußen gehalten. Das schwache Tuckern des Motors erstarb.

Ein roter Scheinwerfer traf das Oberteil der Jalousien.

Er blendete. Dalmas glitt auf ein Knie nieder, schob sich sehr rasch zur Seite, schweigend. Dennys rauhe Stimme sagte in die Stille: »Das hat uns grad noch gefehlt – Bullen!«

Das rote Licht löste die Metallrippen der Jalousien in rosige Gluten auf, warf einen großen Platsch satter Farbe auf den Ölstrich der rückwärtigen Wand. Das Mädchen gab einen erstickten Laut von sich, und ihr Gesicht war einen Augenblick lang eine rote Maske, bevor sie aus dem Lichtfächer niedersank. Dalmas spähte in das Licht hinaus, den Kopf geduckt hinter der Bank des letzten Fensters. Die Blätter der Büsche waren schwarze Speerspitzen in der roten Glut.

Schritte erklangen auf dem Weg.

Eine krächzende Stimme rief: »Alles rauskommen! Pfoten in die Höhe!«

Ein Laut der Bewegung entstand im Innern des Hauses. Dalmas fuhr mit der Pistole herum — unnötigerweise. Ein Schalter klickte, und auf der Veranda ging Licht an. Einen Augenblick lang, bevor sie sich zurückzogen, zeigten sich zwei Männer in blauen Polizeiuniformen im Lichtkegel der Vorplatzlampe. Der eine von ihnen hatte eine Maschinenpistole in den Händen, der andere eine lange Luger mit angesetztem Spezialmagazin.

Es gab ein knirschendes Geräusch. Denny war an der Tür, hatte das Guckloch geöffnet. Eine Pistole hob sich in seiner Hand und krachte.

Etwas Schweres schlug klirrend auf den Zement, und ein Mann taumelte vor ins Licht, taumelte wieder zurück. Seine Hände waren gegen den Leib gepreßt. Eine Mütze mit steifem Schirm fiel ihm vom Kopf und rollte über den Weg.

Dalmas warf sich auf den Boden, drückte sich flach an die Wandleiste, als die Maschinenpistole losging. Er bohrte das Gesicht in das Holz der Dielen. Das Mädchen hinter ihm schrie.

Der Feuerstoß durchharkte das Zimmer blitzschnell von einem Ende zum andern, und die Luft füllte sich mit Gipsstaub und Splittern. Ein Wandspiegel krachte nieder. Ein scharfer Pulvergestank kämpfte mit dem sauren Geruch des Gipsstaubes. Es schien sehr lange zu dauern. Etwas fiel Dalmas über die Beine. Er hielt die Augen geschlossen, und sein Gesicht preßte sich gegen den Boden.

Das Stottern und Krachen hörte auf. Der Gipsregen innerhalb der vier Wände hielt an. Eine Stimme gellte: »Na, wie hat euch das geschmeckt, Leute?«

Eine andere Stimme, weiter weg, schnappte ärgerlich: »Komm schon — hauen wir ab!«

Wieder erklangen Schritte, dazu ein schleppendes, schleifendes Geräusch. Weitere Schritte. Der Motor des Wagens dröhnte auf. Eine Tür schlug schwer zu. Reifen quietschten auf dem Schotter der Straße, und das Singen des Motors schwoll und schwand dann rasch.

Dalmas brachte sich wieder auf die Füße. Die Ohren dröhnten ihm, und seine Nüstern waren trocken. Er hob seine Pistole vom Boden auf, zog eine dünne Taschenlampe aus der Jacke, schaltete sie ein. Sie durchdrang nur schwach die staubige Luft. Die

Blondine lag auf dem Rücken, die Augen weit offen und den Mund zu einer Art Grinsen verzerrt. Sie schluchzte. Dalmas beugte sich über sie. Sie schien nicht verletzt zu sein.

Er ging weiter durch das Zimmer. Er fand seinen Hut unbeschädigt neben einem Stuhl, dessen Oberteil halb weggeschossen war. Neben dem Hut lag die Bourbonflasche. Er hob beides auf. Der Mann mit der Maschinenpistole hatte das Zimmer in Gürtelhöhe durchmäht, her und hin, ohne die Waffe weit genug zu senken. Dalmas ging weiter, kam an die Tür.

Denny hockte vor der Tür auf den Knien. Er schwankte nach hinten und nach vorn und hielt sich die eine Hand mit der andern. Blut sickerte zwischen seinen dicken Fingern.

Dalmas machte die Tür auf und ging hinaus. Auf dem Weg war eine verschmierte Blutspur zu sehen, inmitten einer Spreu von Patronenhülsen. Sonst war niemand in Sicht. Er stand da, und das Blut klopfte in seinem Gesicht wie mit kleinen Hämmern. Die Haut um seine Nase prickelte.

Er trank noch einen Schluck Whisky aus der Flasche, drehte sich um und ging ins Haus zurück. Auch Denny war jetzt aufgestanden. Er hatte ein Taschentuch herausgeholt und war damit beschäftigt, es sich um die blutige Hand zu binden. Er wirkte verstört, benommen, wie betrunken. Er schwankte auf den Beinen. Dalmas richtete den Strahl der Taschenlampe auf sein Gesicht.

Er sagte: »Schlimm was abgekriegt?«

»Nein. Bloß einen Wischer über die Hand«, sagte der große Mann mit belegter Stimme. Seine Finger machten sich unbeholfen an dem Taschentuch zu schaffen.

»Die Blondine ist halbtot vor Angst«, sagte Dalmas. »Das war deine Party, mein Junge. Reizende Freunde hast du. Das hat uns allen dreien gegolten. Du hast ihnen die Tour vermasselt, als du ihnen durch das Guckloch gekommen bist. Ich glaube, dafür bin ich dir was schuldig, Denny ... Der Killer war nicht so gut.«

Denny sagte: »Wo willst du jetzt hin?«

»Ja, was würdest du vorschlagen?«

Denny sah ihn an. »Sutro ist dein Mann«, sagte er langsam. »Mir reicht's – ich hab die Schnauze voll. Von mir aus können sie alle zur Hölle fahren.«

Dalmas ging wieder durch die Tür, den Weg hinunter zur Straße. Er stieg in seinen Wagen und fuhr ohne Licht davon. Als er um verschiedene Ecken gebogen war und ein Stück zurückgelegt hatte, schaltete er das Licht ein, stieg aus und klopfte sich den Staub ab.

IX

Schwarzsilberne Vorhänge öffneten sich in umgekehrtem V vor einem dichten Dunst aus Zigaretten- und Zigarrenrauch. Die Blechinstrumente der Tanzkapelle schossen kurze Farbblitze durch den Dunst. Es roch nach Essen und Alkohol und Parfüm und Puder. Die Tanzfläche war ein leerer Fleck bernsteinfarbenen Lichts und sah kaum größer aus als die Badematte eines Filmstars.

Dann legte die Kapelle los, und das Licht verdunkelte sich, und ein Oberkellner kam die teppichbelegten Stufen herauf, damit beschäftigt, dauernd mit einem goldenen Bleistift gegen den Satinstreifen an seiner Hose zu klopfen. Er hatte enge, leblose Augen und weißblondes Haar, das ihm aus einer knochigen Stirn gekämmt war.

Dalmas sagte: »Ich hätte gern Mister Donner gesprochen.«

Der Oberkellner klopfte sich mit seinem goldenen Bleistift gegen die Zähne. »Ich fürchte, er ist beschäftigt. Ihr Name?«

»Dalmas. Sagen Sie ihm, ich bin ein spezieller Freund von Johnny Sutro.«

Der Oberkellner sagte: »Ich werd's versuchen.«

Er ging zu einer Schalttafel hinüber, die eine ganze Reihe von Knöpfen hatte sowie ein kleines Telefon. Er nahm den Hörer von der Gabel und hielt ihn sich ans Ohr, und dabei starrte er Dalmas über die Sprechmuschel hinweg an, so unpersönlich wie ein ausgestopftes Tier.

Dalmas sagte: »Ich bin in der Halle.«

Er ging durch die Vorhänge zurück und schlenderte zur Herrentoilette hinüber. Drinnen holte er die Bourbonflasche heraus und trank, was noch übrig war, den Kopf zurückgeworfen, breitbeinig in der Mitte des gefliesten Bodens. Ein verschrumpelter

Neger in weißer Jacke kam auf ihn zugeflattert, sagte ängstlich: »Nix trinken dürfen hier, Boss!«

Dalmas warf die leere Flasche in einen Behälter für Handtücher. Er nahm ein sauberes Handtuch von der Glasplatte, wischte sich die Lippen damit ab, legte ein Zehncentstück auf den Rand des Waschbeckens und ging hinaus.

Die Toilette hatte Doppeltüren, und zwischen der Innen- und der Außentür war etwas Raum. Dalmas lehnte sich gegen die Außentür und zog eine kleine, etwa vier Zoll lange Automatik aus der Westentasche. Er hielt sie mit drei Fingern unter dem Innenrand seines Hutes fest und ging, den Hut sanft schwingend an der Seite, weiter hinaus.

Nach einer Weile kam ein hochgewachsener Filipino mit seidigem schwarzem Haar in die Halle und sah sich um. Dalmas ging auf ihn zu. Der Oberkellner schaute durch die Vorhänge heraus und nickte dem Filipino zu.

Der Filipino sprach zu Dalmas: »Hier entlang, Boss.«

Sie gingen einen langen, stillen Korridor hinunter. Der Klang der Tanzkapelle erstarb hinter ihnen. Durch eine offene Tür sah man ein paar verlassene, grünbespannte Tische. Der Korridor stieß auf einen anderen, der im rechten Winkel weiterführte, und an seinem Ende drang etwas Licht aus einer angelehnten Tür.

Der Filipino hielt mitten im Schritt inne und machte eine anmutige, komplizierte Bewegung, bei deren Abschluß er eine große schwarze Automatik in der Hand hatte. Er drückte sie Dalmas höflich in die Rippen.

»Muß Sie filzen, Boss. Hausregel.«

Dalmas stand still und nahm die Arme an den Seiten hoch. Der Filipino zog ihm den Colt weg und ließ ihn in seine eigene Tasche gleiten. Er tastete Dalmas ab, trat dann von ihm zurück und steckte seine Pistole wieder ein.

Dalmas senkte die Arme und ließ den Hut auf den Boden fallen, und die kleine Automatik, die er unter dem Innenrand des Huts gehalten hatte, schaute akkurat auf den Bauch des Filipinos. Der Filipino blickte mit einem verstörten Grinsen darauf nieder.

Dalmas sagte: »Das eben war nur Spaß, Jumbo. Jetzt bin ich dran.«

Er schob seinen Colt wieder dahin, wo er hingehörte, zog dem Filipino die große Automatik unter dem Arm weg, ließ das Magazin herausspringen und stieß die Patrone aus, die in der Kammer war. Die leere Pistole gab er dem Filipino zurück.

»Sie können sie immer noch als Totschläger benutzen. Wenn Sie keine Sperenzchen machen, braucht Ihr Boss nicht zu erfahren, daß sie im Moment für sonst nichts mehr zu gebrauchen ist.«

Der Filipino leckte sich die Lippen. Dalmas tastete ihn nach einer anderen Waffe ab, und dann gingen sie weiter den Korridor entlang, gingen durch die Tür, die einen Spalt offenstand. Der Filipino ging zuerst.

Es war ein großer Raum mit diagonaler Streifentäfelung aus Holz. Ein gelber chinesischer Teppich auf dem Boden, sehr viel gutes Mobiliar, versenkte Türen, denen man ansah, daß sie schalldicht waren, keine Fenster. Hoch oben gab es mehrere vergoldete Gitter, und ein eingebauter Ventilator erzeugte ein schwaches, beruhigendes Surren. Vier Männer befanden sich in dem Raum. Keiner von ihnen sagte ein Wort.

Dalmas setzte sich auf ein Ledersofa und starrte Ricchio an, den aalglatten Jungen, dem er aus Waldens Apartment hatte folgen müssen. Ricchio war an einen Stuhl mit hoher Rückenlehne gefesselt. Man hatte ihm die Arme um die Lehne herumgezogen und an den Handgelenken zusammengebunden. Seine Augen waren voll Wut, und sein Gesicht war ein einziges Durcheinander von Blut und Schrammen. Man hatte ihn mit der Pistole behandelt. Der sandhaarige Mann, Noddy, der im Kilmarnock mit ihm zusammen gewesen war, saß auf einer Art Hocker in der Ecke und rauchte.

John Sutro schaukelte gemächlich in einem rotledernen Schaukelstuhl und starrte vor sich auf den Boden. Er blickte nicht auf, als Dalmas ins Zimmer kam.

Der vierte Mann saß hinter einem Schreibtisch, der ganz so aussah, als hätte er eine Menge Geld gekostet. Er hatte weiches braunes Haar, in der Mitte geteilt und nach hinten und herunter gebürstet, dünne Lippen und rötlichbraune Augen, in denen ein heißes Licht funkelte. Er beobachtete Dalmas, während dieser sich hinsetzte und in die Runde sah. Dann sprach er, mit einem Blick zu Ricchio hinüber.

»Der Lümmel ist ein bißchen zu sehr über die Stränge geschlagen. Wir haben ihm eine Lektion erteilt. Ich schätze, Sie werden deswegen keine Träne vergießen.«

Dalmas lachte kurz, ohne Freude. »Das geht soweit schon in Ordnung, Donner. Aber wie steht's mit dem andern? An dem kann ich keine Belehrungsspuren feststellen.«

»Gegen Noddy ist nichts einzuwenden. Er hat nur auf Befehl gehandelt«, sagte Donner gleichmütig. Er griff nach einer langen Nagelfeile und begann einen seiner Fingernägel damit zu behandeln. »Sie und ich, wir beide müssen uns über verschiedene Sachen unterhalten. Deswegen hat man Sie auch reingelassen. Sie machen mir einen ganz vernünftigen Eindruck – solange Sie nicht versuchen, Ihre Schnüfflernase zu tief in die Angelegenheiten anderer Leute zu stecken.«

Dalmas' Augen weiteten sich ein wenig. Er sagte: »Ich bin ganz Ohr, Donner.«

Sutro hob die Augen und starrte Donners Hinterkopf an. Donner fuhr fort zu sprechen, mit glatter, indifferenter Stimme.

»Ich weiß über alles Bescheid, was sich bei Derek Walden abgespielt hat, und ich weiß auch von der Schießerei an der Kenmore. Wenn ich geahnt hätte, daß Ricchio derart durchdrehn würde, hätte ich ihn rechtzeitig gestoppt. Wie die Dinge jetzt liegen, ist's wohl an mir, alles wieder ins Lot zu bringen ... Und wenn wir hier fertig sind, wird Mister Ricchio sich in die Stadt begeben und bei der Polizei sein Sprüchlein aufsagen ... Passiert ist das Ganze folgendermaßen: Ricchio hat mal für Walden gearbeitet, als in Hollywood Leibwächter die große Mode waren. Walden kaufte sich seinen Schnaps in Ensenada – macht er übrigens immer noch, soviel ich weiß – und schaffte ihn selber her. Keiner hat ihn dabei gestört. Ricchio sah eine Chance, bei der Gelegenheit heimlich ein bißchen Schnee mit rüberzubringen. Walden kam ihm drauf. Er wollte keinen Skandal, also wies er Ricchio bloß kurzerhand die Tür. Ricchio nahm seinen Vorteil wahr und versuchte Walden zu erpressen, weil er sich dachte, Walden hätte zuviel Dreck am Stecken, als daß er sich auf eine

Untersuchung durch die Bundespolizei einlassen könnte. Walden zahlte aber nicht so eifrig, wie Ricchio sich das vorgestellt hatte, und so kriegte der Bursche den Rappel und beschloß, den starken Mann zu markieren. Sie und Ihr Fahrer haben ihm dann das Konzept verdorben, und so ist er los und hat auf Sie geballert.«

Donner legte die Feile weg und lächelte. Dalmas zuckte die Achseln und warf einen Blick zu dem Filipino hinüber, der an der Wand stand, am Ende des Sofas.

Dalmas sagte: »Ich verfüge nicht über Ihre Organisation, Donner, aber ich komme doch so ein bißchen herum. Ihre Geschichte finde ich nicht schlecht, und sie wäre wohl auch glatt durchgegangen – wenn man dem Verständnis der Behörden ein bißchen nachgeholfen hätte. Bloß, mit den Fakten, wie sie sich inzwischen ergeben haben, stimmt sie leider nicht überein.«

Donner hob die Brauen. Sutro begann mit der Spitze seines polierten Schuhs vor dem Knie auf und ab zu wippen.

Dalmas sagte: »Wie paßt denn Mister Sutro in das alles rein?«

Sutro starrte ihn an und hörte auf zu schaukeln. Er machte eine rasche, ungeduldige Bewegung. Donner lächelte. »Er ist ein Freund von Walden. Walden hat ihm ein bißchen was erzählt, und Sutro weiß, daß Ricchio schon für mich gearbeitet hat. Aber da er Stadtrat ist, wollte er Walden nicht alles sagen, was er wußte.«

Dalmas sagte grimmig: »Ich will Ihnen mal erzählen, was an Ihrer Geschichte nicht stimmt, Donner. Es ist nicht genug Angst drin. Walden hatte derart Angst, daß er mir nicht einmal helfen wollte, als ich für ihn arbeitete ... Und heute nachmittag hat jemand anders vor ihm so viel Angst gehabt, daß er ihn erschossen hat.«

Donner beugte sich vor, und seine Augen wurden schmal und verkniffen. Seine Hände ballten sich zu Fäusten vor ihm auf dem Schreibtisch.

»Walden ist – tot?« fragte er, fast flüsternd.

Dalmas nickte. »Schuß in die rechte Schläfe ... mit einer 32er. Sieht wie Selbstmord aus. Ist es aber nicht.«

Sutro hob schnell die Hand und bedeckte sein Gesicht. Der sandhaarige Mann auf dem Hocker in der Ecke erstarrte.

Dalmas sagte: »Wollen Sie mal ganz offen und ehrlich meine Meinung hören, Donner? ... Nennen wir's einstweilen noch eine Vermutung ... Walden steckte selber im Rauschgiftschmuggel drin – und das nicht ganz im Alleingang. Aber nach der Aufhebung der Prohibition bei uns wollte er Schluß machen. Die Küstenwachen mußten nicht mehr so viel Zeit damit verplempern, die Schnapsschiffe zu beobachten, und so war der Rauschgiftschmuggel an der Küste kein Kinderspiel mehr. Und dann verliebte sich Walden auch noch in ein Mädel, das gute Augen hatte und bis zehn zählen konnte. Also wollte er aus der Schnupfbranche aussteigen.«

Donner befeuchtete sich die Lippen und sagte: »Aus was für einer Schnupfbranche denn?«

Dalmas beäugte ihn. »Von solchen Sachen haben Sie keine Ahnung, Donner, was? Zum Teufel, nein, das ist nur was für böse Buben. Und den bösen Buben hat Waldens Einfall, so einfach auszusteigen, gar nicht gefallen. Er soff zuviel – und dann konnte er leicht auch anfangen, seiner Freundin mal was zu flüstern. Also fanden sie's besser, er stieg gleich ganz aus – und zwar mit Pauken und Kanonendonner, wie er's ja dann auch getan hat.«

Donner wandte langsam den Kopf und starrte den gefesselten Mann auf dem Stuhl mit der hohen Lehne an. Er sagte sehr leise: »Ricchio.«

Dann stand er auf und ging um seinen Schreibtisch herum. Sutro nahm die Hand vom Gesicht und beobachtete mit zitternden Lippen.

Donner blieb vor Ricchio stehen. Er streckte die Hand gegen Ricchios Kopf aus und ließ ihn gegen die Stuhllehne krachen. Ricchio stöhnte. Donner lächelte auf ihn nieder.

»Ich glaube, ich werde etwas langsam. *Du* hast Walden umgebracht, du Lump! Du bist wieder hingefahren und hast ihn glattgemacht. Das war dir bei deinem Bericht wohl entfallen, was?«

Ricchio öffnete den Mund und spuckte einen Schwall Blut über Donners Hand und Gelenk. Donners Gesicht verzerrte sich, er fuhr zurück und trat von ihm fort, die Hand starr vor sich ausgestreckt. Er zog ein Taschentuch heraus und wischte sie sorgfältig ab, ließ das Taschentuch auf den Boden fallen.

»Leih mir mal deine Kanone, Noddy«, sagte er ruhig und ging auf den sandhaarigen Mann zu.

Sutro zuckte, und der Mund ging ihm auf. Seine Augen sahen aus wie krank. Der hochgewachsene Filipino hatte mit einer blitzschnellen Bewegung seine leere Automatik in der Hand, als wäre ihm ganz entfallen, daß sie doch leer war. Noddy zog einen plumpen Revolver unter dem rechten Arm hervor, hielt ihn Donner hin.

Donner nahm ihn und ging zu Ricchio zurück. Er hob die Waffe.

Dalmas sagte: »Ricchio hat Walden nicht getötet.«

Der Filipino tat einen raschen Schritt vor und schlug mit seiner großen Automatik nach ihm. Die Pistole traf Dalmas am Schultergelenk, und eine Welle von Schmerz flutete seinen Arm hinunter. Er rollte sich zur Seite und zog mit einem Ruck seinen Colt. Der Filipino holte ein zweites Mal gegen ihn aus, verfehlte ihn aber.

Dalmas glitt auf die Füße, warf sich seitlich herum und hieb dem Filipino den Coltlauf gegen den Schädel, mit aller Kraft. Der Filipino grunzte, ging zu Boden, in die Hocke, und seine Augen verdrehten sich und zeigten das Weiße. Langsam fiel er vornüber, krampfhaft an das Sofa geklammert.

Donners Gesicht war völlig ohne Ausdruck geblieben, und er hielt den plumpen Revolver vollkommen still. Seine lange Oberlippe war mit Schweißperlen bedeckt.

Dalmas sagte: »Ricchio hat Walden nicht getötet. Walden wurde mit einer gefeilten Pistole erschossen, und die Pistole wurde ihm in die Hand gelegt. Ricchio brächte man keine zehn Meter an eine gefeilte Pistole heran.«

Sutros Gesicht war von geisterhafter Blässe. Der sandhaarige Mann war von seinem Hocker gerutscht und stand jetzt da, die rechte Hand schwingend an der Seite.

»Erzählen Sie mehr«, sagte Donner gleichmütig.

»Die gefeilte Pistole führte zu einem Frauenzimmer namens

Helen Dalton oder Burwand«, sagte Dalmas. »Es war ihre. Sie erzählte mir, sie hätte sie vor langer Zeit mal versetzt. Ich glaubte ihr aber nicht. Sie ist eine gute Freundin von Sutro, und Sutro war durch meinen Besuch bei ihr so verstört, daß er selber eine Knarre auf mich richtete. Was meinen Sie, warum Sutro wohl so verstört war, Donner, und was meinen Sie, woher er wußte, daß ich dem Frauenzimmer wahrscheinlich einen Besuch machen würde?«

Donner sagte: »Weiter, erzählen Sie's mir.« Er blickte sehr ruhig zu Sutro hinüber.

»Ich will Ihnen sagen, warum und woher. Ich wurde beschattet, seit ich für Walden zu arbeiten anfing – beschattet von einem plumpen Ochsen von Atelierdetektiv, den man schon auf eine Meile Entfernung entdecken konnte. Er war gekauft, Donner. Der Kerl, der Walden tötete, hatte ihn gekauft. Er rechnete sich aus, der Atelierdetektiv hätte die beste Gelegenheit, in meine Nähe zu kommen, und genau das hab ich auch zugelassen – um ihm auf die Schliche zu kommen und rauszukriegen, was er im Schilde führte. Sein Boss war Sutro. Sutro hat Walden getötet – mit eigener Hand. Es war auch danach. Amateurarbeit – ein superkluger Mord. Was daran besonders schlau sein sollte, gerade das hat die Sache zum Platzen gebracht – der vorgetäuschte Selbstmord nämlich, mit einer gefeilten Pistole, von der sich der Mörder einbildete, daß man ihre Herkunft nicht mehr herauskriegen könnte, weil er nicht wußte, daß die meisten Pistolen auch innen noch eine Nummer haben.«

Donner schwenkte den plumpen Revolver, bis er auf die Mitte zwischen dem sandhaarigen Mann und Sutro zeigte. Er sagte kein Wort. Seine Augen waren nachdenklich und interessiert.

Dalmas verlagerte sein Gewicht ein wenig, auf die Ballen seiner Füße. Der Filipino auf dem Boden fuhr mit einer Hand am Sofa entlang, und seine Nägel kratzten über das Leder.

»Das ist noch nicht alles, Donner, aber was soll's. Sutro war Waldens Freund, und er konnte dicht an ihn ran, dicht genug, um ihm eine Pistole an den Kopf zu setzen und abzudrücken. Der Knall war im Dachgeschoß des Kilmarnock wohl kaum zu hören, so ein einziger kleiner Knall aus einer Zweiunddreißiger.

Also legte Sutro Walden die Pistole in die Hand und ging seiner Wege. Aber er hatte vergessen, daß Walden Linkshänder war, und er wußte nicht, daß sich die Herkunft der Pistole ermitteln ließ. Als das geschah – und der gekaufte Mann es ihm gesteckt hatte – und ich bei dem Mädchen auf den Busch klopfte –, engagierte er selber ein Killerkommando und lotste uns alle drei zu einem Haus in Palms draußen, um uns gründlich und für immer den Mund zu stopfen . . . Bloß daß dabei, wie bei allem in diesem Spiel, bloß Pfusch herauskam.«

Donner nickte langsam. Er betrachtete eine Stelle mitten auf Sutros Bauch und richtete die Pistole darauf.

»Jetzt erzähl du uns mal was, Johnny«, sagte er leise. »Erzähl uns mal, wie du auf deine alten Tage so schlau geworden bist . . .«

Der sandhaarige Mann kam plötzlich in Bewegung. Er duckte sich hinter den Schreibtisch, und noch im Niedergehen riß er mit der rechten Hand seine zweite Pistole heraus. Sie donnerte hinter dem Schreibtisch auf. Die Kugel fuhr darunter durch und klatschte in die Wand, mit einem Geräusch, als schlüge sie hinter der Täfelung auf Metall.

Dalmas zückte den Colt und feuerte zweimal in den Tisch. Ein paar Splitter flogen. Der sandhaarige Mann schrie auf hinter dem Tisch und kam blitzschnell hoch, die flammende Waffe in der Hand. Donner taumelte. Sein Revolver krachte zweimal, sehr schnell hintereinander. Der sandhaarige Mann schrie nochmals auf, und Blut sprang ihm aus einer seiner Backen. Er ging hinter dem Schreibtisch zu Boden und blieb still.

Donner wich zurück, bis er die Wand berührte. Sutro stand auf und legte die Hände vor den Bauch und versuchte zu schreien.

Donner sagte: »Okay, Johnny. Jetzt bist du dran.«

Dann hustete Donner plötzlich und glitt mit trockenem Kleiderrascheln an der Wand nieder. Er beugte sich vor und ließ seine Pistole fallen und stützte die Hände auf den Boden und hustete weiter. Sein Gesicht wurde grau.

Sutro stand wie erstarrt, die Hände vor dem Bauch, mit durchgedrückten Gelenken, die Finger wie Klauen gekrümmt. Es war kein Licht mehr in seinen Augen. Sie wirkten wie tot. Nach einem Augenblick gaben seine Knie nach, und er fiel zu Boden, auf den Rücken.

Donner hustete weiter still vor sich hin.

Dalmas ging rasch zur Tür, lauschte daran, machte auf und sah hinaus. Dann schloß er sie schnell wieder.

»Schalldicht – und wie!« murmelte er.

Er ging zum Schreibtisch zurück und hob den Telefonhörer von der Gabel. Er legte den Colt hin und wählte, wartete, sagte in die Sprechmuschel: »Captain Cathcart ... Muß ihn selber sprechen ... Aber gewiß doch ist es wichtig ... sehr wichtig.«

Er wartete, trommelte auf den Schreibtisch, starrte mit hartem Blick im Zimmer herum. Er zuckte ein wenig zusammen, als eine schläfrige Stimme über die Leitung kam.

»Dalmas, Chef. Ich bin in der Casa Mariposa, in Gayn Donners Privatbüro. Es hat ein bißchen Krawall gegeben, aber schlimm verletzt ist keiner ... Ich habe Derek Waldens Mörder für Sie ... Johnny Sutro war's ... Tja, der Stadtrat ... Machen Sie dalli, Chef ... Ich lege keinen Wert darauf, mich womöglich noch mit dem Personal rumzuschlagen, wissen Sie ...«

Er legte auf und nahm seinen Colt von der Schreibtischplatte, hielt ihn auf der flachen Hand und starrte zu Sutro hinüber.

»Dann komm mal wieder auf die Beine, Johnny«, sagte er müde. »Steh auf und erzähl einem armen, dummen Detektiv, wie du das nun wieder deichseln willst – du Schlauberger!«

X

Das Licht über dem großen Eichentisch im Hauptquartier war zu hell. Dalmas fuhr mit dem Finger über das Holz, betrachtete ihn, wischte ihn an seinem Ärmel ab. Er bettete sein Kinn in seine mageren Hände und starrte gegen die Wand über dem Zylinderschreibtisch auf der anderen Seite. Er war allein in dem Raum.

Der Lautsprecher an der Wand dröhnte: »Achtung, Wagen 71 W im Bezirk 72 ... Ecke Dritte und Berendo ... in dem Drugstore ... ein Mann ...«

Die Tür ging auf, und Captain Cathcart kam herein, schloß die Tür sorgfältig hinter sich. Er war ein großer, verbrauchter Mann mit einem breiten, feuchten Gesicht, einem fleckigen Schnurrbart, verkrümmten Händen.

Er setzte sich zwischen dem Eichentisch und dem Zylinderschreibtisch und fingerte an einer kalten Pfeife herum, die im Aschenbecher lag.

Dalmas hob den Kopf aus den Händen. Cathcart sagte: »Sutro ist tot.«

Dalmas starrte, sagte nichts.

»Seine Frau hat's getan. Er wollte unterwegs noch einen Sprung bei sich ins Haus. Die Jungs haben gut auf ihn aufgepaßt, aber nicht aufgepaßt haben sie auf sie, die Frau. Sie hat ihm sein Quantum verpaßt, bevor sie auch nur einen Finger rühren konnten.«

Cathcart machte zweimal den Mund auf und zu. Er hatte starke, unsaubere Zähne.

»Sie hat keinen Mucks gesagt dabei. Zog einfach einen kleinen Ballermann hinter sich vor und verpaßte ihm drei Kugeln. Eins, zwei, drei – alles schon vorbei. Einfach so. Dann drehte sie die Kanone in der Hand herum – so elegant, wie man sich's nur denken kann – und reichte sie den Jungs ... Warum, zum Teufel, hat sie das bloß gemacht?«

Dalmas sagte: »Schon ein Geständnis gekriegt?«

Cathcart starrte ihn an und steckte die kalte Pfeife in den Mund. Er sog geräuschvoll daran. »Von ihm? Ja-ah – wenn auch nicht schriftlich ... Was meinen Sie, warum hat sie's gemacht?«

»Sie wußte von der Blondine«, sagte Dalmas. »Sie hielt's für ihre letzte Chance. Vielleicht wußte sie auch über seine Geschäfte Bescheid.«

Der Captain nickte langsam. »Klar«, sagte er. »Das wird's sein. Sie hat sich ausgemalt, was auf sie zukam. Und warum sollte sie den Lumpen auch nicht wegputzen? Wenn der Oberstaatsanwalt schlau ist, läßt er sich auf Totschlag im Affekt ein. Das sind etwa fünfzehn Monate Tehachapi. Ein reiner Kuraufenthalt.«

Dalmas bewegte sich auf seinem Stuhl. Er runzelte die Stirn.

Cathcart fuhr fort: »Es wäre für uns alle ganz günstig. Kein

Dreck auf Ihrer Weste, kein Dreck bei der Stadtverwaltung. Wenn sie's nicht getan hätte, wär's für uns alle ein Tritt in den Hintern geworden. Man sollte ihr eine Rente aussetzen.«

»Man sollte ihr einen Vertrag bei der Eclipse Films verschaffen«, sagte Dalmas. »Als ich auf Sutro stieß, hab ich mir eigentlich ausgerechnet, daß ich den kürzeren ziehen würde — wegen seiner Publicity. Ich hätte Sutro vielleicht selber umgelegt — wenn er nicht gar so stinkfeige gewesen wäre — und wenn er eben nicht Stadtrat gewesen wäre.«

»Nichts da, Freundchen. Das überlassen Sie mal gefälligst Ihren Freunden und Helfern«, grollte Cathcart. »Die Lage sieht jetzt folgendermaßen aus: Ich glaube nicht, daß wir Walden als Selbstmord zu den Akten kriegen. Die gefeilte Kanone spricht dagegen, und wir müssen auch noch die Autopsie und den Bericht des Waffen-Fex abwarten. Und ein Paraffintest der Hand dürfte ergeben, daß er die Kanone nicht abgefeuert hat. Andererseits ist der Fall Sutro abgeschlossen, und was noch dabei rauskommt, dürfte nicht allzusehr weh tun. Hab ich recht?«

Dalmas zog eine Zigarette heraus und rollte sie zwischen den Fingern. Er zündete sie langsam an und schwenkte das Streichholz, bis es ausging.

»Walden war kein Unschuldsengel«, sagte er. »Wenn die Rauschgiftsache rauskäme, gäb's ein großes Hallo — aber die ist längst kalt. Ich schätze, wir haben den Knoten auseinander — bloß daß ein paar lose Enden übriggeblieben sind.«

»Ach, zum Teufel mit den losen Enden«, grinste Cathcart. »Alle Beteiligten kommen mit einem blauen Auge davon, soweit ich sehe. Ihr reizender Kumpan da, dieser Denny, wird sich schleunigst verdünnisieren, und wenn ich diese Zicke, die Dalton, je in die Klauen kriegen sollte, werd ich sie nach Mendocino zur Kur schicken. Donner könnten wir vielleicht was anhängen — wenn die Brüder im Krankenhaus mit ihm fertig sind. Und dann müssen wir die beiden Ganoven in die Mangel nehmen, wegen dem Überfall und dem Taxifahrer, egal, wer's nun war von den zweien, aber reden werden sie kaum. Sie haben immerhin noch an eine Zukunft zu denken, denn der Taxifahrer ist ja nicht so schlimm verletzt. Bliebe also noch das Killerkommando.« Cathcart gähnte. »Die Kerls müssen aus Frisco sein. Bei uns hier in der Gegend ist die Nachfrage nicht groß genug.«

Dalmas sackte auf seinem Stuhl zusammen. »Sie haben nicht zufällig was zu trinken da, Chef?« fragte er dumpf.

Cathcart starrte ihn an. »Bloß eine Sache wäre da noch«, sagte er grimmig. »Und die kriegen Sie jetzt noch hinter die Ohren geschrieben. Es war okay, daß Sie die Waffe auseinandergenommen haben – solange Sie die Fingerabdrücke nicht verwischten. Und ich schätze auch, es war okay, daß Sie mir nichts gesagt haben – angesichts der Klemme, in der Sie steckten. Aber ich will verdammt sein, wenn's okay war, daß Sie sich mit Hilfe unserer eigenen Kartei einen Vorsprung vor uns verschafft haben!«

Dalmas lächelte ihn nachdenklich an. »Sie haben auf der ganzen Linie recht, Chef«, sagte er unterwürfig. »Es war halt der Job – mehr kann man dazu nicht sagen.«

Cathcart rieb sich heftig die Backen. Sein Stirnrunzeln schwand, und er grinste. Dann beugte er sich vor und zog eine Schublade auf und holte eine Quartflasche Roggenwhisky heraus. Er stellte sie auf den Schreibtisch und drückte auf einen Summer. Ein sehr großer uniformierter Torso erschien halb im Zimmer.

»He, Kleiner!« grölte Cathcart. »Leih mir mal den Korkenzieher, den du mir aus dem Schreibtisch geklaut hast!« Der Torso verschwand und kam zurück.

»Worauf trinken wir?« fragte der Captain ein paar Minuten später.

Dalmas sagte: »Trinken wir einfach so.«

Erstveröffentlichung 1934

Einfache Chancen

I

Ich konnte mich kurz nach vier aus der Verhandlung des Großen Schwurgerichts davonmachen und schlich mich über die Hintertreppe nach oben in Fenweathers Büro. Fenweather, der Oberstaatsanwalt, war ein Mann mit strengen, gemeißelten Zügen und den grauen Schläfen, die Frauen so lieben. Er spielte mit einem Federhalter auf seinem Schreibtisch und sagte: »Also ich würde meinen, die haben Ihnen geglaubt. Unter Umständen stellen sie Manny Tinnen sogar heute nachmittag noch für den Shannon-Mord unter Anklage. Wenn's dazu kommt, wird's langsam Zeit für Sie, daß Sie auf sich aufpassen.«

Ich drehte eine Zigarette zwischen den Fingern und steckte sie mir schließlich in den Mund. »Setzen Sie keine Leute auf mich an, Mr. Fenweather. Ich kenne die Gäßchen hier in der Stadt ziemlich gut, und Ihre Männer könnten mir sowieso nicht dicht genug auf den Fersen bleiben, um mir im Ernstfall was zu nützen.«

Er sah zu einem der Fenster hinüber. »Wie gut kennen Sie denn Frank Dorr?« fragte er, mit von mir abgewandten Augen.

»Ich weiß nur, daß er ein Bursche ist, der in der Politik hier überall mitmischt, ein großer Drahtzieher, dem man einen Besuch abstatten muß, wenn man eine Spielhölle aufmachen will oder einen Puff – oder wenn man ehrliche Ware an die Stadt verkaufen möchte.«

»Stimmt genau.« Fenweathers Antwort hatte einen scharfen Ton, und sein Kopf wandte sich zu mir herum. Dann senkte er die Stimme. »Daß wir im Fall Tinnen gespurt haben, ist für eine Menge Leute überraschend gekommen. Wenn Frank Dorr ein Interesse daran hatte, Shannon loszuwerden, der ja Vorsitzender des Ausschusses war, der Dorrs Verträge genehmigen mußte, dann liegt's nur allzu nahe, daß er was riskiert hat. Und nach allem, was ich so höre, haben er und Manny Tinnen zusammen gekunkelt. Ich würde ihn ein bißchen im Auge behalten, wenn ich Sie wäre.«

Ich grinste. »Ich bin bloß ein kleines armes Waisenkind«, sagte ich. »Frank Dorr sitzt an einem wesentlich längeren Hebel. Aber ich werde tun, was ich kann.«

Fenweather stand auf und streckte die Hand über den Schreibtisch. Er sagte: »Ich muß für ein paar Tage nach auswärts. Ich fahre heute abend, wenn die Anklage durchkommt. Passen Sie auf sich auf – und wenn irgendwas schiefläuft, gehn Sie zu Bernie Ohls, dem Chef meiner Ermittlungsabteilung.«

Ich sagte: »Wird gemacht.«

Wir schüttelten uns die Hand, und ich ging hinaus, an einem müde dreinblickenden Mädchen vorüber, das mir ein müdes Lächeln schenkte und sich eine ihrer schlaffen Locken im Nacken hochdrehte, während sie mich ansah. Ich kam kurz nach halb fünf wieder in meinem Büro an. Ich hielt einen Moment vor der Tür des kleinen Wartezimmers an und betrachtete sie. Dann machte ich sie auf und ging hinein, und es war, natürlich, niemand drin.

Drin war nichts als ein altes rotes Sofa, zwei einzelne Sessel, ein Fetzen Teppich und ein Büchereitisch mit ein paar alten Zeitschriften drauf. Das Wartezimmer blieb immer offen, damit Kunden sich reinsetzen und warten konnten – falls mal Kunden kamen und ihnen nach Warten zumute war.

Ich ging hindurch und schloß die Tür zu meinem Privatbüro auf, an der zu lesen war: *Philip Marlowe . . . Ermittlungen.*

Lou Harger saß auf einem Holzstuhl neben dem Schreibtisch, an der vom Fenster abgewandten Seite. Er hatte hellgelbe Handschuhe an den Händen, die über der Krücke eines Spazierstocks gefaltet waren, und einen grünen, zu weit in den Nacken geschobenen Hut mit Klappkrempe auf dem Kopf. Unter dem Hut zeigte sich sehr glattes, schwarzes Haar, das ihm zu tief in den Nacken gewachsen war.

»Hallo. Ich hab gewartet«, sagte er und lächelte matt.

»Hallo, Lou. Wie bist du reingekommen?«

»Die Tür muß unverschlossen gewesen sein. Oder vielleicht hatte ich auch einen Schlüssel, der zufällig paßte. Macht's dir was aus?«

Ich ging um den Schreibtisch herum und setzte mich in den Drehstuhl. Ich legte meinen Hut auf den Tisch, nahm mir eine Bulldogpfeife aus einem Aschenbecher und begann sie zu stopfen.

»Ist schon gut, solange bloß du es bist«, sagte ich. »Ich dachte allerdings, ich hätte ein besseres Schloß.«

Er lächelte mit seinen vollen roten Lippen. Er sah sehr gut aus, der Junge. Er sagte: »Gehst du eigentlich noch deinem Beruf nach, oder gedenkst du den kommenden Monat in einem Hotelzimmer zu verbringen und mit ein paar Jungs vom Hauptquartier Schnaps zu saufen?«

»Die Arbeit geht weiter – wenn's Arbeit für mich gibt.«

Ich zündete mir die Pfeife an, lehnte mich zurück und starrte auf seine saubere, olivdunkle Haut, auf die geraden, dunklen Brauen.

Er legte seinen Spazierstock auf die Schreibtischplatte und faltete die gelben Handschuhhände auf dem Glas. Er stülpte die Lippen vor und zurück.

»Ich hätte da ein bißchen was für dich. Keine große Sache. Aber das Fahrgeld springt dabei raus.«

Ich wartete.

»Ich mache ein kleines Spielchen in Las Olindas heute abend«, sagte er. »In dem Laden von Canales.«

»Dem weißen Jumbo?«

»Hm, ja. Ich glaube, ich werd Glück haben – und da wär's mir lieb, wenn einer mit 'ner Knarre dabeisäße.«

Ich zog eine frische Packung Zigaretten aus der oberen Schublade und schnipste sie ihm über die Schreibtischplatte zu. Lou nahm die Packung und begann sie aufzureißen.

Ich sagte: »Was für ein Spielchen soll das werden?«

Er zog eine Zigarette halb heraus und starrte darauf nieder. Es war etwas in seiner Art, was mir nicht gefiel.

»Ich bin jetzt schon einen Monat lang total aus dem Geschäft.

Ich hab nicht so viel Geld gemacht, wie man braucht, um hier für die Stadt den Freischein zu kriegen. Seit das allgemeine Verbot aufgehoben ist, sitzen mir die Jungs vom Hauptquartier dauernd im Nacken. Die träumen schlecht, wenn sie sich vorstellen, sie müßten womöglich bloß von ihrem Gehalt leben.«

Ich sagte: »Hier was laufen zu lassen kostet nicht mehr als sonstwo auch. Und hier zahlt man alles an eine einzige Organisation. Das ist doch immerhin etwas.«

Lou Harger stieß sich die Zigarette in den Mund. »Ja-ah – Frank Dorr«, knurrte er. »Dieser fette Schweinehund von einem Blutsauger!«

Ich sagte nichts. Ich war schon ein bißchen über das Alter hinaus, wo es einem noch Spaß macht, über Leute zu schimpfen, denen man nicht an den Kragen kann. Ich sah Lou zu, wie er sich mit meinem Tischfeuerzeug die Zigarette anzündete. Er sprach weiter, durch eine Rauchwolke: »Eigentlich ist es lächerlich. Canales hat sich einen neuen Tisch freigekauft – bei ein paar Schiebern im Büro des Sheriffs. Ich kenne Pina, den Chefcroupier von Canales, ziemlich gut. Der Tisch ist einer von denen, die sie mir weggenommen haben. Er hat ein paar kleine Mucken – und die Mucken kenne ich.«

»Und Canales nicht ... Das klingt mir ganz nach Canales«, sagte ich.

Lou sah mich nicht an. »Bei ihm ist ganz hübsch Betrieb da unten«, sagte er. »Er hat einen kleinen Tanzsaal und eine mexikanische Band von fünf Mann, die ihm die Kunden in Schwung bringt. Sie tanzen ein bißchen und sind dann, statt sich angewidert zu trollen, reif für den zweiten Reinfall.«

Ich sagte: »Aber *du* fällst nicht rein?«

»Ich habe so etwas wie ein System«, sagte er sanft und sah mich unter den Wimpern hervor an.

Ich wandte den Blick von ihm ab, sah ziellos im Zimmer herum. Es hatte einen rostroten Teppich, fünf grüne Aktenschränke in Reih und Glied unter einem Reklamekalender, einen alten Ledersessel in der Ecke, ein paar Nußbaumstühle, Netzgardinen vor den Fenstern. Die Gardinen waren die reinsten Staubfänger und entsprechend schmutzig. Ein Strahl später Sonne fiel über meinen Schreibtisch und ließ auch darauf den Staub erkennen.

»Dann sieht die Sache also folgendermaßen aus«, sagte ich. »Du glaubst, du hast das Roulett gezähmt, und gedenkst so viel Geld damit zu gewinnen, daß Canales die Wut kriegt auf dich. Und damit dir das nicht lästig fällt, willst du jemand dabeihaben — mich. Da ist doch was verkorkst dran.«

»Aber gar nichts ist dran verkorkst«, sagte Lou. »Jedes Roulett läuft in einem ganz bestimmten Rhythmus. Wenn man das Ding wirklich sehr gut kennt . . .«

Ich lächelte und zuckte die Achseln. »Okay, so genau will ich das gar nicht wissen. Ich versteh auch nicht genug von Roulett. Für mich klingt das nur so, als wolltest du mal auf deinem eigenen Gebiet zur Abwechslung der Geneppte sein, aber ich kann mich ja irren. Und darum dreht sich's auch gar nicht.«

»Worum denn?« fragte Lou dünn.

»Ich bin nicht sehr versessen darauf, den Leibwächter zu spielen — aber auch darum dreht sich's vielleicht gar nicht. Wenn ich richtig verstanden habe, soll ich glauben, das Spielchen ist koscher. Nimm aber mal an, ich tue das nicht und lasse dich sitzen, und du kommst in die Bredouille. Oder ich glaube zwar, daß alles grundehrlich läuft, aber Canales ist anderer Ansicht als ich und wird garstig.«

»Deswegen brauch ich ja jemand mit 'ner Knarre dabei«, sagte Lou, ohne eine Miene zu verziehen.

Ich sagte gleichmütig: »Selbst wenn ich munter genug wäre für den Job — und ich habe mich eigentlich nie dafür gehalten —, so ist das immer noch nicht das Problem, das mir Kopfschmerzen macht.«

»Dann vergiß das Ganze«, sagte Lou. »Ich bin schon nervös genug, wenn ich weiß, du hast Kopfschmerzen.«

Ich lächelte noch etwas mehr und beobachtete seine gelben Handschuhe, die auf der Tischplatte herumfuhren, zu schnell herumfuhren. Ich sagte langsam: »Du bist der letzte auf der Welt, der es sich leisten kann, seine Spesen auf diese Tour reinzuholen, grad jetzt. Und ich bin der letzte, der es sich leisten kann, dabei hinter dir zu stehen. Das ist alles.«

Lou sagte: »Ja-ah.« Er klopfte etwas Asche von seiner Zigarette auf die Glasplatte, bog den Kopf vor, um sie wegzublasen. Er fuhr fort, als schnitte er ein ganz neues Thema an: »Miss Glenn geht mit mir hin. Sie ist groß und schlank, hat rote Haare, sieht blendend aus. Hat mal als Photomodell gearbeitet. Sie gehört sozusagen zu den feineren Leuten, und das wird Canales abhalten, Krach mit mir anzufangen. Also wird alles klappen. Das wollte ich dir bloß noch sagen.«

Ich war eine Minute lang still, dann sagte ich: »Du weißt doch verdammt gut, was ich grad vor dem Großen Geschworenengericht ausgesagt habe: daß es nämlich Manny Tinnen war, den ich gesehen habe, wie er sich aus dem Auto beugte und den Strick um Art Shannons Handgelenke durchschnitt, nachdem sie ihn auf die Straße geschmissen hatten, den Bauch voll Blei.«

Lou lächelte mich schwächlich an. »Das macht's für die großen Schieber doch bloß noch leichter, für die Kerls, die die Verträge schließen und selber beim Geschäft gar nicht in Erscheinung treten. Es heißt, Shannon wäre sauber gewesen und hätte den Ausschuß auch saubergehalten. Es war eine Gemeinheit, ihn kaltzumachen.«

Ich schüttelte den Kopf. Ich hatte keine Lust, darüber zu reden. Ich sagte: »Canales hat die meiste Zeit die Nase bis obenhin voll Stoff. Und vielleicht steht er auch nicht auf Rotschöpfe.«

Lou stand langsam auf und nahm seinen Stock vom Tisch. Er starrte auf die Spitze eines gelben Fingers. Sein Gesicht hatte einen fast schläfrigen Ausdruck. Dann bewegte er sich auf die Tür zu, sein Stöckchen schwingend.

»Tja, wir sehn uns ja mal irgendwann wieder«, sagte er gedehnt.

Ich ließ ihn die Hand auf die Klinke legen, bevor ich sagte: »Lauf nicht gleich beleidigt weg, Lou. Ich werd nach Las Olindas fahren, wenn du mich partout brauchst. Aber ich will kein Geld dafür, und beachte mich um Himmels willen nicht mehr, als du unbedingt mußt.«

Er leckte sich sanft die Lippen und sah mich nicht voll an. »Danke, alter Freund. Ich werd mich höllisch in acht nehmen.«

Dann ging er hinaus, und seine gelben Handschuhe verschwanden um die Türecke.

Ich saß noch etwa fünf Minuten still da, dann wurde mir meine Pfeife zu heiß. Ich legte sie weg, sah auf meine Armbanduhr und stand auf, um ein kleines Radio in der Ecke hinter dem Schreibtisch einzuschalten. Als das Wechselstromsummen verebbte, kam der letzte Klimper eines Glockenspiels aus dem Lautsprecher, und dann sagte eine Stimme:

»Hier ist die KLI. Sie hören die lokalen Abendnachrichten. Ein wichtiges Ereignis am heutigen Nachmittag war der Anklagebeschluß des Großen Schwurgerichts gegen Maynard J. Tinnen. Tinnen ist im Rathaus als Lobbyist aufgetreten und eine stadtbekannte Erscheinung. Die Anklageerhebung, ein Schock für seine zahlreichen Freunde, gründete sich fast ausschließlich auf die Zeugenaussage von ...«

Mein Telefon schrillte scharf, und eine kühle Mädchenstimme sagte mir ins Ohr: »Augenblick, bitte. Mr. Fenweather möchte Sie sprechen.«

Er war sofort am Apparat. »Die Anklage ist durchgekommen. Passen Sie auf sich auf, Junge.«

Ich sagte, ich hätte es grad übers Radio gehört. Wir redeten noch einen kurzen Moment und legten dann auf, nachdem er gesagt hatte, er müsse sofort aus dem Haus, um seine Maschine noch zu erreichen.

Ich lehnte mich wieder in meinem Stuhl zurück und lauschte dem Radio, ohne allerdings genau etwas mitzubekommen. Ich dachte daran, was für ein verdammter Narr Lou Harger doch war und daß ich nichts tun konnte, um das zu ändern.

II

Für einen Dienstag war ziemlich viel Betrieb, aber niemand tanzte. Gegen zehn Uhr bekam die kleine Fünfmannband es satt, an einer Rumba herumzuwursteln, der doch kein Mensch Beachtung schenkte. Der Marimbaspieler ließ seine Schlegel fallen und griff unter den Stuhl nach einem Glas. Die übrigen Jungens zündeten sich Zigaretten an, saßen einfach da und machten gelangweilte Gesichter.

Ich lehnte seitlich an der Bar, die sich auf derselben Seite befand wie das Orchesterpodium. Ich war damit beschäftigt, ein kleines Glas Tequila auf der Glasplatte zu drehen. Der ganze Rummel konzentrierte sich auf den mittleren der drei Roulett-Tische.

Der Barmann lehnte neben mir, auf seiner Seite der Bar.

»Das Mädel mit dem Feuerschopf muß ganz schön am Absahnen sein«, sagte er.

Ich nickte, ohne ihn anzusehen. »Sie haut's jetzt mit vollen Händen hin«, sagte ich. »Zählt nicht mal nach.«

Das rothaarige Mädchen war schlank und groß. Ich konnte das brünierte Kupfer ihres Schopfes zwischen den Köpfen der Leute hinter ihr sehen. Ich sah auch Lou Hargers glattes Haar neben dem ihren. Alle schienen im Stehen zu spielen.

»Sie halten nicht mit?« fragte mich der Barmann.

»Dienstags nie. Ich hab an einem Dienstag mal Pech gehabt.«

»Ja-ah? Mögen Sie das Zeug wirklich pur, oder soll ich's Ihnen ein bißchen ausglätten?«

»Ausglätten womit?« fragte ich. »Haben Sie eine Holzraspel dabei?«

Er grinste. Ich trank einen weiteren kleinen Schluck von dem Tequila und zog eine Grimasse.

»Hat der Kerl, der dies Zeug erfunden hat, eine bestimmte Absicht dabei gehabt?«

»Keine Ahnung, Mister.«

»Wie hoch ist denn das Limit da drüben?«

»Ebenfalls keine Ahnung. Wie der Boss grad gelaunt ist, schätz ich.«

Die Roulett-Tische standen in Reih und Glied vor der gegenüberliegenden Wand. Ein niedriges Geländer aus vergoldetem Metall verband ihre Schmalseiten, und die Spieler befanden sich außerhalb dieses Geländers.

Jetzt entstand so etwas wie ein wirres Durcheinander um den Mitteltisch. Ein halbes Dutzend Leute an den beiden Ecktischen rafften ihre Chips zusammen und wechselten hinüber.

Dann sprach eine klare, sehr höfliche Stimme mit leichtem ausländischem Akzent: »Wenn Sie sich einen Moment gedulden wollen, Madame ... Mister Canales wird sogleich hier sein.«

Ich ging hinüber, quetschte mich bis nah an das Geländer durch. Zwei Croupiers standen in meiner Nähe, die Köpfe zusammengesteckt, den Blick zur Seite gewandt. Der eine bewegte langsam einen Rechen hin und her neben dem stillstehenden Rad. Sie starrten das rothaarige Mädchen an.

Sie trug ein hochgeschlossenes schwarzes Abendkleid. Sie hatte phantastische weiße Schultern, war ein bißchen weniger als schön und einiges mehr als hübsch. Sie lehnte an der Tischkante, vor dem Roulett. Ihre langen Wimpern zuckten nervös. Ein großer Haufen Geld und Chips lag vor ihr.

Sie sprach mit monotoner Stimme, als hätte sie dasselbe schon mehrfach gesagt.

»Nun macht schon und dreht das Rad! Wenn's ans Kassieren geht, seid ihr immer fix dabei, aber wenn ihr selber zur Kasse sollt, zieht ihr lange Gesichter.«

Der Chefcroupier zeigte ein kaltes, gelassenes Lächeln. Er war groß, dunkel, ganz desinteressiert. »Der Tisch kann Ihren Einsatz nicht halten«, sagte er mit ruhiger Präzision. »Vielleicht Mister Canales ...« Er zuckte elegante Schultern.

Das Mädchen sagte: »Es ist euer Geld, ihr abgebrochenen Riesen. Wollt ihr's etwa nicht zurück?«

Lou Harger leckte sich die Lippen neben ihr, legte ihr eine Hand auf den Arm, starrte mit heißen Augen auf den Haufen Geld. Er sagte sanft: »Warte auf Canales ...«

»Zum Teufel mit Canales! Ich bin heiß – und das will ich bleiben.«

Eine Tür ging auf am Ende der Tische, und ein sehr schmächtiger, sehr blasser Mann betrat den Raum. Er hatte glattes, glanzloses schwarzes Haar, eine hohe, knochige Stirn, flache, undurchdringliche Augen. Er trug einen dünnen Schnurrbart, der zu zwei scharfen, fast rechtwinklig zueinander stehenden Linien gestutzt war. Sie liefen noch einen vollen Zoll an seinen Mundwinkeln vorbei nach unten. Die Wirkung war orientalisch. Seine Haut hatte eine stumpfe, schimmernde Blässe.

Er glitt hinter den Croupiers vorbei, blieb an einer Ecke des Mitteltisches stehen, betrachtete das rothaarige Mädchen und berührte die Enden seines Schnurrbarts mit zwei Fingern, deren Nägel eine purpurne Färbung hatten.

Plötzlich lächelte er, und einen Augenblick später war es, als hätte er noch nie in seinem Leben gelächelt. Er sprach mit unbewegter, ironischer Stimme.

»Guten Abend, Miss Glenn. Sie müssen mir erlauben, daß ich Ihnen einen Begleiter schicke, wenn Sie nach Hause wollen. Es wäre mir ein peinlicher Gedanke, das Geld dort könnte in die falschen Taschen kommen.«

Das rothaarige Mädchen sah ihn an, und nicht sehr freundlich.

»Ich will noch gar nicht nach Hause – es sei denn, Sie schmeißen mich raus.«

Canales sagte: »Nicht? Was wollen Sie denn dann?«

»Noch mal setzen, den ganzen Lack hier – Jumbo!«

Das Geräusch der Menge ringsum wich einer tödlichen Stille. Nicht die Spur eines Flüsterns war mehr zu hören. Hargers Gesicht wurde langsam elfenbeinweiß.

Canales' Gesicht war ohne Ausdruck. Er hob eine Hand, fast zierlich, würdevoll, zog eine große Brieftasche aus seiner Smokingjacke und stieß sie dem großen Croupier hin.

»Zehn Riesen«, sagte er mit einer Stimme, die wie ein dumpfes Rascheln war. »Das ist mein Limit – immer.«

Der große Croupier nahm die Brieftasche auf, schlug sie auseinander, zog zwei flache Päckchen knisterfrischer Banknoten heraus, mischte sie durch Stechen, schlug die Brieftasche wieder zu und schob sie an der Tischkante entlang zu Canales hinüber.

Canales machte keine Bewegung, sie an sich zu nehmen. Niemand rührte sich, außer dem Croupier.

Das Mädchen sagte: »Auf Rot.«

Der Croupier beugte sich über den Tisch und stapelte sehr sorgfältig ihr Geld und ihre Chips. Er schob den Einsatz für sie auf das rote Feld. Er legte die Hand an das Drehkreuz des Rouletts.

»Wenn die Herrschaften nichts dagegen haben«, sagte Canales, ohne jemanden anzusehen, »dann ist dies ein Zweierspiel.«

Köpfe bewegten sich. Niemand sprach. Der Croupier setzte

das Rad in Gang und ließ die Kugel mit einem leichten Schlenker seines linken Handgelenks in die Kehlung fliegen. Dann zog er die Hände zurück und legte sie voll sichtbar am Rand auf die Tischfläche.

Die Augen des rothaarigen Mädchens glänzten, und ihre Lippen teilten sich langsam.

Die Kugel flog in der Kehlung dahin, glitt an der Flanke des Kessels tiefer und klapperte über die gezähnten Nummernfelder. Ganz plötzlich, mit einem trockenen Klicken, erlosch ihre Bewegung. Sie blieb neben der Doppel-Zero liegen, auf Siebenundzwanzig Rot. Das Roulett stand still.

Der Croupier nahm seinen Rechen und schob langsam die beiden Banknotenpäckchen hinüber, fügte sie zu dem gestapelten Einsatz, schob das Ganze dann vom Spielfeld.

Canales steckte seine Brieftasche wieder ein, drehte sich um und ging langsam zur Tür zurück und durch sie hinaus.

Ich nahm die verkrampften Finger vom Geländer, und eine Menge Leute drängten hinüber zur Bar.

III

Als Lou erschien, saß ich an einem kleinen Kacheltisch in einer Ecke und ließ mich von einem weiteren Tequila blöd machen. Das kleine Orchester spielte einen dünnen, spröden Tango, und ein einziges Paar manövrierte sich befangen über die Tanzfläche.

Lou hatte einen cremefarbenen Mantel an, den Kragen hochgeschlagen um einen bauschigen weißen Seidenschal. In seinen Augen lag ein verhaltenes Glitzern. Diesmal trug er weiße Schweinslederhandschuhe, und er legte einen davon auf den Tisch und beugte sich halb zu mir nieder.

»Über zweiundzwanzigtausend«, sagte er leise. »Junge, das war ein Fischzug!«

Ich sagte: »Ein ganz nettes Päckchen, Lou. Was fährst du für einen Wagen?«

»Irgendwas gesehn, was nicht stimmte?«

»Beim Spiel?« Ich zuckte die Achseln, fingerte an meinem

Glas herum. »Ich versteh von Roulett nicht die Bohne, Lou . . . Aber wie das Frauenzimmer sich aufgeführt hat, da hab ich vieles gesehn, was nicht stimmte.«

»Sie ist kein Frauenzimmer«, sagte Lou. Seine Stimme klang ein bißchen verärgert.

»Okay. Sie hat Canales einen bombigen Auftritt verschafft. Also, was für einen Wagen?«

»Buick Sedan. Nilgrün, mit zwei Scheinwerfern und noch so aufgesetzten Lampen an den Stoßstangen.« Seine Stimme klang immer noch verärgert.

Ich sagte: »Tritt nicht so sehr aufs Gaspedal in der Stadt. Gib mir eine Chance, mit von der Partie zu sein.«

Er zog den Handschuh weg und ging. Das rothaarige Mädchen war nirgends zu sehen. Ich warf einen Blick auf die Uhr an meinem Handgelenk. Als ich wieder aufsah, stand Canales an meinem Tisch. Seine Augen blickten mich leblos an über seinem komischen Schnurrbart.

»Ihnen gefällt mein Lokal nicht«, sagte er.

»Aber im Gegenteil.«

»Sie sind nicht zum Spielen hergekommen.« Seine Stimme klang mitteilend, nicht fragend.

»Ist das Zwang?« fragte ich trocken.

Ein sehr schwaches Lächeln glitt über sein Gesicht. Er beugte sich ein bißchen vor und sagte: »Ich glaube, Sie sind Detektiv. Ein sehr gerissener.«

»Bloß ein Schnüffler«, sagte ich. »Und gar nicht besonders gerissen. Lassen Sie sich nicht von meiner langen Oberlippe täuschen. Die liegt bei uns in der Familie.«

Canales legte die Finger um die Lehne eines Stuhls, und seine Knöchel wurden weiß. »Lassen Sie sich hier nicht mehr blicken — egal zu was.« Er sprach sehr leise und sanft, fast träumerisch. »Ich kann Spitzel nicht leiden.«

Ich nahm die Zigarette aus dem Mund und betrachtete sie eine Weile, bevor ich ihn wieder ansah. Ich sagte: »Ich hab mit angehört, wie Sie beleidigt wurden vorhin. Sie haben sich gut gehalten . . . Darum wollen wir das eben nicht zählen.«

Einen Augenblick lang hatte sein Gesicht einen sonderbaren

Ausdruck. Dann wandte er sich um und glitt mit einem leichten Zucken in den Schultern davon. Er setzte die Füße flach auf und drehte sie ziemlich weit nach außen beim Gehen. Sein Gang, wie sein Gesicht, war ein bißchen negroid.

Ich stand auf und ging durch die großen weißen Doppeltüren in einen trüb erleuchteten Flur, holte mir meinen Mantel, zog ihn über und setzte den Hut auf. Ich ging durch eine weitere Doppeltür auf eine geräumige Veranda hinaus, deren Überdachung allerlei Schnörkelwerk an den Kanten hatte. Meeresnebel hing in der Luft, und von den windgeschüttelten Montereyzypressen vor dem Haus tröpfelte es. Das Gelände fiel auf eine weite Strecke leicht ab in die Dunkelheit. Den Ozean verbarg Nebel.

Ich hatte den Wagen draußen an der Straße geparkt, auf der anderen Seite des Hauses. Ich zog den Hut in die Stirn und ging lautlos auf dem Moos, das die Zufahrt bedeckte, bog um eine Ecke des Portikus und blieb wie erstarrt stehen.

Direkt vor mir stand ein Mann, der eine Pistole hielt – aber er sah mich nicht. Er hielt die Pistole tief an seiner Seite, gegen den Stoff seines Mantels gepreßt, und seine große Hand ließ sie ganz klein erscheinen. Das trübe Licht, das der Lauf reflektierte, schien aus dem Nebel zu kommen, schien geradezu Bestandteil des Nebels selbst zu sein. Er war ein großer Brocken, der Mann, und er stand sehr still, ausbalanciert auf den Ballen seiner Füße.

Ich hob ganz langsam die rechte Hand und öffnete die beiden oberen Knöpfe meines Mantels, griff hinein und zog eine lange 38er mit sechszölligem Lauf heraus. Ich ließ sie in meine Manteltasche gleiten.

Der Mann vor mir bewegte sich, führte die linke Hand zum Gesicht. Er sog an einer Zigarette, die er in der hohlen Hand barg, und die Glut warf einen kurzen Schein auf ein massives Kinn, dunkle Nasenlöcher und eine breite, aggressive Nase, die Nase eines Boxers.

Dann ließ er die Zigarette fallen, trat sie aus, und ein schneller, leichter Schritt machte ein schwaches Geräusch hinter mir. Ich drehte mich um, aber bei weitem nicht schnell genug.

Irgend etwas sauste durch die Luft, und ich ging aus wie ein Licht.

IV

Als ich wieder zu mir kam, war mir kalt und naß, und ich hatte Kopfschmerzen von einem halben Meter Breite. Hinter meinem rechten Ohr spürte ich eine leichte Beule, die aber nicht blutete. Ich war mit einem Totschläger umgelegt worden.

Ich brachte mich aus der Rückenlage hoch und stellte fest, daß ich mich nur ein paar Meter von der Zufahrt entfernt befand, zwischen zwei Bäumen, die vom Nebel näßten. Am Fersenleder meiner Schuhe klebte etwas Dreck. Ich war zur Seite geschleift worden, aber nicht sehr weit.

Ich ging meine Taschen durch. Meine Kanone war futsch, natürlich, aber mehr nicht — wenn man den Verlust des schönen Gedankens, einen Vergnügungsausflug gemacht zu haben, nicht rechnet.

Ich schnüffelte im Nebel herum, fand aber nichts und sah auch niemanden, ließ es mir dann egal sein und ging an der fensterlosen Wand des Hauses entlang auf eine Gruppe Palmen zu und eine alte Bogenlampe, die zischend über der Einfahrt zu einer Art Gasse flackerte, wo ich den 1925er Marmon-Tourenwagen abgestellt hatte, den ich immer noch als Transportmittel benutzte. Ich stieg ein, nachdem ich den Sitz mit einem Handtuch abgewischt hatte, kitzelte den Motor wach und tuckerte zu einer großen leeren Straße hinüber, auf deren Mitte ein ausgedienter Schienenstrang lief.

Ich fuhr von dort zum De Cazens Boulevard, der Hauptverkehrsstraße von Las Olindas, genannt nach dem Mann, der vor langer Zeit das Lokal von Canales gebaut hatte. Nach einer Weile hatte ich Stadt um mich, Gebäude, wie tot daliegende Geschäfte, eine Tankstelle mit Nachtglocke und schließlich einen Drugstore, der noch geöffnet hatte.

Ein aufgedonnerter Sedan war vor dem Drugstore abgestellt, und ich parkte direkt dahinter, stieg aus und sah, daß ein hutloser Mann an der Theke saß und mit einem Verkäufer in blauem Kittel sprach. Sie wirkten, als wären sie ganz allein auf der Welt. Ich wollte schon hineingehen, da hielt ich doch inne und warf noch einen zweiten Blick auf den aufgedonnerten Sedan.

Es war ein Buick, und die Farbe hätte bei Tageslicht Nilgrün sein können. Er hatte zwei Scheinwerfer und zwei kleine, eiförmige, bernsteinfarbene Lampen über der vorderen Stoßstange, an dünnen verchromten Stäben montiert. Das Fenster neben dem Fahrersitz war heruntergedreht. Ich ging zum Marmon zurück und holte mir eine Taschenlampe, langte hinein und drehte die Zulassung am Armaturenbrett herum, richtete kurz den Lichtstrahl darauf, schaltete die Lampe wieder ab.

Der Buick lief auf den Namen Louis N. Harger.

Ich entledigte mich der Taschenlampe und ging in den Drugstore. An der einen Seite gab es einen Schnapsausschank, und der Verkäufer in dem blauen Kittel ließ mir eine halbe Flasche Canadian Club ab, die ich zur Theke hinübertrug und öffnete. Es gab zehn Hocker an der Theke, aber ich setzte mich auf den neben dem hutlosen Mann. Er begann mich zu mustern, im Spiegel, sehr sorgfältig.

Ich ließ mir eine Tasse schwarzen Kaffee bringen, nur zu zwei Dritteln voll, und füllte mit dem Whisky auf. Dann trank ich das Gebräu runter und wartete eine Minute, um mich so richtig davon durchwärmen zu lassen. Dann erst sah ich mir den hutlosen Mann näher an.

Er war etwa achtundzwanzig, ein bißchen dünn auf dem Schädel, hatte ein gesundes rotes Gesicht, einigermaßen ehrliche Augen, schmutzige Hände und sah nicht so aus, als ob er sein Geld scheffelweise verdiente. Er trug eine graue Whipcordjacke mit metallenen Knöpfen und eine Hose, die nicht dazu paßte.

Ich sagte ganz beiläufig, mit leiser Stimme: »Gehört Ihnen der Schlitten da draußen?«

Er saß sehr still. Sein Mund wurde klein und verkniffen, und er hatte Mühe, mit seinen Augen meinem Blick auszuweichen, im Spiegel.

»Meinem Bruder«, sagte er, nach einem Moment.

Ich sagte: »Kleiner Schluck gefällig? ... Ihr Bruder ist ein alter Freund von mir.«

Er nickte langsam, schluckte, bewegte langsam die Hand, aber schließlich griff er sich die Flasche und stärkte sich den Kaffee damit. Er trank die ganze Bescherung auf einen Sitz. Dann sah ich ihm zu, wie er eine zerknüllte Packung Zigaretten hervorkramte, sich eine in den Mund spießte, ein Streichholz auf der Theke anriß, nachdem es ihm mit dem Daumennagel zweimal mißlungen war, und mit einer so armselig dick aufgetragenen Nonchalance inhalierte, daß ihm wohl selber klar war, daß er damit bei mir nicht ankam.

Ich beugte mich dicht zu ihm heran und sagte beiläufig: »Deshalb muß es aber nicht unbedingt Krach zwischen uns geben.«

Er sagte: »Ah ja? . . . W-w-wo brennt's denn?«

Der Verkäufer kam näher geschlichen. Ich bestellte mir einen weiteren Kaffee. Als ich ihn bekommen hatte, starrte ich den Verkäufer so lange an, bis er sich trollte und vor dem Schaufenster Aufstellung nahm, mit dem Rücken zu mir. Ich veredelte mir meine zweite Tasse Kaffee und trank einen Schluck. Ich betrachtete den Rücken des Verkäufers und sagte: »Der Bursche, dem der Wagen gehört, hat gar keinen Bruder.«

Er behielt die Fassung, wandte sich mir nun aber zu. »Sie glauben, die Karre ist heiß?«

»Nein.«

»Sie halten den Wagen nicht für gestohlen?«

Ich sagte: »Nein. Ich will bloß die Story.«

»Polizei?«

»Hm-hm – aber es geht nicht um Erpressung, falls Ihnen das Kopfschmerzen macht.«

Er zog heftig an seiner Zigarette und rührte mit dem Löffel in der leeren Tasse herum.

»Ich kann meinen Job verlieren deswegen«, sagte er langsam. »Aber ich brauchte die hundert Eier. Ich bin Taxifahrer.«

»Hab ich mir schon gedacht«, sagte ich.

Er machte ein überraschtes Gesicht, wandte den Kopf und starrte mich an.

»Jetzt trinken Sie mal erst noch einen, und dann machen wir weiter«, sagte ich. »Autodiebe parken nicht an der Hauptstraße und hocken dann in Drugstores herum.«

Der Verkäufer kam vom Fenster zurück und lungerte in unserer Nähe herum, machte sich mit einem Lappen an der Kaffeemaschine zu schaffen. Ein lastendes Schweigen entstand. Der

Verkäufer legte den Lappen hin, begab sich in den Hintergrund des Ladens, hinter die Trennwand, und begann aggressiv zu pfeifen.

Der Mann neben mir genehmigte sich einen weiteren Whisky, goß ihn sich hinter die Binde und nickte mir mit wichtiger Miene zu. »Also das war so – ich hatte hier jemanden rausgefahren und sollte auf ihn warten. Da kommt dieser Bursche mit seiner Hübschen in dem Buick angebraust und bietet mir hundert Eier, wenn ich ihm meine Mütze überlasse und mein Taxi, daß er damit in die Stadt fahren kann. Ich soll hier so eine Stunde etwa hocken bleiben und ihm dann seinen Schlitten zum Hotel Carillon bringen, am Towne Boulevard. Da stünde dann auch mein Taxi. Tja, und schon drückt er mir die hundert Eier in die Hand.«

»Was hat er denn als Grund angegeben?« fragte ich.

»Er sagte, sie wären in einem Spielkasino gewesen und hätten zur Abwechslung mal Glück gehabt. Da waren sie jetzt in Sorge, man könnte ihnen auf dem Heimweg auflauern. Es gäb ja so Leute, die hockten bloß rum da und paßten auf, wer gewinnt.«

Ich nahm eine von seinen Zigaretten und strich sie zwischen den Fingern gerade. »Eine Geschichte, an der ich eigentlich nichts auszusetzen finde«, sagte ich. »Kann ich mal Ihre Papiere sehen?«

Er gab sie mir. Er hieß Tom Sneyd und war Fahrer bei der Green Top Cab Company, einem Taxiunternehmen. Ich verkorkte meine Flasche, schob sie in die Seitentasche und ließ einen halben Dollar über die Theke tanzen.

Der Verkäufer erschien und gab mir heraus. Er platzte fast vor Neugier.

»Dann wolln wir mal, Tom«, sagte ich vor seinen Ohren. »Holen wir das Taxi ab. Ich glaube, es hat keinen Sinn, hier noch länger zu warten.«

Wir gingen nach draußen, und ich überließ dem Buick die Führung, fort aus dem Lichtergewimmel von Las Olindas, durch eine Reihe von kleinen Ortschaften am Meer, mit kleinen Häusern, die auf Strandparzellen standen, und größeren am Hang der Hügel dahinter. Hier und da war ein Fenster erleuchtet. Die

Reifen sangen auf dem nassen Beton, und in den Kurven sah ich die kleinen bernsteinfarbenen Lampen auf der vorderen Stoßstange des Buick zu mir herüberblinzeln.

Bei West Cimarron bogen wir landeinwärts ab, knatterten durch Canal City und gingen auf den Zubringer von San Angelo. Es kostete uns fast eine Stunde, um zum Towne Boulevard 5640 zu kommen, der Nummer des Hotels Carillon. Das ist ein großes, weiträumiges, schiefergedecktes Gebäude mit einer Tiefgarage und einem Springbrunnen vor dem Eingang, der am Abend blaßgrün angestrahlt wird.

Das Green-Top-Taxi Nummer 469 war auf der gegenüberliegenden Straßenseite, der dunklen, abgestellt. Äußerlich war nicht zu sehen, daß etwa jemand darauf geschossen hatte. Tom Sneyd fand seine Mütze im Handschuhfach und kletterte mit Eifer hinters Steuer.

»Bin ich damit abgefertigt? Kann ich fahren jetzt?« Seine Stimme war schrill vor Erleichterung.

Ich sagte ihm, von mir aus könnte er, und gab ihm meine Karte. Es war zwölf Minuten nach eins, als er um die Ecke verschwand. Ich kletterte in den Buick, manövrierte ihn die Rampe hinunter zur Garage und überließ ihn einem jungen Farbigen, der dort mit langsamen Bewegungen Autos wusch. Dann ging ich außen herum in die Halle.

Der Portier war ein junger Mann mit asketischen Zügen, der unter der Lampe der Telefonvermittlung in einem Band *Entscheidungen des Oberlandesgerichts von Kalifornien* las. Er sagte, Lou wäre nicht im Haus und seit elf, wo er Dienstantritt gehabt hätte, auch nicht dagewesen. Nach kurzer Debatte über die Späte der Stunde und die Wichtigkeit meines Besuchs läutete er in Lous Apartment an, aber es kam niemand an den Apparat.

Ich ging wieder hinaus, setzte mich in meinen Marmon für ein paar Minuten, rauchte eine Zigarette, trichterte mir einen Schluck Canadian Club ein. Dann ging ich ins Carillon zurück und schloß mich in einer Münzzelle ein. Ich wählte die Nummer des *Telegram*, verlangte die Lokalredaktion, bekam einen Mann namens Von Ballin.

Er jaulte fast auf, als ich ihm sagte, wer ich war. »Was, Sie laufen immer noch unbeschädigt herum? Mann, das ist ja direkt eine Story! Ich dachte, Manny Tinnens Freunde hätten Sie längst unter uraltem Lavendel beigesetzt.«

Ich sagte: »Jetzt halten Sie mal die Luft an und hören Sie mir zu. Kennen Sie einen Mann namens Lou Harger? Er ist Spieler. Hatte ein Lokal, in dem vor etwa einem Monat eine Razzia war. Die Polizei hat's zugemacht.«

Von Ballin sagte, er kenne Lou nicht persönlich, wisse aber, wer er sei.

»Wer in Ihrem Zirkus kennt ihn denn genauer?«

Er dachte einen Moment nach. »Da hätten wir den Jerry Cross zu bieten«, sagte er, »der gilt bei uns als Experte fürs hiesige Nachtleben. Was wollten Sie denn wissen?«

»Wo er eventuell feiern würde«, sagte ich. Dann ließ ich ihn ein paar Fetzen von der Geschichte sehen, nicht allzuviel allerdings. Nicht dabei war die Sache mit dem Totschläger, den ich hinters Ohr gekriegt hatte, und das mit dem Taxi. »Er hat sich noch nicht wieder in seinem Hotel blicken lassen«, schloß ich. »Ich muß mir da mal Klarheit verschaffen.«

»Sicher, wenn Sie ein Freund von seiner . . .«

»Von ihm – nicht von seiner Bande«, sagte ich scharf. Von Ballin unterbrach, um irgendwem zuzubrüllen, er solle gefälligst drüben an den Apparat gehen, wo es klingelte, und sagte dann leise zu mir, dicht an der Sprechmuschel: »Also nun kommen Sie mal rüber damit, mein Junge. Wo liegt der Hund begraben?«

»Also gut. Aber ich erzähle das nur für Ihre Ohren, nicht für Ihr Blättchen. Ich hab draußen vor dem Lokal von Canales eins auf den Dez gekriegt und bei der Gelegenheit meine Kanone eingebüßt. Lou und sein Mädchen haben ihren Wagen mit einem Taxi vertauscht, das ihnen zufällig über den Weg kam. Dann haben sie sich in Luft aufgelöst. Das gefällt mir ganz und gar nicht. Lou war nicht besoffen genug, um mit so viel Kies in den Taschen noch groß in der Stadt rumzugondeln. Und wenn er's gewesen wäre, hätte das Mädchen ihn nicht gelassen. Die hatte einen Blick fürs Praktische.«

»Ich werde sehn, was sich machen läßt«, sagte Von Ballin.

»Aber sehr aussichtsreich klingt die Sache nicht. Ich läute Sie an.«

Ich teilte ihm mit, daß ich am Merritt Plaza wohnte, falls er's vergessen haben sollte, ging nach draußen und stieg wieder in den Marmon. Ich fuhr nach Hause und legte mir fünfzehn Minuten lang heiße Handtücher auf den Kopf, dann saß ich im Pyjama herum und trank heißen Whisky mit Zitrone und rief von Zeit zu Zeit immer wieder im Carillon an. Um halb drei kam ein Anruf vom *Telegram*, und Von Ballin sagte, wir hätten Pech. Lou sei weder von der Polizei aufgegriffen worden noch in einem der Notdienst-Krankenhäuser gelandet, und auch die Nachtklubs, die Jerry Cross eingefallen wären, hätten sämtlich nichts von ihm gesehen.

Um drei rief ich zum letztenmal im Carillon an. Dann machte ich das Licht aus und ging schlafen.

Am Morgen lief alles wie bereits gehabt. Ich versuchte dem rothaarigen Mädchen ein bißchen auf die Spur zu kommen. Es gab achtundzwanzig Leute namens Glenn im Telefonbuch, darunter drei Frauen. Bei einer klingelte ich vergeblich, die beiden anderen versicherten mir, sie hätten kein rotes Haar. Eine erbot sich, es mir zu zeigen.

Ich rasierte mich, duschte, machte mir Frühstück, ging zu Fuß die drei Blocks den Berg hinunter zum Condor Building.

In meinem kleinen Wartezimmer saß Miss Glenn.

V

Ich schloß die zweite Tür auf, und sie trat ein und setzte sich auf den Stuhl, auf dem Lou am Nachmittag vorher gesessen hatte. Ich machte ein paar Fenster auf, schloß die Außentür des Wartezimmers ab und riß ein Streichholz an für die unangezündete Zigarette, die sie in ihrer unbehandschuhten und ringlosen linken Hand hielt.

Sie trug eine Bluse und einen buntkarierten Rock, einen lockeren Mantel darüber und einen knapp sitzenden Hut, der schon lange genug aus der Mode war, um auf eine Pechsträhne bei ihr schließen zu lassen. Aber er verbarg fast ihr ganzes Haar. Ihre Haut war ohne Make-up, und sie sah wie etwa dreißig aus und hatte das starre Gesicht der Erschöpfung.

Sie hielt ihre Zigarette in einer Hand, die schon fast zu ruhig war, einer Hand, die auf der Hut war. Ich setzte mich und wartete, daß sie anfing zu reden.

Sie starrte die Wand an über meinem Kopf und sagte keinen Ton. Nach einem Weilchen stopfte ich mir die Pfeife und rauchte eine Minute vor mich hin. Dann stand ich auf, ging hinüber zu der Tür, die auf den Flur führte, und hob ein paar Briefe auf, die durch den Schlitz gefallen waren.

Ich setzte mich wieder an den Schreibtisch, sah sie durch, las einen von ihnen zweimal, ganz wie wenn ich allein wäre. Während ich das tat, sah ich sie nicht direkt an und sprach auch kein Wort mit ihr, behielt sie aber gleichwohl im Auge. Sie sah aus wie ein Mensch, der langsam für irgend etwas Kräfte sammelte.

Schließlich bewegte sie sich. Sie öffnete eine große schwarze Lackledertasche und nahm einen dicken Umschlag aus Manilapapier heraus, zog ein Gummiband ab und saß dann da, den Umschlag zwischen den Handflächen und den Kopf leicht zurückgeneigt, während die Zigarette von ihren Mundwinkeln grauen Rauch tröpfeln ließ.

Sie sagte langsam: »Lou meinte immer, wenn ich je mal vom Regen überrascht würde, sollt ich mich bei Ihnen unterstellen. Wo ich bin, gießt's jetzt in Strömen.«

Ich starrte den Manilaumschlag an. »Lou ist ein ziemlich guter Freund von mir«, sagte ich. »Ich würde alles für ihn tun, was nur halbwegs vernünftig wäre. Und sogar einiges Unvernünftige – wie gestern abend. Das heißt aber noch lange nicht, daß Lou und ich immer auf demselben Dampfer führen.«

Sie ließ ihre Zigarette in die Glasschale des Aschenbechers fallen und dort weitergokeln. Eine dunkle Flamme brannte plötzlich in ihren Augen, ging dann aus.

»Lou ist tot.« Ihre Stimme war völlig tonlos.

Ich langte mit einem Bleistift hinüber und stieß damit nach dem glühenden Ende der Zigarette, bis sie aufhörte zu qualmen.

Sie fuhr fort: »Ein paar von Canales' Leuten haben ihn in meinem Apartment erwischt – mit einem einzigen Schuß aus einer kleinen Pistole, die aussah wie meine eigene. Die war nämlich verschwunden, als ich hinterher danach suchte. Ich habe die ganze Nacht dort bei seiner Leiche zugebracht . . . ich mußte.«

Sie brach ganz plötzlich ab. Die Augen verdrehten sich ihr im Kopf, und ihr Kopf sackte nach vorn und schlug auf den Tisch. Sie lag still, den Manilaumschlag vor den schlaffen Händen.

Ich riß eine Schublade auf und holte eine Flasche und ein Glas heraus, goß ihr einen steifen Schluck ein und ging damit um den Schreibtisch, hievte sie hoch in ihrem Stuhl. Ich schob ihr den Rand des Glases hart gegen den Mund – hart genug, daß es ihr weh tun mußte. Sie wehrte sich und schluckte. Ein bißchen lief ihr übers Kinn, aber in ihre Augen kam wieder Leben.

Ich ließ den Whisky vor ihr stehen und setzte mich wieder hin. Die Lasche des Umschlags war weit genug aufgegangen, daß ich Geldscheine darin sehen konnte, einen ganzen Packen Geldscheine.

Sie begann wie mit einer Traumstimme wieder zu sprechen.

»Wir hatten von der Kasse lauter große Scheine gekriegt, aber selbst damit war's noch ein dicker Packen. In dem Umschlag stecken genau zweiundzwanzigtausend. Ein paar überschüssige Hunderter hab ich behalten. Lou machte sich Sorgen. Er rechnete sich aus, daß es ziemlich leicht für Canales sein würde, uns einzuholen. Dabei hätten Sie durchaus gleich hinter uns sein können und wären vielleicht doch nicht imstande gewesen, groß was zu machen.«

Ich sagte: »Canales hat das Geld vor aller Augen verloren. Das war eine gute Reklame für ihn – auch wenn's weh tat.«

Sie berichtete weiter, als hätte ich gar nichts gesagt. »Als wir durch die Stadt fuhren, sahen wir auf einmal einen Taxifahrer, der in seiner geparkten Karre saß, und da hatte Lou einen tollen Einfall. Er bot dem Jungen einen Hunderter, wenn er ihm das Taxi für die Fahrt nach San Angelo rein abträte und den Buick nach einer Weile zum Hotel brächte. Der Junge machte mit, und wir fuhren auf eine Nebenstraße und tauschten da. An sich tat's uns leid, daß wir Sie damit abgehängt hatten, aber Lou meinte, Sie wären bestimmt nicht böse deswegen. Und vielleicht ergäbe sich ja auch eine Gelegenheit, Ihnen ein Zeichen zu geben. Wir sind dann zu seinem Hotel gefahren, aber nicht reingegangen. Wir haben uns da ein anderes Taxi genommen und sind damit rüber zu meiner Wohnung. Ich wohne im Hobart Arms, Block achthundert, an der South Minter. Ist ein Haus, wo man nicht erst lange Fragen gestellt kriegt, wenn man reinkommt. Wir gingen in mein Apartment rauf und machten Licht, und da kamen zwei Kerle mit Masken hinter der Halbwand zwischen Wohnzimmer und Eßnische vor. Einer war klein und dünn und der andere ein richtiggehender Klotz, mit einem Kinn, das wie ein Sims unter der Maske vorragte. Lou machte eine falsche Bewegung, und der Klotz schoß – bloß einmal, einfach so. Die Pistole machte bloß einen matten Klack, gar nicht besonders laut, und Lou fiel auf den Boden und rührte sich nicht mehr.«

Ich sagte: »Es könnten die beiden gewesen sein, die auch mich zum Deppen gemacht haben. Das habe ich Ihnen noch nicht erzählt.«

Sie schien auch das überhaupt nicht zu hören. Ihr Gesicht war weiß und gefaßt, aber so ausdruckslos wie Gips. »Vielleicht täte mir noch ein Fingerbreit von dem Balkenbrand da gut«, sagte sie.

Ich goß uns beiden was ein, und wir tranken. Dann fuhr sie fort: »Die Kerls durchsuchten uns, aber wir hatten das Geld nicht mehr bei uns. Wir hatten an einem Drugstore gehalten, der die ganze Nacht offen hatte, und das Zeug gewogen und verpackt und bei der nächsten Zweigpost eingeworfen. Sie durchsuchten das ganze Apartment, aber wir waren ja grad erst reingekommen und hatten gar keine Zeit gehabt, irgendwas zu verstecken. Der Klotz schlug mich mit der Faust nieder, und als ich wieder aufwachte, waren sie weg, und ich war allein mit Lous Leiche auf dem Boden.«

Sie deutete auf eine Stelle an ihrem Kieferwinkel. Es war da was, so eine Art blauer Fleck, aber er machte nicht viel her. Ich drehte mich ein wenig in meinem Stuhl und sagte: »Sie müssen Sie auf dem Hinweg überholt haben. Wenn sie ein bißchen gerissener gewesen wären, hätten sie sich das Taxi an der Straße mal näher angesehn. Woher wußten sie aber, wo sie hin mußten?«

»Darüber habe ich mir schon die ganze Nacht den Kopf zerbrochen«, sagte Miss Glenn. »Canales weiß, wo ich wohne. Er ist mir mal nach Hause nachgefahren und hat probiert, mit raufgenommen zu werden.«

»Tja«, sagte ich, »aber warum sind sie zu Ihrer Wohnung gefahren, und wie sind sie überhaupt reingekommen?«

»Ach, das ist nicht weiter schwer. Gleich unter den Fenstern läuft ein Sims, und auf dem kommt ein Mann leicht vor bis zur Feuerleiter. Wahrscheinlich haben ein paar andere Jungens vor Lous Hotel auf der Lauer gelegen. An die Möglichkeit hatten wir gedacht, aber nicht gedacht hatten wir daran, daß sie meine Wohnung wissen könnten.«

»Erzählen Sie mir mal den Rest«, sagte ich.

»Das Geldpäckchen war an mich adressiert«, erklärte Miss Glenn. »Lou war ein toller Junge, aber ein Mädchen muß sich selber vorsehen. Deswegen mußte ich letzte Nacht dort bleiben, neben dem toten Lou. Bis die Post kam. Dann bin ich rübergekommen, hierher.«

Ich stand auf und sah aus dem Fenster. Ein dickes Mädchen hämmerte auf der anderen Seite des Hinterhofs auf einer Schreibmaschine. Ich konnte das Klappern hören. Ich setzte mich wieder hin, starrte auf meinen Daumen.

»Haben die Kerls Ihnen die Kanone untergejubelt?« fragte ich.

»Höchstens wenn sie unter seiner Leiche liegt. Da hab ich nicht nachgesehen.«

»Die haben Sie zu leicht davonkommen lassen. Vielleicht war es ja überhaupt nicht Canales. Hat Lou Sie eigentlich ins Vertrauen gezogen?«

Sie schüttelte ruhig den Kopf. Ihre Augen waren schieferblau jetzt, und nachdenklich, nicht mehr so leer und starrend.

»Also gut«, sagte ich. »Und was haben Sie sich so gedacht, was nun ich in der ganzen Geschichte machen soll?«

Sie verengte ein wenig die Augen, dann streckte sie eine Hand aus und schob den gebauschten Umschlag langsam über den Tisch.

»Ich bin kein kleines Kind, und ich stecke in der Klemme. Aber deswegen lasse ich mich noch lange nicht übers Ohr hauen und fertigmachen. Die Hälfte von diesem Geld gehört mir, und die will ich haben, mitsamt einem sauberen Abgang. Genau die Hälfte. Hätte ich letzte Nacht die Polizei gerufen, dann hätten die Kerls todsicher Mittel und Wege gefunden, mich darum zu prellen ... Ich glaube, Lou wäre es sehr recht, Sie bekämen seine Hälfte, wenn Sie auf meiner Seite mitspielen wollten.«

Ich sagte: »Das ist ein ziemlicher Packen Geld, wie er einem Privatdetektiv nicht oft unter die Nase gehalten wird, Miss Glenn«, und lächelte lahm. »Sie sind nicht besonders gut dran, weil Sie letzte Nacht die Bullen nicht gerufen haben. Aber es gibt auf alles eine Antwort, was die Sie fragen könnten. Ich glaube, es ist am besten, ich gehe mal rüber und sehe nach, wie weit die Aktien gefallen sind – wenn sie überhaupt gefallen sind.«

Sie beugte sich rasch vor und fragte: »Würden Sie das Geld in Verwahrung nehmen? ... Riskieren Sie das?«

»Aber sicher. Ich springe mal schnell runter und packe es in ein Schließfach bei der Bank. Sie können einen der Schlüssel haben – und über das Teilen reden wir dann später. Ich glaube, es wäre ein glänzender Gedanke, wenn Canales wüßte, daß er erst mir einen Besuch machen muß, wenn er an das Geld ran will, und noch glänzender wäre es, wenn Sie sich einstweilen in einem kleinen Hotel verstecken würden, wo ich einen Freund habe – wenigstens so lange, bis ich mich etwas umgetan habe.«

Sie nickte. Ich setzte den Hut auf und steckte den Umschlag unter meinen Gürtel. Ich ging aus dem Zimmer, nachdem ich ihr noch gesagt hatte, daß links in der oberen Schublade eine Pistole läge, falls sie nervös werden sollte.

Als ich zurückkam, schien sie sich nicht vom Fleck gerührt zu haben. Aber sie sagte, sie hätte bei Canales im Lokal angerufen und eine Nachricht für ihn hinterlassen, die er wohl verstehen würde.

Auf ziemlich verschlungenen Umwegen fuhren wir zum Lorraine, an der Brant und Avenue C. Niemand schoß unterwegs auf uns, und soweit ich feststellen konnte, wurden wir auch nicht verfolgt.

Ich schüttelte Jim Dolan, dem Tagesportier im Lorraine, die Hand, mit einem gefalteten Zwanziger darin. Er steckte die Hand in die Tasche und sagte, es würde ihm ein Vergnügen sein, dafür zu sorgen, daß »Miss Thompson« keinerlei Belästigungen erführe.

Ich ging. In der Mittagszeitung stand nicht das geringste über Lou Harger und das Hobart Arms.

VI

Das Hobart Arms war nichts als ein Apartmenthaus wie die andern auch, mit denen es in Reih und Glied einen Block bildete. Es hatte fünf Stockwerke und eine ledergelbe Fassade. Eine Menge Fahrzeuge parkten den ganzen Block entlang, auf beiden Straßenseiten. Ich fuhr langsam daran vorbei und machte die Augen auf. Die Umgebung machte nicht den Eindruck, als sei sie in jüngster Zeit durch irgendeinen besonderen Vorfall aufgestört worden. Sie wirkte friedvoll und sonnig, und die geparkten Wagen hatten etwas Behäbiges an sich, ganz als seien sie hier so richtig zu Hause.

Ich bog in eine Seitengasse mit einem hohen Bretterzaun rechts und links und einer Menge primitiver Garagen. Neben einer davon, an der ein Schild mit der Aufschrift »Zu vermieten« hing, parkte ich und ging dann zwischen zwei Mülltonnen durch in den Betonhof des Hobart Arms, der sich hier auf die Gasse öffnete. Ein Mann war gerade damit beschäftigt, Golfschläger in den Kofferraum eines Coupés zu laden. In der Halle zog ein Filipino einen Staubsauger über den Teppich, und an der Telefonvermittlung saß eine dunkle Jüdin und schrieb.

Ich benutzte den automatischen Fahrstuhl und schlich dann den oberen Flur entlang bis zur letzten Tür links. Ich klopfte, wartete, klopfte noch einmal und verschaffte mir dann mit Miss Glenns Schlüssel Zutritt.

Niemand lag tot auf dem Fußboden.

Ich betrachtete mich in dem Spiegel, der die Rückwand eines Klappbetts bildete, ging durch den Raum und sah aus einem der Fenster. Es lief ein Sims darunter, der einmal eine Mauerkrönung gewesen war. Er lief durch bis zur Feuerleiter. Selbst ein

Blinder hätte auf diesem Wege hereinkommen können. Aber in dem Staub, der darauf lag, konnte ich nirgends Fußspuren erkennen.

In der Eßnische oder Küche war nichts, was nicht dort hingehörte. Das Schlafzimmer hatte einen lustig-bunten Teppich und graugestrichene Wände. In der Ecke lag ein Haufen Krempel, rund um einen Abfallkorb, und ein zerbrochener Kamm auf dem Frisiertisch enthielt ein paar Strähnen roten Haars. Die Schränke waren leer, bis auf ein paar Ginflaschen.

Ich ging ins Wohnzimmer zurück, sah hinter das Wandbett, stand eine Minute herum, verließ das Apartment.

Der Filipino in der Halle hatte inzwischen etwa drei Meter mit dem Staubsauger geschafft. Ich lehnte mich auf den Tresen neben der Telefonvermittlung. »Miss Glenn?«

Die dunkle Jüdin sagte: »Fünf-zwo-vier«, und machte einen Kontrollvermerk auf die Wäscheliste.

»Sie ist nicht da. Wann hat sie denn das Haus verlassen?«

Sie blickte flüchtig zu mir auf. »Weiß ich nicht, hab's nicht gemerkt. Worum dreht sich's – 'ne Rechnung?«

Ich sagte, ich wäre bloß ein Freund, dankte ihr und ging weg. Damit war bestätigt, daß es in Miss Glenns Apartment keinen Wirbel gegeben hatte. Ich ging in die Seitengasse zurück und zu meinem Marmon.

Die Geschichte war mir sowieso nicht ganz glaubwürdig erschienen, so wie Miss Glenn sie mir erzählt hatte.

Ich überquerte die Cordova, fuhr noch einen Block weit und hielt neben einem vergessenen Drugstore, der hinter zwei riesigen Pfefferbäumen und einem verstaubten, vollgestopften Schaufenster im Schlummer lag. Es gab dort in der Ecke eine einzelne Telefonzelle. Ein alter Mann kam hoffnungsvoll auf mich zugeschlurft, ging wieder weg, als er sah, was ich wollte, ließ seine Stahlbrille auf die Nasenspitze vorrutschen, setzte sich wieder und widmete sich seiner Zeitung.

Ich warf meinen Nickel ein, wählte, und eine Mädchenstimme schrie blechern gedehnt: »Telegra-am!« Ich fragte nach Von Ballin.

Als ich ihn am Apparat und er begriffen hatte, wer ich war,

hörte ich, wie er sich räusperte. Dann kam seine Stimme nah an die Sprechmuschel und sagte sehr deutlich: »Ich hab was für Sie, aber nichts Gutes. Tut mir gräßlich leid. Ihr Freund Harger liegt im Leichenschauhaus. Wir haben grad vor zehn Minuten eine Notiz reingekriegt.«

Ich lehnte mich gegen die Wand der Zelle und fühlte, wie mein Blick sich verstörte. »Was war sonst noch dabei?«

»Eine Funkstreife hat ihn bei irgendwem im Vorgarten gefunden oder so, in West Cimarron. Er ist durchs Herz geschossen worden. Ist schon gestern nacht passiert, aber aus irgendeinem Grunde haben sie ihn erst jetzt identifizieren können.«

Ich sagte: »West Cimarron, soso ... Nun, das wäre dann ja endgültig erledigt. Ich komme gelegentlich mal bei Ihnen vorbei.«

Ich dankte ihm und hängte ein, blieb dann aber noch einen Moment stehen und betrachtete durch die Scheibe einen mittelältlichen grauhaarigen Mann, der vor einer Weile in den Laden gekommen war und auf dem Zeitschriftenständer herumklaubte.

Dann warf ich einen weiteren Nickel ein und wählte das Lorraine, fragte nach dem Portier.

Ich sagte: »Gib doch bitte mal euerm Mädchen da einen Stups, daß sie mich mit dem Rotschopf verbindet, Jim.«

Ich zog eine Zigarette heraus und zündete sie an, paffte den Rauch gegen das Glas der Tür. Der Rauch verplattete sich an der Scheibe und trieb in Wirbeln zurück durch die enge Luft. Dann klickte es in der Leitung, und die Stimme der Telefonistin sagte: »Tut mir leid, aber Ihr Teilnehmer antwortet nicht.«

»Geben Sie mir Jim noch einmal«, sagte ich. Dann, als er sich meldete: »Kannst du dir die Zeit nehmen, mal raufzulaufen und nachzusehen, warum sie nicht an den Apparat geht? Vielleicht ist sie bloß übermäßig vorsichtig.«

Jim sagte: »Aber klar. Ich schieße mal schnell mit einem Schlüssel rauf.«

Schweiß brach mir aus allen Poren. Ich legte den Hörer auf ein kleines Wandbrett und stieß die Zellentür auf. Der grauhaarige Mann sah rasch von seinen Zeitschriften auf, dann runzelte er die Stirn und sah auf seine Uhr. Rauch zog aus der Zelle. Nach einem Augenblick ließ ich die Tür zuschnappen und griff wieder nach dem Hörer.

Jims Stimme schien von sehr weit her zu mir zu dringen. »Sie ist nicht da. Vielleicht macht sie einen Spaziergang.«

Ich sagte: »Tja — oder vielleicht auch eine Spazier*fahrt.*«

Ich hängte den Hörer in die Gabel und schob mich aus der Zelle. Der grauhaarige Fremde warf eine Zeitschrift so heftig auf den Ständer zurück, daß sie zu Boden rutschte. Er bückte sich, um sie aufzuheben, als ich an ihm vorbeiging. Dann richtete er sich knapp hinter mir wieder auf und sagte ruhig, aber sehr bestimmt: »Lassen Sie die Hände unten, und keinen Mucks. Gehn Sie langsam raus zu Ihrem Schlitten. Das ist kein Witz.«

Aus dem Augenwinkel konnte ich sehen, daß der alte Mann kurzsichtig zu uns herüberspähte. Aber es war überhaupt nichts für ihn zu erkennen, selbst wenn er so weit sehen konnte. Etwas stach mir in den Rücken. Es hätte ein Finger sein können, aber ich nahm nicht an, daß es das war.

Wir gingen sehr friedlich aus dem Laden.

Ein langer grauer Wagen war dicht hinter dem Marmon aufgefahren. Seine hintere Tür stand offen, und ein Mann mit einem Quadratschädel und einem schiefen Maul lehnte daneben, den einen Fuß auf dem Trittbrett. Die rechte Hand hatte er hinter sich, im Wagen.

Die Stimme meines Begleiters sagte: »Steigen Sie in Ihren Wagen und fahren Sie nach Westen. Biegen Sie an der ersten Ecke ab und gehn Sie bis auf fünfzig, ja nicht höher.«

Die enge Straße war sonnig und still, und die Pfefferbäume flüsterten. Einen kurzen Block entfernt, an der Cordova, rauschte der Verkehr vorbei. Ich zuckte die Achseln, öffnete die Tür meines Wagens und setzte mich hinters Steuer. Der grauhaarige Mann stieg sehr schnell neben mir ein und behielt meine Hände im Auge. Seine rechte Hand fuhr herum, mit einer stupsnasigen Pistole.

»Aufgepaßt, wenn Sie Ihre Schlüssel rausziehen, Freundchen.«

Ich paßte auf. Als ich auf den Starter trat, schlug hinten eine

Wagentür zu, ein paar rasche Schritte näherten sich, und jemand stieg auf dem Rücksitz des Marmon ein. Ich ließ die Kupplung kommen und fuhr um die Ecke. Im Spiegel konnte ich sehen, daß der graue Wagen mir um die Kurve nachkam. Dann fiel er ein bißchen zurück.

Ich fuhr nach Westen, auf einer Parallelstraße zur Cordova, und als wir anderthalb Block weiter waren, kam von hinten eine Hand über meine Schulter und nahm mir meine Kanone weg. Der grauhaarige Mann ließ seinen kurzläufigen Revolver auf seinem Oberschenkel ruhen und tastete mich sorgfältig mit der freien Hand ab. Er lehnte sich befriedigt zurück.

»Okay. Fahren Sie rüber zur Hauptstraße und drehn Sie auf«, sagte er. »Aber das bedeutet nicht, daß Sie einen Streifenwagen rammen sollen, wenn Sie einen erspechten ... Das heißt, wenn Sie meinen, können Sie's natürlich probieren und sehn, was passiert.«

Ich nahm die beiden Kurven, ging auf siebzig und blieb drauf. Wir fuhren durch ein paar reizende Wohnviertel, dann begann die Landschaft sich zu lichten. Als sie ganz kahl geworden war, blieb der graue Wagen hinter uns zurück, wendete zur Stadt um und verschwand.

»Wozu soll das Ganze gut sein?« fragte ich.

Der grauhaarige Mann lachte und rieb sich sein breites rotes Kinn. »Bloß ein kleines Geschäft. Der große Bruder will mit Ihnen reden.«

»Canales?«

»Ach was, Canales! Der *große Bruder*, hab ich gesagt.«

Ich beobachtete den Verkehr, sofern man so weit draußen hier von Verkehr reden konnte, und sprach ein paar Minuten lang nicht. Dann sagte ich: »Warum haben Sie das nicht schon in dem Apartment abgezogen oder in der Seitengasse?«

»Wollten sichergehen, daß Sie nicht beschattet wurden.«

»Wer ist denn dieser große Bruder?«

»Schwamm drüber – bis wir da sind. Sonst noch was?«

»Ja. Kann ich rauchen?«

Er hielt das Steuer, während ich mir eine Zigarette anzündete. Der Mann auf dem Rücksitz hatte noch überhaupt kein Wort gesprochen. Nach einer Weile ließ der grauhaarige Mann mich rechts ranfahren und herüberrücken und übernahm selber das Steuer.

»Ich hab selber mal so einen gehabt, vor sechs Jahren, wie ich noch arm war«, sagte er jovial.

Darauf wollte mir keine richtig gute Antwort einfallen, und so ließ ich einfach nur den Rauch in meine Lungen ziehen und überlegte, warum Lous Mörder, wenn er in West Cimarron getötet worden war, das Geld nicht bekommen hatte. Und warum sich jemand, wenn er doch in Miss Glenns Apartment getötet worden war, die Mühe gemacht hatte, ihn wieder nach West Cimarron hinauszuschaffen.

VII

Innerhalb von zwanzig Minuten waren wir in den Vorbergen. Wir fuhren über einen langen Gebirgskamm, glitten ein langes weißes Betonband hinunter, überquerten eine Brücke, fuhren halb die nächste Anhöhe hinauf und bogen dann auf eine Schotterstraße ab, die um eine mit Zwergeichen und Manzanita bestandene Bergschulter verschwand. Gefiederte Büschel Pampasgras schossen funkelnd am Hang hinauf, wie Wasserstrahlen. Die Räder knirschten auf dem Schotter und schleuderten in den Kurven.

Wir kamen an eine Berghütte mit einem breiten Portikus und einem Fundament aus mörtelverbundenen Findlingen. Das Windrad eines Generators drehte sich langsam auf dem Grat eines Bergvorsprungs hundert Schritt hinter der Hütte. Ein gebirgsblauer Eichelhäher blitzte quer über die Straße, zog steil hoch, legte sich schräg und fiel außer Sicht wie ein Stein.

Der grauhaarige Mann manövrierte den Wagen zum Portikus hoch, neben ein lohfarbenes Lincoln-Coupé, zog den Zündschlüssel ab und die Handbremse an. Er schob die Schlüssel sorgfältig in das Lederetui zurück und steckte das Etui in die Tasche.

Der Mann auf dem Rücksitz stieg aus und hielt die Tür neben mir auf. Er hatte eine Pistole in der Hand. Ich stieg aus. Der grauhaarige Mann stieg ebenfalls aus. Wir gingen alle ins Haus.

Es gab da einen großen Raum mit Wänden aus knorriger Fichte, herrlich poliert. Wir gingen hindurch, über indianische Teppiche, und der grauhaarige Mann klopfte bedächtig an eine Tür.

Eine Stimme brüllte: »Was ist?«

Der grauhaarige Mann legte sein Gesicht an die Tür und sagte: »Beasley — und der Bursche, mit dem Sie reden wollten.«

Die Stimme drinnen sagte, wir sollten reinkommen. Beasley öffnete die Tür, schob mich hindurch und schloß sie hinter mir.

Ich stand in einem weiteren großen Raum mit Wänden aus knorriger Fichte und indianischen Teppichen auf dem Boden. Ein Treibholzfeuer zischte und knallte auf einer steinernen Feuerstelle.

Der Mann, der hinter einem niedrigen Schreibtisch saß, war Frank Dorr, der große politische Drahtzieher.

Er war ein Mensch von der Sorte, die gern einen Schreibtisch vor sich hat, den fetten Bauch dagegen drückt, an allerlei Sachen darauf herumspielt und ein schlaues Gesicht dazu macht. Er hatte ein fettes, schmieriges Gesicht, von dem ein dünner Kranz weißen Haars ein wenig abstand, kleine scharfe Augen, kleine und sehr zarte Hände.

Was ich von ihm sehen konnte, war in einen schlampigen grauen Anzug gekleidet, und vor ihm auf dem Tisch saß eine große schwarze Perserkatze. Er kraulte der Katze den Kopf mit einer seiner kleinen zarten Hände, und die Katze lehnte sich gegen seine Hand. Ihr buschiger Schwanz wallte über die Tischkante und fiel daran senkrecht nieder.

Er sagte: »Setzen Sie sich«, ohne den Blick von der Katze zu wenden.

Ich setzte mich in einen Ledersessel mit sehr tiefem Sitz. Dorr sagte: »Wie gefällt's Ihnen hier oben? Ganz nett, nicht wahr? Das hier ist Toby, meine Freundin. Die einzige Freundin, die ich habe. Stimmt's, Toby?«

Ich sagte: »Es gefällt mir hier oben — aber die Art, wie ich hergekommen bin, gefällt mir nicht.«

Dorr hob ein paar Zoll den Kopf und sah mich mit leicht offenem Munde an. Er hatte schöne Zähne, aber sie waren nicht in seinem Mund gewachsen. Er sagte: »Ich bin ein vielbeschäftigter Mann, Bruderherz. So ging's einfacher, als wenn wir erst lange debattiert hätten. Was zu trinken?«

»Klar will ich was«, sagte ich.

Er drückte den Kopf der Katze zärtlich zwischen seinen beiden Handflächen, schob sie dann von sich und legte beide Hände auf die Lehnen seines Sessels. Er stemmte sich schwer dagegen, und sein Gesicht wurde ein bißchen rot, aber schließlich kam er auf die Füße. Er watschelte zu einer eingebauten Schrankbar hinüber und nahm eine gedrungene Whiskykaraffe und zwei goldgeäderte Gläser heraus.

»Kein Eis heute«, sagte er, während er zum Schreibtisch zurückwatschelte. »Müssen ihn pur trinken.«

Er goß uns ein, machte eine Handbewegung, und ich ging hinüber und nahm mir mein Glas. Er setzte sich wieder hin. Ich setzte mich mit meinem Drink. Dorr zündete sich eine Zigarre an, schob die Kiste zwei Zoll auf mich zu, lehnte sich zurück und starrte mich vollkommen entspannt und gelassen an.

»Sie sind also der Bursche, der Manny Tinnen aufs Kreuz gelegt hat«, sagte er. »Aber das geht nicht.«

Ich schlürfte meinen Whisky. Er war gut genug, daß man ihn schlürfen konnte.

»Das Leben wird manchmal ziemlich kompliziert«, fuhr Dorr fort, mit derselben gleichmütigen, entspannten Stimme. »Politik — selbst wenn sie eine Masse Spaß macht — zerrt an den Nerven. Sie kennen mich. Ich bin ein zäher Brocken, und was ich will, das kriege ich auch. Es gibt zwar nicht mehr sonderlich viel, was ich will — aber was ich will, das will ich. Und ich bin verdammt nicht sehr wählerisch, wie ich's kriege.«

»Darin haben Sie einen großen Ruf«, sagte ich höflich.

Dorrs Augen blinzelten. Er sah sich nach der Katze um, zog sie am Schwanz zu sich herüber, legte sie auf die Seite und begann ihr den Bauch zu kraulen. Die Katze schien das zu mögen.

Dorr blickte mich an und sagte sehr sanft und leise: »Sie haben Lou Harger umgelegt.«

»Wie kommen Sie darauf?« fragte ich ohne allen besonderen Nachdruck.

»Sie haben Lou Harger umgelegt. Vielleicht hatte er's verdient – aber Sie sind's jedenfalls gewesen. Er ist durchs Herz geschossen worden, mit einer Achtunddreißiger. Sie haben eine Achtunddreißiger und sind dafür bekannt, daß Sie blendend damit umgehn können. Sie waren gestern abend mit Harger in Las Olindas und haben gesehen, wie er eine Menge Geld gewann. Sie sollten ihm eigentlich als Leibwächter dienen, aber da sind Sie auf eine bessere Idee gekommen. Sie haben ihn und das Mädchen in West Cimarron eingeholt, Harger sein Quantum verpaßt und sich das Geld unter den Nagel gerissen.«

Ich trank meinen Whisky aus, stand auf und goß mir neu ein.

»Sie haben mit dem Mädchen einen Handel vereinbart«, sagte Dorr, »aber die Sache klappte nicht. Sie kam nämlich selber auf eine allerliebste Idee. Aber das macht nichts, weil die Polizei Ihre Waffe bei Harger gefunden hat. Und Sie haben auch das Geld.«

Ich sagte: »Ist schon ein Haftbefehl raus gegen mich?«

»Das kommt erst, wenn ich das Zeichen gebe ... Und die Kanone ist auch noch nicht abgeliefert ... Ich habe eine Menge Freunde, wissen Sie.«

Ich sagte langsam: »Ich bin vor dem Lokal von Canales niedergeschlagen worden. Geschah mir ganz recht. Dabei wurde mir meine Waffe abgenommen. Ich habe Harger nirgends mehr eingeholt, habe ihn überhaupt nicht mehr gesehen. Das Mädchen kam heute morgen mit dem Geld in einem Umschlag zu mir – und mit einer Geschichte, von wegen daß Harger in ihrem Apartment umgebracht worden wäre. Aus dem Grund habe ich auch das Geld – um es sicher aufzubewahren. Die Geschichte des Mädchens kam mir zwar nicht ganz astrein vor, aber daß sie das Geld anbrachte, gab ihr ja doch einiges Gewicht. Und Harger war ein Freund von mir. Also fing ich an, der Sache nachzugehen.«

»Das hätten Sie den Bullen überlassen sollen«, sagte Dorr mit einem Grinsen.

»Es bestand die Möglichkeit, daß das Mädchen Opfer eines Komplotts war. Außerdem hatte ich die Chance, mir vielleicht ein paar Dollar zu verdienen — auf ganz gesetzliche Weise. Das soll es geben, sogar in San Angelo.«

Dorr stieß mit dem Finger nach dem Gesicht der Katze, und die Katze biß mit abwesendem Ausdruck hinein. Dann zog sie sich von ihm zurück, setzte sich auf eine Ecke des Schreibtisches und begann sich die Pfote zu lecken.

»Zweiundzwanzig Riesen, und die bringt Ihnen das Frauenzimmer auch noch zum Aufbewahren«, sagte Dorr. »Ausgerechnet — oder finden Sie, das sieht den Weibern ähnlich? Sie haben jedenfalls das Geld«, sagte er. »Und Harger ist mit Ihrer Waffe getötet worden. Das Mädchen ist verschwunden — aber ich könnte sie wieder zum Vorschein bringen. Ich glaube, sie gäbe eine gute Zeugin ab, falls wir eine brauchten.«

»War das Spiel in Las Olindas eigentlich Schmu?« fragte ich.

Dorr trank aus und krümmte die Lippen wieder um seine Zigarre. »Aber klar doch«, sagte er sorglos. »Der Croupier — ein Bursche namens Pina — hat mit unter der Decke gesteckt. Das Roulett war auf Doppel-Zero präpariert. Der alte Trick. Kupferkontakt am Boden, Kupferkontakt an Pinas Schuhsohle, Drähte am Bein entlang, Batterie in der Hüfttasche. Der alte Trick.«

Ich sagte: »Canales machte nicht den Eindruck, als wüßte er was davon.«

Dorr kicherte. »Er wußte, daß sein Roulett präpariert war. Er wußte allerdings nicht, daß sein Chefcroupier auf der andern Seite mitspielte.«

»Ich möchte nicht unbedingt in Pinas Haut stecken«, sagte ich.

Dorr machte eine geringschätzige Bewegung mit seiner Zigarre. »Auf den wird schon aufgepaßt ... Das Spiel lief bescheiden und still. Die beiden haben keine phantastischen Einsätze riskiert, bloß immer auf einfache Chancen, und sie haben auch nicht in einer Tour gewonnen. Das konnten sie gar nicht. So gut läßt sich kein Roulett präparieren.«

Ich zuckte die Achseln, drehte mich im Sessel herum. »Sie wissen ja verdammt viel von der Geschichte«, sagte ich. »Und das alles ist bloß gelaufen, um mich in die Mangel nehmen zu können?«

Er grinste sanft. »Zum Teufel, nein! Das meiste ist einfach so gekommen – wie's bei den besten Plänen geht.« Er schwenkte wieder die Zigarre, und eine blaßgraue Rauchranke kräuselte sich an seinen schlauen kleinen Augen vorbei. Aus dem vorderen Zimmer war das Geräusch gedämpfter Unterhaltung zu hören. »Ich habe Verbindungen, denen ich ab und zu mal gefällig sein muß – auch wenn mir ihre Kapriolen nicht alle gefallen«, fügte er schlicht hinzu.

»Wie Manny Tinnen?« sagte ich. »Der ist viel in der Stadtverwaltung rumgestrichen, wußte zuviel. Okay, Mister Dorr. Was hatten Sie sich denn nun gedacht, was ich für Sie tun soll? Selbstmord begehen?«

Er lachte. Seine fetten Schultern hüpften vergnügt. Er streckte eine seiner kleinen Hände aus, die Fläche abwehrend gegen mich gewendet. »So was würde mir nicht im Traum einfallen«, sagte er trocken, »und andersherum ist's das bessere Geschäft. Das kommt der öffentlichen Meinung über den Shannon-Mord auch mehr entgegen. Ich bin nicht sicher, ob diese Laus von Staatsanwalt Tinnen am Ende nicht auch ohne Sie noch überführen würde – wenn er den Leuten die Idee verkaufen könnte, man hätte Sie aus dem Verkehr gezogen, um Ihnen den Mund zu stopfen.«

Ich stand aus meinem Sessel auf, ging hinüber und stützte mich auf den Schreibtisch, beugte mich darauf vor.

Dorr sagte: »Machen Sie keine Witze!« – ein wenig scharf und atemlos. Seine Hand ging zu einer Schublade und zog sie halb auf. Die Bewegungen seiner Hände waren sehr rasch, ganz im Gegensatz zu den Bewegungen seines Körpers.

Ich lächelte auf die Hand nieder, und er nahm sie von der Schublade weg. Ich sah gleich vorn in der Schublade eine Pistole liegen.

Ich sagte: »Ich habe bereits vorm Großen Schwurgericht ausgesagt.«

Dorr lehnte sich zurück und lächelte mich an. »Der Mensch kann sich irren«, sagte er. »Sogar ein gerissener Privatdetektiv . . . Sie könnten ja mit Ihrem Gewissen zu Rate gegangen sein – und das machen Sie schön schriftlich.«

Ich sagte sehr sanft: »Nein. Dann hätte ich eine Meineidsklage am Hals — und aus der käme ich nicht raus. Dann schon lieber eine wegen Mordes — aus der kann ich rauskommen. Besonders wenn Fenweather was dran liegt, daß ich's schaffe. Er dürfte wohl kaum seinen eigenen Zeugen ruinieren wollen. Der Fall Tinnen ist zu wichtig für ihn.«

Dorr sagte gleichmütig: »Dann müssen Sie's eben probieren, ob Sie's schaffen, Bruder. Und wenn Sie's schaffen sollten, werden Sie trotzdem genug Dreck am Stecken haben, daß kein Geschworenengericht Manny allein auf Ihr Gerede hin verurteilen wird.«

Ich streckte langsam die Hand aus und kraulte der Katze das Ohr. »Was ist mit den zweiundzwanzig Riesen?«

»Die *könnten* alle Ihnen gehören, wenn Sie mitspielen. Schließlich ist's ja nicht mein Geld ... Wenn Manny freikommt, könnte ich unter Umständen sogar noch ein bißchen was dazulegen, was mein Geld *ist.*«

Ich kraulte die Katze unter dem Kinn. Sie begann zu schnurren. Ich hob sie auf und hielt sie sanft in meinen Armen.

»Wer hat Lou Harger umgebracht, Dorr?« fragte ich, ohne ihn anzusehen.

Er schüttelte den Kopf. Ich sah ihn an, lächelnd. »Eine hübsche Katze haben Sie«, sagte ich.

Dorr leckte sich die Lippen. »Ich glaube, das kleine Biest kann Sie leiden«, grinste er. Der Gedanke schien ihm zu gefallen.

Ich nickte — und warf ihm die Katze ins Gesicht.

Er jaulte, aber seine Hände fuhren hoch, um die Katze aufzufangen. Die Katze warf sich sauber in der Luft herum und landete mit beiden ausgespreizten Vorderpfoten. Eine davon riß Dorrs Wange auf wie eine Bananenschale. Er heulte sehr laut.

Ich hatte die Pistole aus der Schublade und die Mündung in Dorrs Rücken, als Beasley und der Mann mit dem Quadratschädel hereingestürzt kamen.

Einen Augenblick lang wirkte das Ganze wie eine Art lebendes Bild. Dann riß die Katze sich aus Dorrs Armen los, schoß zu Boden und kroch unter den Schreibtisch. Beasley hob seine stupsnäsige Kanone, aber er machte dabei ein Gesicht, als sei ihm durchaus nicht ganz klar, was er damit anfangen sollte.

Ich stieß die Mündung meiner Waffe hart in Dorrs Nacken und sagte: »Frankie ist zuerst dran, Jungs . . . ich mache keine Witze.«

Dorr vor mir gab einen Grunzlaut von sich. »Immer schön mit der Ruhe«, knurrte er seine Radaubrüder an. Er zog ein Taschentuch aus seiner Brusttasche und fing an, seine aufgerissene und blutende Wange damit zu betupfen. Der Mann mit dem schiefen Maul bewegte sich langsam an der Wand entlang.

Ich sagte: »Bilden Sie sich nicht ein, daß mir das hier Spaß macht — notfalls kann es sehr ernst werden. Bleiben Sie stehen, wo Sie sind.«

Der Mann mit dem schiefen Maul beendete seinen Wandgang und schielte mich giftig an. Die Hände behielt er unten.

Dorr drehte halb den Kopf zu mir herum und versuchte über die Schulter mit mir zu reden. Ich konnte nicht genug von seinem Gesicht sehen, um dessen Ausdruck mitzukriegen, aber Angst schien er nicht zu haben. Er sagte: »So kommen Sie auch nicht weiter. Ich hätte Sie ganz leicht doch schon längst umlegen lassen können, wenn ich das gewollt hätte. Was versprechen Sie sich also davon? Sie können hier doch niemanden erschießen, ohne in eine noch viel schlimmere Klemme zu geraten, als wenn Sie täten, um was ich Sie gebeten habe. Das Ganze sieht mir so ziemlich nach Sackgasse aus.«

Ich dachte einen Moment darüber nach, während Beasley mich eigentlich ganz freundlich ansah, als sei das alles bloß Routine für ihn. An dem anderen Mann war allerdings nichts Freundliches zu bemerken. Ich lauschte scharf, aber das übrige Haus schien ganz still zu sein.

Dorr rückte ein bißchen von der Waffe weg und fragte: »Nun?«

Ich sagte: »Ich mache mich jetzt auf den Weg. Ich habe eine Kanone, und sie sieht mir ganz so aus, als ob ich damit treffen könnte, wenn ich müßte. Ich bin aber darauf nicht besonders scharf, und wenn Sie veranlassen, daß Beasley mir meine Schlüssel rüberwirft und der andere da mir die Pistole wiedergibt, die er mir abgenommen hat, dann werde ich die Entführung einfach vergessen.«

Dorr bewegte die Arme zum trägen Beginn eines Achselzuckens. »Was weiter?«

»Ihren Handel werde ich mir ein bißchen durch den Kopf gehen lassen«, sagte ich. »Wenn Sie mir genügend Rückendeckung verschaffen, könnten wir uns vielleicht einig werden ... Und wenn Sie so zähe sind, wie Sie's von sich glauben, dann hält das Eis auch noch ein paar Stunden länger, so oder so.«

»Läßt sich hören«, sagte Dorr und kicherte. Dann zu Beasley: »Laß deine Knarre stecken und gib ihm seine Schlüssel. Und auch seine Kanone — das Ding, das ihr ihm heute abgenommen habt.«

Beasley seufzte und schob sehr vorsichtig eine Hand in seine Hose. Er warf mein ledernes Schlüsseletui quer durch das Zimmer, bis in die Nähe des Schreibtischs. Der Mann mit dem verdrehten Maul hob die Hand, führte sie in die Seitentasche, und ich ging hinter Dorrs Rücken in die Hocke, während er das tat. Er brachte meine Pistole hervor, ließ sie auf den Boden fallen und stieß sie mit dem Fuß von sich.

Ich kam wieder hinter Dorrs Rücken vor, hob meine Schlüssel und die Pistole vom Boden auf, bewegte mich seitwärts auf die Tür zu. Dorr sah mir mit leerem Blick zu, dem nichts zu entnehmen war. Beasley folgte meinem Weg mit einer Drehbewegung seines Körpers und trat von der Tür weg, als ich näher kam. Der andere Mann hatte Mühe, sich ruhig zu halten.

Ich erreichte die Tür, zog den Schlüssel heraus, der darin steckte, und schob ihn von der anderen Seite ins Schloß. Dorr sagte träumerisch: »Sie sind bloß ein kleiner Ball am Ende eines Gummibands. Je weiter Sie sich entfernen, desto schneller kommen Sie zurückgeflitzt.«

Ich sagte: »Das Gummiband könnte aber auch schon ein bißchen morsch sein«, und ging durch die Tür, drehte den Schlüssel im Schloß herum und machte mich auf Schüsse gefaßt, die nicht kamen. Als Bluff war mein Manöver noch dünner als das Gold auf einem Wochenendtrauring. Es klappte, weil Dorr es zuließ, das war alles.

Ich kam aus dem Haus, bekam den Marmon in Gang, wendete und ließ ihn schliddernd um die Bergschulter rasen und immer weiter abwärts bis zur Schnellstraße. Aber kein Laut zeigte an, daß jemand hinter mir herkam.

Als ich die Betonbrücke erreichte, war es kurz nach zwei Uhr, und ich fuhr eine Weile mit nur einer Hand und wischte mir mit der anderen den Schweiß aus dem Nacken.

VIII

Die Leichenhalle lag am Ende eines langen, hellen und stillen Flurs, der von der Haupthalle des Kreisverwaltungsgebäudes abzweigte. Der Flur endete vor zwei Türen und einer kahlen, mit Marmor verkleideten Wand. Die eine Tür trug auf der Glasscheibe die Aufschrift *Untersuchungszimmer*, und hinter ihr war kein Licht. Die andere führte in ein kleines, behagliches Büro.

Ein Mann mit tiefblauen Augen und rostbraunem Haar, das genau in der Mitte seines Kopfes gescheitelt war, klaubte in ein paar gedruckten Formularen auf dem Tisch herum. Er sah auf, musterte mich und lächelte dann plötzlich.

Ich sagte: »Hallo, Landon ... Erinnern Sie sich noch an den Fall Shelby?«

Die hellblauen Augen zwinkerten. Er stand auf und kam mit ausgestreckter Hand um den Tisch herum. »Aber klar. Was kann ich für Sie ...« Er brach plötzlich ab und schnippte mit den Fingern. »Hölle und Teufel! Sie sind der Bursche, der bei diesem Dreckskiller nicht lockergelassen hat!«

Ich stieß einen Stummel durch die offene Tür auf den Flur. »Deswegen bin ich aber nicht hier«, sagte ich. »Jedenfalls im Moment nicht. Ihr habt hier einen Burschen namens Louis Harger ... erschossen aufgefunden worden letzte Nacht oder heute morgen, in West Cimarron, soweit ich mitgekriegt habe. Könnt ich mir den mal kurz ansehen?«

»Daran soll Sie keiner hindern«, sagte Landon.

Er ging mir durch eine Tür im Hintergrund seines Büros voran, in einen Raum, der nur aus weißer Farbe, weißer Emaille, Glas und hellem Licht bestand. Vor der einen Wand stand eine Doppelreihe von großen Behältern mit Glasfenstern drin. Durch die Gucklöcher sah man weiß eingeschlagene Bündel und, weiter hinten, bereifte Rohre.

Eine Leiche lag, mit einem weißen Tuch bedeckt, auf einem Tisch, der am Kopfende hoch war und zum Fußende hin abfiel. Landon zog gleichmütig das Laken von dem toten, friedlichen, gelblichen Gesicht eines Mannes. Langes schwarzes Haar lag lose auf einem kleinen Kissen, dumpfig feucht von Wasser. Die Augen standen halb offen und starrten uninteressiert an die Decke.

Ich trat nah heran, sah in das Gesicht. Landon zog das Laken weiter nach unten und klopfte mit den Knöcheln auf eine Brust, die hohl klang, wie ein Brett. Über dem Herzen war ein Einschußloch zu sehen.

»Netter sauberer Schuß«, sagte er.

Ich wandte mich schnell ab, zog eine Zigarette heraus und rollte sie zwischen den Fingern. Ich starrte zu Boden.

»Wer hat ihn identifiziert?«

»Das Zeug in seinen Taschen«, sagte Landon. »Wir überprüfen natürlich noch die Fingerabdrücke. Sie kennen ihn?«

Ich sagte: »Ja.«

Landon kratzte sich mit dem Daumennagel sanft unterm Kinn. Wir gingen zurück in sein Büro, und Landon trat wieder hinter seinen Tisch und setzte sich.

Er fuhr mit dem Daumen über ein paar Papiere, sonderte eins von dem Haufen und studierte es einen Moment lang.

Er sagte: »Eine Funkstreife des Sheriffs hat ihn um 12 Uhr 35 heute nacht gefunden, am Rand der alten Straße, die aus West Cimarron rausführt, eine Viertelmeile von der Stelle, wo der Zubringer beginnt. Die ist zwar nicht besonders befahren, aber der Streifenwagen riskiert hin und wieder mal einen Seitenblick und schaut nach Liebespärchen aus.«

Ich sagte: »Können Sie etwa angeben, wie lange er schon tot war?«

»Nicht sehr lange. Er war noch warm, und die Nächte sind kühl da draußen.«

Ich steckte meine unangezündete Zigarette in den Mund und bewegte sie mit den Lippen auf und nieder. »Und ich wette, Sie haben ein langes Achtunddreißiger aus ihm rausgeholt«, sagte ich.

»Woher wissen Sie das?« fragte Landon rasch.

»Ich hab's bloß geraten. Das Loch sieht so danach aus.«

Er starrte mich mit hellen, interessierten Augen an. Ich dankte ihm, sagte, ich würde mal wieder vorbeischauen, ging durch die Tür und zündete auf dem Flur meine Zigarette an. Ich ging zu den Fahrstühlen zurück und stieg ein, fuhr zum sechsten Stock und ging einen weiteren Flur entlang, der genauso aussah wie der unten, nur daß er nicht zur Leichenkammer führte. Er führte zu ein paar kleinen, kahlen Büros, die von den Ermittlungsbeamten des Oberstaatsanwalts benutzt wurden. Auf halbem Weg öffnete ich eine Tür und trat in eins von ihnen ein.

Bernie Ohls saß bequem mit krummem Rücken an einem Schreibtisch an der Wand. Er war der Chef der Ermittlungsabteilung, von dem Fenweather mir gesagt hatte, daß ich zu ihm gehn sollte, wenn irgendwas schiefliefe. Er war ein mittelgroßer blonder Mann mit weißen Brauen und einem vorgeworfenen, sehr tief gekerbten Kinn. Es gab in dem Raum noch einen weiteren Schreibtisch, an der anderen Wand, ein paar harte Stühle, einen Messingspucknapf auf einer Gummimatte und sehr wenig sonst.

Ohls nickte mir gleichgültig zu, erhob sich aus seinem Stuhl und schob den Türriegel vor. Dann zog er eine flache Dose mit dünnen Zigarren aus seinem Schreibtisch, zündete sich eine an, schob die Dose über den Tisch und starrte mich an seiner Nase vorbei an. Ich setzte mich auf einen der kerzengeraden Stühle und kippte mich darauf zurück.

Ohls sagte: »Na?«

»Es ist Lou Harger«, sagte ich. »Ich hatte immer noch gedacht, er wär's vielleicht doch nicht.«

»Einen Dreck haben Sie. Daß es Harger war, hätte ich Ihnen auch sagen können.«

Jemand drückte vergeblich die Türklinke, klopfte dann. Ohls achtete nicht darauf. Wer immer es war, er ging wieder weg.

Ich sagte langsam: »Er wurde zwischen elf dreißig und zwölf dreißig getötet. Zeitlich würde das also grade hinkommen: es könnte da passiert sein, wo er gefunden wurde. Aber wie das

Mädchen es erzählt hat, das kommt zeitlich nicht hin. Und daß ich's getan haben könnte, kommt zeitlich ebenfalls nicht hin.«

Ohls sagte: »Tja. Vielleicht können Sie das beweisen. Und vielleicht können Sie dann auch beweisen, daß es nicht ein Freund von Ihnen mit Ihrer Kanone getan hat.«

Ich sagte: »Ein Freund von mir würde's wohl kaum mit meiner Kanone tun – wenn er ein Freund von mir wäre.«

Ohls grunzte, lächelte mich säuerlich von der Seite an. Er sagte: »Das würden die meisten denken. Und grad deswegen könnte er's gemacht haben.«

Ich ließ die Vorderbeine meines Stuhls wieder auf den Boden kommen. Ich starrte ihn an.

»Würde ich dann zu Ihnen laufen und Ihnen das mit dem Geld erzählen und der Kanone – alles, was mich damit in Verbindung bringt?«

Ohls sagte ausdruckslos: »Das würden Sie – wenn Sie nämlich verdammt genau wüßten, daß mir das an Ihrer Stelle schon jemand anders erzählt hat.«

Ich sagte: »Dorr hat nicht viel Zeit verloren.«

Ich drückte meine Zigarette aus und schnippte sie zu dem Messingspucknapf hinüber. Dann stand ich auf.

»Okay. Ein Haftbefehl ist ja wohl noch nicht gegen mich erlassen – also werd ich mal rübergehen und meine Geschichte erzählen.«

Ohls sagte: »Jetzt bleiben Sie mal noch einen Moment sitzen.«

Ich setzte mich wieder. Er nahm seine kleine Zigarre aus dem Mund und schleuderte sie mit einer wilden Bewegung von sich. Sie rollte über das braune Linoleum und qualmte in der Ecke weiter. Er legte die Arme auf die Schreibtischplatte und trommelte mit den Fingern beider Hände darauf herum. Seine Unterlippe kam vor und drückte die Oberlippe gegen die Zähne.

»Dorr weiß vermutlich, daß Sie hier sind«, sagte er. »Der einzige Grund, daß Sie noch nicht im Knast sitzen, ist der, daß die verehrten Kollegen oben sich nicht ganz sicher sind, aber es wäre besser, Sie hops zu nehmen und dann zu sehn, was sich machen läßt. Wenn Fenweather die Wahl verliert, komme ich in Teufels Küche – wenn ich mit Ihnen rumgekunkelt habe.«

Ich sagte: »Wenn er Manny Tinnens Verurteilung durchsetzt, wird er die Wahl nicht verlieren.«

Ohls nahm sich eine weitere von den kleinen Zigarren aus der Blechdose und zündete sie an. Er griff nach seinem Hut, der auf dem Schreibtisch lag, fingerte einen Moment daran herum, setzte ihn auf.

»Warum hat der Rotschopf Ihnen eigentlich diese ganze Schauerballade vorgesungen — mit dem Bums in ihrem Apartment und der Leiche auf dem Boden?«

»Sie wollten, daß ich rüberging. Sie hatten sich ausgerechnet, daß ich nachschauen würde, ob man dem Mädchen vielleicht eine Kanone untergeschoben hatte — oder überhaupt ob was dran war an ihrer Geschichte. Damit hatten sie mich aus dem belebteren Teil der Stadt heraus. Sie konnten da draußen besser überprüfen, ob der Oberstaatsanwalt irgendwelche Jungs auf mich angesetzt hatte, die meine Kehrseite im Auge behalten sollten.«

»Das ist bloß eine Vermutung«, sagte Ohls säuerlich.

Ich sagte: »Sicher.«

Ohls schwang seine dicken Beine herum, pflanzte die Füße hart auf und stützte die Hände auf die Knie. Seine kleine Zigarre fuchtelte in seinem Mundwinkel.

»Ich würde ja zu gern mal ein paar von diesen Burschen kennenlernen, die zweiundzwanzig Riesen sausen lassen, bloß um einem Märchen einen schöneren Anstrich zu geben«, sagte er garstig.

Ich stand wieder auf und ging an ihm vorbei zur Tür.

Ohls sagte: »Warum so eilig?«

Ich drehte mich um und zuckte die Achseln, sah ihn leer an. »So wie Sie sich aufführen, sind Sie ja wohl nicht weiter interessiert«, sagte ich.

Er wuchtete sich auf die Füße, sagte müde: »Der Taxifahrer ist wahrscheinlich ein dreckiger kleiner Lump. Aber es könnte immerhin sein, daß Dorrs Leute nicht wissen, daß er mitzählt in der Sache. Gehn wir mal zu ihm hin, solange seine Erinnerung noch frisch ist.«

IX

Die Green-Top-Garage lag an der Deviveras, drei Blocks östlich der Hauptstraße. Ich zog die Bremse vor einem Feuermelder und stieg aus. Ohls ließ sich in seinem Sitz zurücksacken und knurrte: »Ich bleibe hier. Vielleicht kann ich ausmachen, ob uns wer beschattet.«

Ich trat in eine riesige, widerhallende Garage, in deren Dunkelheit ein paar funkelnagelneue Spritzarbeiten grelle Farbflecke bildeten. In der Ecke befand sich ein kleines, schmutziges Büro mit Glaswänden, und darin saß ein gedrungener Mann, einen Derbyhut auf dem Hinterkopf und eine rote Krawatte unter dem Stoppelkinn. Er war damit beschäftigt, sich Tabak auf die Handfläche zu schnippeln.

Ich sagte: »Sind Sie der Fahrdienstleiter?«

»Bin ich.«

»Ich suche einen Ihrer Fahrer«, sagte ich. »Heißt Tom Sneyd.«

Er legte Messer und Tabakrolle hin und begann, den abgeschnippelten Tabak zwischen den Handflächen zu mahlen. »Worum dreht sich's?« fragte er vorsichtig.

»Um gar nichts. Ich bin ein Freund von ihm.«

»Schon wieder ein Freund, soso . . . Er hat Nachtschicht, Mister . . . Also wird er wohl heimgefahren sein. Siebzehn-dreiundzwanzig Renfrew. Das ist drüben bei Grey Lake.«

Ich sagte: »Danke. Telefon?«

»Hat er keins.«

Ich zog einen gefalteten Stadtplan aus der Innentasche und entfaltete einen Teil davon auf dem Tisch vor seiner Nase. Er machte ein verdrossenes Gesicht.

»Da an der Wand hängt ein großer«, knurrte er und fing an, sich eine kurze Pfeife mit seinem Tabak zu stopfen.

»Ich bin diesen hier gewöhnt«, sagte ich. Ich beugte mich über den ausgebreiteten Plan, suchte nach der Renfrew Street. Dann hielt ich inne und sah dem Mann im Derby jäh ins Gesicht. »Die Adresse ist Ihnen aber verdammt schnell eingefallen«, sagte ich.

Er steckte die Pfeife in den Mund, biß fest darauf und schob zwei dicke Finger in die Tasche seiner offenen Weste.

»Warn vor einer Weile schon zwei Typen da, die auch gefragt haben.«

Ich faltete den Stadtplan sehr schnell zusammen und schob ihn in die Tasche zurück, während ich zur Tür hinausschoß. Ich sprang über den Gehsteig, glitt hinters Steuer und trat auf den Starter.

»Wir sind im Hintertreffen«, erklärte ich Bernie Ohls. »Zwei Kerle haben sich vor einem Weilchen schon die Adresse des Jungen geholt. Könnte sein, daß sie ...«

Ohls hielt sich am Seitengriff des Wagens fest und fluchte, als wir mit quietschenden Reifen um die Ecke schossen. Ich beugte mich über das Steuer und trat das Gaspedal durch. An der Central war Rot. Ich bog bei einer Eck-Tankstelle ein, fuhr zwischen den Zapfsäulen durch, schoß auf die Central raus und schlängelte mich rabiat durch den Verkehr, um wieder nach Osten abbiegen zu können.

Ein farbiger Verkehrspolizist pfiff hinter mir her und starrte mir dann scharf nach, wie wenn er versuchte, meine Zulassungsnummer zu erkennen. Ich fuhr weiter.

Warenhäuser, ein Produktenmarkt, ein großer Gaskessel, noch mehr Warenhäuser, eine Bahnkreuzung und zwei Brücken blieben hinter uns zurück. Ich kam bei drei Verkehrsampeln noch grade haarscharf durch und überfuhr eine vierte bei Rot. Sechs Blocks weiter fing die Sirene eines Motorradpolizisten hinter mir an zu heulen. Ohls gab mir einen Bronzestern, und ich hielt ihn aus dem Fenster, drehte ihn so, daß sich die Sonne drin fing und ihn blitzen ließ. Die Sirene hörte auf. Das Motorrad blieb noch ein weiteres Dutzend Blocks hinter uns und scherte sich dann.

Grey Lake ist ein künstliches Staubecken in einem Einschnitt zwischen zwei Hügelgruppen am Ostrand von San Angelo. Schmale, aber aufwendig gepflasterte Straßen winden sich in den Hügeln herum und beschreiben raffinierte Serpentinen an den Hängen, zum Vorteil weniger billiger und verstreut liegender Bungalows.

Wir stießen in die Hügel hinauf, lasen Straßenschilder im Vorbeifahren. Die graue Seide des Sees blieb hinter uns, und der Auspuff des alten Marmon dröhnte zwischen den mürben Böschungen, von denen Erdreich auf die unbenutzten Gehsteige herunterkrümelte. Ein paar Koter streunten im wilden Gras zwischen den Gofferlöchern herum.

Renfrew lag fast auf der Höhe. Es begann mit einem netten kleinen Bungalow, vor dem ein Kind, das nur eine Windel trug und sonst nichts, in einem Drahtställchen auf einem Fleck Rasen herumspielte. Dann kam eine Strecke ohne Häuser. Dann standen wieder zwei Häuser da, dann fiel die Straße ab, machte ein paar scharfe Windungen und lief zwischen Böschungen weiter, die so hoch waren, daß sie ganz im Schatten lag.

Dann hörten wir vor uns hinter einer Kurve einen Schuß.

Ohls fuhr hoch, sagte: »Mann! Da wird aber nicht auf Kaninchen geballert«, riß seine Dienstpistole heraus und klinkte die Tür an seiner Seite auf.

Wir kamen aus der Kurve und sahen zwei weitere Häuser am Hügelhang liegen, mit ein paar steilen, unbebauten Grundstükken dazwischen. Ein langer grauer Wagen stand, offenbar ins Schleudern gekommen, fast quer auf der Straße, auf Höhe der Parzelle zwischen den beiden Häusern. Sein linker Vorderreifen war platt, und beide Vordertüren standen weit offen und wirkten wie die gespreizten Ohren eines Elefanten.

Ein kleiner, dunkelgesichtiger Mann hockte auf beiden Knien an der Straße, neben der offenen rechten Tür. Sein rechter Arm hing schlaff von der Schulter herab, und an der Hand, die dazugehörte, war Blut. Mit der anderen Hand versuchte er gerade eine Automatik zu fassen, die vor ihm auf dem Beton lag.

Ich stieg auf die Bremse, daß der Marmon schlitternd zum Stehen kam, und Ohls taumelte hinaus.

»Fallen lassen!« brüllte er.

Der Mann mit dem lahmen Arm fauchte wütend, entspannte sich dann, sank gegen das Trittbrett zurück, und hinter dem Wagen her kam ein Schuß und pfiff nicht weit von meinem Ohr durch die Luft. Ich stand in dem Moment schon auf der Straße. Den grauen Wagen hatte es so herumgeworfen, daß ich von seiner linken Seite außer der offenen Tür und dem Platten nichts sehen konnte. Der Schuß schien von dort gekommen zu sein. Ohls jagte zwei Kugeln in die Tür. Ich ließ mich fallen, sah unter den Wagen und sah zwei Füße. Ich schoß darauf und verfehlte sie.

In diesem Moment kam ein dünner, aber sehr scharfer Knall von der Ecke des näher gelegenen Hauses. In dem grauen Wagen splitterte Glas. Die Waffe dahinter krachte, und Putz sprang von der Ecke der Hauswand, über den Büschen. Dann sah ich in den Büschen den Oberkörper eines Mannes. Er lag hügelab auf dem Bauch, und er hatte ein Kleinkalibergewehr an der Schulter.

Es war Tom Sneyd, der Taxifahrer.

Ohls grunzte und stürmte den grauen Wagen. Er feuerte noch zweimal in die Tür, dann ging er hinter der Motorhaube in Deckung. Hinter dem Wagen krachte es weiter, noch mehrmals. Ich gab der Pistole des verwundeten Mannes einen Tritt, daß sie aus seiner Nähe flog, glitt an ihm vorbei und riskierte einen Blick über den Benzintank. Aber der Mann dahinter hatte zu viele Richtungen im Auge zu behalten.

Es war ein Klotz von einem Mann, in braunem Anzug, und seine Schuhe klapperten, als er wie gehetzt auf die Hügelböschung zwischen den beiden Bungalows zulief. Ohls' Pistole krachte. Der Mann wirbelte herum und gab einen Schuß ab, ohne stehenzubleiben. Ohls stand jetzt ganz ohne Deckung. Ich sah, wie die Kugel ihm den Hut vom Kopf riß. Ich sah ihn dastehen, wuchtig auf breit gespreizten Beinen, und zielen, als wäre er auf dem Schießstand der Polizei.

Aber der Klotz sackte bereits zusammen. Meine Kugel hatte ihm den Hals durchbohrt. Ohls feuerte sehr sorgfältig auf ihn, und er fiel, und die sechste und letzte Kugel aus seiner Waffe traf den Mann in die Brust und warf ihn herum. Sein Kopf schlug mit einem Krachen, von dem einem schlecht werden konnte, seitlich gegen den Bordstein.

Wir gingen von beiden Enden des Wagens auf ihn zu. Ohls bückte sich, wälzte den Mann auf den Rücken. Sein Gesicht hatte im Tode einen gelockerten, liebenswürdigen Ausdruck, trotz des Blutes, das aus seinem Hals schoß. Ohls begann ihm die Taschen zu durchsuchen.

Ich sah mich nach dem anderen um, was er machte. Er machte überhaupt nichts, sondern saß nur auf dem Trittbrett und hielt sich den rechten Arm und verzog dabei vor Schmerz das Gesicht.

Tom Sneyd kam über die Böschung geklettert und auf uns zu.

Ohls sagte: »Ein Bursche namens Poke Andrews. Ich hab ihn mal bei den Wettbüros gesehn.« Er stand auf und klopfte sich die Knie ab. Er hatte den Tascheninhalt des Toten in der linken Hand. »Tja, Poke Andrews. Gelegenheitsarbeit als Killer, gegen Stunden-, Tages- oder Wochenlohn. Schätze, er hat davon leben können — ein Weilchen wenigstens.«

»Das ist nicht der Bursche, der mich niedergeschlagen hat«, sagte ich. »Aber es ist der Bursche, den ich vor mir sah, als ich niedergeschlagen wurde. Und wenn an dem, was der Rotschopf heute morgen erzählt hat, überhaupt was Wahres dran war, dann dürfte es auch der Bursche sein, der Lou Harger erschossen hat.«

Ohls nickte, ging rüber und holte sich seinen Hut. In der Krempe war ein Loch. »Das würde mich ganz und gar nicht überraschen«, sagte er und setzte sich den Hut gelassen auf.

Tom Sneyd stand vor uns, sein kleines Gewehr starr an die Brust gepreßt. Er war ohne Hut und Mantel und hatte Pantoffeln an den Füßen. Seine Augen hatten einen hellen, wie irren Glanz, und er begann zu zittern.

»Ich wußte, ich kriege die Kerls!« krähte er. »Ich wußte, ich mache sie fertig, die lausigen Schufte!« Dann hörte er auf zu reden, und sein Gesicht begann die Farbe zu wechseln. Es wurde grün. Er beugte sich langsam vor, ließ sein Gewehr fallen, stützte beide Hände auf die gebeugten Knie.

Ohls sagte: »Sie lassen sich am besten jetzt mal liegend aufbewahren, Kollege. Wenn ich Farben nur einigermaßen beurteilen kann, dann kommt Ihnen gleich das Frühstück aus dem Hals.«

X

Tom Sneyd lag auf dem Rücken auf einer Schlafcouch im Vorderzimmer seines kleinen Bungalows. Ein nasses Handtuch kühlte seine Stirn. Ein kleines Mädchen mit honigfarbenem Haar saß neben ihm und hielt ihm die Hand. Eine junge Frau, deren Haar ein paar Schattierungen dunkler war als das des kleinen Mädchens, saß in der Ecke und betrachtete Tom Sneyd mit erschöpfter Ekstase.

Es war sehr heiß, als wir hereinkamen. Die Fenster waren sämtlich geschlossen und die Läden herunter. Ohls machte zwei Vorderfenster auf und setzte sich daneben hin, sah auf den grauen Wagen hinaus. Der dunkle Mexikaner war mit seinem heilen Handgelenk am Steuerrad verankert.

»Es war das, was sie über mein kleines Mädelchen gesagt haben«, sagte Tom Sneyd unter dem Handtuch her. »Das hat mich auf die Palme gebracht. Sie sagten, sie würden wiederkommen und sich die Kleine schnappen, wenn ich nicht mitspielte.«

Ohls sagte: »Okay, Tom. Erzählen Sie uns mal alles von Anfang an.« Er steckte sich eine von seinen kleinen Zigarren in den Mund, betrachtete dann zweifelnd Tom Sneyd und zündete sie sich nicht an.

Ich saß auf einem sehr harten Windsorstuhl und betrachtete den billigen neuen Teppich.

»Ich war grad eine Illustrierte am Lesen und wartete, daß es Essen gab und ich dann zur Arbeit fahren konnte«, sagte Tom Sneyd vorsichtig. »Das Mädelchen machte auf. Sie kamen mit Pistolen rein, holten uns alle hier zusammen und machten die Fenster zu. Zogen dann sämtliche Rolläden runter bis auf einen, und bei dem setzte der Mex sich hin und stierte in einer Tour nach draußen. Er hat überhaupt kein einziges Wort gesagt. Der große Bursche setzte sich hier aufs Bett, und dann mußte ich ihm alles von gestern nacht erzählen – zweimal. Dann sagte er, ich soll vergessen, daß ich wen getroffen habe oder in der Stadt war mit jemand. Der Rest wäre okay.«

Ohls nickte und sagte: »Um welche Zeit haben Sie diesen Mann hier zum erstenmal gesehen?«

»Hab ich nicht drauf geachtet«, sagte Tom Sneyd. »Sagen wir, so halb bis Viertel vor zwölf. Im Büro war ich Viertel nach eins, gleich nachdem ich mein Taxi am Carillon abgeholt hatte. Wir haben eine gute Stunde gebraucht von der Küste bis zur Stadt. In dem Drugstore waren wir so etwa fünfzehn Minuten am Reden, vielleicht auch noch länger.«

»Dann wäre das also so um Mitternacht gewesen, als Sie ihn trafen«, sagte Ohls.

Tom Sneyd schüttelte den Kopf, und das Handtuch fiel ihm übers Gesicht. Er schob es wieder nach oben.

»Nun, nein«, sagte Tom Sneyd. »Der Bursche in dem Drugstore hat mir gesagt, er macht um zwölf dicht. Aber er hat noch nicht dichtgemacht, wie wir weggingen.«

Ohls wandte den Kopf und sah mich ohne Ausdruck an. Dann ging sein Blick zu Tom Sneyd zurück. »Erzählen Sie uns den Rest mit den beiden Ballermännern«, sagte er.

»Der große Bursche meinte, höchstwahrscheinlich brauchte ich überhaupt mit keinem reden über die Sache. Aber wenn ich doch müßte und machte's richtig, dann kämen sie wieder mit etwas Kies. Und wenn ich 'ne falsche Lippe riskierte, dann kämen sie und holten sich die Kleine.«

»Weiter«, sagte Ohls. »Die quatschen viel, wenn der Tag lang ist.«

»Sie fuhren weg. Wie ich dann sah, daß sie weiter die Straße rauf sind, bin ich durchgedreht. Renfrew ist bloß ein toter Sack – eins von diesen typischen Spekulationsobjekten. Die Straße läuft noch eine halbe Meile um den Berg, dann hört sie auf. Man kann nirgends weiter. Also mußten sie hier am Haus vorbei zurückkommen ... Ich holte mir meine Zweiundzwanziger, was anderes habe ich nicht, und versteckte mich in den Büschen. Den Reifen hab ich gleich mit dem zweiten Schuß erwischt. Wahrscheinlich haben sie gedacht, er ist geplatzt. Der nächste ging dann daneben, und da ist ihnen ein Licht aufgegangen. Sie machten die Kanonen locker. Dann hab ich den Mex erwischt, und der große Bursche ging hinter dem Wagen in Deckung ... Das war eigentlich alles. Ja, und dann sind Sie gekommen.«

Ohls krümmte seine dicken, harten Finger und lächelte ingrimmig zu dem Mädchen in der Ecke hinüber. »Wer wohnt denn da vorn im nächsten Haus, Tom?«

»Ein Mann namens Grandy, er ist Triebwagenführer bei der Stadtbahn. Wohnt ganz allein da. Ist jetzt auf Arbeit.«

»Ich hab auch nicht gedacht, daß er zu Hause wäre«, grinste Ohls. Er stand auf und ging hinüber und tätschelte dem kleinen Mädchen den Kopf. »Sie werden in die Stadt kommen müssen und Ihre Aussage zu Protokoll geben, Tom.«

»Klar.« Tom Sneyds Stimme war müde, lustlos. »Ich schätze, ich verlier auch meinen Job, weil ich letzte Nacht das Taxi ausgeliehen habe.«

»Da bin ich gar nicht so sicher«, sagte Ohls sanft. »Jedenfalls nicht, wenn Ihr Boss Wert drauf legt, daß seine Taxis von Leuten gefahren werden, die ein bißchen Mumm in den Knochen haben.«

Er tätschelte dem kleinen Mädchen nochmals den Kopf, ging dann zur Tür und machte sie auf. Ich nickte Tom Sneyd zu und folgte Ohls aus dem Haus. Ohls sagte ruhig: »Er weiß noch gar nichts von dem Mord. War nicht nötig, ihm das vor den Ohren der Kleinen zu stecken.«

Wir gingen zu dem grauen Wagen hinüber. Wir hatten ein paar Säcke aus dem Keller geholt und sie über den verblichenen Andrews gebreitet, mit Steinen beschwert. Ohls blickte darauf nieder und sagte abwesend: »Jetzt muß ich aber doch ziemlich schnell zusehen, daß ich an ein Telefon komme irgendwo.«

Er lehnte sich an die Wagentür und betrachtete den Mexikaner drinnen. Der Mexikaner saß da, den Kopf zurückgelegt, die Augen halb geschlossen und einen verzerrten Ausdruck auf dem braunen Gesicht. Sein linkes Handgelenk war mit einer Handschelle an das Lenkrad gefesselt.

»Wie heißen Sie?« fuhr Ohls ihn an.

»Luis Cadena«, sagte der Mexikaner mit leiser Stimme, ohne die Augen weiter zu öffnen.

»Wer von euch beiden Lumpen hat letzte Nacht den Burschen in West Cimarron umgepustet?«

»Nix verstehn, Señor«, sagte der Mexikaner schnurrend.

»Komm mir bloß nicht auf die Tour, Jumbo«, sagte Ohls leidenschaftslos. »Da werd ich leicht sauer.« Er stützte sich auf das Fenster und ließ seine kleine Zigarre im Mundwinkel hüpfen.

Der Mexikaner machte ein leicht amüsiertes Gesicht, wirkte zugleich aber auch sehr müde. Das Blut an seiner rechten Hand war schwarz getrocknet.

Ohls sagte: »Andrews hat den Jungen in einem Taxi in West Cimarron totgemacht. Es war ein Mädchen dabei. Das Mädchen haben wir. Sie haben kaum eine lausige Chance, zu beweisen, daß Sie nicht auch mit dringesteckt haben.«

Licht flackerte in den halboffenen Augen des Mexikaners auf und erstarb wieder. Er lächelte mit einem Glitzern seiner kleinen weißen Zähne.

Ohls fragte: »Was hat er mit der Kanone gemacht?«

»Nix verstehn, Señor.«

Ohls sagte: »Ein zäher Bursche. Bei der Sorte krieg ich's immer mit der Angst.«

Er ging vom Wagen weg und scharrte etwas lockere Erde vom Gehsteig neben den Säcken, die den toten Mann bedeckten. Seine Fußspitze legte nach und nach die Firmenprägung im Zement frei. Er las laut vor: »Dorr Straßenbau GmbH, San Angelo. Direkt ein Wunder, daß die fette Laus nicht bei ihrem Leisten geblieben ist.«

Ich trat neben Ohls und schaute zwischen den beiden Häusern den Hügel hinunter. Jähe Lichtblitze schossen von den Windschutzscheiben der Wagen auf, die tief unten auf dem Boulevard um den Grey Lake dahinfuhren.

Ohls sagte: »Nun?«

Ich sagte: »Die Mörder wußten über das Taxi Bescheid – möglicherweise jedenfalls –, und die saubere Freundin kam doch mit der Beute wohlbehalten in die Stadt. Also hat nicht Canales dahintergesteckt. Canales ist nicht der Mann, der jemand mit zweiundzwanzig Riesen aus seiner Kasse durch die Gegend gondeln läßt. Der Rotschopf hat die Finger in dem Mord mit drin gehabt, und der hatte einen ganz bestimmten Grund.«

Ohls grinste. »Aber gewiß doch. Der Grund war, daß man Ihnen das Ding anhängen wollte.«

Ich sagte: »Es ist eine Schande, wie wenig sich manche Leute aus einem Menschenleben machen – oder aus zweiundzwanzig Riesen. Harger wurde umgebracht, damit man's mir anhängen konnte, und den Kies haben sie mir in die Hände gespielt, um die Sache hieb- und stichfest zu machen.«

»Vielleicht haben sie gedacht, Sie würden sich aus dem Staub machen«, grunzte Ohls. »Das wäre dann das I-Tüpfelchen drauf gewesen.«

Ich drehte eine Zigarette zwischen den Fingern. »Wäre aber doch ein bißchen zu dämlich gewesen, selbst für meine Verhältnisse. Was machen wir denn jetzt? Warten, bis der Mond aufgeht, damit wir ein schönes Lied singen können – oder steigen wir wieder zu Tal und erzählen noch ein paar unschuldige kleine Lügen?«

Ohls spuckte auf einen von Poke Andrews' Säcken. Er sagte brummig: »Das gehört hier zum Landkreis. Ich könnte die ganze Schose zur Zweigstelle nach Solano rüberschieben und da für ein Weilchen unter den Tisch fallenlassen. Der Taxifahrer kann sich ins Fäustchen lachen, wenn er die Geschichte unter dem Hut behalten darf. Und ich selber bin schon so weit gegangen, daß ich größte Lust hätte, den Mexikaner in meinem eigenen Stübchen in die Mangel zu nehmen.«

»Auf die Art würde's mir auch am besten schmecken«, sagte ich. »Lange werden Sie ja den Daumen wohl nicht draufhalten können, aber vielleicht doch so lange, daß ich einen fetten Kerl wegen einer Katze besuchen kann.«

XI

Es war Spätnachmittag, als ich ins Hotel zurückkam. Der Portier händigte mir einen Zettel aus, auf dem die Notiz stand: »Bitte so bald wie möglich F. D. anrufen.«

Ich ging nach oben und trank einen Schluck, der sich noch auf dem Grund einer Flasche gehalten hatte. Dann telefonierte ich runter nach einer neuen Flasche, kratzte mir das Kinn glatt, zog mich um und schaute Frank Dorrs Nummer im Telefonbuch nach. Er wohnte in einem schönen alten Haus am Greenview Park Crescent.

Ich goß mir ein steifes Glas voll, tat was zum Klingeln rein und setzte mich dann in einen bequemen Sessel, das Telefon am Ellbogen. Zuerst bekam ich ein Dienstmädchen. Dann bekam ich einen Mann, der Mister Dorrs Namen aussprach, als hätte er Angst, er könnte ihm im Mund explodieren. Nach ihm bekam ich eine Stimme mit einer Menge Seide drin. Dann bekam ich ein langes Schweigen, und am Ende des Schweigens bekam ich Frank Dorr persönlich und selbst. Er schien sehr erfreut zu sein, von mir zu hören.

Er sagte: »Ich habe über unser Gespräch heute morgen noch nachgedacht, und mir ist da was Besseres eingefallen. Kommen Sie her und besuchen Sie mich ... Und eigentlich könnten Sie auch gleich das bewußte Geld mitbringen. Sie haben grad noch Zeit genug, um es von der Bank zu holen.«

Ich sagte: »Stimmt. Bei den Schließfächern wird um sechs zugemacht. Aber das Geld gehört doch gar nicht Ihnen.«

Ich hörte ihn kichern. »Seien Sie nicht albern. Es ist alles markiert, und ich möchte Sie nicht gern wegen Diebstahl anzeigen müssen.«

Ich dachte darüber nach und glaubte es nicht recht – das mit der Markierung der Scheine. Ich nahm einen Schluck aus meinem Glas und sagte: »Ich wäre unter Umständen bereit, es der Person zu übergeben, von der ich es bekommen habe – in Ihrer Gegenwart.«

Er sagte: »Nun – ich hab Ihnen doch erzählt, daß die betreffende Person die Stadt verlassen hat. Aber ich will sehn, was sich machen läßt. Keine Tricks bitte!«

Ich sagte, daran dächte ich nicht im Traum, und legte auf. Ich trank mein Glas leer und rief Von Ballin beim *Telegram* an. Er sagte, die Leute vom Sheriffsamt hätten keinen blassen Schimmer, was mit Lou Harger wäre – oder es wäre ihnen schnurzegal. Er war ein bißchen vergnatzt darüber, daß ich ihm meine Geschichte immer noch nicht freigeben wollte. An der Art, wie er redete, konnte ich merken, daß er von den Vorfällen bei Grey Lake noch nichts erfahren hatte.

Ich rief noch bei Ohls an, konnte ihn aber nicht erreichen.

Ich mixte mir noch einen weiteren Drink, schluckte ihn halb rein und merkte, daß ich ihn ein bißchen zu sehr zu spüren begann. Ich setzte den Hut auf, änderte meinen Entschluß bezüglich der zweiten Hälfte des Drinks, ging runter zum Wagen. Der frühe Abendverkehr wimmelte von Familienvätern, die heim zum Essen flitzten. Ich war nicht ganz sicher, ob mir zwei Wagen folgten oder nur einer. Jedenfalls versuchte niemand, neben mir aufzuholen und mir eine Handgranate auf den Schoß zu schmeißen.

Das Haus war ein quadratisches zweistöckiges Gebäude aus altem rotem Backstein, das auf einem schönen Gartengelände lag und von einer roten Backsteinmauer mit weißer Steinkrönung umgeben war. Eine glänzende schwarze Limousine parkte an der Seite unter dem Vordach. Ich folgte einem mit roten Sandsteinplatten belegten Weg hinauf über zwei Terrassen, und ein blasser Schmächtling von Mann, der einen Cut trug, ließ mich in eine weite, stille Halle ein, mit dunklem altem Mobiliar und einem Durchblick in den Garten am Ende. Er führte mich hindurch und dann durch eine weitere Halle, die rechtwinklig dazu lag, und geleitete mich auf Zehenspitzen in ein getäfeltes Arbeitszimmer, das bei der sich sammelnden Dämmerung nur trübe erhellt war. Er ging weg und ließ mich allein.

Das Ende des Raums bestand fast nur aus offenen, bis zum Boden reichenden Glasfenstern, durch die hinter einer Reihe stiller Bäume ein bronzefarbener Himmel hereinschimmerte. Vor den Bäumen drehte sich langsam ein Rasensprenger auf einem samtenen Grasteppich, der bereits dunkel war. Es gab große düstere Ölgemälde an den Wänden, einen riesigen schwarzen Schreibtisch mit einer Bücherreihe am Ende, eine Menge tiefe Klubsessel, einen schweren weichen Teppich, der von Wand zu Wand reichte. Ein schwacher Duft von guten Zigarren lag in der Luft und dahinter irgendwo der Duft von Gartenblumen und feuchter Erde. Die Tür ging auf, und ein jüngerer Mann mit Kneifer trat ein, schenkte mir ein leichtes, förmliches Nicken, sah sich vage um und teilte mir mit, daß Mr. Dorr sogleich erscheinen würde. Er ging wieder hinaus, und ich zündete mir eine Zigarette an.

Nach einem Weilchen ging erneut die Tür auf, und Beasley kam herein, ging mit einem Grinsen an mir vorbei und nahm unmittelbar vor den Fenstern Platz. Dann kam Dorr und hinter ihm Miss Glenn.

Dorr hatte seine schwarze Katze auf den Armen und, glänzend von Kollodium, zwei wunderschöne rote Kratzer auf der rechten Backe.

Miss Glenn trug dieselbe Kleidung, die ich am Morgen an ihr gesehen hatte. Sie wirkte düster und erschöpft und mutlos, und sie ging an mir vorbei, als hätte sie mich noch nie im Leben gesehen.

Dorr quetschte sich in einen hochlehnigen Stuhl hinter dem Schreibtisch und setzte die Katze vor sich auf die Platte. Die Katze schritt zu einer Ecke des Tisches und begann sich dort mit langen, fegenden, geschäftsmäßigen Bewegungen die Brust zu lecken.

Dorr sagte: »Nun, nun. Da wären wir ja alle«, und kicherte freundlich.

Der Mann im Cut kam mit einem Tablett Cocktails herein, reichte sie herum, setzte das Tablett mit dem Shaker auf ein Tischchen neben Miss Glenn. Er ging wieder hinaus und schloß die Tür so behutsam, als hätte er Angst, sie könnte ihm unter den Händen zerbrechen.

Wir tranken alle und machten sehr feierliche Gesichter.

Ich sagte: »Wir sind alle da bis auf zwei. Aber wir dürften wohl beschlußfähig sein.«

Dorr sagte scharf: »Was soll das heißen?« und legte den Kopf auf die Seite.

Ich sagte: »Lou Harger liegt im Leichenschauhaus, und Canales ist damit beschäftigt, vor den Bullen Haken zu schlagen. Sonst sind wir vollzählig. Alle interessierten Parteien.«

Miss Glenn machte eine abrupte Bewegung, entspannte sich dann jäh wieder und hackte mit den Fingern nach der Armlehne ihres Sessels.

Dorr nahm zwei Schlucke von seinem Cocktail, setzte das

Glas ab und faltete die kleinen, adretten Hände auf dem Schreibtisch. Sein Gesicht wirkte ein bißchen finster.

»Das Geld«, sagte er kalt. »Ich werde es jetzt in Verwahrung nehmen.«

Ich sagte: »Weder jetzt noch später. Ich habe es gar nicht mitgebracht.« Dorr starrte mich an, und sein Gesicht wurde ein wenig rot. Ich sah zu Beasley hinüber. Beasley hatte eine Zigarette im Mund und die Hände in den Taschen, und sein Hinterkopf ruhte auf der Sessellehne. Er sah aus, als schliefe er halb.

Dorr sagte leise, nachdenklich: »Sie wollen es mir vorenthalten, eh?«

»Genau das«, sagte ich grimmig. »Solange ich es nämlich habe, bin ich ziemlich sicher. Sie haben den Bogen überspannt, als Sie's mir in die Pfoten kommen ließen. Ich wäre ein Narr, wenn ich den Vorteil, den mir das verschafft, nicht festhielte.«

Dorr sagte: »Sicher?«, mit einem sanft sinistren Unterton in der Stimme.

Ich lachte. »Nicht sicher davor, daß man mir mit falschen Beschuldigungen kommt«, sagte ich. »Wenn das auch letztes Mal nicht so besonders geklappt hat ... Nicht sicher davor, daß man mir wieder mit Kanonen auflauert. Wenn das auch beim nächsten Mal nicht mehr so einfach sein dürfte ... Aber ziemlich sicher davor, daß ich einen Schuß in den Rücken kriege und aus dem Himmel zusehen muß, wie Sie das Geld aus meiner Erbmasse einklagen.«

Dorr streichelte der Katze den Rücken und sah mich unter den Brauen hervor an.

»Bringen wir erst mal ein paar wichtigere Sachen ins reine«, sagte ich. »Wer badet die Sache mit Lou Harger aus?«

»Was macht Sie so sicher, daß Sie das nicht müssen?« fragte Dorr garstig.

»Ich habe inzwischen mein Alibi auf Hochglanz gebracht. Ich wußte gar nicht, wie gut es war, bis ich erfuhr, wie genau Lous Tod zeitlich festgelegt werden konnte. Ich bin jetzt aus dem Schneider ... Und die Bürschchen, die ausgeschickt wurden, um meinem Alibi eine Schramme beizubringen, sind auf unerwartete Schwierigkeiten gestoßen.«

Dorr sagte: »Ach tatsächlich?«, ohne jede erkennbare Gefühlsbewegung.

»Ein Killer namens Andrews und ein Mexikaner, der sich Luis Cadena nennt. Ich möchte meinen, Sie haben schon von ihnen gehört.«

»Ich kenne solche Leute nicht«, sagte Dorr scharf.

»Dann wird es Sie auch nicht weiter aufregen, wenn Sie hören, daß Andrews ins Gras gebissen hat und Cadena sich bei der Polizei in Gewahrsam befindet.«

»Gewiß nicht«, sagte Dorr. »Die waren von Canales. Canales hat Harger töten lassen.«

Ich sagte: »Das ist also Ihr neuester Einfall. Ich finde ihn lausig.«

Ich beugte mich vor und schob mein leeres Glas unter den Sessel. Miss Glenn wandte mir den Kopf zu und sprach in sehr ernstem Ton, ganz als sei es von ausschlaggebender Wichtigkeit für die Zukunft der menschlichen Rasse, daß ich auch glaubte, was sie sagte: »Natürlich – *natürlich* hat Canales Lou töten lassen ... Zumindest haben die Männer, die er hinter uns herschickte, Lou getötet.«

Ich nickte höflich. »Und weswegen? Wegen einem Packen Geld, das sie nicht bekamen? Nein, die hätten ihn nicht umgebracht. Sie hätten euch beide zu Canales geschafft. Arrangiert haben den Mord Sie, und der Trick mit dem Taxi sollte *mich* von der Spur abbringen und nicht die Jungs von Canales.«

Sie streckte schnell die Hand aus. Ihre Augen schimmerten. Ich fuhr fort:

»Ich mag ja nicht sehr helle sein, aber an so einen Aufwand hatte ich tatsächlich nicht gedacht. Wer würde auch schon darauf verfallen! Canales hatte kein Motiv, Lou umpaffen zu lassen, wenn er nicht das Geld zurückbekam, das man ihm abgeschwindelt hatte. Mal angenommen, er hat überhaupt so schnell spitzgekriegt, daß es ihm abgeschwindelt worden war.«

Dorr leckte sich die Lippen, wabbelte mit Kinn und Doppelkinn und sah mit seinen kleinen verkniffenen Augen von einem von uns zum andern. Miss Glenn sagte trübe: »Lou wußte genau, wie das Spiel laufen würde. Er hatte alles mit dem Croupier geplant, Pina. Pina brauchte etwas Geld, um zu verschwinden, wollte nach Havanna weg. Natürlich wäre Canales irgendwann mal dahintergekommen, aber doch nicht so bald, wenn ich nicht im Kasino so viel Wind gemacht hätte. *Ich* habe Lou getötet – aber nicht so, wie Sie meinen.«

Mir fiel ein Zoll Asche von der Zigarette, die ich ganz vergessen hatte. »So ist das also«, sagte ich grimmig. »Canales soll den Mord ausbaden ... Und wahrscheinlich bildet ihr beiden Schwindler euch ein, damit hat sich's ... Wo sollte Lou denn sein, wenn Canales *möglicherweise* dahinterkam, daß man ihn reingelegt hatte?«

»Er sollte weg sein«, sagte Miss Glenn tonlos. »Sehr weit weg. Und ich sollte zusammen mit ihm weg sein.«

Ich sagte: »Quatsch! Sie scheinen zu vergessen, daß *ich* ja doch weiß, warum Lou getötet wurde.«

Beasley richtete sich in seinem Sessel auf und bewegte mit fast so etwas wie Anmut die rechte Hand zur linken Schulter. »Ist dieser Schlauberger Ihnen lästig, Chef?«

Dorr sagte: »Noch nicht. Laß ihn weiterdeklamieren.«

Ich setzte mich so, daß ich Beasley etwas mehr im Auge hatte. Der Himmel draußen war dunkel geworden und der Rasensprenger abgestellt. Eine feuchte Kühle drang langsam in den Raum. Dorr öffnete ein Kistchen aus Zedernholz und steckte sich eine lange braune Zigarre in den Mund, biß das Ende mit einem trokkenen Schnapp seiner falschen Zähne ab. Man hörte das rauhe Geräusch eines angerissenen Streichholzes, dann das langsame, ziemlich mühselige Paffen seines Atems in der Zigarre.

Er sagte bedächtig, durch eine Wolke Rauch: »Vergessen wir das alles, und einigen wir uns über das Geld ... Manny Tinnen hat sich heute nachmittag in seiner Zelle erhängt.«

Miss Glenn stand jäh auf, ließ die Arme an den Seiten niederfallen. Dann sank sie langsam wieder in ihren Sessel zurück, saß reglos da. Ich sagte: »Hat er vielleicht Hilfe dabei gehabt?« Dann machte ich eine plötzliche scharfe Bewegung – und hielt inne.

Beasley warf mir einen raschen Blick zu, aber es war nicht Beasley, zu dem ich hinübersah. Draußen vor einem der Fenster war ein Schatten aufgetaucht – ein Schatten, der heller war als der dunkle Rasen und die noch dunkleren Bäume. Es gab ein hohles, bitteres, hustendes Plopp, ein dünnes Sprühen von weißlichem Rauch im Fenster.

Beasley zuckte, hob sich halb auf die Füße, fiel dann vornüber aufs Gesicht, den einen Arm schräg unter der Brust.

Canales trat durch das Fenster, an Beasleys Körper vorbei, kam drei Schritte näher und stand schweigend da, eine lange schwarze kleinkalibrige Pistole in der Hand, an deren Ende das stärkere Rohr eines Schalldämpfers schimmerte.

»Seien Sie alle sehr still«, sagte er. »Ich bin ein guter Schütze – selbst mit dieser Elefantenbüchse hier.«

Sein Gesicht war so weiß, daß es fast leuchtete. Seine dunklen Augen schienen nur noch aus rauchgrauer Iris zu bestehen, ohne Pupillen.

»Schall trägt weit bei Nacht und bei offenen Fenstern«, sagte er tonlos.

Dorr legte seine Hände auf die Schreibtischplatte und begann darauf herumzuklopfen. Die schwarze Katze bog den Körper sehr tief durch, glitt vom Tischende herunter und verzog sich unter einen Sessel. Miss Glenn wandte Canales ganz langsam den Kopf zu, als bewege ihn eine Art Mechanismus.

Canales sagte: »Vielleicht haben Sie einen Summer an Ihrem Tisch. Wenn die Zimmertür aufgeht, schieße ich. Es wird mir ein ausgesprochenes Vergnügen sein, das Blut aus Ihrem fetten Hals schießen zu sehen.«

Ich bewegte die Finger meiner rechten Hand zwei Zoll weit auf der Armlehne meines Sessels. Die schallgedämpfte Pistole schwenkte zu mir herüber, und ich hörte auf, die Finger zu bewegen. Canales lächelte ganz kurz unter seinem gewinkelten Schnurrbart.

»Sie sind ein gerissener Detektiv«, sagte er. »Ich wußte doch, ich hatte Sie richtig erkannt. Aber Sie haben etwas an sich, was mir gefällt.«

Ich sagte nichts. Canales wandte sich wieder an Dorr. Er sagte sehr präzis: »Ich bin von Ihrer Organisation lange ausgesaugt worden. Aber das ist etwas anderes. Gestern nacht wurde ich um einiges Geld betrogen. Aber auch das ist nebensächlich. Ich werde wegen Mordes an diesem Harger gesucht. Ein Mann namens Cadena ist zu dem Geständnis gebracht worden, ich hätte ihn angeheuert... Das ist einfach ein bißchen zuviel.«

Dorr schwankte leicht über seinem Schreibtisch, setzte die Ellbogen hart darauf, hielt das Gesicht in den kleinen Händen und fing an zu zittern. Seine Zigarre qualmte auf dem Boden.

Canales sagte: »Ich möchte gern mein Geld wiederhaben, und ich möchte gern sauber aus dieser Mordsache rauskommen – aber am liebsten von allem möchte ich, daß Sie etwas sagen – damit ich Ihnen in den offenen Mund schießen kann und sehen, wie das Blut herauskommt.«

Beasleys Körper auf dem Teppich regte sich. Seine Hände tasteten um sich. Dorrs Augen waren ein einziger Krampf bei dem Versuch, nicht zu ihm hinzublicken. Canales war wie von Sinnen und blind zu diesem Zeitpunkt. Ich bewegte meine Finger ein klein wenig weiter auf der Lehne meines Sessels. Aber ich hatte noch einen langen Weg zurückzulegen.

Canales sagte: »Pina hat vor mir den Mund aufgemacht. Dafür habe ich gesorgt. Sie haben Harger getötet. Und zwar weil er ein geheimer Zeuge gegen Manny Tinnen war. Der Staatsanwalt hat dichtgehalten, und auch der Detektiv hier hat dichtgehalten. Aber Harger selbst konnte nicht dichthalten. Er hat es seinem Frauenzimmer erzählt – und das Frauenzimmer erzählte's Ihnen... Folglich wurde der Mord arrangiert, und zwar so, daß der Verdacht mit einem Motiv auf mich fallen mußte. Zuerst auf diesen Detektiv, und wenn das nicht klappte, auf mich.«

Es herrschte Stille. Ich wollte etwas sagen, aber ich bekam nichts heraus. Mir war so, als würde niemand außer Canales je wieder etwas sagen.

Canales sagte: »Sie haben Pina bestochen, Harger und sein Mädchen mein Geld gewinnen zu lassen. Das war nicht schwer – denn bei mir wird nicht mit präparierten Rouletts gespielt.«

Dorr hatte aufgehört zu zittern. Sein Gesicht hob sich, kalkweiß, und wandte sich Canales zu, langsam, wie das Gesicht eines Menschen, der kurz vor einem epileptischen Anfall steht. Beasley war auf einem Ellbogen hochgekommen. Er hatte die

Augen fast geschlossen, aber eine Kanone quälte sich aufwärts in seiner Hand.

Canales beugte sich vor und begann zu lächeln. Sein Finger am Abzug wurde in genau dem Augenblick weiß, in dem Beasleys Waffe anfing zu vibrieren und zu krachen.

Canales krümmte den Rücken durch, bis sein Körper ein starrer Bogen war. Er fiel steif vornüber, schlug auf die Schreibtischkante und glitt daran entlang zu Boden, ohne die Hände zu heben.

Beasley ließ seine Waffe fallen und fiel selber wieder aufs Gesicht. Sein Körper wurde schlaff, und seine Finger bewegten sich krampfhaft, waren dann still.

Ich brachte Bewegung in meine Beine, stand auf und beförderte Canales' Pistole mit einem Tritt unter den Schreibtisch – sinnloserweise. Noch während ich das tat, sah ich, daß Canales wenigstens einmal gefeuert hatte, denn Frank Dorr hatte kein rechtes Auge mehr.

Er saß ganz still und friedlich da, das Kinn auf der Brust und einen freundlichen Hauch von Melancholie auf der heilen Seite seines Gesichts.

Die Zimmertür ging auf, und der Sekretär mit dem Kneifer glitt herein, mit hervorquellenden Augen. Er taumelte gegen die Tür zurück und schloß sie wieder. Ich konnte sein hastiges Atmen durch das ganze Zimmer hören.

Er keuchte: »Ist – ist irgend etwas nicht in Ordnung?«

Ich fand das sehr komisch, selbst jetzt. Dann ging mir auf, daß er vielleicht kurzsichtig war, und von der Stelle aus, wo er stand, sah Frank Dorr wohl ganz natürlich aus. Das übrige mochte für einen Gehilfen Dorrs bloße Routine gewesen sein.

Ich sagte: »Ganz recht – aber wir schaffen das schon allein. Bleiben Sie draußen.«

Er sagte: »Jawohl, Sir«, und ging wieder hinaus. Das überraschte mich derart, daß ich einen Augenblick mit offenem Mund dastand. Dann ging ich durchs Zimmer und beugte mich über den grauhaarigen Beasley. Er war bewußtlos, hatte aber einen gleichmäßigen Puls. Er blutete an der Seite, nur leicht.

Miss Glenn stand langsam auf und sah fast so irr und benommen aus, wie Canales ausgesehen hatte. Sie redete jäh auf mich ein, mit brüchiger, aber sehr entschiedener Stimme: »Ich wußte nicht, daß Lou getötet werden sollte, aber ich hätte sowieso nichts dran ändern können. Sie haben mich mit einem Brenneisen verbrannt – nur als Beispiel, was mir bevorstünde. Sehen Sie!«

Ich sah hin. Sie riß ihre Bluse vorn auf, und fast genau zwischen den beiden Brüsten hatte sie eine scheußliche Brandwunde.

Ich sagte: »Okay, Schwester. Das war eine bittere Medizin. Aber jetzt müssen wir ein bißchen Polizei herholen und einen Krankenwagen für Beasley.«

Ich schob mich an ihr vorbei zum Telefon, schüttelte ihre Hand von meinem Arm, als sie nach mir griff. Sie fuhr fort und redete auf meinen Rücken ein, mit dünner, verzweifelter Stimme.

»Ich dachte, sie wollten Lou bloß aus dem Weg halten, bis nach dem Prozeß. Aber sie zerrten ihn aus dem Taxi und schossen ihn ohne ein Wort nieder. Dann fuhr der Kleine das Taxi in die Stadt, und der Klotz brachte mich in die Berge rauf, zu einer Hütte. Dorr war dort. Er erzählte mir, wie Sie reingelegt werden müßten. Er versprach mir das Geld, wenn ich mitzöge, aber wenn ich sie auffliegen ließe, würden sie mich zu Tode foltern.«

Mir ging auf, daß ich den Leuten zuviel den Rücken zukehrte. Ich fuhr herum, nahm das Telefon in die Hände, den Hörer immer noch auf der Gabel, und legte meine Kanone auf den Schreibtisch.

»Hören Sie! Geben Sie mir eine Chance«, sagte sie wild. »Dorr hat das alles mit Pina ausgeheckt, dem Croupier. Pina war einer von der Bande, die Shannon dahin geschafft hat, wo sie ihn fertigmachen konnten. Ich habe nicht das geringste . . .«

Ich sagte: »Aber ja doch – ist ja gut. Tragen Sie's mit Fassung.«

Das Zimmer, das ganze Haus wirkte sehr still, wie wenn eine Menge Leute draußen vor der Tür hockten und lauschten.

»Der Einfall war gar nicht so schlecht«, sagte ich, als hätte ich alle Zeit der Welt. »Lou bedeutete für Frank Dorr nicht mehr als einen weißen Chip. Das Spiel, das er sich ausgedacht hatte, hätte uns beide als Zeugen ausgeschaltet. Aber es war zu kompliziert, hatte zu viele Beteiligte. So eine Ladung geht immer nach hinten los.«

»Lou wollte aus der ganzen Gegend hier weg«, sagte sie, die Hände in ihre Bluse verkrampft. »Er hatte Angst. Er betrachtete den Trick mit dem Roulett als so eine Art Abschlagszahlung für sich.«

Ich sagte: »Tja«, hob den Hörer und verlangte die Kriminalpolizei.

Die Zimmertür ging wieder auf, und der Sekretär kam mit einer Pistole hereingeplatzt. Ein uniformierter Chauffeur war hinter ihm, ebenfalls mit Pistole.

Ich sagte sehr laut in das Telefon: »Hier ist das Haus von Frank Dorr. Es hat eine Schießerei gegeben ...«

Der Sekretär und der Chauffeur verdrückten sich im Nu. Ich hörte sie durch den Flur rennen. Ich drückte die Gabel nieder, wählte die Redaktion des *Telegram* und bekam Von Ballin. Als ich damit fertig war, ihm die Notiz durchzugeben, hatte Miss Glenn sich durch das Fenster in den dunklen Garten davongemacht.

Ich lief ihr nicht nach. Es war mir ziemlich egal, ob sie entwischte.

Ich versuchte Ohls zu erreichen, aber man sagte mir, er wäre noch immer unten in Solano. Und um diese Zeit war die Nacht schon voller Sirenengeheul.

Ich hatte noch ein paar Schwierigkeiten, aber es lief alles glimpflich ab. Fenweathers Arm reichte zu weit. Nicht die ganze Geschichte kam ans Licht, aber doch genug, daß die Jungs von der Stadtverwaltung in den Zweihundertdollaranzügen eine Zeitlang mit dem linken Ellbogen vorm Gesicht herumliefen.

Pina wurde in Salt Lake City gefaßt. Er gab auf und nannte vier andere von Manny Tinnens Bande. Zwei von ihnen widersetzten sich der Verhaftung und wurden dabei erschossen, die beiden andern bekamen lebenslänglich.

Miss Glenn tauchte glatt und sauber unter, und man hat nie

wieder etwas von ihr gehört. Ich glaube, das ist alles, außer daß ich die zweiundzwanzig Riesen dem Nachlaßverwalter des Fiskus aushändigen mußte. Er genehmigte mir zweihundert Dollar Honorar und neun Dollar zwanzig Kilometergeld. Manchmal grüble ich der Frage nach, was er wohl mit dem Rest gemacht hat.

Erstveröffentlichung 1934

Nevada-Gas

I

Hugo Candless stand mitten in der Squash-Halle, den massigen Körper aus der Hüfte vorgebeugt, den kleinen schwarzen Ball elegant in der Linken, zwischen Daumen und Zeigefinger. Er ließ ihn dicht neben der Grundlinie fallen und hieb mit dem langgriffigen Schläger danach.

Der schwarze Ball traf ein wenig unterhalb der Mitte auf die Frontwand, flog in hohem, lässigem Bogen zurück, dicht unter der weißen Decke und den drahtgeschützten Lampen. Er glitt lasch an der Rückwand nieder, berührte sie aber nirgends fest genug, um wieder davon abzuspringen.

George Dial machte einen nachlässigen Schlenker, streifte aber nur die Zementwand mit seinem Rakett. Der Ball fiel aus dem Spiel.

Er sagte: »Das wär's denn ja, Chef. Einundzwanzig zu vierzehn. Sie sind einfach zu gut für mich.«

George Dial war groß, dunkel, hübsch, typisch Hollywood. Er war braun und schlank und wirkte hart, wie jemand, der sich viel im Freien aufhält. Hart war eigentlich alles an ihm, bis auf die vollen weichen Lippen und die großen Kuhaugen.

»Tja. Ich war immer schon zu gut für dich«, frohlockte Hugo Candless.

Er lehnte sich weit aus der massigen Hüfte zurück und lachte mit aufgerissenem Mund. Schweiß schimmerte ihm auf Brust und Bauch. Er war nackt bis auf blaue Shorts, weiße Wollsocken und schwere Turnschuhe mit Kreppsohlen. Er hatte graues Haar und ein breites Mondgesicht mit kleiner Nase und kleinem Mund und scharfen, blitzflinken Augen.

»Noch 'n Reinfall gefällig?« fragte er.

»Nur wenn's unbedingt sein muß.«

Hugo Candless runzelte finster die Stirn. »Also gut«, sagte er kurz. Er klemmte sich den Schläger unter den Arm und holte einen Öltuchbeutel aus seinen Shorts, nahm eine Zigarette heraus und ein Streichholz. Er zündete sich mit einer großspurigen Bewegung die Zigarette an und warf das Streichholz mitten aufs Spielfeld, wo jemand anders es dann würde aufheben müssen.

Er stieß die Tür der Squash-Halle auf und paradierte den Korridor hinunter zum Umkleideraum, mit herausgereckter Brust. Dial ging still hinter ihm her, katzengleich, weichen Schritts, mit geschmeidiger Anmut. Sie suchten den Duschraum auf.

Candless sang unter der Dusche, bedeckte seinen massigen Körper mit dickem Seifenschaum, duschte heiß und dann eiskalt, und es machte ihm offenbar Vergnügen. Er rieb sich mit unendlicher Muße trocken, nahm ein zweites Handtuch, stolzierte aus dem Duschraum und schrie nach der Bedienung, ihm Eis und Ginger-Ale zu bringen.

Ein Neger in steifer weißer Jacke kam mit einem Tablett herangeeilt. Candless zeichnete mit einem Schnörkel die Rechnung ab, schloß seinen großen Doppelschrank auf und stellte mit wuchtiger Geste eine Flasche Johnny Walker auf den runden grünen Tisch, der im Ankleideraum gegenüber der Schrankwand stand.

Der Kellner mixte sorgfältig zwei Drinks, sagte: »Ssu dienen, Ssörr, Mista Candless«, und ging davon, einen Vierteldollar streichelnd.

George Dial, bereits voll angekleidet, in elegantem grauem Flanell, kam um die Ecke und hob eins der Gläser.

»Schluß für heute, Chef?« Er betrachtete das Deckenlicht durch sein Glas, mit zusammengekniffenen Augen.

»Denke schon«, sagte Candless großzügig. »Denke, ich fahre nach Hause und tue der kleinen Frau mal was Gutes an.« Er warf Dial einen raschen Seitenblick zu aus seinen kleinen Augen.

»Was dagegen, wenn ich nicht mitfahre?« fragte Dial beiläufig.

»Von mir aus. Aber Naomi wird's leid tun«, sagte Candless unfreundlich.

Dial machte ein leises Geräusch mit den Lippen, zuckte die

Achseln, sagte: »Sie bringen die Leute gern auf achtzig, stimmt's, Chef?«

Candless gab ihm keine Antwort, sah ihn nicht an. Dial stand schweigend da mit seinem Drink und sah dem massigen Mann zu, wie er monogrammierte Satinunterwäsche anzog, purpurne Socken mit grauer Seidenstickerei, ein monogrammiertes Seidenhemd, einen winzig schwarz-weiß karierten Anzug, der ihn so groß erscheinen ließ wie eine Scheune.

Als er zu seinem purpurnen Binder kam, schrie er nach dem Neger, ihm einen weiteren Drink zu mixen.

Dial lehnte den zweiten Drink ab, nickte, ging weich über den Läufer zwischen den hohen grünen Schränken davon.

Candless zog sich fertig an, trank seinen zweiten Highball, schloß seinen Whisky weg und steckte sich eine fette braune Zigarre in den Mund. Er ließ sich von dem Neger Feuer geben. Dann stolzierte er davon, nach rechts und links laut grüßend.

Der Ankleideraum wirkte sehr still, als er hinausgegangen war. Hier und da klang ein unterdrücktes Kichern auf.

Draußen vor dem Delmar-Club regnete es. Der livrierte Portier half Hugo Candless in seinen gegürtelten weißen Regenmantel und ging dann seinen Wagen rufen. Als dieser vorgefahren war, hielt er einen Regenschirm über Hugo und geleitete ihn über den Holzlattensteg zur Bordsteinkante. Der Wagen war eine königsblaue Lincoln-Limousine, mit lederbrauner Bestreifung. Die Zulassungsnummer war 5A6.

Der Chauffeur, in schwarzem, um die Ohren hochgeschlagenem Regenmantel, sah sich nicht um. Der Portier machte die Tür auf, und Hugo Candless stieg ein und ließ sich schwer auf den Rücksitz sinken.

»Nacht, Sam. Sag ihm, er soll mich nach Hause fahren.«

Der Portier berührte seine Mütze, schloß die Tür und gab die Weisung an den Fahrer weiter, der nickte, ohne den Kopf zu wenden. Der Wagen glitt im Regen davon.

Der Regen kam in schrägen Strichen nieder, und an den Kreuzungen prasselte er in jähen Böen gegen das Glas der Limousine. An den Straßenecken bildeten sich Klumpen von Menschen, die alle über den Sunset wollten, ohne angespritzt zu werden. Hugo Candless grinste bedauernd zu ihnen hinaus.

Der Wagen glitt auf dem Sunset hinaus, durch Sherman, kurvte dann auf die Berge zu. Er begann sein Tempo stark zu beschleunigen. Er fuhr jetzt auf einem Boulevard, wo nur noch dünner Verkehr herrschte.

Es war heiß im Wagen. Die Fenster waren sämtlich geschlossen, und bis oben geschlossen war auch die Glastrennwand hinter dem Fahrersitz. Der Rauch von Hugos Zigarre hing schwer und stickig im Rückraum der Limousine.

Candless runzelte die Stirn und streckte die Hand aus, um ein Fenster herunterzudrehen. Die Kurbel ließ sich nicht drehen. Er versuchte es an der anderen Seite. Auch hier ging es nicht. Er wurde langsam wütend. Er griff nach dem kleinen Telefondingsda, um seinem Fahrer kräftig den Marsch zu blasen. Aber es gab kein kleines Telefondingsda mehr.

Der Wagen ging scharf in die Kurve und begann eine lange, schnurgerade Bergstraße hinaufzufahren, an der auf der einen Seite Eukalyptusbäume standen, aber keine Häuser. Candless spürte, wie ihm etwas eiskalt über das Rückgrat strich, hinauf und wieder hinunter. Er beugte sich vor und schlug mit der Faust gegen das Glas. Der Fahrer wandte nicht den Kopf. Der Wagen fuhr sehr schnell die lange dunkle Bergstraße hinan.

Hugo Candless griff heftig nach dem Türöffner. Aber die Türen hatten keine Griffe – auf beiden Seiten nicht. Ein krankes, ungläubiges Grinsen brach über Hugos breites Mondgesicht.

Der Fahrer beugte sich nach rechts hinüber und langte dort nach etwas mit seiner behandschuhten Hand. Es gab ein jähes, scharf zischendes Geräusch. Hugo Candless begann den Geruch von Mandeln zu spüren.

Sehr schwach zuerst – sehr schwach und recht angenehm. Das zischende Geräusch hielt an. Der Mandelgeruch wurde bitter und scharf und sehr tödlich. Hugo Candless ließ seine Zigarre fallen und schlug mit aller Kraft gegen das Glas des ihm nächsten Fensters. Das Glas brach nicht.

Der Wagen war jetzt hoch in den Bergen, schon über die gelegentlichen Straßenlaternen der Wohngegenden hinaus.

Candless ließ sich auf den Sitz zurückfallen und hob den Fuß, um hart gegen die gläserne Trennwand vor ihm zu treten. Der Tritt kam nie mehr zur Ausführung. Seine Augen versagten ihm den Dienst. Sein Gesicht verzerrte sich zu einem Knäuel, und sein Kopf sank nach hinten gegen das Polster und krachte dann seitlich auf seine massige Schulter nieder. Sein weicher weißer Filzhut saß ihm formlos auf dem großen, eckigen Schädel.

Der Fahrer warf einen raschen Blick zurück, zeigte für einen kurzen Moment ein hageres, habichtähnliches Gesicht. Dann beugte er sich wieder nach rechts hinüber, und das zischende Geräusch hörte auf.

Er fuhr an den Rand der verlassenen Straße, hielt, schaltete alle Lichter aus. Der Regen trommelte dumpf auf das Dach.

Der Fahrer stieg aus im Regen und öffnete die Hintertür des Wagens, trat dann rasch davon zurück und hielt sich die Nase zu.

Er blieb ein Weilchen in einiger Entfernung stehen und sah die Straße hinauf und hinunter.

Hugo Candless hinten in der Limousine rührte sich nicht.

II

Francine Ley saß in einem niedrigen roten Sessel neben einem Tischchen, auf dem eine Alabasterschale stand. Von der Zigarette, die sie gerade in die Schale gelegt hatte, stieg Rauch auf und bildete Muster in der stillen, warmen Luft. Sie hatte die Hände hinter dem Kopf verschränkt, und ihre rauchblauen Augen hatten einen trägen, einladenden Ausdruck. Ihr dunkles, kastanienbraunes Haar fiel in lockeren Wellen. In den Tälern dieser Wellen schimmerten bläuliche Schatten.

George Dial beugte sich über sie und küßte sie auf die Lippen, fest. Seine eigenen Lippen waren heiß, als er sie küßte, und er schauerte zusammen. Das Mädchen rührte sich nicht. Sie lächelte träge zu ihm empor, als er sich wieder aufrichtete.

Mit belegter, gehemmter Stimme sagte Dial: »Hör zu, Francy. Wann gibst du diesem Spieler den Laufpaß und läßt mich für dich sorgen?«

Francine Ley zuckte die Achseln, ohne die Hände hinter dem Kopf wegzunehmen. »Er spielt fair und ehrlich, George«, sagte sie gedehnt. »Das ist heutzutage immerhin schon was, und du hast einfach nicht genug Geld.«

»Ich kann's mir beschaffen.«

»Wie denn?« Ihre Stimme war leise und heiser. Sie erregte George Dial wie ein Cello.

»Von Candless. Ich hab eine Menge in der Hand gegen den Vogel.«

»Zum Beispiel was?« fragte Francine träge.

Dial grinste sanft auf sie nieder. Er weitete die Augen in gespielter Unschuld. Francine Ley fand, daß das Weiße seiner Augen einen ganz schwachen Farbton hatte, der nicht weiß war.

Dial machte eine großspurige Bewegung mit einer unangezündeten Zigarette. »Eine Menge – zum Beispiel wie er letztes Jahr einen harten Burschen aus Reno aufs Kreuz gelegt hat. Der Halbbruder des harten Burschen stand unter Mordanklage hier, und Candless nahm fünfundzwanzig Riesen, um ihn loszueisen. Aber dann schloß er mit dem Oberstaatsanwalt einen Kuhhandel in einer anderen Sache und ließ das Brüderchen hochgehen.«

»Und was hat der harte Bursche daraufhin unternommen?« fragte Francine Ley sanft.

»Nichts – noch nichts. Er glaubt wahrscheinlich, es wär halt nichts zu machen gewesen. Man kann nicht immer gewinnen.«

»Aber er könnte eine Menge unternehmen, wenn er Bescheid wüßte«, sagte Francine Ley, nickend. »Wer war denn der harte Bursche, Georgie?«

Dial senkte die Stimme und beugte sich wieder über sie. »Ich bin ein Idiot, daß ich's dir sage. Ein Mann namens Zapparty. Bin ihm selber noch nie begegnet.«

»Und solltest es dir auch nicht wünschen – wenn du bei Verstand bist, Georgie. Nein, danke. Ich habe keinerlei Lust, mich mit dir in so eine heikle Sache einzulassen.«

Dial lächelte leicht, zeigte ebenmäßige Zähne in einem dunklen, glatten Gesicht. »Das laß mal meine Sorge sein, Francy. Vergiß erst mal alles wieder – außer daß ich ganz verrückt nach dir bin.«

»Hol uns was zu trinken«, sagte das Mädchen.

Der Raum war das Wohnzimmer in einem Hotelapartment. Es war ganz in Rot und Weiß gehalten, diplomatenhaft dekoriert, zu steif. Die weißen Wände hatten rote Schablonenmuster, die weißen Jalousien weiße Kästen und Führungsrahmen, vor dem Gaskamin lag ein halbrunder roter Teppich mit weißer Einfassung. An einer der Wände, zwischen den Fenstern, stand ein nierenförmiger weißer Schreibtisch. Dial ging zu dem Schreibtisch hinüber und goß Scotch in zwei Gläser, fügte Eis hinzu und füllte mit Wasser auf, trug die Gläser zurück durch den Raum zu dem Tischchen, von dem immer noch ein dünner Rauchfaden aus der Alabasterschale aufstieg.

»Gib dem Spieler den Laufpaß«, sagte Dial und reichte ihr ein Glas. »Wenn du dich mit jemand in heikle Sachen einläßt, dann mit ihm.«

Sie schlürfte den Drink, nickte. Dial nahm ihr das Glas aus der Hand, trank an derselben Stelle des Randes, beugte sich über sie, beide Gläser in den Händen, und küßte sie zum zweitenmal auf die Lippen.

Rote Vorhänge bedeckten eine Tür, die auf einen kurzen Vorplatz führte. Sie teilten sich, nur ein paar Zoll breit, und das Gesicht eines Mannes erschien in der Öffnung, kühle Grauaugen beobachteten nachdenklich den Kuß. Die Vorhänge glitten lautlos wieder zusammen.

Nach einem Augenblick schlug laut eine Tür zu, und Schritte kamen über den Flur. Johnny De Ruse trat durch die Vorhänge ins Zimmer. Dial war gerade damit beschäftigt, sich seine Zigarette anzuzünden.

Johnny De Ruse war hochgewachsen, schlank, ruhig, trug einen elegant geschnittenen dunklen Anzug. Seine kühlen Grauaugen hatten feine Lachfältchen in den Winkeln. Sein dünner Mund war zart, aber nicht weich, und sein langes Kinn hatte eine Spalte.

Dial starrte ihn an, machte eine vage Bewegung mit der Hand. De Ruse ging zum Schreibtisch hinüber, ohne ein Wort zu sagen, goß sich etwas Whisky in ein Glas und trank ihn pur.

Er stand einen Augenblick lang da, mit dem Rücken zum Zimmer, und klopfte auf die Schreibtischkante. Dann wandte er sich herum, lächelte schwach, sagte: »Hallo, Leute«, mit sanfter, leicht schleppender Stimme, und ging durch eine innere Tür wieder aus dem Zimmer.

Er befand sich in einem großen, übertrieben ausgestatteten Schlafzimmer mit Doppelbett. Er trat an einen Wandschrank und holte einen lohbraunen Kalbslederkoffer heraus, öffnete ihn auf dem Bett. Dann fing er an, die Schubladen einer hochbeinigen Kommode zu durchstöbern und Sachen in den Koffer zu packen, mit aller Sorgfalt, ganz ohne Hast. Er pfiff still durch die Zähne vor sich hin, während er das tat.

Als der Koffer gepackt war, ließ er ihn zuschnappen und zündete sich eine Zigarette an. Einen Moment lang stand er mitten im Zimmer, ohne sich zu bewegen. Seine Grauaugen starrten die Wand an, ohne sie zu sehen.

Nach einem Weilchen trat er wieder an den Wandschrank und holte eine kleine Pistole in weicher Lederhalfter mit zwei kurzen Riemen heraus. Er zog sein linkes Hosenbein hoch und schnallte die Halfter an seinem Bein fest. Dann nahm er den Koffer und ging ins Wohnzimmer zurück.

Francine Leys Augen verengten sich jäh, als sie den Koffer sah.

»Willst du verreisen?« fragte sie mit ihrer leisen, heiseren Stimme.

»Hm-hm. Wo ist Dial?«

»Er mußte weg.«

»Was für ein Jammer«, sagte De Ruse sanft. Er stellte den Koffer auf den Boden, neben sich, und ließ seine kühlen Grauaugen über das Gesicht des Mädchens wandern, auf und nieder an ihrem schlanken Körper, von den Fesseln bis zu ihrem kastanienbraunen Kopf. »Was für ein Jammer«, sagte er. »Ich seh ihn ganz gern hier. Ich selber bin ja doch ein bißchen öde für dich.«

»Vielleicht bist du das wirklich, Johnny.«

Er beugte sich zum Koffer nieder, richtete sich aber wieder auf, ohne ihn berührt zu haben, und sagte beiläufig: »Erinnerst du dich an Mops Parisi? Ich hab ihn heut in der Stadt gesehen.«

Ihre Augen weiteten sich und schlossen sich dann fast. Ihre

Zähne schlugen leicht aufeinander. Die Linie ihrer Kinnbacken trat einen Moment lang sehr deutlich hervor.

De Ruse ließ seinen Blick weiter über ihr Gesicht und ihren Körper wandern.

»Gedenkst du da was zu unternehmen?« fragte sie.

»Ich gedenke eine kleine Reise zu machen«, sagte De Ruse. »Ich bin nicht mehr so angriffslustig, wie ich einmal war.«

»Also Rückzug«, sagte Francine Ley leise. »Wo gehen wir hin?«

»Kein Rückzug – nur eine kleine Reise«, sagte De Ruse tonlos. »Und nicht wir gehen – *ich* gehe. Allein.«

Sie saß still, betrachtete sein Gesicht, regte keinen Muskel.

De Ruse griff in seine Jacke und zog eine lange Brieftasche heraus, die sich wie ein Buch aufschlagen ließ. Er warf dem Mädchen einen dicken Packen Geldscheine in den Schoß, steckte die Brieftasche wieder weg. Sie rührte die Scheine nicht an.

»Das wird dich länger über Wasser halten, als du brauchst, um einen neuen Spielgefährten zu finden«, sagte er, ohne Ausdruck. »Das soll nicht heißen, daß ich dir nicht auch noch mehr schicke, wenn du's brauchst.«

Sie stand langsam auf, und der Packen Geldscheine glitt an ihrem Rock nieder zu Boden. Sie ließ die Arme starr an den Seiten herunterhängen, die Hände zu Fäusten geballt, so daß die Sehnen auf den Rücken scharf hervortraten. Ihre Augen waren so stumpf wie Schiefer.

»Das heißt, wir sind miteinander fertig, Johnny?«

Er hob den Koffer an. Sie trat rasch vor ihn hin, mit zwei langen Schritten. Sie legte eine Hand auf seine Jacke. Er stand ganz still, sanft lächelnd mit den Augen, doch mit den Lippen nicht. Der Duft von Shalimar stach ihm in die Nüstern.

»Du weißt, was du bist, Johnny?« Ihre heisere Stimme war fast ein Lispeln.

Er wartete.

»Ein Dummkopf, Johnny. Ein Dummkopf.«

Er nickte leicht. »Einverstanden. Ich hab die Bullen auf Mops Parisi gehetzt. Ich mag das Kidnappergewerbe nicht, Schatz. Ich würde die Bullen jeden Tag darauf hetzen. Sogar wenn ich selber dabei was abkriegen sollte. Das ist doch kalter Kaffee. Sonst noch was?«

»Du hast die Bullen auf Mops Parisi gehetzt und meinst, er weiß es noch nicht, aber möglich ist's immerhin. Also läufst du vor ihm weg. Und läßt mich sitzen.«

»Vielleicht hab ich dich auch einfach satt, Schatz.«

Sie warf den Kopf zurück und lachte scharf, mit fast wildem Klang. De Ruse rührte sich nicht.

»Du bist überhaupt nicht zähe, Johnny. Du bist weich. George Dial ist viel härter als du. Mein Gott, wie weich du bist, Johnny!«

Sie trat zurück, starrte ihm ins Gesicht. Ein Flackern fast unerträglicher Erregung trat in ihre Augen und ging wieder.

»Du bist so ein hübsches Jungchen, Johnny. Gott im Himmel, das bist du wirklich. Jammerschade, daß du so weich bist.«

De Ruse sagte sanft, ohne sich zu bewegen: »Nicht weich, Schatz – bloß ein bißchen sentimental. Ich seh gern kleine Pferdchen laufen und spiele gern mit bunten Kärtchen, und ich fummle gern mit kleinen roten Würfeln rum, die weiße Tupfen haben. Ich mag Glücksspiele, einschließlich Frauen. Aber wenn ich verliere, dann werd ich nicht sauer, und ich mach auch keine krummen Sachen. Ich geh einfach an den nächsten Tisch. Mach's gut.«

Er bückte sich, hob den Koffer und ging um sie herum. Er schritt durchs Zimmer und durch die roten Vorhänge hinaus, ohne sich umzusehen.

Francine Ley starrte mit steifen Augen zu Boden.

III

De Ruse stand unter dem gewölbten Glasvordach des Seiteneingangs zum Chatterton und sah die Irolo hinauf und hinunter, hinüber zu den blitzenden Lichtern des Wilshire und zum dunklen, stillen Ende der Seitenstraße.

Der Regen fiel leise und sanft, in schrägen Strichen. Ein kleiner Tropfen trieb unter das Vordach und traf sprühend das rote Ende seiner Zigarette. Er hob den Koffer und ging die Irolo entlang auf seinen Sedan zu. Er war fast an der nächsten Ecke geparkt, ein glänzender schwarzer Packard mit wenig diskreten Chromteilen hier und dort.

Er blieb stehen und öffnete die Tür, und eine Pistole hob sich rasch im Innern des Wagens. Die Pistole stieß gegen seine Brust. Eine Stimme sagte scharf: »Keine Bewegung! Die Flossen hoch, Freundchen!«

De Ruse sah den Mann im Wagen nur undeutlich. Ein hageres, habichtartiges Gesicht, auf das etwas reflektiertes Licht fiel, ohne ihm Kontur zu geben. Er spürte die Pistole hart auf seiner Brust, das Brustbein tat ihm weh. Rasche Schritte klangen hinter ihm auf, und eine zweite Pistole stieß ihm in den Rücken.

»Zufrieden?« fragte ein anderer.

De Ruse ließ den Koffer los, hob die Hände und legte sie auf das Wagendach.

»Okay«, sagte er müde. »Was wollt ihr — mich ausrauben?«

Ein schnarrendes Lachen kam von dem Mann im Wagen. Eine Hand klatschte De Ruse von hinten auf die Hüften.

»Jetzt zurück — aber schön langsam!«

De Ruse trat zurück, hielt die Hände sehr hoch in die Luft.

»Nicht so hoch, Idiot«, sagte der Mann hinter ihm gefährlich. »Bloß in Schulterhöhe.«

De Ruse senkte sie. Der Mann im Wagen stieg aus, richtete sich auf. Er setzte De Ruse wieder die Pistole auf die Brust, streckte einen langen Arm aus und knöpfte ihm den Mantel auf. De Ruse lehnte sich zurück. Die Hand, die zu dem Arm gehörte, durchsuchte seine Taschen, seine Achselhöhlen. Eine 38er in Hakenhalfter hörte auf, unter seinem Arm Gewicht zu machen.

»Eine habe ich, Chuck. Auf deiner Seite was?«

»Nichts an der Hüfte.«

Der Mann vor ihm trat von ihm weg und griff nach dem Koffer.

»Vorwärts marsch. Wir fahren in unserm.«

Sie gingen weiter die Irolo entlang. Eine große Lincoln-Limousine tauchte auf, ein blauer Wagen mit einem helleren Streifen. Der Mann mit dem Habichtgesicht öffnete die Hintertür.

»Los, rein.«

De Ruse stieg schlaff und teilnahmslos ein, spie seinen Zigarettenstummel in die nasse Dunkelheit, als er sich unter das Dach des Wagens bückte. Ein schwacher Geruch griff seine Nase an, ein Geruch, der von überreifen Pfirsichen oder Mandeln hätte stammen können. Er setzte sich in den Wagen.

»Neben ihn, Chuck.«

»Hör zu. Laß uns doch alle vorne fahren. Ich kann ihn dann . . .«

»Nichts da. Neben ihn, Chuck«, fuhr ihn das Habichtgesicht an.

Chuck murrte, stieg neben De Ruse hinten ein. Der andere Mann knallte die Tür zu. Sein hageres Gesicht zeigte durch das geschlossene Fenster ein sardonisches Grinsen. Dann ging er herum zum Fahrersitz, warf den Wagen an, löste ihn vom Bordstein.

De Ruse kräuselte die Nase, schnüffelte den seltsamen Geruch.

Sie bogen um die Ecke, fuhren auf der Achten ostwärts zum Normandie, auf dem Normandie nordwärts über den Wilshire, über andere Straßen, dann einen steilen Hügel hinauf und auf der anderen Seite wieder hinunter nach Melrose. Der große Lincoln glitt ohne auch nur ein Flüstern durch den leichten Regen. Chuck saß in der Ecke, hielt die Pistole auf dem Knie, mit finster gerunzelter Stirn. Straßenlaternen zeigten ein eckiges, arrogantes, rotes Gesicht, ein Gesicht, dem gar nicht wohl zumute war.

Der Hinterkopf des Fahrers war reglos hinter der gläsernen Trennwand. Sie passierten den Sunset und Hollywood, bogen nach Osten auf den Franklin, dann wieder nach Norden, Los Feliz zu, und dort hinunter zum Flußbett.

Wagen, die den Berg hinaufkamen, warfen jähes, kurzes Grelllicht ins Innere des Lincoln. De Ruse spannte sich, wartete. Als das nächste Scheinwerferlicht breit blendend in den Wagen schoß, beugte er sich rasch vor und zog mit einem Ruck sein linkes Hosenbein hoch. Er hatte sich bereits wieder in die Polsterung zurückgelehnt, als das Blendlicht vorüber war.

Chuck hatte sich nicht bewegt, hatte die Bewegung neben sich nicht bemerkt.

Unten am Fuß des Berges, an der Kreuzung Riverside Drive,

wogte ihnen eine ganze Phalanx von Wagen entgegen, als das Ampellicht umsprang. De Ruse wartete, kalkulierte genau die Wirkung der Scheinwerfer. Sein Körper krümmte sich kurz, seinc Hand fuhr nieder, riß die kleine Pistole aus der Beinhalfter.

Er lehnte sich wieder zurück, die Pistole dicht am linken Oberschenkel, so daß sie von Chucks Seite aus nicht zu sehen war.

Der Lincoln schoß hinüber auf den Riverside und passierte die Einfahrt zum Griffith Park.

»Wo geht's eigentlich hin, Kerl?« fragte De Ruse beiläufig.

»Maul halten«, knurrte Chuck. »Werden Sie schon merken.«

»Ihr wollt mich doch nicht ausrauben, he?«

»Maul halten«, knurrte Chuck noch einmal.

»Mops Parisis Jungens?« fragte De Ruse dünn, langsam.

Der rotgesichtige Revolvermann zuckte, hob die Pistole von seinem Knie. »Ich hab gesagt – Maul halten!«

De Ruse sagte: »Entschuldigen Sie schon.«

Er hob die Pistole über den Schenkel, richtete sie kurz aus, drückte mit der Linken auf den Abzug. Die Pistole machte ein kleines flaches Geräusch – fast ein unwichtiges Geräusch.

Chuck schrie auf, und seine Hand zuckte wild. Die Pistole flog ihm heraus und fiel auf den Boden des Wagens. Seine linke Hand fuhr nach seiner rechten Schulter.

De Ruse nahm die kleine Mauser in die rechte Hand und bohrte sie Chuck tief in die Seite.

»Schön ruhig bleiben, Junge, schön ruhig. Keine Dummheiten mit den Händen. Jetzt stoßen Sie die Kanone da mit dem Fuß zu mir rüber – und zwar ein bißchen dalli!«

Chuck stieß die große Automatik mit dem Fuß über den Boden des Wagens. De Ruse griff rasch danach nieder, erwischte sie auch. Der hagergesichtige Fahrer warf einen Blick zurück, und der Wagen geriet ins Schleudern, fing sich dann aber wieder.

De Ruse hob die schwere Pistole. Die Mauser war zu leicht, als daß er sie als Schlagwaffe hätte verwenden können. Er schmetterte sie Chuck seitlich gegen den Kopf. Chuck stöhnte auf, sackte nach vorn, versuchte sich festzuklammern.

»Das Gas!« jaulte er. »Das Gas! Er wird das Gas anstellen!«

De Ruse traf ihn noch einmal, härter. Chuck war nur noch ein zusammengesackter Haufen auf dem Boden des Wagens.

Der Lincoln bog vom Riverside ab, über eine kurze Brücke und einen Reitweg, eine schmale Landstraße hinunter, die einen Golfplatz teilte. Sie führte in dunkles Gelände und unter Bäume. Der Wagen fuhr schnell, schlingerte von einer Seite zur andern, ganz als läge das in der Absicht des Fahrers.

De Ruse hielt sich fest, tastete nach dem Türöffner. Aber die Türen hatten keine Griffe. Seine Lippen krümmten sich, und er schmetterte die Pistole gegen eins der Fenster. Das schwere Glas war wie eine Mauer aus Stein.

Der habichtgesichtige Mann beugte sich nach rechts hinüber, und es entstand ein zischendes Geräusch. Dann verschärfte sich jäh und stark der Mandelgeruch.

De Ruse riß ein Taschentuch aus der Tasche und preßte es vor die Nase. Der Fahrer hatte sich jetzt vornüber gebeugt beim Fahren, er versuchte den Kopf in Deckung zu halten.

De Ruse setzte die Mündung der großen Pistole an die gläserne Trennwand hinter dem Kopf des Fahrers, der sich zur Seite duckte. Er feuerte viermal rasch hintereinander, die Augen geschlossen und den Kopf abgewandt, wie eine nervöse Frau.

Es flog kein Glas. Als er wieder hinsah, war ein gezacktes rundes Loch in der Scheibe, und die Windschutzscheibe davor war mit Sternen übersät, aber nicht zerbrochen.

Er schmetterte die Pistole gegen die Ränder des Loches, und es gelang ihm, ein Stück Glas loszuschlagen. Er bekam das Gas jetzt ab, durch das Taschentuch. Er hatte das Gefühl, als wäre sein Kopf ein bis zum Platzen aufgeblasener Ballon. Alles schwankte und verschwamm vor seinen Augen.

Der habichtgesichtige Fahrer duckte sich zusammen, zerrte die Tür an seiner Seite auf, riß das Steuer in entgegengesetzter Richtung herum und sprang hinaus.

Der Wagen raste über eine niedrige Böschung, schlug einen leichten Bogen und krachte seitlich gegen einen Baum. Die Karosserie bekam genügend ab, daß eine der Hintertüren aufsprang.

De Ruse schoß mit einem Hechtsprung durch die Tür hinaus.

Weiche Erde traf ihn, und der Aufprall benahm ihm ganz kurz den Atem. Dann sogen seine Lungen saubere Luft. Er rollte sich herum, auf Bauch und Ellbogen, hielt den Kopf tief, die Pistolenhand hoch.

Der habichtgesichtige Mann hockte auf den Knien, ein Dutzend Yards entfernt. De Ruse sah, wie er eine Pistole aus der Tasche zog und hob.

Chucks Pistole zuckte und krachte in De Ruses Hand, bis sie leer war.

Der habichtgesichtige Mann klappte langsam zusammen, und sein Körper verschmolz mit den dunklen Schatten und dem nassen Grund. Wagen fuhren in der Ferne auf dem Riverside Drive vorbei. Regen tropfte von den Bäumen. Der Leuchtstrahl von Griffith Park drehte sich im dicht verhangenen Himmel. Der Rest war Dunkelheit und Schweigen.

De Ruse holte tief Luft und brachte sich auf die Füße. Er ließ die leere Pistole fallen, zog eine kleine Taschenlampe aus seiner Manteltasche und zog den Mantel hoch gegen Nase und Mund, preßte den festen Stoff dicht an sein Gesicht. Er ging zum Wagen, stellte die Scheinwerfer ab und ließ den Strahl der Taschenlampe in die Fahrerabteilung fallen. Er beugte sich rasch hinein und drehte den Hahn eines Kupferzylinders ab, der aussah wie ein Feuerlöscher. Das zischende Geräusch des Gases verstummte.

Er ging hinüber zu dem habichtgesichtigen Mann. Er war tot. Er hatte etwas loses Geld in den Taschen, kleine Münze und Silber, dazu Zigaretten, ein Streichholzbriefchen vom Club Egypt, keine Brieftasche, ein paar Ersatzmagazine mit Patronen, De Ruses 38er. De Ruse steckte die letztere wieder an ihren Ort und richtete sich von dem hingestreckten Körper auf.

Er blickte über die Dunkelheit des Los Angeles River hinüber zu den Lichtern von Glendale. Auf halber Entfernung leuchteten, weit von jedem anderen Licht, in Abständen grüne Neonzeichen auf: Club Egypt.

De Ruse lächelte still vor sich hin und ging zum Lincoln zurück. Er zerrte Chucks Körper heraus auf den nassen Grund. Chucks rotes Gesicht war jetzt blau unter dem Strahl der kleinen

Taschenlampe. Seine offenen Augen starrten reglos und leer. Seine Brust bewegte sich nicht. De Ruse legte die Taschenlampe hin und durchsuchte ein paar weitere Taschen.

Er fand die üblichen Sachen, die ein Mann bei sich trägt, einschließlich einer Brieftasche mit Führerschein, ausgestellt auf Charles Le Grand, Hotel Metropole, Los Angeles. Er fand weitere Streichhölzer vom Club Egypt und einen Hotelschlüssel mit der Anhängeraufschrift: 809, Hotel Metropole.

Er steckte den Schlüssel in die Tasche, schlug die aufgesprungene Tür des Lincoln zu, setzte sich hinters Steuer. Der Motor sprang an. Er löste den Wagen von dem Baum, unter blechernem Ratschen des zerbeulten Kotflügels, wendete langsam auf dem weichen Erdreich und brachte ihn wieder auf die Straße.

Als er den Riverside wieder erreicht hatte, drehte er die Scheinwerfer an und fuhr nach Hollywood zurück. Er stellte den Wagen unter ein paar Pfefferbäumen ab, vor einem großen ziegelsteinernen Apartmenthaus an der Kenmore, einen halben Block nördlich vom Hollywood Boulevard, zog den Zündschlüssel ab und hob seinen Koffer heraus.

Licht vom Eingang des Apartmenthauses lag auf dem vorderen Nummernschild, als er davonging. Er fragte sich verwundert, warum Revolvermänner einen Wagen mit Zulassungsnummer 5A6 benutzten, die fast schon eine Prominentennummer war.

In einem Drugstore telefonierte er nach einem Taxi. Das Taxi brachte ihn zum Chatterton zurück.

IV

Das Apartment war leer. Zigarettenrauch und der Duft von Shalimar hingen in der warmen Luft, ganz als sei vor gar nicht langer Zeit noch jemand dagewesen. De Ruse schob sich ins Schlafzimmer, sah nach den Kleidungsstücken in zwei Schränken, nach den Gegenständen auf einem Frisiertisch, ging dann zurück in das rot-weiße Wohnzimmer und mixte sich einen steifen Highball.

Er schob den Nachtriegel an der Außentür vor und trug seinen Drink ins Schlafzimmer, streifte seine verschmutzten Sachen ab und legte einen anderen Anzug an, der aus dunklem Stoff war, aber modisch elegant geschnitten. Er schlürfte seinen Drink, während er sich vor einem weichen weißen Leinenhemd eine schwarze Schleife band.

Er reinigte den Lauf der kleinen Mauser, setzte sie wieder zusammen und schob ergänzend eine Patrone hinter die kleine Magazinkammer, steckte die Pistole dann in die Beinhalfter zurück. Dann wusch er sich die Hände und ging mit seinem Drink zum Telefon.

Die erste Nummer, die er wählte, war die des *Chronicle.* Er verlangte die Lokalredaktion, Werner.

Eine schleppende Stimme tropfte über den Draht: »Werner am Apparat. Schießen Sie los. Binden Sie mir Ihren Bären auf.«

De Ruse sagte: »Hier John De Ruse, Claude. Sieh mir mal in deiner Liste eine Zulassungsnummer nach – Kalifornien 5A6.«

»Muß einer von diesen Scheißpolitikern sein«, sagte die schleppende Stimme und entfernte sich.

De Ruse saß bewegungslos, betrachtete eine kannelierte weiße Säule in der Ecke. Sie trug eine rot-weiße Schale mit roten und weißen künstlichen Rosen. Er rümpfte angeekelt die Nase.

Werners Stimme kam wieder über den Draht: »Eine Lincoln-Limousine, Baujahr 30, zugelassen auf Hugo Candless, Casa de Oro Apartments, 2942 Clearwater Street, West Hollywood.«

De Ruse sagte in einem Ton, dem nichts zu entnehmen war: »Das ist doch dieser großkotzige Rechtsverdreher, nicht?«

»Stimmt. Der Riskierer der großen Lippe. Der Zeugenstandspathetiker.« Werners Stimme senkte sich. »Unter uns, Johnny, und nicht für die große Glocke – ein dicker hinterhältiger Fettsack, der nicht mal besonders gerissen ist – bloß weit genug herumgekommen, um zu wissen, wen man kaufen kann ... Steckt 'ne Story drin?«

»Ach du lieber Himmel, nein«, sagte De Ruse leise. »Er ist mir bloß an die Karre gefahren, wörtlich, und hat nicht gehalten.«

Er legte auf und trank sein Glas aus, erhob sich dann, um sich einen zweiten Drink zu mixen. Dann warf er ein Telefonbuch auf den weißen Schreibtisch und sah die Nummer der Casa de Oro nach. Er wählte sie. Eine Telefonistin teilte ihm mit, daß Mr. Hugo Candless sich zur Zeit nicht in der Stadt aufhalte.

»Geben Sie mir sein Apartment«, sagte De Ruse.

Eine kühle Frauenstimme meldete sich. »Ja? Hier spricht Mrs. Hugo Candless. Worum handelt es sich bitte?«

De Ruse sagte: »Ich bin ein Klient von Mr. Candless und muß ihn unbedingt erreichen. Können Sie mir da helfen?«

»Tut mir sehr leid«, beschied ihn die kühle, fast träge Stimme. »Mein Mann wurde ganz plötzlich nach auswärts gerufen. Ich weiß nicht einmal, wohin er gefahren ist, erwarte allerdings, noch heute am späteren Abend von ihm zu hören. Er ist von seinem Club aus ...«

»Welcher Club war das?« fragte De Ruse beiläufig.

»Der Delmar Club. Er ist von dort direkt losgefahren, ohne noch vorher nach Hause zu kommen. Wenn Sie ihm eine Nachricht hinterlassen möchten ...«

De Ruse sagte: »Vielen Dank, Mrs. Candless. Vielleicht darf ich Sie später noch einmal anrufen.«

Er legte auf, lächelte langsam und ingrimmig, süffelte seinen frischen Drink und sah die Nummer des Hotel Metropole nach. Er rief an und verlangte »Mr. Charles Le Grand in Zimmer 809«.

»Acht-null-neun«, sagte die Telefonistin beiläufig. »Ich verbinde.« Einen Augenblick später: »Es meldet sich niemand.«

De Ruse dankte ihr, zog den Anhängerschlüssel aus der Tasche, sah nach der Nummer. Die Nummer war 809.

V

Sam, der Portier des Delmar Club, lehnte am Tuffstein des Eingangs und sah zu, wie der Verkehr auf dem Sunset Boulevard vorbeiflitzte. Die Scheinwerfer taten seinen Augen weh. Er war müde, und er wollte nach Hause. Er wollte ein gemütliches Pfeifchen und einen großen Schuß Gin dazu. Er wünschte sich, der Regen würde aufhören. Es war reinweg tot drinnen im Club, wenn es regnete.

Er löste sich von der Mauer und ging ein paarmal auf dem Stück Bürgersteig hin und her, das vom Vordach geschützt war, schlug dabei die großen schwarzen Hände in den großen weißen Handschuhen ineinander. Er versuchte den *Skaters' Waltz* zu pfeifen, kam aber mit der Melodie nicht zu Rande, pfiff statt dessen *Low Down Lady.* Das hatte keinerlei Melodie.

De Ruse kam von der Hudson Street um die Ecke und blieb an der Mauer neben ihm stehen.

»Hugo Candless drinnen?« fragte er, ohne Sam anzusehen.

Sam schlug mißbilligend die Zähne zusammen. »Nö, ist nicht.«

»Früher dagewesen?«

»Fragen Sie mal beim Empfang bitte, Mister.«

De Ruse zog behandschuhte Hände aus den Taschen und fing an, einen Fünfdollarschein um seinen linken Zeigefinger zu rollen.

»Was wissen denn die, was Sie nicht auch wissen!«

Sam grinste langsam, sah zu, wie der Geldschein fest um den behandschuhten Finger geschlungen wurde.

»Auch wieder richtig, Boss. Tja – er war da. Kommt fast jeden Tag.«

»Wann ist er weg?«

»Weg so um sechs Uhr dreißig, möcht ich schätzen.«

»Gefahren? In seiner blauen Lincoln-Limousine?«

»Aber klar doch. Bloß daß er die nicht selber fährt. Weswegen fragen Sie das?«

»Es hat da doch schon geregnet«, sagte De Ruse gemächlich. »Ziemlich heftig sogar. Vielleicht war's doch nicht der Lincoln.«

»Aber klar war's der Lincoln«, protestierte Sam. »Ich hab ihn doch selber drin verstaut. Er fährt auch nie einen andern.«

»Zulassungsnummer 5A6?« bohrte De Ruse unnachsichtig weiter.

»Genau«, kicherte Sam. »Glatt eine Nummer wie ein Stadtrat, dem seine Nummer.«

»Kennen Sie den Chauffeur?«

»Aber klar . . .«, begann Sam und brach dann jäh ab. Er harkte mit einem weißen Finger von der Größe einer Banane über ein schwarzes Kinn. »Äh, das heißt, ich will ein großer schwarzer Blödmann sein, wenn er nicht schon wieder einen neuen hat. Den hab ich jedenfalls noch nicht gekannt, bestimmt.«

De Ruse steckte Sam den gerollten Geldschein in die große weiße Pfote. Sam grapschte ihn sich, aber seine runden Augen wurden plötzlich argwöhnisch.

»Sagen Sie mal, weswegen fragen Sie mich das eigentlich alles, Mister, he?«

De Ruse sagte: »Ich hab doch bezahlt, oder?«

Er ging zurück um die Ecke zur Hudson und stieg in seinen schwarzen Packard-Sedan. Er steuerte ihn auf den Sunset, dann darauf westlich bis fast nach Beverly Hills, bog dann in die Vorberge ab und fing an, nach den Straßenschildern an den Ecken zu spähen. Die Clearwater Street lief an einer Hügelflanke entlang und bot einen Blick auf die ganze Stadt. Die Casa de Oro, an der Ecke der Parkinson, bestand aus einer raffinierten Anlage erstklassiger Bungalow-Apartments, umgeben von einer Adobemauer mit rotem Ziegelkranz. Die Eingangshalle befand sich in einem separaten Gebäude, und gegenüber der einen Längsmauer, an der Parkinson, lag eine große Privatgarage.

De Ruse parkte der Garage gegenüber und saß da und blickte durch das breite Fenster hinüber in ein verglastes Büro, in dem ein Angestellter saß, in fleckenlos weißen Overalls, die Füße auf dem Tisch, und eine Zeitschrift las und über die Schulter nach einem unsichtbaren Spucknapf spuckte.

De Ruse stieg aus dem Packard, überquerte ein Stück weiter oberhalb die Straße, kam zurück und schlüpfte in die Garage, ohne daß der Wächter ihn sah.

Die Wagen standen in vier Reihen. Zwei Reihen zogen sich an den weißen Wänden entlang, zwei teilten, dicht parallel, den Raum in der Mitte. Es gab noch viele Lücken, aber zahlreiche Wagen waren auch schon zu Bett gebracht worden. Die meisten waren groß, teuer, geschlossene Modelle, aber es standen auch zwei oder drei elegante, offene Flitzer da.

Es gab nur eine einzige Limousine. Sie hatte die Zulassungsnummer 5A6.

Es war ein gepflegter Wagen, funkelnd und glänzend; königsblau, mit lederbraunen Streifen. De Ruse zog einen Handschuh aus und legte die Hand auf das Kühlergitter. Ganz kalt. Er betastete die Reifen, betrachtete seine Finger. Ein wenig feiner trokkener Staub haftete an der Haut. Die Profilrillen enthielten keinerlei feuchten Schmutz, nur knochentrockenen Staub.

Er ging an der Reihe der dunklen Karosserien entlang zurück und lehnte sich in die offene Tür des kleinen Büros. Nach einem Augenblick sah der Wächter auf, fast erschrocken.

»Haben Sie zufällig den Chauffeur von Candless gesehen?« fragte De Ruse ihn.

Der Mann schüttelte den Kopf und spuckte geschickt in einen Kupfernapf.

»War nicht da, seit ich gekommen bin – drei Uhr.«

»Ist also nicht zum Club gefahren, um den Alten zu holen?«

»Nö. Glaube nicht. Der große Schlitten war noch nicht draußen. Den nimmt er aber immer.«

»Wo hängt er abends seinen Hut auf?«

»Wer? Mattick? Es gibt da hinten im Dschungel ein paar Häuschen für die Angestellten. Aber ich glaube, ich hab ihn mal sagen hören, er parkt in irgendeinem Hotel. Warten Sie mal ...« Eine Stirn legte sich in Falten.

»Vielleicht im Metropole?« versuchte De Ruse.

Der Garagenmann dachte darüber nach, während De Ruse ihm auf die Kinnspitze starrte.

»Ja-ah. Ich glaube, das war's. Ganz sicher bin ich allerdings nicht. Der Mattick ist nicht grade sehr gesprächig.«

De Ruse dankte ihm und überquerte die Straße und stieg wieder in den Packard. Er fuhr in die Stadt zurück.

Es war fünfundzwanzig Minuten nach neun, als er an der Ecke der Siebten und der Spring ankam, wo das Metropole stand.

Es war ein altes Hotel, das früher einmal exklusiv gewesen war und sich jetzt ziemlich wacklig zwischen einer Konkursverwaltung und einem schlechten Ruf bei der Polizei durchlavierte. Es hatte zuviel ölig dunkles Holztäfelwerk und zu viele ramponierte Goldspiegel. Zuviel Rauch hing unter der Balkendecke der

Halle, und zu viele Gaunervisagen grinsten in den abgewetzten ledernen Schaukelstühlen.

Die Blondine, die den großen hufeisenförmigen Zigarrentresen versah, war nicht mehr ganz jung und hatte längst zynische Augen bekommen, vom langen Abwehren mieser Einladungen. De Ruse lehnte sich auf das Glas und schob den Hut auf seinem krausen schwarzen Haar zurück.

»Eine Camel, Schätzchen«, sagte er mit seiner tiefen Spielerstimme.

Das Mädchen klatschte ihm die Packung hin, tippte fünfzehn Cent in die Klingelkasse und schob ihm das Wechselgeld unter den Ellbogen, mit einem schwachen Lächeln. Ihre Augen sagten, daß er ihr gefiel. Sie lehnte sich ihm gegenüber auf die Platte und brachte ihren Kopf in seine Nähe, so daß er das Parfüm in ihrem Haar spüren konnte.

»Erzählen Sie mir mal was«, sagte De Ruse.

»Was?« fragte sie leise.

»Versuchen Sie rauszukriegen, wer in acht-null-neun wohnt – ohne daß Sie dem Portier groß Fragen beantworten müssen.«

Die Blondine machte ein enttäuschtes Gesicht. »Warum fragen Sie ihn nicht selber, Mister?«

»Ich bin zu schüchtern«, sagte De Ruse.

»Ja, das sind Sie allerdings!«

Sie ging zu ihrem Telefon und sprach mit schlaffer Anmut hinein, kam zu De Ruse zurück.

»Der Name ist Mattick. Sagt Ihnen das was?«

»Glaube nicht«, sagte De Ruse. »Vielen Dank. Wie gefällt's Ihnen hier in diesem reizenden Hotel?«

»Wer hat gesagt, daß es ein reizendes Hotel ist?«

De Ruse lächelte, berührte seinen Hut, schlenderte davon. Ihre Augen blickten ihm traurig nach. Sie stützte die scharfen Ellbogen auf den Tresen und legte das Kinn in die Hände, um ihm nachzustarren.

De Ruse durchquerte die Halle, ging drei Stufen hinauf und trat in einen offenen Fahrstuhl, der sich mit einem Ruck in schwankende Bewegung setzte.

»Achter«, sagte er und lehnte sich gegen die Wandung, die Hände in den Taschen.

Der Achte lag so hoch, wie das Metropole selber war.

De Ruse folgte einem langen Korridor, der nach Firnis roch. Eine Biegung am Ende brachte ihn unmittelbar vor Tür 809. Er klopfte an die dunkle Holztäfelung. Niemand antwortete. Er beugte sich vor, sah durch ein leeres Schlüsselloch, klopfte noch einmal.

Dann zog er den Anhängerschlüssel aus der Tasche und schloß die Tür auf und trat ein.

Es gab Fenster in zwei Wänden, sie waren geschlossen. Die Luft roch nach Whisky. An der Decke brannte Licht. Die Einrichtung bestand aus einem breiten Messingbett, einer dunklen Kommode, ein paar braunen Ledersesseln, einem steifbeinigen Schreibtisch mit einer flachen braunen Quartflasche *Four Roses* darauf, fast leer, ohne Verschluß. De Ruse schnupperte daran und lehnte sich mit der Hüfte gegen die Schreibtischkante, ließ seinen Blick durchs Zimmer wandern.

Sein Blick wanderte von der dunklen Kommode über das Bett und die Wand mit der Tür zu einer weiteren Tür, hinter der sich Licht zeigte. Er ging zu ihr hinüber und machte sie auf.

Der Mann lag auf dem Gesicht, auf dem gelblichbraunen Holzsteinboden des Badezimmers. Blut auf dem Boden sah klebrig aus und schwarz. Zwei feuchte Flecken auf dem Hinterkopf des Mannes waren die Punkte, von denen aus Bäche dunklen Rots über den Hals auf den Boden geronnen waren. Das Blut hatte schon vor langer Zeit zu fließen aufgehört.

De Ruse streifte einen Handschuh ab und bückte sich, um zwei Finger an die Stelle zu halten, wo eine Arterie schlagen mußte. Er schüttelte den Kopf und zog sich den Handschuh wieder über die Hand.

Er verließ das Badezimmer, schloß die Tür und ging, um eins der Fenster zu öffnen. Er lehnte sich hinaus, atmete saubere regenfeuchte Luft, blickte an schrägen dünnen Regenstrichen entlang hinunter in den dunklen Spalt einer Gasse.

Nach einem Weilchen schloß er das Fenster wieder, machte das Licht im Badezimmer aus, holte ein Schild mit der Aufschrift

»Bitte nicht stören« aus der obersten Kommodenschublade, löschte die Deckenbeleuchtung und ging hinaus.

Er hängte das Schild an die Türklinke und ging den Korridor entlang zu den Fahrstühlen zurück und verließ das Hotel Metropole.

VI

Francine Ley summte leise tief in der Kehle vor sich hin, als sie den stillen Korridor des Chatterton entlangging. Sie summte ungleichmäßig, ganz ohne zu wissen, daß sie summte, und ihre linke Hand mit den kirschroten Fingernägeln hielt ihr grünes Samtcape davon ab, ihr von den Schultern zu rutschen. Unter dem anderen Arm hatte sie eine eingewickelte Flasche.

Sie sperrte die Tür auf, stieß sie auf und blieb stehen, mit einem jähen Stirnrunzeln. Sie stand ganz still, dachte nach, versuchte sich zu erinnern. Sie war immer noch ein bißchen beschwipst.

Sie hatte das Licht angelassen, das war es. Jetzt war es aus. Konnte natürlich das Zimmermädchen gewesen sein. Sie ging weiter, tastete sich durch die roten Vorhänge ins Wohnzimmer.

Der Schimmer der Gasheizung schlich über den rot-weißen Teppich und tupfte glänzende schwarze Gegenstände mit einem rötlichen Schein. Die glänzenden schwarzen Gegenstände waren Schuhe. Sie bewegten sich nicht.

Francine Ley sagte: »Oh – oh«, mit kranker Stimme. Die Hand, die das Cape hielt, grub sich ihr fast in den Hals mit ihren langen, schöngeformten Nägeln.

Dann klickte es, und Licht ging an in einer Lampe neben einem Sessel. De Ruse saß in dem Sessel, sah sie hölzern an.

Er war im Mantel und hatte den Hut auf. Sein Blick war verschleiert, weit weg, erfüllt von abwesendem Brüten.

Er sagte: »Na, bißchen aus gewesen, Francy?«

Sie setzte sich langsam auf die Kante eines halbrunden Sofas, legte die Flasche neben sich.

»Ich war beschwipst«, sagte sie. »Dachte, ich esse lieber was.

Dann war mir danach, mich wieder zu betrinken.« Sie tätschelte die Flasche.

De Ruse sagte: »Ich glaube, den Boss von deinem Freund Dial hat's erwischt.« Er sagte es ganz beiläufig, als sei es für ihn selber gar nicht weiter wichtig.

Francine Ley öffnete langsam den Mund, und während sie ihn öffnete, schwand alles Hübsche aus ihrem Gesicht. Ihr Gesicht wurde eine leere, hagere Maske, auf der grelles Rouge brannte. Ihr Mund sah aus, als wollte er schreien.

Nach einer Weile schloß sie ihn wieder, und ihr Gesicht wurde wieder hübsch, und ihre Stimme sagte, von ganz weit her: »Würde es irgendwas nützen, wenn ich dir sage, ich habe keine Ahnung, wovon du redest?«

De Ruse änderte seinen hölzernen Ausdruck nicht. Er sagte: »Als ich von hier nach unten auf die Straße ging, haben mich zwei Ganoven hopsgenommen. Der eine hatte sich im Auto versteckt. Natürlich können sie mich auch irgendwo anders aufgespürt haben — und hierher verfolgt.«

»Bestimmt«, sagte Francine Ley atemlos. »Das haben sie bestimmt, Johnny.«

Sein langes Kinn bewegte sich einen Zoll. »Ich wurde in einen großen Lincoln verladen, eine Limousine. Eine Wucht von einem Wagen. Er hatte dicke Glasfenster, die nicht leicht kaputtgingen, und keine Türgriffe, und er war so gut wie luftdicht abgeschlossen. Vorn neben dem Fahrersitz befand sich ein Behälter mit Nevada-Gas, Zyanid, und das konnte der Kerl vom Steuer aus in den hinteren Teil leiten, ohne selber was abzukriegen. Die beiden fuhren mit mir auf den Griffith Parkway raus, in die Gegend des Club Egypt. Das ist dieser Laden auf dem Land draußen, in der Nähe des Flughafens.« Er hielt inne, rieb sich das Ende einer Augenbraue, fuhr dann fort: »Sie hatten die Mauser übersehen, die ich manchmal am Bein trage. Der Fahrer baute einen kleinen Unfall, und ich kam frei.«

Er spreizte die Hände und sah darauf nieder. Ein schwaches metallisches Lächeln erschien in seinen Lippenwinkeln.

Francine Ley sagte: »Damit hatte ich nicht das geringste zu

tun, Johnny.« Ihre Stimme war so tot wie der Sommer im vorletzten Jahr.

De Ruse sagte: »Der Bursche, der vor mir in dem Wagen spazierengefahren ist, hat wahrscheinlich keine Kanone gehabt. Es war Hugo Candless. Der Wagen war ein genaues Duplikat seines eigenen – dasselbe Modell, dieselbe Farbe, dasselbe Nummernschild –, aber sein eigener war's eben nicht. Jemand hat sich da große Mühe gemacht. Candless verließ den Delmar Club in dem falschen Wagen gegen sechs Uhr dreißig. Seine Frau sagt, er hat auswärts zu tun. Ich hab vor einer Stunde mit ihr gesprochen. Sein Wagen ist seit Mittag nicht aus der Garage gewesen ... Vielleicht weiß seine Frau ja jetzt schon, daß es ihn erwischt hat, vielleicht aber auch nicht.«

Francine Leys Nägel verkrallten sich in ihrem Rock. Ihre Lippen zitterten.

De Ruse fuhr fort, ganz ruhig, tonlos: »Irgendwer hat den Chauffeur von Candless heute abend oder schon am Nachmittag in einem Hotel in der Stadt umgelegt. Die Bullen sind noch nicht draufgekommen. Jemand hat sich da große Mühe gemacht, Francy. Bei so einer Geschichte würdest doch du bestimmt nicht mitmischen, was, Goldstück?«

Francine Ley senkte den Kopf und starrte zu Boden. Sie sagte mit belegter Stimme: »Ich brauch was zu trinken. Was ich intus habe, stirbt schon in mir ab. Ich fühle mich gräßlich.«

De Ruse stand auf und ging zu dem weißen Schreibtisch. Er leerte eine Flasche in ein Glas und brachte es ihr hinüber. Er blieb vor ihr stehen, hielt das Glas aus ihrer Reichweite.

»Ich schalte nur ganz selten mal auf stur, Schatz, aber wenn's mal so weit kommt, dann bin ich nicht so leicht aufzuhalten, selbst wenn ich selber ›Stopp!‹ rufe. Falls du irgendwas von dieser ganzen Geschichte weißt, dann ist jetzt der richtige Moment, damit rauszurücken.«

Er gab ihr das Glas. Sie stürzte den Whisky hinunter, und ein wenig mehr Licht kam in ihre rauchblauen Augen. Sie sagte langsam: »Ich weiß nicht das geringste davon, Johnny. Jedenfalls nicht in dem Sinne, wie du denkst. Aber George Dial hat mir heute abend das Angebot gemacht, mir ein Liebesnest zu bauen, und dabei gesagt, er könnte aus Candless viel Geld herausholen, wenn er ihm drohte, einen dreckigen Streich auszuplaudern, den Candless irgendeinem harten Burschen aus Reno gespielt hat.«

»Verdammt gerissen, dieser Spaghettifresser«, sagte De Ruse. »Ich kenne Reno wie meine Westentasche, Schatz. Ich kenne auch alle harten Burschen in Reno. Wer soll das gewesen sein?«

»Jemand namens Zapparty.«

De Ruse sagte sehr leise: »Zapparty – so heißt der Mann, dem der Club Egypt gehört.«

Francine Ley stand plötzlich auf und packte seinen Arm. »Laß die Finger davon, Johnny! Um Himmels willen, kannst du nicht wenigstens dies eine Mal die Finger davon lassen?«

De Ruse schüttelte den Kopf, lächelte sie zart und verlangend an. Dann löste er ihre Hand von seinem Arm und trat zurück.

»Ich habe im Gaswagen der Leute fahren müssen, Schatz, und das hat mir gar nicht gefallen. Ich hab ihr Nevada-Gas gerochen. Ich habe den Revolvermann von irgendwem mit Blei gespickt. Das bedeutet, daß ich die Bullen rufen muß, wenn ich nicht in Teufels Küche kommen will. Wenn's jemanden erwischt und ich rufe die Bullen, dann steht ein weiteres Kidnap-Opfer auf der Abschußliste – das ist wahrscheinlicher als das Gegenteil. Zapparty ist ein harter Bursche aus Reno, und das könnte zu dem passen, was Dial dir erzählt hat, und wenn Mops Parisi mit Zapparty Kumpe macht, dann wäre das Grund genug, mich mit reinzuziehen. Parisi haßt mich wie die Pest.«

»Aber du mußt deswegen doch nicht die Einmannpolizei spielen, Johnny«, sagte Francine Ley verzweifelt.

Er behielt sein Lächeln bei, mit fest geschlossenen Lippen und ernstem Blick. »Wir werden ja auch zu zweit sein, Schatz. Hol dir einen langen Mantel. Es regnet immer noch ein bißchen.«

Sie glotzte ihn an. Ihre ausgestreckte Hand – die, mit der sie seinen Arm gepackt hatte – spreizte steif die Finger, bog sich im Gelenk zurück, streckte sich wieder. Ihre Stimme war hohl vor Angst.

»Ich, Johnny? ... Ach, bitte – bitte nicht ...«

De Ruse sagte sanft: »Hol deinen Mantel, Kleines. Mach dich ein bißchen hübsch. Es könnte das letztemal sein, daß wir zusammen ausgehen.«

Sie taumelte an ihm vorbei. Er berührte zart ihren Arm, hielt ihn einen Moment lang fest, sagte fast flüsternd:

»*Du* hast mich doch nicht verkauft, Francy, oder?«

Sie blickte steinern auf den Schmerz in seinen Augen, gab einen leisen heiseren Laut von sich und riß ihren Arm los, ging rasch ins Schlafzimmer hinüber.

Einen Augenblick später schwand der Schmerz aus De Ruses Augen, und in seinen Lippenwinkeln erschien wieder das metallische Lächeln.

VII

De Ruse schloß halb die Augen und beobachtete die Finger des Croupiers, als sie zurück über den Tisch glitten und auf der Kante ruhen blieben. Es waren runde, feiste, sich konisch verjüngende Finger, anmutige Finger. De Ruse hob den Kopf und sah in das Gesicht des Croupiers. Er war ein kahlköpfiger Mann von nicht näher bestimmbarem Alter, mit ruhigen blauen Augen. Er hatte überhaupt kein Haar auf dem Kopf, kein einziges.

De Ruse sah wieder hinunter auf die Hände des Croupiers. Die rechte Hand drehte sich ein wenig auf der Tischkante. Die Knöpfe am Ärmel der braunen Samtjacke — sie hatte Smokingschnitt — ruhten auf der Kante. De Ruse lächelte sein dünnes, metallisches Lächeln.

Er hatte drei blaue Chips auf Rot gesetzt. Bei diesem Coup fiel die Kugel auf 2 Schwarz. Der Croupier zahlte zweien der vier Männer aus, die sich am Spiel beteiligt hatten.

De Ruse schob fünf blaue Chips vor und ordnete sie auf der roten Raute. Dann wandte er den Kopf nach links und beobachtete einen stämmig gebauten blonden jungen Mann, der drei rote Chips auf Zero setzte.

De Ruse leckte sich die Lippen und drehte den Kopf noch weiter, sah hinüber nach der Seite des ziemlich kleinen Raums.

Francine Ley saß auf einer Couch an der Wand, den Kopf dagegengelehnt.

»Ich glaube, ich hab's, Schatz«, sagte De Ruse zu ihr. »Ich glaube, ich hab's.«

Francine Ley blinzelte und hob den Kopf von der Wand. Sie griff nach einem Drink, der auf einem niedrigen runden Tisch vor ihr stand.

Sie nippte am Glas, sah zu Boden, antwortete nicht.

De Ruse sah zu dem blonden Mann zurück, die drei anderen Männer hatten gesetzt. Der Croupier machte ein ungeduldiges und zugleich wachsames Gesicht.

De Ruse sagte: »Wie kommt das bloß, daß Sie immer auf Zero gehn, wenn ich Rot setze, und auf Doppel-Zero, wenn ich auf Schwarz?«

Der blonde junge Mann lächelte, zuckte die Achseln, sagte nichts.

De Ruse legte die Hand auf den Spieltisch und sagte sehr leise: »Ich habe Sie was gefragt, Mister.«

»Vielleicht bin ich Jesse Livermoore«, grunzte der blonde junge Mann. »Ich spekuliere gern in Baisse.«

»Was ist los – drehn wir in Zeitlupe?« fuhr einer der anderen Männer dazwischen.

»Machen Sie bitte Ihr Spiel, meine Herren«, sagte der Croupier.

De Ruse sah ihn an, sagte: »Dann lassen Sie mal sausen.«

Der Croupier brachte das Rad mit der Linken in Schwung, warf die Kugel mit derselben Hand in entgegengesetzter Richtung. Seine Rechte ruhte auf der Tischkante.

Die Kugel fiel auf 28 Schwarz, gleich neben Zero. Der blonde Mann lachte. »Haarscharf vorbei«, sagte er, »haarscharf.«

De Ruse zählte seine Chips, stapelte sie sorgfältig. »Ich bin mit sechs Riesen im Minus«, sagte er. »Die Methode ist ein bißchen grob, aber ich schätze, es rentiert sich. Wem gehört dieser Neppladen?«

Der Croupier lächelte langsam und starrte De Ruse direkt in die Augen. Er fragte ruhig: »Haben Sie gerade Neppladen gesagt?«

De Ruse nickte. Er machte sich nicht die Mühe einer Antwort.

»Ich dachte doch auch, ich hätte Neppladen gehört«, sagte der Croupier und bewegte den einen Fuß, legte Gewicht hinein.

Drei der anderen Männer, die sich am Spiel beteiligt hatten, rafften rasch ihre Chips zusammen und gingen hinüber an eine kleine Bar in der Ecke des Raums. Sie bestellten sich Drinks und lehnten sich mit dem Rücken gegen die Wand neben der Bar, beobachteten De Ruse und den Croupier. Der blonde Mann war an seinem Platz geblieben und lächelte De Ruse sarkastisch an.

»Ts, ts«, sagte er gedankenvoll. »Manieren haben Sie ...«

Francine Ley trank ihr Glas leer und lehnte den Kopf wieder gegen die Wand. Ihre Lider senkten sich, und sie beobachtete De Ruse heimlich, unter langen Wimpern.

Einen Augenblick später ging eine Tür in der Täfelung auf, und ein sehr großer Mann mit schwarzem Schnurrbart und sehr ruppigen schwarzen Brauen kam herein. Der Croupier sah ihn an und bewegte dann die Augen zu De Ruse hinüber, ein winziger Wink.

»Ja, ich dachte doch auch, ich hätte Neppladen gehört«, wiederholte er tonlos.

Der große Mann schob sich neben De Ruse, berührte ihn mit dem Ellbogen.

»Raus«, sagte er fast gleichgültig.

Der blonde Mann grinste und steckte die Hände in die Taschen seines dunkelgrauen Anzugs. Der große Mann schenkte ihm keinen Blick.

De Ruse sah über den Tisch weg den Croupier an und sagte: »Ich werde mir meine sechs Riesen wiedernehmen, und dann Schwamm darüber.«

»Raus«, sagte der große Mann müde und stieß De Ruse den Ellbogen in die Seite.

Der kahlköpfige Croupier lächelte höflich.

»Sie«, sagte der große Mann zu De Ruse. »Sie wollen doch hier nicht den starken Mann markieren, oder?«

De Ruse sah ihn mit sarkastischer Überraschung an. »Ei, ei, der Rausschmeißer«, sagte er sanft. »Übernimm du ihn, Nicky.«

Der blonde Mann zog die rechte Hand aus der Tasche und

schwang sie. Die helle Beleuchtung ließ den schwarzen Totschläger glänzen. Er traf den großen Mann mit einem matten Zack auf den Hinterkopf. Der große Mann wollte sich an De Ruse klammern, der rasch von ihm zurücktrat und eine Pistole unter dem Arm hervorzog. Der große Mann klammerte sich an die Kante des Roulett-Tisches und sackte dann schwer zu Boden.

Francine Ley stand auf, und aus ihrer Kehle kam ein erstickter Laut.

Der blonde Mann machte einen Sprung zur Seite, wirbelte herum und sah den Barkeeper an. Der Barkeeper legte die Hände flach auf die Bar. Die drei Männer, die am Roulett mitgespielt hatten, blickten sehr interessiert drein, machten aber keine Bewegung.

De Ruse sagte: »Der mittlere Knopf an seinem rechten Ärmel, Nicky. Ich glaube, er ist aus Kupfer.«

»Tja.« Der blonde Mann steckte den Totschläger wieder in die Tasche und glitt um das Tischende herum. Er trat dicht an den Croupier heran und griff nach dem mittleren der drei Knöpfe an dessen rechtem Ärmelaufschlag, riß mit einem Ruck daran. Beim zweiten Ruck ging er ab, und ein dünner Draht folgte ihm aus dem Ärmel.

»Stimmt genau«, sagte der blonde Mann beiläufig, ließ den Arm des Croupiers fallen.

»Dann werde ich mir also meine sechs Riesen jetzt wiedernehmen«, sagte De Ruse. »Und dann gehen wir und reden ein Wörtchen mit Ihrem Boss.«

Der Croupier nickte langsam und griff in die Chips auf dem Gestell neben dem Roulett-Tisch.

Der große Mann am Boden rührte sich nicht. Der blonde Mann griff mit der rechten Hand an die Hüfte und zog eine 45er Automatik hervor, die er hinten unter der Jacke im Hosenbund stecken hatte.

Er schwenkte sie in der Hand, freundlich lächelnd nach allen Seiten.

VIII

Sie gingen eine Galerie entlang, von der man auf den Speisesaal und die Tanzfläche hinuntersah. Heißer Jazz drang stammelnd zu ihnen herauf, von den geschmeidigen, schwingenden Leibern einer Farbigenband. Mit dem Jazz kam der Geruch von Speisen, Zigarettenrauch und Schweiß. Die Galerie lag hoch, und die Szene unten hatte etwas stilisiert Buntes an sich, wie eine senkrechte Totale im Film.

Der kahlköpfige Croupier öffnete eine Tür in der Ecke der Galerie und ging hindurch, ohne sich umzusehen. Der blonde Mann, den De Ruse Nicky genannt hatte, folgte ihm. Dann kamen De Ruse und Francine Ley.

Sie standen in einem kurzen Flur mit einem Oberlicht aus Mattglas in der Decke. Die Tür am Ende wirkte wie lackiertes Metall. Der Croupier setzte einen feisten Finger auf den kleinen Knopf an der Seite, drückte in bestimmtem Rhythmus darauf. Es ertönte ein Summgeräusch, wie das eines elektrischen Türöffners. Der Croupier drückte die Tür auf.

Der Raum, in den sie traten, war freundlich, halb gemütliche Bude und halb Büro. Es gab ein Kaminfeuer und rechtwinklig dazu eine grüne Ledercouch, der Tür zugewandt. Ein Mann, der auf der Couch saß, legte eine Zeitung weg und blickte auf, und sein Gesicht wurde plötzlich leichenblaß. Er war klein und hatte einen prallen runden Kopf, ein pralles rundes dunkles Gesicht. Er hatte kleine lichtlose schwarze Augen, wie Knöpfe aus Jett.

In der Mitte des Raumes befand sich ein großer flacher Schreibtisch, und an dessen Ende stand ein sehr hochgewachsener Mann, einen Cocktailshaker in Händen. Sein Kopf wandte sich langsam herum, und er sah über die Schulter den vier Leuten entgegen, die ins Zimmer kamen, während seine Hände fortfuhren, den Cocktailshaker in sanftem Rhythmus zu schütteln. Er hatte ein ausgemergeltes Gesicht mit eingesunkenen Augen, eine schlaffe graue Haut und kurzgeschnittenes rötliches Haar ohne Glanz oder Scheitelung. Eine dünne Zickzacknarbe, wie ein deutscher »Schmiß«, lief über seine linke Backe.

Der hochgewachsene Mann stellte den Cocktailshaker hin und

drehte sich mit dem ganzen Körper herum und starrte den Croupier an. Der Mann auf der Couch rührte sich nicht. Es lag eine geballte Spannung in seiner Bewegungslosigkeit.

Der Croupier sagte: »Ich glaube, das ist ein Überfall. Aber ich konnte nichts machen. Sie haben Big George mit dem Totschläger flachgelegt.«

Der blonde Mann lächelte fröhlich und zog seine 45er aus der Tasche. Sie war auf den Boden gerichtet.

»Er glaubt, es ist ein Überfall«, sagte er. »Bleibt einem da nicht die Spucke weg?«

De Ruse schloß die schwere Tür. Francine Ley zog sich aus seiner Nähe zurück, ging nach der Seite des Zimmers, die dem Kamin gegenüberlag. Er folgte ihr mit keinem Blick. Der Mann auf der Couch sah sie an, er sah sie alle an.

De Ruse sagte ruhig: »Der Lange da ist Zapparty. Der Kleine ist Mops Parisi.«

Der blonde Mann trat auf die Seite, ließ den Croupier allein in der Zimmermitte stehen. Die 45er deckte den Mann auf der Couch.

»Sicher, ich bin Zapparty«, sagte der hochgewachsene Mann. Er musterte De Ruse mit einem kurzen neugierigen Blick.

Dann wandte er ihm den Rücken und griff wieder nach dem Cocktailshaker, zog den Stopfen heraus und füllte ein flaches Glas. Er leerte das Glas, wischte sich die Lippen mit einem Taschentuch aus hauchfeinem Batist und steckte das Taschentuch sehr sorgfältig wieder in die Brusttasche zurück, so daß drei Spitzen zu sehen waren.

De Ruse lächelte sein dünnes, metallisches Lächeln und berührte das eine Ende seiner linken Augenbraue mit dem Zeigefinger. Seine rechte Hand steckte in seiner Jackentasche.

»Nicky und ich haben ein bißchen Rabatz gemacht«, sagte er. »Damit die Jungens unten was zu reden hätten, wenn wir bei unserm Besuch hier zu geräuschvoll empfangen worden wären.«

»Klingt interessant«, stimmte Zapparty zu. »Und was ist die Absicht Ihres werten Besuchs?«

»Ein Wörtchen über den Gaswagen, in dem Sie Leute spazierenfahren lassen«, sagte De Ruse.

Der Mann auf der Couch machte eine sehr jähe Bewegung, und die Hand sprang ihm vom Schenkel, als hätte ihn etwas gestochen. Der blonde Mann sagte: »Nicht doch ... nur wenn Sie unbedingt wollen, Mr. Parisi. Ist Geschmackssache.«

Parisi wurde wieder bewegungslos. Seine Hand sank auf seinen kurzen dicken Oberschenkel zurück.

Zapparty weitete ein wenig die tiefliegenden Augen. »Ein Gaswagen?« Seine Stimme klang milde verdutzt.

De Ruse trat wieder in die Mitte des Zimmers, neben den Croupier. Er stand ausbalanciert auf den Fußballen. Seine Grauaugen hatten ein schläfriges Glitzern, aber sein Gesicht war gespannt und müde, und gar nicht jung.

Er sagte: »Vielleicht hat's Ihnen bloß jemand in die Schuhe geschoben, Zapparty, aber daran mag ich so recht nicht glauben. Ich spreche von dem blauen Lincoln, Kennzeichen 5A6, mit dem Behälter Nevada-Gas vorne. Sie wissen doch, Zapparty, das Zeug, das man in unserm Staat gegen Killer verwendet.«

Zapparty schluckte, und sein großer Adamsapfel bewegte sich auf und nieder. Er blähte die Lippen, dann zog er sie gegen die Zähne zurück, dann blähte er sie wieder.

Der Mann auf der Couch lachte laut auf, schien sich sehr zu amüsieren.

Eine Stimme, die von keinem der Anwesenden im Zimmer kam, sagte scharf: »Jetzt laß mal ganz still die Knarre fallen, blonder Freund. Ihr andern greift schön in die Luft.«

De Ruse blickte hoch und sah eine Öffnung in der Täfelung der Wand hinter dem Schreibtisch. Eine Pistole war in der Öffnung zu sehen und eine Hand, aber sonst weder Körper noch Gesicht. Licht aus dem Zimmer fiel auf die Hand und die Waffe.

Die Pistole schien direkt auf Francine Ley zu zeigen. De Ruse sagte rasch: »Okay«, und hob die Hände, leer.

Der blonde Mann sagte: »Das wird Big George sein – schön ausgeruht und voller Tatendrang.« Er öffnete die Hand und ließ die 45er vor sich auf den Boden plumpsen.

Parisi stand sehr rasch von der Couch auf und zog eine Pistole unter dem Arm hervor. Zapparty nahm einen Revolver aus der

Schreibtischschublade, richtete ihn aus. Er sprach zur Täfelung hinauf: »Verzieh dich und bleib draußen.«

Die Täfelung schnappte zu. Zapparty gab dem kahlköpfigen Croupier, der keinen Muskel bewegt zu haben schien, seit er ins Zimmer gekommen war, einen Wink mit dem Kopf.

»Zurück an die Arbeit, Louis. Halt die Ohren steif.«

Der Croupier nickte, drehte sich um und ging aus dem Zimmer, schloß sorgsam die Tür hinter sich.

Francine Ley lachte albern. Ihre Hand fuhr hoch und zog den Kragen ihres Umhangs fest um ihren Hals, als wäre es kalt im Zimmer. Aber es gab keine Fenster, und es war sehr warm, von dem Feuer.

Parisi machte ein pfeifendes Geräusch mit den Lippen und Zähnen und ging schnell zu De Ruse hinüber und stieß ihm die Pistole so ins Gesicht, daß es De Ruse den Kopf nach hinten riß. Er durchsuchte mit der linken Hand seine Taschen, nahm den Colt, fühlte unter den Armen nach, umkreiste ihn, tastete seine Hüften ab, trat wieder vor ihn hin.

Er wich ein wenig zurück und schlug De Ruse mit der Fläche der einen Pistole auf die Backe. De Ruse stand vollkommen still, nur sein Kopf zuckte ein wenig, als das harte Metall sein Gesicht traf.

Parisi schlug ihn abermals auf dieselbe Stelle. Blut begann De Ruse vom Backenknochen über die Backe zu rinnen, langsam, wie träge. Sein Kopf sackte ein wenig zur Seite, und seine Knie gaben nach. Er knickte langsam in sich zusammen, stützte sich mit der linken Hand auf den Boden, schüttelte den Kopf. Sein Körper war zusammengekrümmt, die Beine darunter hatten keine Kraft. Seine rechte Hand baumelte lose neben seinem linken Fuß.

Zapparty sagte: »Das langt, Mops. Werde mal nicht blutdürstig. Die Leutchen sollen uns noch was erzählen.«

Francine Ley lachte wieder, ziemlich albern. Sie schwankte an der Wand entlang, stützte sich mit einer Hand dagegen.

Parisi atmete schwer und zog sich mit einem glücklichen Lächeln auf dem runden dunklen Gesicht von De Ruse zurück.

»Darauf habe ich lange gewartet«, sagte er.

Als er etwa zwei Meter von De Ruse entfernt war, schien auf einmal etwas Kleines und Dunkelglänzendes in De Ruses Hand zu gleiten, aus dem linken Bein seiner Hose. Es gab eine scharfe, kurze Explosion am Boden unten und eine winzige orange-grüne Flamme.

Parisis Kopf zuckte zurück. Ein rundes Loch erschien unter seinem Kinn. Es wurde fast augenblicklich groß und rot. Seine Hände öffneten sich schlaff, und die beiden Waffen entfielen ihnen. Sein Körper begann zu schwanken. Er stürzte schwer.

Zapparty sagte: »Ach du guter Gott!« und riß seinen Revolver hoch.

Francine Ley stieß einen flachen Schrei aus und warf sich auf ihn – kratzend, tretend, kreischend.

Der Revolver ging zweimal los, mit schwerem Krachen. Zwei Kugeln schlugen in eine Wand. Gips spritzte.

Francine Ley glitt zu Boden, auf Hände und Knie. Ein langes schlankes Bein streckte sich unter ihrem Kleid.

Der blonde Mann, in die Knie gegangen, die 45er wieder in der Hand, rief heiser: »Sie hat dem Drecksack die Knarre weggenommen!«

Zapparty stand mit leeren Händen da, einen schrecklichen Ausdruck auf dem Gesicht. Ein langer roter Kratzer lief über den Rücken seiner rechten Hand. Sein Revolver lag neben Francine Ley auf dem Boden. Seine entsetzten Augen blickten ungläubig darauf nieder.

Parisi hustete am Boden noch einmal auf und war dann für immer still.

De Ruse sprang auf die Füße. Die kleine Mauser sah wie ein Spielzeug aus in seiner Hand. Seine Stimme schien von weit her zu kommen, als er sagte: »Behalt die Täfelung da im Auge, Nicky . . .«

Von draußen war nichts zu hören, nirgends ein Laut. Zapparty stand am Ende des Schreibtisches, erstarrt, geisterhaft blaß.

De Ruse beugte sich nieder und berührte Francine Ley an der Schulter. »Alles in Ordnung, Schatz?«

Sie zog die Beine an und stand auf, stand dann da und sah auf

Parisi nieder. Ihr Körper wurde von einem Nervenschauer geschüttelt.

»Tut mir leid, Schatz«, sagte De Ruse leise neben ihr. »Ich glaube, ich habe mich doch geirrt in dir.«

Er zog ein Taschentuch aus der Tasche und befeuchtete es mit den Lippen, dann rieb er sich leicht damit über die linke Backe und betrachtete das Blut auf dem Taschentuch.

Nicky sagte:

»Ich schätze, Big George ist wieder schlafen gegangen. Dumm von mir, daß ich ihn nicht weggepustet hatte.«

De Ruse nickte ein wenig und sagte:

»Tja. Das ganze Spiel ist lausig gelaufen. Wo haben Sie Hut und Mantel, Mr. Zapparty? Wir möchten Sie gern zu einer Spazierfahrt einladen.«

IX

Im Schatten unter den Pfefferbäumen sagte De Ruse: »Da steht er, Nicky. Da drüben. Offenbar hat sich niemand dafür interessiert. Schau dich aber für alle Fälle noch mal um.«

Der blonde Mann kam hinter dem Steuer des Packard vor und trat unter die Bäume. Er blieb ein Weilchen auf derselben Straßenseite stehen wie der Packard, schlüpfte dann auf die andere hinüber, wo der große Lincoln vor dem backsteinernen Apartmenthaus an der North Kenmore geparkt war.

De Ruse beugte sich über die Rückenlehne des Vordersitzes und kniff Francine Ley in die Wange. »Du fährst jetzt nach Hause, Schatz – mit unserm Bus hier. Wir sehn uns später noch.«

»Johnny« – sie klammerte sich an seinen Arm –, »was hast du noch vor? Um Gottes willen, ist dir der Spaß für heute denn noch nicht vergangen?«

»Noch nicht ganz, Schatz. Mr. Zapparty will uns verschiedenes erzählen. Eine kleine Spazierfahrt in dem Gaswagen da drüben dürfte ihn ganz schön aufmuntern. In jedem Fall brauche ich das Ding als Beweismaterial.«

Er streifte Zapparty mit einem Seitenblick. Zapparty, der hinten in der Ecke saß, gab einen heiser-kehligen Laut von sich und starrte mit verschattetem Gesicht vor sich hin.

Nicky kam über die Straße zurück und blieb mit einem Fuß auf dem Trittbrett stehen.

»Keine Schlüssel«, sagte er. »Hast du sie?«

De Ruse sagte: »Aber klar doch.« Er zog die Schlüssel aus der Tasche und händigte sie Nicky aus. Nicky ging um den Wagen herum auf Zappartys Seite und machte die Tür auf.

»Raus mit Ihnen, Mister.«

Zapparty kam steif heraus, stand im sanften, schräg fallenden Regen, mit zuckendem Mund. De Ruse stieg hinter ihm aus.

»Bring den Schlitten nach Hause, Schatz.«

Francine Ley glitt auf den Sitz hinter das Steuer des Packard und betätigte den Anlasser. Der Motor sprang mit leisem Schwirren an.

»Mach's gut, Schatz«, sagte De Ruse sanft. »Wärm mir schon die Pantoffeln vor. Und tu mir einen großen Gefallen, Kleines. Laß das Telefon in Ruhe.«

Der Packard glitt auf der dunklen Straße davon, unter den großen Pfefferbäumen. De Ruse sah ihm nach, bis er um eine Ecke bog. Er versetzte Zapparty einen Knuff mit dem Ellbogen.

»Gehn wir. Sie werden hinten sitzen in Ihrem famosen Gaswagen. Sehr viel Gas können wir Ihnen nicht auf die Nase geben, weil die Scheibe ein Loch hat, aber der Geruch wird Ihnen jedenfalls guttun. Wir fahren irgendwo aufs Land. Wir haben die ganze Nacht Zeit, mit Ihnen zu spielen.«

»Sie sind sich doch wohl darüber im klaren, daß das Entführung ist«, sagte Zapparty heiser.

»Grad das macht die Sache ja so prickelnd für mich«, schnurrte De Ruse.

Sie überquerten die Straße, drei Männer, die einen Bummel zusammen machten, ganz ohne Hast. Nicky öffnete die heile Hintertür des Lincoln. Zapparty stieg ein. Nicky schlug die Tür zu, setzte sich hinters Steuer und steckte den Schlüssel ins Zündschloß. De Ruse stieg neben ihm ein und setzte sich zurecht, den Gasbehälter zwischen den Beinen.

Der ganze Wagen roch nach dem Gas.

Nicky startete den Wagen, wendete auf der Mitte des Blocks und fuhr nach Norden zur Franklin, zurück über Los Feliz, in Richtung Glendale. Nach einer kleinen Weile beugte sich Zapparty vor und schlug gegen die gläserne Trennwand. De Ruse hielt sein Ohr an das Loch im Glas hinter Nickys Kopf.

Zappartys heisere Stimme sagte: »Steinhaus – Castle Road – im Überschwemmungsgebiet von La Crescenta.«

»Herrje, der ist aber weich«, grunzte Nicky, die Augen vor sich auf die Straße gerichtet.

De Ruse nickte, sagte nachdenklich: »Da steckt noch mehr dahinter. Wo Parisi jetzt tot ist, würde er dichthalten, wenn ihm nicht was eingefallen wäre, wie er aus der Geschichte rauskommen kann.«

Nicky sagte: »Also ich würde ja lieber das bißchen Prügel einstecken und die Klappe halten. Zünd mir mal 'nen Glimmstengel an, Johnny.«

De Ruse zündete zwei Zigaretten an und reichte dem blonden Mann eine hinüber. Er warf einen kurzen Blick zurück auf Zappartys lange Gestalt in der Ecke des Wagens. Vorüberhuschendes Licht streifte seine verkrampften Züge, machte die Schatten darin sehr tief.

Der große Wagen glitt geräuschlos durch Glendale und die Steigung nach Montrose hinauf. Von Montrose ging es hinüber zum Sunland Highway und über diesen ins fast verlassene Überschwemmungsgebiet von La Crescenta hinein.

Sie fanden die Castle Road und folgten ihr in Richtung der Berge. Ein paar Minuten später erreichten sie das Steinhaus.

Es lag von der Straße ab, jenseits eines breiten Geländestreifens, den früher einmal ein Rasen bedeckt haben mochte, der aber jetzt nur noch aus Sand, Geröll und wenigen großen Felsbrocken bestand. Die Straße machte kurz vorher eine rechtwinklige Biegung. Dahinter endete sie jäh in einer sauberen Betonkante, weggerissen von der Flut am Neujahrstag 1934.

Jenseits dieser Kante begann das Gebiet, das am meisten von der Überschwemmung betroffen war. Büsche wuchsen darauf, und zahlreiche riesige Felsbrocken lagen herum. Unmittelbar an der Kante wuchs ein Baum, dessen halbe Wurzeln zweieinhalb Meter über dem Strombett der Flut in der Luft hingen.

Nicky brachte den Wagen zum Stehen und drehte die Scheinwerfer aus und nahm eine große vernickelte Taschenlampe aus dem Handschuhfach. Er gab sie De Ruse.

De Ruse stieg aus dem Wagen und blieb einen Moment stehen, die Hand auf der offenen Tür, die Taschenlampe darin. Er zog eine Pistole aus dem Mantel und hielt sie neben sich zu Boden.

»Sieht aus, als sollten wir bloß hingehalten werden«, sagte er. »Ich glaube nicht, daß hier irgendwas los ist.«

Er warf einen Blick in den Wagen, auf Zapparty, lächelte scharf und ging über die Sandkämme davon, auf das Haus zu. Die Vordertür stand halb auf, von Sand festgekeilt in dieser Stellung. De Ruse ging zur Hausecke hinüber, hielt sich dabei, so gut er konnte, aus dem Sichtfeld der Tür. Er ging die Seitenmauer entlang, betrachtete die brettervernagelten Fenster, hinter denen sich keine Spur von Licht zeigte.

Auf der Rückseite des Hauses lagen die Reste dessen, was einmal ein Hühnerstall gewesen war. Ein Haufen verrosteten Schrotts in einer zertrümmerten Garage war alles, was von dem Familien-Sedan noch übrig war. Die Hintertür war wie die Fenster vernagelt. De Ruse stand schweigend im Regen und fragte sich, warum die Vordertür wohl offenstand. Dann fiel ihm ein, daß ja vor ein paar Monaten eine weitere Überschwemmung gewesen war, wenn auch keine ganz so schlimme. Möglicherweise hatte der Druck des Wassers ausgereicht, die Tür, die auf der Bergseite lag, aufzubrechen.

Zwei Stuckhäuser, beide aufgegeben, hoben sich undeutlich auf den angrenzenden Grundstücken ab. Weiter weg vom Überschwemmungsgelände, etwas höher gelegen, gab es ein erleuchtetes Fenster. Es war das einzige Licht weit und breit, das De Ruse sehen konnte.

Er ging zurück vor das Haus und schlüpfte durch die offene Tür, blieb drinnen stehen und lauschte. Nach ziemlich langer Zeit erst knipste er die Taschenlampe an.

Es roch hier nicht wie in einem Haus. Es roch wie im Freien.

Im vorderen Zimmer gab es nichts als Sand, ein paar Möbeltrümmer und über der dunklen Linie des Flutwassers ein paar Umrißstellen an den Wänden, wo Bilder gehangen hatten.

De Ruse ging durch einen kleinen Flur in eine Küche, die ein Loch im Boden hatte, wo der Ausguß gewesen war, und, in dem Loch verklemmt, einen rostigen Gaskocher. Von der Küche ging er in ein Schlafzimmer. Er hatte bis jetzt nicht den leisesten Laut vernommen in dem Haus.

Das Schlafzimmer war quadratisch und dunkel. Ein Teppich, steif von altem Schlamm, pflasterte den Boden. Ein Metallbett stand da, mit verrosteten Sprungfedern, und über einem Teil davon lag eine wasserfleckige Matratze.

Füße sahen unter dem Bett hervor. Es waren große Füße in nußbraunen Schuhen, mit purpurnen Socken darüber. Die Sokken hatten eine graue Stickerei an den Seiten. Über den Socken begannen winzig schwarzweiß karierte Hosen.

De Ruse stand sehr still und ließ das Taschenlampenlicht über die Füße spielen. Seine Lippen machten ein weich saugendes Geräusch. Er stand mehrere Minuten lang so da, ohne sich auch nur im geringsten zu bewegen. Dann stellte er die Taschenlampe auf den Boden, aufs hintere Ende, so daß ihr Licht gegen die Decke fiel und der Widerschein das ganze Zimmer dämmrig erhellte.

Er faßte die Matratze und zog sie vom Bett. Er griff nieder und berührte eine der Hände des Mannes, der unter dem Bett lag. Die Hand war eiskalt. Er griff an den Knöcheln zu und zog, aber der Mann war groß und schwer.

Es war leichter, das Bett über ihm wegzurücken.

X

Zapparty lehnte den Kopf gegen die Polsterung zurück und schloß die Augen und wandte den Kopf ein wenig ab. Seine Augen waren sehr fest geschlossen, und er versuchte den Kopf weit genug abzuwenden, daß das Licht der großen Taschenlampe nicht voll durch seine Lider drang.

Nicky hielt ihm die Taschenlampe dicht vors Gesicht und schaltete sie an, wieder ab, an, wieder ab, eintönig, in gleichförmigem Rhythmus.

De Ruse stand mit einem Fuß auf dem Trittbrett an der offenen Tür und sah durch den Regen in die Ferne. Am Rand des düsteren Horizonts blitzte matt der Leitstrahl eines Flughafens.

Nicky sagte unbekümmert: »Man weiß doch nie, was einen Burschen schafft. Ich hab mal gesehn, wie einer zusammengeklappt ist, weil ein Bulle ihm mit dem Fingernagel aufs Kinngrübchen drückte.«

De Ruse lachte verhalten. »Der da ist zähe«, sagte er. »Für den mußt du dir schon was Besseres ausdenken als 'ne Taschenlampe.«

Nicky knipste die Taschenlampe an, aus, an, aus. »Könnt ich mit Leichtigkeit«, sagte er, »aber ich will mir nicht die Hände dreckig machen.«

Nach einer kleinen Weile hob Zapparty die Hände vor sich hoch und ließ sie langsam wieder sinken und begann zu reden. Er redete mit leiser, monotoner Stimme, die Augen dabei geschlossen gegen das Taschenlampenlicht.

»Parisi hat alles organisiert. Ich hab's erst erfahren, als schon alles erledigt war. Parisi drang vor einem Monat etwa mit Gewalt bei mir ein, mit zwei harten Jungens als Rückendeckung. Er hatte irgendwie spitzgekriegt, daß Candless mir fünfundzwanzig Riesen aus dem Kreuz geleiert hatte, für die Verteidigung meines Halbbruders in einem Mordprozeß, den Kleinen dann aber einfach sitzenließ. Von mir hatte Parisi das aber nicht. Ich hab erst heute abend erfahren, daß er's wußte. Er kam so um sieben oder etwas später in den Club und sagte: ›Wir haben einen Freund von dir, Hugo Candless. Die Sache bringt hundert Riesen, schöner schneller Umsatz. Du brauchst nichts weiter zu tun, als mitzuhelfen, daß die Scheinchen hier über die Tische laufen, mit einem Packen anderm Geld vermischt. Du mußt es tun, denn erstens lassen wir dich auch deinen Schnitt machen – und zweitens ginge's zuerst dir ins Auge, wenn was schiefliefe.‹ Das war alles. Parisi saß dann rum und kaute an seinen Fingern und wartete auf seine Jungens. Er wurde ziemlich zapplig, als sie nicht erschienen. Einmal ist er dann rausgegangen, um von einer Bierkneipe aus zu telefonieren.«

De Ruse zog an einer Zigarette, die er geschützt in der hohlen Hand hielt.

Er sagte: »Wer hat das Ganze hingefingert — und wieso wußten Sie, daß Candless hier oben war?«

Zapparty sagte: »Hat mir Mops erzählt. Aber ich habe nicht gewußt, daß er tot war.«

Nicky lachte und ließ die Taschenlampe mehrmals schnell hintereinander klicken.

De Ruse sagte: »Laß sie mal eine Minute an.«

Nicky richtete den Strahl auf Zappartys weißes Gesicht. Zapparty bewegte unruhig die Lippen. Einmal machte er die Augen auf. Es waren blinde Augen, wie die Augen eines toten Fisches.

Nicky sagte: »Verdammt kalt ist es hier oben. Was machen wir nun mit dem hohen Herrn?«

De Ruse sagte: »Wir bringen ihn ins Haus und binden ihn auf Candless fest. Die beiden können sich gegenseitig warm halten. Morgen früh kommen wir wieder und sehen, ob er vielleicht einen neuen Einfall gehabt hat.«

Zapparty erschauerte. Der Schimmer von etwas wie einer Träne erschien im Winkel seines nächsten Auges. Nach einem Moment des Schweigens sagte er: »Okay, ich habe das Ganze geplant. Der Gaswagen war meine Idee. Ich wollte gar nicht das Geld. Ich wollte Candless, und ich wollte ihn tot. Letzten Freitag ist mein kleiner Bruder in Quentin gehängt worden.«

Ein kurzes Schweigen entstand. Nicky murmelte etwas, doch konnte man's nicht verstehen. De Ruse bewegte sich nicht und gab keinen Laut von sich.

Zapparty fuhr fort: »Mattick, der Chauffeur von Candless, war mit drin. Er haßte Candless. Er sollte den frisierten Wagen fahren, damit alles ganz echt aussah, und sich dann dünnmachen. Aber er ließ sich immer mehr mit Schnaps vollaufen, um sich Mumm zu machen für den Job, und Parisi hatte die Nase voll von ihm und ließ ihn wegpusten. Ein anderer Junge hat dann den Wagen gefahren. Es war am Regnen, und da ging's.«

De Ruse sagte: »Schon besser – aber immer noch nicht alles, Zapparty.«

Zapparty zuckte kurz die Achseln, öffnete leicht die Augen gegen die Taschenlampe, grinste fast.

»Was, zum Teufel, wollen Sie denn noch? Marmelade auf beide Seiten?«

De Ruse sagte: »Ich will, daß Sie mit dem Finger auf den Vogel zeigen, der mich selber hat schnappen lassen ... Ach, Schwamm drüber. Ich finde ihn schon alleine.«

Er nahm den Fuß vom Trittbrett und schnippte seinen Zigarettenstummel weg in die Dunkelheit. Er schlug die Wagentür zu, stieg vorne ein. Nicky steckte die Taschenlampe weg und glitt herum hinters Steuer, ließ den Motor an.

De Ruse sagte: »Irgendwohin, wo ich nach einem Taxi telefonieren kann, Nicky. Dann fährst du den hier noch ein Stündchen spazieren und rufst dann Francy an. Ich lasse da eine Nachricht für dich.«

Der blonde Mann schüttelte langsam den Kopf von Seite zu Seite. »Du bist ein guter Kumpel, Johnny, und ich mag dich gut leiden. Aber das hier ist jetzt lange genug so gelaufen. Ich fahre mit der Karre zur Polizei. Vergiß nicht, ich habe zu Hause unter meinen alten Hemden noch eine Lizenz als Privatdetektiv liegen.«

De Ruse sagte: »Gib mir eine Stunde, Nicky. Bloß eine Stunde.«

Der Wagen glitt den Berg hinunter und überquerte den Sunland Highway, fuhr weiter bergab auf Montrose zu. Nach einer Weile sagte Nicky: »Gemacht.«

XI

Es war zwölf Minuten nach eins auf der Stempeluhr am Ende des Empfangstisches in der Halle der Casa de Oro. Die Halle war spanisch-antik ausgestattet, mit schwarz-roten indianischen Teppichen und nägelbeschlagenen Stühlen mit Lederkissen und Lederquasten an den Kissenecken; die graugrünen Türen aus Olivenholz hatten plumpe schmiedeeiserne Angelbeschläge.

Ein dünner adretter Portier mit gewichstem blondem Schnurrbart und blonder Pompadourfrisur lehnte am Empfangstisch und sah auf die Uhr und gähnte, klopfte sich dabei mit der Rückenfläche seiner schimmernden Fingernägel gegen die Zähne.

Die Tür von der Straße ging auf, und De Ruse trat ein. Er nahm den Hut ab und schüttelte ihn, setzte ihn wieder auf und zog die Krempe nieder. Seine Augen sahen sich langsam in der verlassenen Halle um, und er ging zum Empfangstisch und schlug flach mit einer behandschuhten Hand darauf.

»Welche Nummer hat der Bungalow von Hugo Candless?« fragte er.

Der Portier machte ein belästigtes Gesicht. Er sah auf die Uhr, De Ruse ins Gesicht, zurück auf die Uhr. Er lächelte hochnäsig, sprach mit leichtem Akzent.

»Zwölf C. Wünschen Sie angemeldet zu werden — zu dieser späten Stunde?«

De Ruse sagte: »Nein.«

Er wandte sich vom Empfangstisch ab und ging auf eine große Tür zu, die eine Glasraute hatte. Sie sah aus wie die Tür einer Luxustoilette.

Als er die Hand nach der Klinke ausstreckte, erklang hinter ihm scharf eine Glocke.

De Ruse blickte über die Schulter zurück, wandte sich um und ging zum Empfangstisch zurück. Der Portier nahm die Hand von der Glocke, ziemlich schnell.

Seine Stimme war kalt, sarkastisch, anmaßend, als er sagte: »So ein Apartmenthaus ist das hier nicht, wenn's beliebt.«

Zwei Stellen über De Ruses Backenknochen liefen dunkelrot an. Er lehnte sich quer über den Empfangstisch und packte den Portier beim bestickten Jackenrevers, zog die Brust des Mannes an die Tischkante.

»Was war das eben für ein Spruch, du Nulpe?«

Der Portier erblaßte, brachte es aber fertig, mit dreschender Hand ein weiteres Mal auf die Glocke zu schlagen.

Ein schwammiger Mann, der einen schlottrigen Anzug trug und ein sealbraunes Toupet, kam um die Ecke des Empfangstisches, streckte einen feisten Finger aus und sagte: »He, Sie!«

De Ruse ließ den Portier los. Er betrachtete ohne Ausdruck die Zigarrenasche auf dem Rock des schwammigen Mannes.

Der schwammige Mann sagte: »Ich bin der Hausbulle. Sie müssen sich an mich wenden, wenn Sie hier Rabatz machen wollen.«

De Ruse sagte: »Sie sprechen meine Sprache. Kommen Sie mit rüber in die Ecke.«

Sie gingen in die Ecke hinüber und setzten sich neben einer Palme hin. Der schwammige Mann gähnte liebenswürdig und lüftete halb sein Toupet, um sich darunter zu kratzen.

»Ich heiße Kuvalick«, sagte er. »Manchmal könnt ich dem Schweizer da selber eine vor den Latz geben. Wo brennt's denn?«

De Ruse sagte: »Sind Sie ein Mann, der dichthalten kann?«

»Nö. Ich rede gern. Ist das einzige Vergnügen, das bei diesem piekfeinen Saftladen für mich abfällt.« Kuvalick zog eine halbe Zigarre aus einer Tasche und verbrannte sich die Nase, als er sie anzündete.

De Ruse sagte: »Dann ist heute der große Tag, wo Sie mal dichthalten werden.«

Er griff in seinen Anzug, holte die Brieftasche heraus, entnahm ihr zwei Zehner. Er rollte sie sich um den Zeigefinger, zog sie dann als Röhre ab und schob die Röhre dem schwammigen Mann in die Außentasche seines Anzugs.

Kuvalick blinzelte, sagte aber nichts.

De Ruse sagte: »Im Candless-Apartment befindet sich ein Mann namens George Dial. Sein Wagen steht draußen, und anderswo kann er nicht sein. Ich muß mit ihm reden und will nicht, daß ihm mein Name vorher gemeldet wird. Sie können mich reinbringen und dabeibleiben.«

Der schwammige Mann sagte vorsichtig: »Es ist ein bißchen spät. Vielleicht liegt er schon im Bett.«

»Wenn, dann im falschen«, sagte De Ruse. »Und dann wird's Zeit, daß er aufsteht.«

Der schwammige Mann erhob sich. »Mir gefällt an sich nicht, was ich mir dabei denke, aber Ihre Zehner gefallen mir«, sagte er. »Ich gehe rein und sehe nach, ob sie noch auf sind. Sie bleiben solange hier.«

De Ruse nickte. Kuvalick ging an der Wand entlang und schlüpfte durch eine Tür in der Ecke. Die plumpe, eckige Kontur eines Hüfthalters zeichnete sich unter seinem Jackenrücken ab, als er ging. Der Portier sah ihm nach, dann sah er verachtungsvoll zu De Ruse hinüber und zog eine Nagelfeile heraus.

Zehn Minuten vergingen, fünfzehn. Kuvalick kam nicht zurück. De Ruse stand plötzlich auf, runzelte finster die Stirn und marschierte auf die Tür in der Ecke zu. Der Portier am Empfangstisch versteifte sich, und sein Blick wanderte zum Telefon auf dem Tisch, doch er rührte es nicht an.

De Ruse ging durch die Tür und befand sich unter einer überdachten Galerie. Regen tröpfelte sanft von den schrägen Dachziegeln. Er ging einen Patio entlang, in dessen Mitte ein rechteckiges, von einem Mosaik aus lustig bunten Kacheln eingefaßtes Schwimmbassin lag. An seinem Ende zweigten weitere Patios ab. Am fernen Ende des einen, zur Linken, war ein erleuchtetes Fenster zu sehen. Er ging auf gut Glück darauf zu, und als er nah herankam, erkannte er die Nummer 12 C an der Tür.

Er ging zwei flache Stufen hinauf und drückte eine Klingel, die in der Ferne läutete. Nichts geschah. Nach einer kleinen Weile läutete er nochmals, dann probierte er die Tür. Sie war verschlossen. Irgendwo drinnen vermeinte er ein schwaches Geräusch zu hören, ein gedämpftes dumpfes Pochen.

Er stand einen Augenblick lang im Regen, dann ging er um die Ecke des Bungalows, einen schmalen, sehr nassen Durchgang hinunter, nach hinten. Er probierte den Dienstboteneingang; ebenfalls verschlossen. De Ruse fluchte, zog seine Pistole unter dem Arm hervor, hielt den Hut gegen die Glasscheibe der Dienstbotentür und schlug die Scheibe mit dem Pistolenkolben ein. Glas fiel, leicht klirrend, nach innen.

Er steckte die Waffe weg, rückte den Hut wieder auf seinem Kopf zurecht und griff durch die zerbrochene Scheibe hinein, um die Tür aufzuschließen.

Die Küche war groß und hell, hatte eine schwarzgelbe Kachelung und sah aus, als würde sie in der Hauptsache zum Drinkmixen benutzt. Zwei Flaschen Haig and Haig, eine Flasche Hennessy, drei oder vier phantastische Sorten Likör standen auf der gekachelten Spüle. Ein kurzer Flur mit einer geschlossenen Tür führte zum Wohnzimmer. Dort stand ein Flügel in der Ecke, mit einer brennenden Stehlampe daneben. Eine weitere Lampe auf einem niedrigen Tischchen mit Drinks und Gläsern. Ein Holzfeuer verglomm im Kamin.

Das pochende Geräusch wurde lauter.

De Ruse durchquerte das Wohnzimmer und trat durch eine volantgefaßte Tür in einen weiteren Flur und von dort in ein herrlich getäfeltes Schlafzimmer. Das Pochen kam aus einem Wandschrank. De Ruse öffnete die Tür des Schranks und erblickte einen Mann.

Der Mann saß auf dem Boden, den Rücken in einem Wald von an Bügeln aufgehängten Kleidern. Ein Handtuch war ihm um das Gesicht gebunden. Ein anderes hielt seine Knöchel zusammen. Die Handgelenke waren ihm auf dem Rücken gefesselt. Er war ein sehr kahler Mann, so kahl wie der Croupier im Club Egypt.

De Ruse starrte barsch auf ihn nieder, dann grinste er plötzlich, bückte sich und schnitt ihn los.

Der Mann spie einen Waschlappen aus dem Mund, fluchte mißtönend und tauchte zwischen die Kleider, die im Schrank hingen. Als er wieder auftauchte, hatte er etwas Fellartiges zerknüllt in der Hand, strich es glatt und zog es über den haarlosen Kopf.

Das machte ihn wieder zu Kuvalick, dem Hausdetektiv.

Er stand auf, immer noch fluchend, und wich vor De Ruse zurück, ein steifes wachsames Grinsen auf dem fetten Gesicht. Seine rechte Hand schoß nach hinten, zu seinem Hüfthalter.

De Ruse breitete die Hände, sagte: »Erzählen Sie schon« und setzte sich in einen kleinen chintzbezogenen Sessel.

Kuvalick starrte ihn einen Moment ruhig an, dann nahm er die Hand von seiner Pistole.

»Es war Licht«, sagte er, »also hab ich auf die Klingel gedrückt. Ein großer dunkler Bursche machte auf. Ich hab ihn hier oft auf dem Gelände gesehen. Das war dieser Dial. Ich sagte ihm, es wäre da jemand draußen in der Halle, der ihm ganz stickum was erzählen wollte, aber seinen Namen nicht genannt hätte.«

»Damit saßen Sie in der Tinte«, kommentierte De Ruse trokken.

»Noch nicht, aber bald«, grinste Kuvalick und spuckte eine Stoffaser aus. »Ich beschrieb Sie nämlich. *Damit* saß ich in der Tinte. Der Bursche lächelte ganz komisch und bat mich, doch einen Sprung mit reinzukommen. Ich ging schön brav an ihm vorbei, und da haut er die Tür zu und bohrt mir einen Ballermann in die Niere. Sagt: ›Hab ich richtig gehört, er trägt einen dunklen Anzug?‹ Sag ich: ›Ja. Und was soll die Knarre?‹ Sagt er: ›Hat er graue Augen und so leicht krusseliges schwarzes Haar, und ist er hart um die Zähne?‹ Sag ich: ›Ja und nochmals ja, Sie Drecksack, und was soll die Knarre?‹ Sagt er: ›Das soll sie‹ und läßt sie mir auf den Hinterkopf sausen. Ich geh zu Boden, groggy, aber nicht weg. Dann kam die Ziege, die Candless, zur Tür rein, und die beiden schnürten mich zusammen und schoben mich in den Schrank, und damit hatte sich's. Ich hab sie noch ein Weilchen rumschusseln hörn, dann war alles still. Und mehr kam nicht, bis dann Sie geklingelt haben.«

De Ruse lächelte träge, freundlich. Sein Körper hing völlig lax und entspannt im Sessel. Seine Haltung war lässig und fast gemächlich geworden.

»Die sind über alle Berge«, sagte er leise. »Sie wissen jetzt, wie der Hase läuft. Sehr schlau war das nicht, glaube ich.«

Kuvalick sagte: »Ich bin ein alter Polizist aus Wells Fargo und kann einen Schlag vertragen. Was hatten die beiden vor?«

»Was für ein Typ von Frau ist Mrs. Candless?«

»Dunkel, wie aus dem Bilderbuch. Sexhungrig, wie der Fachmann sagt. Bißchen abgenutzt schon und hart geworden. Alle drei Monate einen neuen Chauffeur, so geht das bei denen. Hier in der Casa gibt's auch ein paar Burschen, die ihr gefallen. Zu denen gehört wahrscheinlich dieser Gigolo, der mir eins auf den Dez gegeben hat.«

De Ruse sah auf seine Uhr, nickte, beugte sich vor, um aufzustehen. »Schätze, es wird Zeit, daß die Polizei ein bißchen mitspielt. Irgendwelche Freunde in der Stadt, denen Sie gern 'ne Entführungsgeschichte zuschanzen würden?«

Eine Stimme sagte: »So weit sind wir noch nicht.«

George Dial kam schnell aus dem Flur ins Zimmer und blieb drinnen stehen, eine lange dünne Automatik mit Schalldämpfer in der Hand. Seine Augen glänzten wie irr, aber sein zitronenfarbener Finger lag sehr ruhig am Abzug der kleinen Waffe.

»Wir sind nicht über alle Berge«, sagte er. »Wir waren noch nicht ganz fertig. Aber es wäre nicht schlecht gewesen – für Sie beide.«

Kuvalicks schwammige Hand fuhr nach seiner Hüfthalter.

Die kleine Automatik mit dem schwarzen Rohr machte ein flaches, mattes Geräusch, einmal und noch einmal.

Ein Wölkchen Staub sprang vorn auf Kuvalicks Jacke hoch. Seine Hände zuckten scharf von den Seiten vor, und seine Augen rissen sehr weit auf, wie Samenkapseln, aus denen die Samen brechen. Er sackte schwer gegen die Mauer, fiel, lag ganz still auf der linken Seite, die Augen halb offen, den Rücken zur Wand. Sein Toupet war verrutscht, saß ihm fast schmissig auf dem Kopf.

De Ruse warf einen raschen Blick auf ihn hinunter, sah dann wieder Dial an. Sein Gesicht zeigte keine Regung, nicht einmal Aufregung.

Er sagte: »Sie sind ein kompletter Idiot, Dial. Das bringt Sie um Ihre letzte Chance. Sie hätten sich noch mit einem Bluff aus der Affäre ziehen können. Aber das war nicht Ihr einziger Fehler.«

Dial sagte gemächlich: »Nein. Das sehe ich jetzt. Ich hätte Ihnen die Jungs nicht auf den Hals schicken sollen. Es ergab sich einfach so, wie von selbst. Das kommt davon, wenn man kein Profi ist.«

De Ruse nickte leicht, sah Dial fast freundlich an. »Bloß so aus Jux – welcher Spatz hat Ihnen denn vom Dach zugepfiffen, daß die Sache geplatzt war?«

»Francy – und sie hat sich verdammt Zeit gelassen damit«, sagte Dial wild. »Leider muß ich weg und werde mich darum eine ganze Zeit lang nicht bei ihr bedanken können.«

»Nie im Leben werden Sie das«, sagte De Ruse. »Sie werden gar nicht über die Grenze kommen. Sie werden nie auch nur einen Nickel vom Geld des dicken Knaben in der Tasche spüren.

Sie nicht und ebensowenig Ihre Frau und Ihre diversen Seitensprünge. Die Geschichte geht schon bei der Polizei zu Protokoll – in diesem Moment.«

Dial sagte: »Wir werden schon klarkommen. Wir haben genug, um aus dem Gröbsten raus zu sein, Johnny. Mach's gut.«

Dials Gesicht spannte sich, und seine Hand zuckte hoch, mit der Pistole darin. De Ruse schloß halb die Augen, riß seinen Mut zusammen für den Schlag. Aber die kleine Pistole ging nicht los. Ein Rascheln entstand hinter Dial, und eine große dunkle Frau in grauem Pelzmantel glitt ins Zimmer. Ein kleiner Hut saß auf dunklem Haar, das im Nacken einen Knoten bildete. Sie war hübsch, auf eine dünne, etwas ausgezehrte Art. Das Lippenrot an ihrem Mund war so schwarz wie Ruß; ihre Wangen hatten keine Farbe.

Sie hatte eine kühle, träge Stimme, die gar nicht zu ihrem gespannten Ausdruck paßte. »Wer ist Francy?« fragte sie kalt.

De Ruse öffnete weit die Augen, und sein Körper versteifte sich im Sessel, und seine rechte Hand begann zu seiner Brust hochzuwandern.

»Francy ist meine Freundin«, sagte er. »Mr. Dial hat versucht, sie mir auszuspannen. Aber das geht schon in Ordnung. Er ist ein hübscher Kerl, und man kann ihm nicht übelnehmen, wenn er zugreift, wo sich ihm was bietet.«

Das Gesicht der großen Frau wurde plötzlich dunkel und wild und wütend. Sie griff wie rasend nach Dials Arm, dem Arm, der die Pistole hielt.

De Ruse ließ seine Hand zur Schulterhalfter schnellen, bekam die 38er heraus. Aber es war nicht seine Pistole, die losging. Es war auch nicht die schallgedämpfte Automatik in Dials Hand. Es war ein riesiger Grenzercolt mit achtzölligem Lauf und einem Krach wie eine explodierende Bombe. Er wurde vom Boden aus abgefeuert, von Kuvalicks rechter Hüfte, wo Kuvalicks feiste Hand ihn hielt.

Er ging bloß einmal los. Dial wurde gegen die Wand zurückgeschleudert wie von einer Riesenhand. Sein Kopf krachte gegen die Wand, und im nächsten Augenblick war sein dunkles, hübsches Gesicht eine Maske aus Blut.

Er sackte schlaff an der Wand nieder, und die kleine Automatik mit dem schwarzen Rohr fiel vor ihn hin. Die dunkle Frau tauchte danach nieder auf Hände und Knie vor Dials hingestrecktem Körper.

Sie bekam sie zu fassen, begann sie hochzubringen. Ihr Gesicht war verzerrt, ihre Lippen zogen sich zurück über dünnen wölfischen Zähnen, die schimmerten.

Kuvalicks Stimme sagte:

»Ich bin ein zäher Brocken. Ich war mal Polizist in Wells Fargo.«

Seine große Kanone krachte zum zweitenmal. Ein schriller Schrei riß sich von den Lippen der Frau. Ihr Körper wurde gegen den Dials geschleudert. Ihre Augen gingen auf und zu, auf und zu. Ihr Gesicht wurde weiß und leer.

»Schulterschuß. Sie ist okay«, sagte Kuvalick und stand auf. Er riß sich die Jacke auf und klopfte sich auf die Brust.

»Kugelsichere Weste«, sagte er stolz. »Trotzdem hab ich gedacht, ich bleibe lieber noch ein Weilchen liegen, sonst hätte er mir ins Gesicht geballert.«

XII

Francine Ley gähnte und streckte ein langes grünes Pyjamabein aus und betrachtete einen schmalen grünen Pantoffel an ihrem nackten Fuß. Sie gähnte erneut, stand auf und ging nervös durch das Zimmer hinüber zum nierenförmigen Schreibtisch. Sie goß sich einen Drink ein, trank ihn rasch, mit einem scharfen nervösen Schauder. Ihr Gesicht war müde und gespannt; ihre Augen waren hohl und hatten dunkle Ringe.

Sie sah auf die winzige Uhr an ihrem Handgelenk. Es war fast vier Uhr morgens. Das Handgelenk immer noch erhoben, wirbelte sie nach einem Geräusch herum, stand mit dem Rücken zum Schreibtisch und begann sehr schnell, keuchend fast, zu atmen.

De Ruse kam durch die roten Vorhänge herein. Er blieb stehen und sah sie ohne Ausdruck an, dann legte er langsam Hut und Mantel ab und warf beides über einen Stuhl. Er zog auch die

Anzugjacke aus und schnallte sein lohfarbenes Schulterhalfter ab und ging zu den Drinks hinüber.

Er schnüffelte an einem Glas, füllte es zu einem Drittel mit Whisky, stürzte es auf einen Schluck hinunter.

»Also hast du der Laus doch einen Tip geben müssen«, sagte er düster und blickte dabei in das leere Glas hinab, das er hielt.

Francine Ley sagte: »Ja. Ich mußte ihn einfach anrufen. Was ist geschehen?«

»Soso, du mußtest die Laus anrufen«, sagte De Ruse im selben Ton. »Dabei hast du verdammt gut gewußt, daß er mit drinsteckte in der Sache. Aber Hauptsache, er konnte entwischen, selbst wenn er mich dabei aus dem Anzug schoß.«

»Du hast doch nichts abgekriegt, Johnny?« fragte sie leise, müde.

De Ruse sagte nichts, sah sie nicht an. Er stellte langsam das Glas hin und goß sich einen weiteren Whisky ein, fügte Soda hinzu, sah sich nach etwas Eis um. Als er keins fand, begann er den Drink zu schlürfen, den Blick auf die weiße Schreibtischplatte gerichtet.

Francine Ley sagte: »Es gibt keinen Mann auf der Welt, dem ich einen Vorsprung vor dir gönnte, Johnny. Er würde ihm ja auch gar nichts nützen. Aber ich mußte das einfach für ihn tun, wo ich ihn doch kannte.«

De Ruse sagte langsam: »Das ist ja allerliebst. Nur bin ich leider längst nicht so gut, wie du meinst. Ich wäre jetzt schon steif wie ein Brett, wenn nicht ein komischer kleiner Hoteldetektiv, der bei der Arbeit eine Buntline Special und eine kugelsichere Weste trägt, mit von der Partie gewesen wäre.«

Nach einer kleinen Weile sagte Francine Ley: »Willst du, daß ich weggehe?«

De Ruse sah sie rasch an, sah wieder weg. Er stellte sein Glas hin und ging vom Schreibtisch fort. Über die Schulter sagte er: »Nicht, solange du mir weiter die Wahrheit sagst.«

Er setzte sich in einen tiefen Sessel und stützte die Ellbogen auf die Armlehnen, barg das Gesicht in den Händen. Francine Ley beobachtete ihn einen Moment lang, dann ging sie zu ihm hinüber und setzte sich auf die eine Sessellehne. Sie zog ihm zart den Kopf nach hinten, bis er auf der Rückenlehne ruhte. Sie fing an, ihm die Stirn zu streicheln.

De Ruse schloß die Augen. Sein Körper wurde weich und entspannte sich. Seine Stimme bekam einen schläfrigen Klang.

»Im Club Egypt drüben hast du mir vielleicht das Leben gerettet. Ich schätze, das gab dir ein Recht, den Lackel einmal auf mich schießen zu lassen.«

Francine Ley streichelte seinen Kopf, ohne zu sprechen.

»Der Lackel ist tot«, fuhr De Ruse fort. »Der Schnüffler hat ihm das Gesicht weggeschossen.«

Francine Leys Hand hielt inne. Nach einem Moment begann sie erneut, ihm über den Kopf zu streichen.

»Die Candless-Frau steckte ebenfalls mit drin. Scheint ein heißes Biest zu sein. Sie wollte Hugos Geld und dazu sämtliche Männer auf der Welt außer Hugo. Gott sei Dank ist *sie* nicht mit draufgegangen dabei. Sie hat eine Menge geredet. Ebenso Zapparty.«

»Ja, Lieber«, sagte Francine Ley ruhig.

De Ruse gähnte. »Candless ist tot. Er war schon tot, als wir anfingen. Sie wollten nie was anderes als seinen Tod. Parisi war das so oder so egal, solange er nur sein Geld bekam.«

Francine Ley sagte: »Ja, Lieber.«

»Den Rest erzähl ich dir morgen«, sagte De Ruse mit schwerer Zunge. »Ich schätze, Nicky und ich sind bei der Polizei aus dem Schneider ... Laß uns nach Reno gehn, heiraten ... Ich bin dies Rumstreunen satt ... Hol mir noch was zu trinken, Schatz.«

Francine Ley bewegte sich nicht, sie strich nur mit den Fingern sanft und besänftigend über seine Stirn und seine Schläfen. De Ruse sank tiefer in den Sessel. Sein Kopf rollte auf die Seite.

»Ja, Lieber.«

»Nenn mich nicht Lieber«, sagte De Ruse schwer. »Nenn mich einfach Dummkopf.«

Als er ganz eingeschlafen war, stand sie von der Sessellehne auf und ging und setzte sich vor ihn hin. Sie saß sehr still und betrachtete ihn, das Gesicht in den langen zarten Händen mit den kirschfarbenen Fingernägeln.

Erstveröffentlichung 1935

Spanisches Blut

I

Big John Masters war groß, fett, ölig. Er hatte glatte blaue Backen und sehr dicke Finger, an denen die Knöchel Grübchen waren. Sein braunes Haar war straff aus der Stirn nach hinten gekämmt, und er trug einen weinfarbenen Anzug mit aufgesetzten Taschen, einen weinfarbenen Binder, ein lohbraunes Seidenhemd. Die dicke braune Zigarre zwischen seinen Lippen hatte eine Bauchbinde mit sehr viel Rot und Gold.

Er krauste die Nase, linste noch einmal auf seine Trumpfkarte, versuchte ein Grinsen zu unterdrücken. Er sagte: »Leg noch was drauf, Dave – aber komm mir nicht mit dem Rathaus!«

Eine Vier kam und eine Zwei. Dave Aage betrachtete sie feierlich über den Tisch hin, sah dann in sein eigenes Blatt. Er war sehr groß und dünn, hatte ein langes knochiges Gesicht und Haar von der Farbe nassen Sands. Er hielt den Kartenstock flach auf der Hand, drehte langsam die oberste Karte um und ließ sie über den Tisch segeln. Es war die Pique-dame.

Big John Masters öffnete weit den Mund, fuchtelte mit seiner Zigarre, kicherte.

»Her mit den Penunsen, Dave. Da hat eine Dame mal goldrichtig gelegen.« Er legte mit einem affektierten Schlenker seine Trumpfkarte auf. Eine Fünf.

Dave Aage lächelte höflich, bewegte sich nicht. Eine gedämpfte Telefonklingel läutete in seiner Nähe, hinter langen Seidenvorhängen, die die sehr hohen Spitzbogenfenster säumten. Er nahm eine Zigarette aus dem Mund und legte sie sorgfältig auf die Kante eines Aschenbechers auf einem Taburett neben dem Kartentisch, griff hinter den Vorhang nach dem Telefon.

Er sprach mit kühler, fast flüsternder Stimme in die Muschel, dann hörte er lange zu. Nichts veränderte sich in seinen grünlichen Augen, keine Regung zeigte sich auf seinem schmalen Gesicht. Masters wand sich unbehaglich, biß hart auf seiner Zigarre herum.

Nach langer Zeit sagte Aage: »Okay, Sie hören von uns.« Er legte den Hörer auf die Gabel und stellte den Apparat hinter den Vorhang zurück.

Er griff wieder nach seiner Zigarette, zupfte sich am Ohrläppchen. Masters fluchte. »Was ist in dich gefahren, Mensch? Rück mal zehn Eier raus.«

Aage lächelte trocken und lehnte sich zurück. Er griff nach einem Drink, süffelte, stellte ihn wieder hin, sprach um seine Zigarette herum. Alle seine Bewegungen waren langsam, nachdenklich, fast geistesabwesend. Er sagte: »Sind wir nicht ein raffiniertes Gespann, John, wir zwei beiden?«

»Tja. Uns gehört die Stadt. Aber mit unserm Vingt-et-un hier hat das nichts zu schaffen.«

»Es sind grad noch zwei Monate bis zur Wahl, stimmt's, John?«

Masters sah ihn mit finsterem Stirnrunzeln an, fischte in seiner Tasche nach einer frischen Zigarre, rammte sie sich in den Mund.

»Und?«

»Mal angenommen, unserm zähesten Opponenten passierte was. Genau in diesem Moment. Wäre das nicht toll?«

»Äh?« Masters hob die Brauen, die so dick waren, daß es aussah, als hätte sein ganzes Gesicht daran zu arbeiten, sie in die Höhe zu bringen. Er dachte einen Augenblick nach, mit saurer Miene. »Das wäre ausgesprochen lausig – wenn sie den Kerl nicht pronto erwischten. Zum Teufel, die Wähler würden sofort denken, wir wären die Anstifter.«

»Du redest gleich von Mord, John«, sagte Aage geduldig. »Von Mord hab ich kein Wort gesagt.«

Masters senkte die Brauen und knaupelte an struppig schwarzem Haar, das ihm aus der Nase wuchs.

»Na schön, dann rück schon raus damit!«

Aage lächelte, blies einen Rauchring, sah ihn entschweben und sich in dünne Flocken auflösen.

»Ich hab grad einen Anruf gekriegt«, sagte er sehr leise. »Donegan Marr ist tot.«

Masters bewegte sich langsam. Sein ganzer Körper bewegte sich langsam auf den Kartentisch zu, beugte sich weit darüber. Als sein Körper nicht mehr weiterkonnte, streckte sein Kinn sich vor, bis die Backenmuskeln herausstanden wie dicke Drähte.

»Was?« fragte er mit belegter Stimme. »Was?«

Aage nickte, ruhig wie aus Eis. »Aber mit dem Mord hattest du recht, John. Es *war* Mord. Grad vor einer halben Stunde oder so. In seinem Büro. Man weiß nicht, wer's war – noch nicht.«

Masters zuckte die schweren Achseln und lehnte sich zurück. Er blickte mit stumpfsinnigem Ausdruck in die Runde. Ganz plötzlich begann er zu lachen. Sein Gelächter bellte und röhrte in dem kleinen turmartigen Zimmer herum, in dem die beiden Männer saßen, flutete hinüber in ein riesiges Wohnzimmer und hallte wider in einem Labyrinth von schwerem dunklem Mobiliar, genügend Stehlampen, um einen Boulevard zu erleuchten, einer Doppelreihe Ölgemälde in massivgoldenen Rahmen.

Aage saß schweigend da. Langsam rieb er seine Zigarette im Aschenbecher aus, bis von der Glut nichts mehr übrig war als ein dicker dunkler Schmier. Er klopfte sich die knochigen Finger ab und wartete.

Masters hörte so abrupt zu lachen auf, wie er angefangen hatte. Das Zimmer war sehr still. Masters sah müde aus. Er wischte sich das große Gesicht.

»Wir müssen was tun, Dave«, sagte er ruhig. »Das hätte ich fast vergessen. Wir müssen das rasch vom Tisch bringen. Ist Dynamit.«

Aage langte wieder hinter den Vorhang und griff sich das Telefon, schob es über den Tisch, mitten durch die verstreuten Karten.

»Also – über das Wie sind wir uns doch im klaren, oder?« sagte er gelassen.

Ein schlaues Blitzen trat in Big John Masters' schlammbraune

Augen. Er leckte sich die Lippen, griff mit einer großen Hand nach dem Apparat.

»Tja«, sagte er schnurrend, »das sind wir, Dave. In dem Fall ja, bei . . .!«

Er wählte mit einem dicken Finger, der kaum in die Löcher gehen wollte.

II

Donegan Marrs Gesicht wirkte kühl, gepflegt, gefaßt, selbst jetzt noch. Er war in weichen grauen Flanell gekleidet, und sein Haar zeigte dasselbe weiche Grau wie sein Anzug, zurückgekämmt aus einem rötlichen, jugendlichen Gesicht. Die Haut auf den Stirnknochen war blaß an den Stellen, über die ihm das Haar fiel, wenn er aufstand. Die übrige Haut war sonnengebräunt.

Er hing zurückgesunken in einem gepolsterten blauen Bürosessel. Eine Zigarre war in einem Aschenbecher ausgegangen, der auf dem Rand einen bronzenen Windhund trug. Seine linke Hand baumelte neben dem Stuhl, und seine rechte Hand hielt locker eine Pistole auf der Schreibtischplatte. Die polierten Nägel glitzerten im Sonnenlicht, das durch das große geschlossene Fenster hinter ihm hereinfiel.

Blut hatte die linke Seite seiner Weste durchtränkt, hatte den grauen Flanell fast schwarz gemacht. Er war tot, war es schon seit einiger Zeit.

Ein hochgewachsener Mann, sehr braun und schlank und still, lehnte an einem braunen Mahagoniaktenschrank und betrachtete starr den toten Mann. Seine Hände steckten in den Taschen eines eleganten blauen Sergeanzugs. Ein Strohhut saß ihm auf dem Hinterkopf. Aber es war nichts Nachlässiges um seine Augen oder seinen straffen, fest geschlossenen Mund.

Ein großer sandhaariger Mann tastete auf dem blauen Teppich herum. Er sagte mit belegter Stimme, vorgebeugt: »Keine Patronenhülse, Sam.«

Der dunkle Mann regte sich nicht, gab keine Antwort. Der andere stand auf, gähnte, sah auf den Mann im Stuhl.

»Verdammter Mist! Das wird einen Wirbel geben. Zwei Monate vor der Wahl. Junge, Junge, ist das aber ein Schlag ins Gesicht!«

Der dunkle Mann sagte langsam: »Wir sind zusammen zur Schule gegangen. Waren immer dicke Freunde. Beide in dasselbe Mädchen verknallt. Ich zog den kürzeren, aber gute Freunde sind wir geblieben, alle drei. Er war immer ein großartiger Kerl ... Vielleicht eine Spur zu gerissen.«

Der sandhaarige Mann stapfte im Zimmer herum, ohne etwas zu berühren. Er beugte sich vor und schnüffelte an der Pistole auf dem Schreibtisch, schüttelte den Kopf, sagte: »Nicht draus geschossen worden – aus der hier.« Er krauste die Nase, schnupperte in der Luft. »Klimaanlage. Die drei obersten Stockwerke. Dazu auch noch schalldicht. Kostspieliges Zeug. Man hat mir erzählt, das ganze Gebäude wäre elektrogeschweißt. Nirgends eine Vernietung. So was schon mal gehört, Sam?«

Der dunkle Mann schüttelte langsam den Kopf.

»Möchte wissen, wo die Schreibhilfe war«, fuhr der sandhaarige Mann fort. »So ein großes Tier wie er hat doch wohl mehr als bloß ein Mädchen gehabt.«

Der dunkle Mann schüttelte wieder den Kopf. »Nein, bloß die eine, glaube ich. Und die war zum Lunch. Er war ein einsamer Wolf, Pete. Scharf wie ein Wiesel. In ein paar Jahren hätte er die Stadt übernommen.«

Der sandhaarige Mann stand jetzt hinter dem Schreibtisch, beugte sich fast über die Schulter des Toten. Er blickte auf einen ledergebundenen Terminkalender nieder, mit lederfarbenem Papier. Er sagte langsam: »Jemand namens Imlay war hier für zwölf Uhr fünfzehn vorgesehen. Der einzige Eintrag in dem Ding.«

Er sah nach einer billigen Uhr an seinem Handgelenk. »Halb zwei. Lange vorbei schon. Wer ist Imlay? ... Moment, warte mal! Es gibt da doch einen Unterstaatsanwalt, der Imlay heißt. Er kandidiert als Richter, auf der Masters-Aage-Welle. Kannst du dir vorstellen ...«

Ein scharfes Klopfen kam von der Tür. Das Büro war so lang, daß die beiden Männer einen Augenblick überlegen mußten, bevor sie sich im klaren waren, welche der drei Türen es war. Dann ging der sandhaarige Mann auf die entfernteste von ihnen zu und sagte dabei über die Schulter: »Vielleicht der Medizinmann. Laß das bei deinem Lieblingsreporter durchsickern, und du bist deinen Job los. Hab ich recht?«

Der dunkle Mann gab keine Antwort. Er bewegte sich langsam zum Schreibtisch, beugte sich ein wenig vor, sprach leise zu dem Toten.

»Mach's gut, Donny. Laß allem seinen Lauf. Ich kümmere mich drum. Ich kümmere mich auch um Belle.«

Die Tür am Ende des Büros ging auf, und ein energischer Mann mit Tasche kam herein, trottete über den blauen Teppich und setzte seine Tasche auf den Tisch. Der sandhaarige Mann schloß die Tür vor einer Traube von Gesichtern. Er schlenderte zum Schreibtisch zurück.

Der energische Mann legte den Kopf auf die Seite, während er den Leichnam untersuchte. »Zwei Stück«, murmelte er. »Sieht ganz nach 32er aus – Stahlgeschosse. Dicht am Herzen vorbeigegangen. Er muß ziemlich bald gestorben sein. Vielleicht so nach einer Minute oder zweien.«

Der dunkle Mann gab einen angewiderten Laut von sich und ging zum Fenster, stand da mit dem Rücken zum Raum, sah hinaus, auf die Dächer von Hochhäusern und in einen warmen blauen Himmel. Der sandhaarige Mann beobachtete, wie der Arzt ein totes Lid anhob. Er sagte: »Wenn der Pulverfritze doch schon hier wäre! Ich werde mal telefonieren. Dieser Imlay ...«

Der dunkle Mann wandte leicht den Kopf, mit einem matten Lächeln. »Tu's ruhig. Aber viel zu raten wird's hier kaum geben.«

»Ach, ich weiß nicht«, sagte der Mann vom Gerichtsmedizinischen Institut, während er ein Handgelenk durchbog und dann den Rücken seiner eigenen Hand an die Gesichtshaut des Toten hielt. »Muß nicht unbedingt so verdammt politisch sein, wie Sie denken, Delaguerra. Sieht gut aus als Leiche.«

Der sandhaarige Mann griff äußerst behutsam mit einem Taschentuch nach dem Telefon, legte den Hörer daneben, wählte, nahm den Hörer mit dem Taschentuch hoch und hielt ihn sich ans Ohr.

Einen Augenblick später senkte er das Kinn, sagte: »Pete Marcus. Weck mal den Inspektor.« Er gähnte, wartete wieder, sprach dann in ganz anderem Ton: »Marcus und Delaguerra, Inspektor, in Donegan Marrs Büro. Fingerabdrücke und Kamera noch nicht eingetroffen ... Äh? ... Auf dem Posten bleiben, bis der Commissioner erscheint? ... Okay ... Jawohl, ist hier.«

Der dunkle Mann wandte sich um. Der Mann am Telefon winkte ihm. »Dein Typ wird verlangt, Spanier.«

Sam Delaguerra nahm den Hörer, ignorierte das vorsorgliche Taschentuch, lauschte. Sein Gesicht wurde hart. Er sagte ruhig: »Klar hab ich ihn gekannt – aber ich habe nicht mit ihm geschlafen ... Niemand ist hier außer seiner Sekretärin. Sie hat uns telefonisch alarmiert. Auf dem Terminkalender steht ein Name – Imlay, Verabredung um zwölf Uhr fünfzehn. Nein, wir haben noch nichts angerührt ... Nein ... Okay, sofort.«

Er legte so langsam auf, daß das Klicken des Apparats kaum hörbar war. Seine Hand blieb darauf ruhen, fiel dann plötzlich und schwer an seiner Seite nieder. Seine Stimme war belegt.

»Ich bin abberufen worden, Pete. Du sollst die Stellung halten, bis Commissioner Drew eintrifft. Keiner kommt hier rein. Weder Weiß noch Schwarz noch Cherokese.«

»Weshalb hat man dich zurückgepfiffen?« kläffte der sandhaarige Mann ärgerlich.

»Weiß ich nicht. War ein Befehl«, sagte Delaguerra tonlos.

Der Mann vom Gerichtsmedizinischen Institut hörte auf, einen Formularblock zu bekritzeln, und streifte Delaguerra mit einem neugierigen scharfen Seitenblick.

Delaguerra durchquerte das Büro und ging durch die Verbindungstür. Sie führte in ein etwas kleineres Büro, von dem ein Teil als Wartezimmer abgetrennt war, mit einer Gruppe Ledersessel und einem Zeitschriftentisch. Innerhalb der Schalterschränke standen ein Schreibmaschinentisch, ein Safe, einige Aktenschränke. Ein kleines dunkles Mädchen saß an dem Tisch, den Kopf auf ein zusammengeknülltes Taschentuch gesenkt. Der Hut saß ihr schief und verbeult auf dem Kopf. Ihre Schultern zuckten, und ihr heftiges Schluchzen war wie ein Keuchen.

Delaguerra tätschelte ihr die Schulter. Sie sah mit tränenüberströmtem Gesicht zu ihm auf, mit verzerrtem Mund. Er lächelte in ihr fragendes Gesicht nieder, sagte sanft: »Haben Sie Mrs. Marr schon angerufen?«

Sie nickte, stumm, von Schluchzen geschüttelt. Er tätschelte ihr noch einmal die Schulter, blieb noch einen Augenblick neben ihr stehen, ging dann hinaus, die Lippen zusammengepreßt und ein hartes dunkles Glitzern in den schwarzen Augen.

III

Das große englische Haus lag ein ganzes Stück ab von dem schmalen gewundenen Betonband, das De Neve Lane hieß. Der Rasen hatte ziemlich langes Gras, mit einem Schlängelpfad aus Natursteinplatten, die fast darunter verschwanden. Es gab einen Giebel über der Haustür und Efeu an der Mauer. Um das ganze Haus wuchsen Bäume, nah daran, und gaben ihm etwas Dunkles und Abgelegenes.

Alle Häuser in der De Neve Lane hatten dasselbe wohlberechnete Fluidum von Nachlässigkeit, ja Vernachlässigung. Aber die hohe grüne Hecke, die Zufahrt und Garagen verbarg, war so sorgfältig geschoren wie ein französischer Pudel, und gar nichts Dunkles oder Mysteriöses war um die Massen von gelben und flammenfarbenen Gladiolen, die vom anderen Ende des Rasens herüberleuchteten.

Delaguerra stieg aus einem lohfarbenen Cadillac-Tourenwagen, der kein Verdeck hatte. Es war ein altes Modell, schwer und schmutzig. Der hintere Teil hatte ein straff gespanntes Stoffverdeck. Delaguerra trug eine weiße Leinenkappe und dunkle Augengläser und hatte seinen blauen Serge mit einem leichten grauen Ausflugsanzug — Reißverschlußjacke in modischem Wamsstil — vertauscht.

Er sah ganz und gar nicht nach einem Polizisten aus. Er hatte auch in Donegan Marrs Büro nicht wie ein Polizist ausgesehen. Er ging langsam den Plattenpfad hinauf, griff nach einem Türklopfer aus Messing an der Haustür, klopfte dann aber doch nicht damit. Er drückte statt dessen auf eine Klingel an der Seite, die vom Efeu fast ganz verdeckt wurde.

Eine lange Wartepause entstand. Es war sehr warm, sehr still. Bienen summten über das warme helle Gras. In der Ferne schwirrte ein Rasenmäher.

Die Tür ging langsam auf, und ein schwarzes Gesicht sah zu ihm hinaus, ein langes trauriges schwarzes Gesicht mit Tränenspuren auf dem lavendelfarbenen Gesichtspuder. Das schwarze Gesicht lächelte fast, sagte stockend: »Ach, Mr. Sam, Sie! Ist sehr gut, daß kommen!«

Delaguerra nahm die Kappe ab, ließ die Sonnenbrille zwischen den Fingern schwingen. Er sagte: »Hallo, Minnie. Es tut mir leid. Ich muß Mrs. Marr sprechen.«

»Ist klar. Kommen gleich rein, Mr. Sam.«

Das Mädchen trat beiseite, und er ging in eine schattige Halle mit Fliesenboden. »Noch keine Reporter dagewesen?«

Das Mädchen schüttelte langsam den Kopf. Ihre warmen braunen Augen waren wie benommen, erschüttert von Entsetzen.

»Keine gewesen noch . . . Missis auch noch nicht lange wieder da. Hat gesagt kein Wort. Immer nur stehn in dem Sonnenzimmer, wo gar keine Sonne kann reinkommen.«

Delaguerra nickte, sagte: »Sprechen Sie mit niemandem, Minnie. Man will versuchen, die Sache noch eine Weile geheimzuhalten, daß nichts in die Zeitungen kommt.«

»Ich nichts sagen, Mr. Sam. Ganz bestimmt nicht.«

Delaguerra lächelte sie an, ging geräuschlos auf Kreppsohlen durch die geflieste Halle zum hinteren Teil des Hauses, wandte sich in eine weitere Halle, die im rechten Winkel an die erste stieß und genauso angelegt war. Er klopfte an eine Tür. Es kam keine Antwort. Er drückte auf die Klinke und trat in einen langen schmalen Raum, in dem es trotz vieler Fenster dämmrig war. Bäume wuchsen dicht vor den Fenstern, drückten ihr Laub gegen das Glas. Einige der Fenster waren von langen Kretonnevorhängen maskiert.

Das hochgewachsene Mädchen in der Mitte des Zimmers sah ihn nicht an. Sie stand reglos, starr. Sie starrte die Fenster an. Ihre Hände hingen verkrampft an den Seiten nieder.

Sie hatte rotbraunes Haar, das alles Licht zu sammeln schien, das es hier gab, und einen weichen Schein um ihr kalt-schönes Gesicht legte. Sie trug ein sportlich geschnittenes blaues Samtkostüm mit aufgesetzten Taschen. Ein weißes Taschentuch mit blauer Borte sah aus der Brusttasche, sorgfältig auf Spitze zusammengelegt, wie das Taschentuch eines Stutzers.

Delaguerra wartete, ließ seine Augen sich an die Dämmerung gewöhnen. Nach einer Weile sprach das Mädchen durch die Stille, mit leiser, heiserer Stimme.

»Ja ... nun haben sie ihn erwischt, Sam. Endlich haben sie ihn doch erwischt. War er denn so verhaßt?«

Delaguerra sagte leise: »Er hatte einen Beruf, in dem es haßvoll zugeht, Belle. Ich glaube, er hat das Spiel so sauber gespielt, wie er konnte, aber er hat nicht vermeiden können, sich dabei Feinde zu machen.«

Sie wandte langsam den Kopf und sah ihn an. Lichter wechselten in ihrem Haar. Gold glitzerte darin. Ihre Augen waren von bestürzend strahlendem Blau. Ihre Stimme schwankte ein wenig, als sie sagte: »Wer hat ihn getötet, Sam? Hat man schon eine Vermutung?«

Delaguerra nickte langsam, setzte sich in einen Korbstuhl, schwang Kappe und Sonnenbrille zwischen den Knien.

»Tja. Wir glauben zu wissen, wer es war. Ein Mann namens Imlay, Beamter in der Oberstaatsanwaltschaft.«

»Mein Gott!« hauchte das Mädchen. »Wie weit soll es mit dieser verrotteten Stadt noch kommen!«

Delaguerra fuhr tonlos fort: »Es war etwa so – wenn du sicher bist, daß du's wissen willst ... jetzt schon.«

»Das bin ich, Sam. Seine Augen starren mich von allen Wänden an, wohin ich auch sehe. Sie bitten mich, etwas zu tun. Er war großartig zu mir, Sam. Wir hatten auch unsere Konflikte, natürlich, aber ... sie waren im Grunde ohne Bedeutung.«

Delaguerra sagte: »Dieser Imlay kandidiert als Richter und hat dabei die Masters-Aage-Gruppe im Rücken. Er ist in den flotten Vierzigern, und offenbar hat er mal kleine Spielchen mit einer Nachtklubnummer namens Stella La Motte gemacht. Irgendwie, was weiß ich, sind die beiden dabei photographiert worden, sehr betrunken und ohne was an. Donny hatte die Photos, Belle. Sie wurden in seinem Schreibtisch gefunden. Laut Notiz auf seinem Terminkalender hatte er um zwölf Uhr fünfzehn mit Imlay eine Verabredung. Wir nehmen an, daß es zu einem Streit kam und Imlay die Nerven verlor.«

»Hast *du* diese Photos gefunden, Sam?« fragte das Mädchen, sehr ruhig.

Er schüttelte den Kopf, lächelte gewunden. »Nein. Hätte ich's, dann wären sie wohl nicht auf den Tisch gekommen. Commissioner Drew hat sie gefunden – nachdem mir die Untersuchung entzogen worden war.«

Ihr Kopf fuhr zu ihm herum. Ihre strahlend blauen Augen wurden weit. »Dir die Untersuchung entzogen? Donnys Freund?«

»Tja. Nimm's nicht zu tragisch. Ich bin Polizist, Belle. Schließlich muß ich gehorchen.«

Sie sagte nichts, sah ihn nicht mehr an. Nach einer kleinen Weile sagte er: »Ich hätte gern die Schlüssel zu eurer Hütte am Puma Lake. Ich habe Auftrag, hinzufahren und mich umzusehen, nachzuschauen, ob sich irgendwelche Hinweise finden. Donny hat dort manchmal Besprechungen gehabt.«

Irgend etwas im Gesicht des Mädchens veränderte sich. Es bekam einen fast verächtlichen Ausdruck. Ihre Stimme war leer. »Ich hole sie dir. Aber du wirst dort nichts finden. Wenn du denen helfen willst, Donny Dreck an den Stecken zu binden – damit sie diesen Imlay reinwaschen können . . .«

Er lächelte ein wenig, schüttelte langsam den Kopf. Seine Augen waren sehr tief, sehr traurig.

»Red keinen Unsinn, Kleines. Ich würde mein Abzeichen hinschmeißen, ehe ich das täte.«

»Ich verstehe.« Sie schritt an ihm vorbei zur Tür, ging aus dem Zimmer. Er saß ganz still, während sie fort war, starrte mit leerem Blick die Wand an. Etwas wie Schmerz und Verletztsein lag auf seinem Gesicht. Er fluchte sehr leise, mit verhaltener Stimme, vor sich hin.

Das Mädchen kam wieder, trat zu ihm und streckte die Hand aus. Etwas sprang klirrend in die seine.

»Die Schlüssel, Polizist.«

Delaguerra stand auf, ließ die Schlüssel in eine Tasche gleiten. Sein Gesicht wurde hölzern. Belle Marr ging zu einem Tisch hinüber, und ihre Nägel kratzten rauh auf dem Kästchen aus Goldzellenschmelz, als sie eine Zigarette herausnahm. Mit dem Rükken zu ihm sagte sie: »Wie gesagt, ich glaube nicht, daß du Glück haben wirst. Wirklich schade, daß ihr ihm bislang nur Erpressung anhängen konntet.«

Delaguerra atmete langsam aus, stand einen Moment, wandte sich dann ab. »Okay«, sagte er leise. Seine Stimme klang ganz beiläufig jetzt, als wär's ein schöner Tag, als wäre niemand getötet worden.

An der Tür drehte er sich noch einmal um. »Ich besuche dich, wenn ich wieder zurück bin, Belle. Vielleicht fühlst du dich dann besser.«

Sie gab keine Antwort, rührte sich nicht. Sie hielt die unangezündete Zigarette starr in Höhe ihres Mundes, dicht davor. Nach einem Augenblick fuhr Delaguerra fort: »Du solltest eigentlich wissen, wie mir zumute ist. Donny und ich waren einmal wie Brüder zueinander. Ich – ich habe gehört, du wärst nicht so besonders gut mit ihm ausgekommen ... Ich bin heilfroh, daß das nicht zutrifft. Aber verhärte dich nicht, Belle. Es gibt keinen Anlaß dazu – mir gegenüber.«

Er wartete ein paar Sekunden, starrte ihren Rücken an. Als sie immer noch stumm blieb und reglos, ging er hinaus.

IV

Eine enge felsige Straße führte vom Highway ab und oberhalb des Sees an der Bergflanke entlang. Hüttendächer zeigten sich hier und da zwischen den Fichten. Ein offener Schuppen war in den Hang hineingebaut. Delaguerra stellte seinen staubigen Cadillac darunter ab und kletterte einen schmalen Pfad hinunter zum Wasser.

Der See war tiefblau, aber sehr flach. Zwei oder drei Kanus trieben darauf, und in der Ferne, hinter einer Biegung, klang das Tuckern eines Außenbordmotors. Delaguerra ging zwischen dikken Wänden aus Unterholz, auf Fichtennadeln, bog um einen Baumstumpf und schritt über eine kleine Brücke aus Baumstämmen hinüber zur Marr-Hütte.

Sie war aus halbrunden Stämmen gebaut und hatte eine breite Veranda nach der Seeseite. Sie wirkte sehr einsam und leer. Der Quellbach, der unter der Brücke floß, machte neben dem Haus einen Bogen, und auf der einen Seite der Veranda fiel der Berg steil ab bis zu den großen flachen Steinen, zwischen denen das Wasser dahinrieselte. Die Steine waren davon bedeckt, wenn das Wasser hochstand, im Frühling.

Delaguerra ging die Holzstufen hinauf und zog die Schlüssel aus der Tasche, schloß die schwere Vordertür auf, blieb dann ein Weilchen noch auf der Veranda stehen und zündete sich eine Zigarette an, bevor er hineinging. Es war sehr still, sehr angenehm, sehr kühl und klar hier nach der Hitze der Stadt. Ein Blauhäher saß auf einem Baumstumpf und pickte sich nach den Flügeln. Weit draußen auf dem See klimperte jemand auf einer Ukulele. Delaguerra ging in die Hütte.

Er betrachtete ein paar verstaubte Geweihe, einen großen rohen, mit Zeitschriften bedeckten Tisch, ein altmodisches Batterieradio, ein kastenförmiges Grammophon mit einem unordentlichen Stapel Platten daneben. Große Gläser standen herum, die nicht gespült worden waren, auf einem Tisch vor dem großen steinernen Kamin, neben einer Flasche Scotch. Ein Wagen fuhr hoch oben die Straße entlang und hielt irgendwo, nicht allzu weit weg. Delaguerra sah sich stirnrunzelnd um, sagte: »Reine Zeitverschwendung«, mit matter Stimme, mit einem Gefühl der Vergeblichkeit. Es hatte gar keinen Sinn. Ein Mann wie Donegan Marr ließ nichts, was irgendwie wichtig war, in einer Berghütte herumliegen.

Er warf einen Blick in zwei Schlafzimmer, eins bloß ein Behelfsquartier mit einem Paar Feldbetten, eins besser möbliert, mit einem ordentlich gemachten Bett und, quer darübergeworfen, einem geschmacklosen Damenpyjama. Er sah nicht so aus, als hätte Belle Marr ihn getragen.

Hinten im Haus gab es eine kleine Küche, mit einem Benzinkocher und einem Herd für Holzfeuerung. Delaguerra sperrte mit einem weiteren Schlüssel die Hintertür auf und trat auf eine schmale Veranda hinaus, die zu ebener Erde lag, unweit eines großen Stapels Klafterholz und einer doppelschneidigen Axt auf einem Block.

Dann sah er die Fliegen.

Ein hölzerner Treppensteig führte seitlich am Haus hinab zu einem Holzschuppen darunter. Ein Strahl Sonne war durch die Bäume geschlüpft und lag quer über dem Steg. In diesem Sonnenlicht fraß ein Klumpen Fliegen auf etwas Bräunlichem, Klebrigem herum. Die Fliegen wollten sich nicht verscheuchen lassen. Delaguerra bückte sich, streckte die Hand aus und berührte die klebrige Stelle, schnüffelte an seinem Finger. Sein Gesicht zuckte und wurde starr.

Ein Stück weiter, im Schatten, vor der Tür des Schuppens, gab es einen weiteren, kleineren Fleck aus der bräunlichen Masse. Er zog sehr schnell die Schlüssel heraus und fand den, der das große Vorhängeschloß am Schuppen öffnete. Er stieß die Tür auf.

Drinnen lag ein großer loser Haufen Klafterholz. Nicht Spaltholz – Klafterholz. Nicht gestapelt, nur einfach aufeinandergeworfen. Delaguerra begann die großen rohen Stücke beiseite zu stoßen.

Als er eine ganze Menge davon auf die Seite geworfen hatte, konnte er zugreifen und zwei kalte steife Fußgelenke in Florsocken umfassen und den toten Mann heraus ans Licht ziehen.

Es war ein schlanker Mann, weder groß noch klein, in einem gutgeschnittenen Korbwebenanzug. Seine kleinen adretten Schuhe hatten Hochglanz, über dem nur ein wenig Staub lag. Ein Gesicht hatte er nicht, jedenfalls nicht mehr viel davon. Es war durch einen furchtbaren Schlag zu Brei geworden. Die Schädeldecke war gespalten, und Hirn und Blut hatten sich mit dem dünnen graubraunen Haar vermischt.

Delaguerra richtete sich rasch auf und ging ins Haus zurück, ins Wohnzimmer, wo die halbe Flasche Scotch auf dem Tisch stand. Er entkorkte sie und setzte sie an den Mund, wartete einen Augenblick, trank dann nochmals.

Er sagte laut »Puh!« und schauerte zusammen, als der Peitschenschlag des Whiskys seine Nerven traf.

Er ging wieder zum Holzschuppen hinunter und bückte sich eben, als er hörte, wie irgendwo der Motor eines Wagens angelassen wurde. Er erstarrte. Das Motorengeräusch schwoll an, dann verklang es, und es herrschte wieder Stille. Delaguerra zuckte die Achseln, durchsuchte die Taschen des toten Mannes. Sie waren leer. Eine von ihnen, die vermutlich das Firmenzeichen einer Reinigung getragen hatte, war abgerissen worden. Ebenfalls abgerissen, von der Innentasche der Jacke, war das Firmenschild des Schneiders; es hatte nur ausgefranste Stiche hinterlassen.

Der Mann war schon steif. Er mochte seit vierundzwanzig Stunden tot sein, länger noch nicht. Das Blut auf seinem Gesicht war dick geronnen, aber noch nicht vollkommen getrocknet.

Delaguerra hockte sich eine kleine Weile neben ihn und blickte auf das helle Glitzern des Puma Lake hinaus, aufs ferne Blitzen eines Kanupaddels. Dann ging er in den Holzschuppen zurück und klaubte im Holz herum nach einem schweren Block mit besonders viel Blut, fand aber keinen. Er ging wieder nach oben und durchs Haus auf die Veranda hinaus, trat ans Ende der Veranda, starrte den Steilhang hinunter, starrte dann nieder auf die großen flachen Steine im Bach.

»Tja«, sagte er leise.

Auf zweien der Steine saßen Fliegen, ganze Trauben von Fliegen. Er hatte sie bis jetzt noch nicht bemerkt. Der Steilhang fiel hier etwa dreißig Fuß ab, genug, um den Kopf eines Menschen zu zerschmettern, wenn er entsprechend auftraf.

Er setzte sich in einen der großen Schaukelstühle und rauchte ein paar Minuten lang, ohne sich zu bewegen. Sein Gesicht hatte die Stille tiefer Nachdenklichkeit, seine schwarzen Augen wirkten wie in sich gekehrt und abwesend. Es lag ein verspanntes, hartes, wenn auch leicht sardonisch gebrochenes Lächeln um seine Mundwinkel.

Schließlich ging er still wieder durchs Haus und schleppte den Toten in den Holzschuppen zurück, bedeckte ihn lose mit dem Holz. Er schloß den Schuppen ab, verschloß auch das Haus, stieg wieder den schmalen, steilen Pfad zur Straße hinauf und zu seinem Wagen.

Es war schon nach sechs, aber die Sonne stand immer noch hell am Himmel, als er abfuhr.

V

Ein alter Ladentisch diente als Bar in der Bierkneipe am Straßenrand. Drei niedrige Hocker standen davor. Delaguerra saß auf dem letzten neben der Tür, starrte ins schaumige Innere eines leeren Bierglases. Der Barmann war ein dunkler Junge im Overall, mit scheuen Augen und glattem Haar. Er stotterte: »S-s-soll ich Ihnen n-noch ein Glas b-b-bringen, M-mister?«

Delaguerra schüttelte den Kopf, stand auf von dem Hocker. »Das ist Schieberbier, mein Söhnchen«, sagte er traurig. »Geschmacklos wie eine Rasthausblondine.«

»P-portola B-bräu, Mister. G-g-gilt als das b-beste.«

»Ach was. Ist der letzte Dreck. Ihr schenkt's bloß aus, weil euch sonst die Konzession flötenginge. Alsdann, Söhnchen.«

Er ging zur Gazetür hinüber, sah hinaus auf den sonnigen Highway, auf dem die Schatten allmählich schon lang wurden. Jenseits des Betons lag eine Kiesfläche von vier mal vier Metern, eingefaßt von einem weißen Zaun. Zwei Wagen parkten dort: Delaguerras alter Cadillac und ein staubiger, reichlich mitgenommener Ford. Ein hochgewachsener dünner Mann in khakifarbenem Whipcord stand neben dem Cadillac und betrachtete ihn.

Delaguerra zog eine Bulldogpfeife heraus, stopfte sie halb aus einem Reißverschlußbeutel, zündete sie mit langsamer Sorgfalt an und schnippte das Streichholz in die Ecke. Dann straffte er sich ein wenig, als er wieder durch die Gazetür sah.

Der hochgewachsene dünne Mann knöpfte das Stoffverdeck auf, das den hinteren Teil von Delaguerras Wagen überspannte. Er rollte es ein Stück zurück und stand dann da und spähte in den Gepäckraum darunter.

Delaguerra öffnete leise die Gazetür und ging in langen, lockeren Schritten über den Highwaybeton hinüber. Seine Kreppsohlen knirschten auf dem Kies der anderen Seite, aber der dünne Mann drehte sich nicht um. Delaguerra trat neben ihn.

»Hab ich also doch richtig gesehen, daß Sie hinter mir waren«, sagte er träge. »Wo brennt's denn?«

Der Mann drehte sich ohne alle Hast ihm zu. Er hatte ein langes, saures Gesicht, Augen in der Farbe von Seetang. Seine Jacke stand offen, von einer Hand links über der Hüfte zurückgeschoben. Dadurch zeigte sich eine Pistole, im Gürtelhalfter, der Kolben vorn, Kavalleriestil.

Er sah Delaguerra mit einem leicht schiefen Lächeln von oben bis unten an.

»Ist das Ihr Schlitten hier?«

»Was denken *Sie* denn?«

Der dünne Mann schob die Jacke noch weiter zurück und zeigte einen Bronzestern auf seiner Tasche.

»Ich denke daran, daß ich Jagdhüter im Toluca County bin, Mister. Ich denke daran, daß jetzt Schonzeit ist und daß für Hirschkühe überhaupt immer Schonzeit ist.«

Delaguerra senkte sehr langsam den Blick, sah hinten in seinen Wagen, beugte sich vor, um unter das Verdeck zu spähen. Eine junge Hirschkuh lag da, auf allerlei Gerümpel, neben einem Jagdgewehr. Die sanften Augen des toten Tiers, glanzlos im Tode, schienen ihn mit sanftem Vorwurf anzublicken. Am schlanken Hals der Hirschkuh war getrocknetes Blut.

Delaguerra richtete sich auf, sagte freundlich: »Das ist ja eine reizende Bescherung.«

»Haben Sie einen Jagdschein?«

»Ich jage nicht«, sagte Delaguerra.

»Hilft Ihnen nicht viel. Wie ich sehe, haben Sie ein Gewehr.«

»Ich bin Polizist.«

»Ach wirklich – Polizist? Dann haben Sie doch bestimmt auch einen Stern?«

»Habe ich.«

Delaguerra griff in die Brusttasche, zog den Stern heraus, rieb ihn am Ärmel, hielt ihn hin auf der flachen Hand. Der dünne Jagdhüter starrte darauf nieder, leckte sich die Lippen.

»Leutnant bei der Kripo, was? Stadtpolizei.« Sein Gesichtsausdruck wurde abwesend und träge. »Okay, Leutnant. Wir werden rund zehn Meilen talwärts fahren — in Ihrer Karre. Ich werd dann sehn, daß ich per Anhalter zu meiner zurückkomme.«

Delaguerra steckte das Abzeichen weg, klopfte sorgfältig seine Pfeife aus, trat die Glut in den Kies. Er zog das Stoffverdeck lose wieder nach vorn.

»Festgenommen?« fragte er ernst.

»Festgenommen, Leutnant.«

»Gehn wir.«

Er stieg ein, hinters Steuer des Cadillac. Der dünne Jagdhüter ging auf die andere Seite, stieg neben ihm ein. Delaguerra ließ den Wagen an, stieß zurück, wendete und fuhr los, den glatten Beton des Highway hinunter. Das Tal in der Ferne lag in tiefem Dunst. Jenseits des Dunstes ragten am Horizont riesige Gipfel. Delaguerra ließ den großen Wagen gemächlich rollen, ohne Hast. Die beiden Männer blickten starr geradeaus, ohne zu sprechen.

Nach langer Zeit sagte Delaguerra: »Ich wußte gar nicht, daß es am Puma Lake Wild gibt. Und weiter bin ich gar nicht gewesen.«

»Ganz in der Nähe liegt ein Wildschutzgebiet, Leutnant«, sagte der Jagdhüter gelassen. Er starrte durch die staubige Windschutzscheibe. »Ein Teil des Toluca County Forest — oder wußten Sie das auch noch nicht?«

Delaguerra sagte: »Sie werden lachen, aber ich hab's tatsächlich nicht gewußt. Ich bin noch nie in meinem Leben auf die Jagd gegangen. Derart rabiat hat mich die Arbeit bei der Polizei noch nicht gemacht.«

Der Jagdhüter grinste, sagte nichts. Der Highway führte über einen Bergsattel, dann lag der Hang auf der rechten Seite der Straße. Kleine Canyons begannen sich in die Berge zur Linken zu öffnen. Einige von ihnen hatten Feldwege oder Schotterstraßen, die seitlich vom Highway abführten, halb überwachsen, mit ausgemahlenen Fahrrinnen.

Delaguerra riß den großen Wagen hart und jäh nach links, ließ ihn auf ein Rodungsgelände mit rötlichem Erdreich und trockenem Gras schießen, trat mit Wucht auf die Bremse. Der Wagen schleuderte, schwankte, kam mit einem knirschenden Ruck zum Stehen.

Der Jagdhüter wurde heftig nach rechts geschleudert, dann nach vorn gegen die Windschutzscheibe. Er fluchte, zuckte hoch und fuhr sich mit der rechten Hand über den Leib, nach der Pistole im Halfter.

Delaguerra packte ein dünnes, hartes Handgelenk und drehte es scharf gegen den Leib des Mannes. Das Gesicht des Jagdhüters wurde unter der Sonnenbräune weiß. Seine linke Hand fingerte krampfhaft an seiner Halfter herum, erschlaffte dann. Er sprach mit gepreßter, Schmerz unterdrückender Stimme:

»Macht's bloß noch schlimmer, Polizist. Ich bekam einen Tip übers Telefon, in Salt Springs. Beschrieb Ihren Wagen, sagte, wo er stand. Sagte, es läge eine Hirschkuh drin. Ich ...«

Delaguerra ließ das Handgelenk los, riß die Gürtelhalfter auf und den Colt heraus. Er warf die Waffe aus dem Wagen.

»Raus mit Ihnen, Sie Jagdspezialist! Reisen Sie per Anhalter weiter, wie Sie gesagt haben. Was ist los – können Sie von Ihrem Gehalt nicht mehr leben? Sie haben mir das Tier selbst in den Wagen praktiziert, oben am Puma Lake, Sie gottverdammter Gauner!«

Der Jagdhüter stieg langsam aus, blieb mit leerem Gesicht neben dem Wagen stehen, mit lockerem, schlaffem Unterkiefer.

»Rabiater Bursche«, murmelte er. »Das wird Ihnen noch leid tun, Polizist. Ich knalle Ihnen eine Anzeige hin, die sich gewaschen hat.«

Delaguerra rutschte über den Sitz, stieg zur rechten Tür aus. Er trat dicht an den Jagdhüter heran, sagte sehr langsam: »Vielleicht irre ich mich ja in Ihnen, Mister. Vielleicht haben Sie wirklich einen Anruf bekommen. Vielleicht.«

Er riß die tote Hirschkuh mit einem Schwung aus dem Wagen, legte sie auf die Erde, beobachtete den Jagdhüter. Der dünne Mann bewegte sich nicht, machte keinen Versuch, in die Nähe seiner Pistole zu kommen, die ein paar Meter weit entfernt im Gras lag. Seine seetangfarbenen Augen waren stumpf, sehr kalt.

Delaguerra stieg wieder in den Cadillac, löste die Bremse, ließ den Motor an. Er stieß auf den Highway zurück. Der Jagdhüter machte immer noch keine Bewegung.

Der Cadillac sprang vorwärts, schoß die Steilstraße hinunter, kam außer Sicht. Als er ganz verschwunden war, hob der Jagdhüter seine Pistole auf und steckte sie in seine Halfter zurück, schleifte die Hirschkuh hinter einen Busch und machte sich auf den Weg, den Highway entlang, zum Kamm des Steilhangs hinauf.

VI

Das Mädchen am Empfangstisch im Kenworthy sagte: »Dieser Mann hat Sie dreimal zu erreichen versucht, Leutnant, wollte aber keine Nummer hinterlassen. Und dann rief noch zweimal eine Dame an. Wollte aber ebenfalls weder Namen noch Nummer angeben.«

Delaguerra nahm drei Zettel von ihr entgegen, las den Namen »Joey Chill« darauf und die verschiedenen Zeiten. Er ließ sich noch ein paar Briefe geben, dankte dem Empfangsmädchen mit einer leichten Berührung seiner Mütze und trat in den automatischen Fahrstuhl. Im dritten Stock stieg er aus, ging einen schmalen ruhigen Korridor hinunter, schloß eine Tür auf. Ohne Licht zu machen, ging er quer durchs Zimmer zu einer hohen Fenstertür, öffnete sie weit, stand da und blickte in den dick-dunklen Himmel hinaus, aufs Blitzen der Neonlichter, auf die stechenden Strahlen der Scheinwerfer auf dem Ortega Boulevard, zwei Blocks weiter.

Er zündete sich eine Zigarette an und rauchte sie bis zur Hälfte, ohne sich zu bewegen. Sein Gesicht im Dunkel war sehr lang, beunruhigt. Schließlich trat er vom Fenster weg und ging in ein kleines Schlafzimmer, knipste eine Tischlampe an und zog sich bis auf die Haut aus. Er stellte sich unter die Dusche, rubbelte sich mit dem Handtuch ab, zog saubere Wäsche an und ging in die Kochnische, um sich einen Drink zu mischen. Er schlürfte ihn und rauchte eine weitere Zigarette, während er sich fertig anzog. Das Telefon im Wohnzimmer klingelte, als er seine Halfter umschnallte.

Es war Belle Marr. Ihre Stimme klang verschwommen und kehlig, als hätte sie stundenlang geweint.

»Ich bin ja so froh, daß ich dich endlich erreiche, Sam. Ich – ich hab's nicht so gemeint, wie ich's gesagt habe. Ich war geschockt und ganz durcheinander, hatte absolut die Fassung verloren. Du wußtest das auch, nicht wahr, Sam?«

»Aber sicher, Kleines«, sagte Delaguerra. »Mach dir keine Gedanken darüber. Im übrigen hast du ganz recht gehabt. Ich bin grad vom Puma Lake zurückgekommen, und ich glaube, man hat mich da nur raufgeschickt, um mich loszuwerden.«

»Du bist alles, was ich jetzt noch habe, Sam. Du paßt auf, nicht wahr, daß dir nichts passiert?«

»Wer sollte mir denn was tun?«

»Das weißt du genau. Ich bin nicht blind, Sam. Ich weiß, das alles war ein Komplott, ein schmutziges politisches Komplott, um ihn loszuwerden.«

Delaguerras Finger spannte sich krampfhaft um den Hörer. Sein Mund fühlte sich wie erstarrt an und hart. Einen Moment lang konnte er kein Wort hervorbringen. Dann sagte er: »Es könnte auch einfach das sein, wonach es aussieht, Belle. Ein Streit wegen der Bilder. Schließlich hatte Donny das Recht, einem solchen Burschen zu sagen, er sollte von der Kandidatenliste verschwinden. Das war keine Erpressung ... Und dann hatte er immerhin eine Pistole in der Hand, weißt du.«

»Komm zu mir raus und besuch mich, wann du kannst, Sam.« Ihre Stimme zögerte, blieb in der Schwebe, wie in verfließendem Gefühl, wie in Wehmut und Sehnsucht.

Er trommelte auf die Schreibtischplatte, zögerte wieder, sagte: »Aber sicher ... Wann ist zuletzt jemand am Puma Lake gewesen, in der Hütte?«

»Ich weiß nicht. Ich selber war wohl ein ganzes Jahr nicht mehr da. Er ist immer ... allein gegangen. Vielleicht hat er sich dort mit Leuten getroffen. Ich weiß nicht.«

Er sagte noch etwas Unbestimmtes, sagte nach einem Moment »Auf Wiedersehn« und legte auf. Er starrte gegen die Wand über dem Schreibtisch. In seinen Augen war jetzt ein frisches Licht, ein hartes Glitzern. Sein ganzes Gesicht war gespannt, es hatte allen Zweifel verloren.

Er ging ins Schlafzimmer zurück, um seinen Mantel und Strohhut zu holen. Schon im Begriff zu gehen, griff er nach den drei Telefonzetteln mit dem Namen »Joey Chill«, riß sie in kleine Stücke und verbrannte die Stücke in einem Aschenbecher.

VII

Pete Marcus, der große sandhaarige Polizeibeamte, saß seitlich an einem kleinen, mit Papieren übersäten Schreibtisch in einem kahlen Büro, in dem zwei derartige Schreibtische standen, an gegenüberliegenden Wänden. Der andere Schreibtisch war sauber und ordentlich, hatte eine grüne Filzunterlage mit einer Schreibgarnitur aus Onyx, einen kleinen Messingkalender und eine Ohrschneckenmuschel als Aschenbecher.

Ein rundes Strohkissen, das leicht wie eine Zielscheibe aussah, war senkrecht gegen die Rückenlehne eines Stuhls am Fenster gestellt worden. Pete Marcus hatte ein Bündel einfacher Federhalter in der linken Hand und war damit beschäftigt, sie nach dem Kissen zu schleudern, wie ein mexikanischer Messerwerfer. Er tat es mit abwesender Miene und ohne sonderliche Geschicklichkeit.

Die Tür ging auf, und Delaguerra kam herein. Er schloß die Tür und lehnte sich dagegen, sah Marcus hölzern zu. Der sandhaarige Mann quietschte auf seinem Stuhl herum und kippte ihn gegen den Schreibtisch zurück, kratzte sich das Kinn mit einem breiten Daumennagel.

»He, Spanier. Netten Ausflug gehabt? Der Chef bellt schon nach dir.«

Delaguerra grunzte, steckte sich eine Zigarette zwischen die glatten braunen Lippen.

»Warst du in Marrs Büro dabei, als die ominösen Photos gefunden wurden, Pete?«

»Tja, war ich, aber selber gefunden hab ich sie nicht. War der Commissioner. Wieso?«

»Hast du gesehn, wie er sie fand?«

Marcus starrte einen Moment, dann sagte er ruhig, auf der Hut: »Er hat sie schon richtig gefunden, Sam. Nichts von Unterschiebung — wenn's das ist, was du meinst.«

Delaguerra nickte, zuckte die Achseln. »Irgendwas über die Kugeln raus?«

»Ja-ah. Keine 32er — sondern 25er. Eine niedliche Westentaschenknarre. Kupfer-Nickel-Geschosse. Allerdings 'ne Automatik, und Patronenhülsen haben wir überhaupt keine gefunden.«

»An die hat Imlay also gedacht«, sagte Delaguerra gelassen, »die Photos dagegen, für die er einen Mord beging, hat er vergessen.«

Marcus senkte die Füße auf den Boden und beugte sich vor, blickte unter seinen braungelben Brauen her in die Höhe.

»Könnte schon sein. Sie geben ihm ein Motiv, aber nachdem Marr ja die Pistole in der Hand hatte, ist's mit dem Vorsatz Essig.«

»Gute Kopfarbeit, Pete.« Delaguerra ging zu dem kleinen Fenster hinüber, blieb davor stehen und sah hinaus. Nach einem Moment sagte Marcus mürrisch: »Wie du siehst, ersticke ich nicht grade mehr in Arbeit, Spanier.«

Delaguerra drehte sich langsam um, ging hinüber und trat dicht an Marcus heran, sah auf ihn nieder.

»Gifte dich nicht, Kleiner. Du bist mein Partner, und ich bin nun mal als Marrs Verbindungsmann zur Polizei abgestempelt. Da kriegst du eben auch was ab. Dich legen sie auf Eis, und mich haben sie zum Puma Lake rauf in Marsch gesetzt, damit mir dort irgendwer eine kleine Hirschkuh in den Gepäckraum meines Wagens praktizieren und ein Jagdhüter mich damit erwischen konnte.«

Marcus stand ganz langsam auf, die Fäuste verkrampft an den Seiten. Seine schweren grauen Augen öffneten sich sehr weit. Seine große Nase war blaß um die Nüstern.

»Niemand hier würde *so* weit gehen, Sam.«

Delaguerra schüttelte den Kopf. »Das glaube auch ich nicht. Aber sie könnten einem Wink gefolgt sein, mich da raufzuschikken. Und irgendein Außenstehender hat dann den Rest besorgt.«

Pete Marcus setzte sich wieder hin. Er griff nach einem der spitzen Federhalter und schleuderte ihn ingrimmig nach dem runden Strohkissen. Die Federspitze blieb stecken, der Halter zitterte, brach ab und klapperte zu Boden.

»Hör zu«, sagte er mit belegter Stimme, ohne aufzusehen, »das hier ist ein bloßer Job für mich. Weiter nichts. Nur für die täglichen Brötchen. Ich mache diese Arbeit bei der Polizei nicht aus Idealismus wie du. Sag bloß ein Wort, und ich knalle den gottverdammten Stern dem alten Knacker in die Fresse.«

Delaguerra beugte sich nieder, versetzte ihm einen Knuff in die Rippen. »Zieh Leine, Polizist. Mir wird schon was einfallen. Fahr erst mal nach Hause und sauf dir einen an.«

Er öffnete die Tür und ging rasch hinaus, ging einen marmorverkleideten Korridor entlang bis zu einer Stelle, wo er sich zu einer kleinen Halle mit drei Türen weitete. Auf der mittleren stand: *Chef der Kriminalpolizei. Bitte eintreten.* Delaguerra trat in ein kleines Vorzimmer, das durch eine einfache Barriere geteilt war. Ein Polizeistenograph hinter der Barriere blickte kurz auf, winkte dann mit einem Kopfruck nach einer inneren Tür. Delaguerra öffnete eine Durchgangsklappe in der Barriere und klopfte an die innere Tür, ging dann hinein.

Zwei Männer saßen in dem großen Büro. Tod McKim, der Chef der Kriminalpolizei, hockte hinter einem schweren Schreibtisch, sah Delaguerra hartäugig entgegen, als er eintrat. Er war ein großer, schlaksiger Mann, der schon etwas schwammig geworden war. Er hatte ein langes, launisch melancholisches Gesicht. Sein eines Auge saß nicht ganz gerade in seinem Kopf.

Der Mann, der in einem rundlehnigen Sessel am Ende des Schreibtisches saß, war wie ein Dandy gekleidet, trug Gamaschen. Ein perlgrauer Hut, graue Handschuhe und ein Spazierstock aus Ebenholz lagen neben ihm auf einem anderen Stuhl. Er hatte einen Schopf aus weichem weißem Haar und ein hübsches, ungezügeltes Gesicht, das durch ständige Massage seine rosa Farbe behalten hatte. Er lächelte Delaguerra an, sah vage amüsiert aus und ironisch, rauchte eine Zigarette in einer langen Bernsteinspitze.

Delaguerra nahm McKim gegenüber Platz. Dann sah er den

weißhaarigen Mann kurz an und sagte: »Guten Abend, Commissioner.«

Commissioner Drew nickte lässig, sagte aber nichts.

McKim beugte sich vor und prankte stumpfe plumpe Finger mit abgekauten Nägeln auf die glänzende Schreibtischplatte. Er sagte ruhig: »Sie haben sich ja viel Zeit gelassen mit der Rückmeldung. Irgendwas gefunden?«

Delaguerra starrte ihn an, ein flaches, ausdrucksloses Starren.

»Das war doch gar nicht der Zweck der Übung – abgesehen vielleicht von einer erlegten Hirschkuh im Gepäckraum meines Wagens.«

Nichts veränderte sich in McKims Gesicht. Kein Muskel regte sich darin. Drew zog einen rosa polierten Fingernagel an seiner Kehle nieder und gab mit Zunge und Zähnen ein reißendes Geräusch von sich.

»Ts, ts, was sind denn das für Sprüche, junger Mann, gegenüber Ihrem Boss?«

Delaguerra sah weiter nur McKim an, wartete. McKim sprach langsam, traurig: »Sie haben eine gute Personalakte, Delaguerra. Ihr Großvater war einer der besten Sheriffs, die das County je hatte. Heute haben Sie sich eine Menge Dreck an den Stecken geholt. Es liegt eine Anschuldigung wegen Jagdfrevels gegen Sie vor, wegen Behinderung eines Beamten von Toluca County bei Ausübung seiner Dienstpflicht und wegen Widersetzlichkeit bei der Festnahme. Haben Sie zu dem allen was zu sagen?«

Delaguerra sagte tonlos: »Ist schon Haftbefehl gegen mich erlassen?«

McKim schüttelte sehr langsam den Kopf. »Es handelt sich um eine amtsinterne Beschwerde. Keine formelle Anzeige, Mangel an Beweisen, schätze ich.« Er lächelte trocken, ohne Humor.

Delaguerra sagte ruhig: »In dem Fall werden Sie meinen Stern wollen, nehme ich an.«

McKim nickte, schweigend. Drew sagte: »Sie haben den Finger ein bißchen zu fix am Abzug. Und auch Ihr Mundwerk geht ein bißchen zu rasch mit Ihnen durch.«

Delaguerra zog sein Abzeichen heraus, rieb es am Ärmel, sah es an, schob es über das glatte Holz des Tisches.

»Okay, Chef«, sagte er sehr leise. »Ich habe spanisches Blut, rein spanisches. Nicht das eines Nigger-Mex und auch nicht das eines Yaqui-Mex. Mein Großvater hätte eine Situation wie diese mit weniger Worten und mehr Pulverdampf erledigt, aber das soll nicht heißen, daß ich sie komisch finde. Ich bin vorsätzlich in eine Falle gelockt worden, weil ich mit Donegan Marr eng befreundet war. Sie wissen und ich weiß, daß mein Job hier nie davon beeinflußt worden ist. Der Commissioner und seine Hintermänner sind sich dessen aber vielleicht nicht so sicher.«

Drew stand jäh auf. »Bei Gott, so werden Sie mit mir nicht reden«, kläffte er.

Delaguerra lächelte langsam. Er sagte nichts, sah überhaupt nicht in Drews Richtung. Drew setzte sich wieder, mit finster gerunzelter Stirn und heftig atmend.

Nach einem Moment steckte McKim das Abzeichen weg, in die mittlere Schublade seines Schreibtischs, und stand auf.

»Sie sind vom Dienst suspendiert, bis der Disziplinarausschuß über Sie entschieden hat, Delaguerra. Bleiben Sie mit mir in Tuchfühlung.« Er ging rasch aus dem Zimmer, durch die innere Tür, ohne einen Blick zurückzuwerfen.

Delaguerra schob seinen Stuhl zurück und richtete den Hut auf seinem Kopf. Drew räusperte sich, setzte ein konziliantes Lächeln auf und sagte: »Vielleicht bin ich selber eben ein bißchen hastig gewesen. Das Irische in mir. Darum keine Feindschaft nicht. Eine Lektion, wie sie Ihnen da erteilt wird, haben wir alle mal einstecken müssen. Darf ich Ihnen einen kleinen Rat geben?«

Delaguerra stand auf, zeigte ihm ein Lächeln, ein kleines, dürres Lächeln, das nur seine Mundwinkel verzog und den Rest seines Gesichts hölzern ließ.

»Ich weiß, wie er lautet, Commissioner. Lassen Sie die Finger vom Fall Marr.«

Drew lachte, gutgelaunt jetzt wieder. »Nicht unbedingt. Es gibt gar keinen Fall Marr. Imlay hat die Schießerei zugegeben, durch seinen Anwalt, nimmt Notwehr für sich in Anspruch. Er will sich morgen stellen. Nein, mein Rat lautet anders. Fahren Sie nach Toluca County zurück und sagen Sie dem Jagdhüter, daß es

Ihnen leid tut. Ich glaube, mehr braucht's nicht, um den Fall aus der Welt zu schaffen. Sie könnten's immerhin mal versuchen und abwarten.«

Delaguerra bewegte sich gemächlich zur Tür und machte sie auf. Dann drehte er sich mit einem plötzlich aufblitzenden Grinsen, das alle seine weißen Zähne zeigte, noch einmal zu Drew um.

»Ich seh's jedem an der Nasenspitze an, wenn er ein Ganef ist, Commissioner. Dieser hier hat sein Schmerzensgeld für die Mühe schon längst in der Tasche.«

Er ging hinaus. Drew sah zu, wie die Tür sich schloß, mit weichem Schleifen, mit einem trockenen Klick. Sein Gesicht war steif vor Wut. Das Rosa seiner Haut hatte sich in ein teigiges Grau verwandelt. Die Hand, in der er die Bernsteinspitze hielt, zitterte wild, und Asche fiel aufs Knie seiner makellosen, messerscharf gebügelten Hose.

»Bei Gott«, sagte er, wie erstarrt in der Stille, »du bist vielleicht ein aalglatter Spanier! Du bist vielleicht so glatt wie Spiegelglas – nur daß man verdammt viel schneller ein Loch hineinkriegt!«

Er stand auf, schwerfällig vor Wut, bürstete sich sorgsam die Asche von der Hose und streckte eine Hand nach Hut und Spazierstock aus. Die manikürten Finger der Hand zitterten immer noch.

VIII

Die Newton Street, zwischen der Dritten und Vierten, war ein Block von billigen Kleiderläden, Pfandleihen, Arkaden mit Spielautomaten, schäbigen Hotels, vor denen Männer mit verschlagenen Augen Worte an ihren Zigaretten vorbeigleiten ließen, ohne die Lippen zu bewegen. Auf der Mitte des Blocks hing über einem Eingangsvorbau ein vorspringendes hölzernes Schild mit der Aufschrift: *Stoll's Billiard Parlours.* Stufen führten hinunter vom Rand des Bürgersteigs. Delaguerra ging die Stufen hinab.

Vorn in dem Billardraum war es fast dunkel. Die Tische waren zugedeckt, die Queues standen in starren Reihen in den Gestellen. Aber weit hinten gab es Licht, hartes weißes Licht, das Trauben von Köpfen und Schultern als Silhouetten erkennen ließ. Man hörte Lärm herüber, Streiten, Wettgeschrei. Delaguerra ging auf das Licht zu.

Plötzlich, wie auf ein Signal hin, hörte der Lärm auf, und aus der Stille drang das scharfe Klicken von Bällen, der dumpfe Prall des Stoßballs gegen Bande und wieder Bande, schließlich der Finalschlag einer Dreierkarambolage. Dann flammte der Lärm wieder auf.

Delaguerra blieb neben einem zugedeckten Tisch stehen und zog einen Zehndollarschein aus der Brieftasche, zog ein gummiertes Etikett aus einem Fach der Brieftasche. Er schrieb darauf: »Wo ist Joey?«, klebte es leicht auf der Banknote fest, faltete die Banknote einmal längs und einmal quer. Er ging weiter auf das Menschengewimmel zu, drängte sich Schritt für Schritt hindurch, bis er dicht am Tisch war.

Ein hochgewachsener blasser Mann mit einem leidenschaftslosen Gesicht und sauber gescheiteltem braunem Haar war gerade damit beschäftigt, sein Queue zu kreiden und die Lage der Bälle auf dem Tisch zu studieren. Er beugte sich vor, brückte mit starken weißen Fingern. Der Wettlärm versank in Stille wie ein Stein. Der hochgewachsene Mann stieß eine glatte, mühelose Quarte.

Ein pausbäckiger Mann auf einem hohen Schemel intonierte: »Vierzig für Chill. Abstand ist acht.«

Der hochgewachsene Mann kreidete wieder sein Queue, blickte sich müßig um. Seine Augen gingen über Delaguerra weg ohne ein Zeichen des Erkennens. Delaguerra trat näher an ihn heran, sagte: »Wetten Sie auch selber, Max? Fünf Eier gegen den nächsten Stoß.«

Der hochgewachsene Mann nickte. »Nehme an.«

Delaguerra legte die gefaltete Banknote auf die Tischkante. Ein Junge in gestreiftem Hemd griff danach. Max Chill kam ihm wie unabsichtlich in den Weg, schob die Banknote in die Westentasche, sagte tonlos: »Fünf gelten«, und beugte sich zu einem neuerlichen Stoß vor.

Es wurde ein sauberer Zickzackstoß, ein Haarlinienstoß. Er

brachte rauschenden Beifall. Der hochgewachsene Mann händigte dem Helfer im gestreiften Hemd sein Queue aus, sagte: »Kleine Pause. Ich muß mal verschwinden.«

Er ging nach hinten durch die Schatten, durch eine Tür mit der Aufschrift »Männer«. Delaguerra zündete sich eine Zigarette an, betrachtete das übliche Gesindel der Newton Street in der Runde. Max Chills Gegner, ebenfalls ein hochgewachsener, blasser, leidenschaftsloser Mann, stand neben dem Markör und sprach mit ihm, ohne ihn anzusehen. In ihrer Nähe paffte, allein und mit hochnäsiger Miene, ein sehr gut aussehender Filipino in elegantem lohbraunem Anzug eine schokoladenfarbene Zigarette.

Max Chill kam zum Tisch zurück, langte nach seinem Queue, kreidete es. Er griff mit einer Hand in die Weste, sagte beiläufig: »Sie kriegen ja noch einen Fünfer von mir raus, Kumpel«, reichte Delaguerra einen gefalteten Geldschein hinüber.

Er machte drei Karambolagen hintereinander, fast ohne zu unterbrechen. Der Markör sagte: »Vierundvierzig für Chill. Abstand ist zwölf.«

Zwei Männer lösten sich aus der Menge, gingen auf den Ausgang zu. Delaguerra schloß sich ihnen unauffällig an, folgte ihnen zwischen den zugedeckten Tischen durch bis zum Fuß der kleinen Treppe. Dort blieb er stehen, faltete den Geldschein in seiner Hand auseinander, las die Adresse, die unter seine Frage auf das Etikett gekritzelt war. Er knüllte die Banknote in seiner Hand zusammen, wollte sie in die Tasche stecken.

Etwas Hartes bohrte sich ihm in den Rücken. Eine näselnde Stimme, wie eine gezupfte Banjosaite, sagte: »Ach, helfen Sie doch lieber mal mir damit aus, ja?«

Delaguerras Nasenflügel bebten, spannten sich. Er sah die Stufen hinauf auf die Beine der beiden Männer vor sich, deren Umrisse sich im grellen Widerschein der Straßenlichter abzeichneten.

»Okay«, sagte die näselnde Stimme grimmig.

Delaguerra ließ sich zur Seite fallen, warf sich in der Luft herum. Sein Arm schoß schlangengleich nach hinten. Seine Hand packte einen Fußknöchel, als er fiel. Eine sausende Pistole verfehlte seinen Kopf, krachte ihm aufs Schultergelenk und ließ einen scharfen Schmerz durch seinen linken Arm niederfahren. Hartes, heißes Atmen erklang. Irgend etwas schlug gegen seinen Strohhut, ohne Kraft. Ein dünnes, reißendes Schnarren kam ganz aus seiner Nähe. Er rollte sich herum, drehte den Fuß mit, zog ein Knie unter sich und schnellte in die Höhe. Er kam auf die Füße, katzenhaft, geschmeidig. Er stieß den Knöchel von sich, mit aller Kraft.

Der Filipino im lohbraunen Anzug schlug rücklings auf den Boden. Eine Pistole schlotterte hoch. Delaguerra trat sie aus einer kleinen braunen Hand, und sie schlidderte unter einen Tisch. Der Filipino blieb still auf dem Rücken liegen, den Kopf hochgereckt, den Hut mit der saloppen Krempe immer noch wie festgeleimt auf seinem öligen Haar.

Hinten im Billardraum ging die Karambolagepartie friedlich weiter. Wenn überhaupt jemand die Scharrgeräusche am Eingang mitbekommen hatte, so rührte sich jedenfalls keiner, ihnen nachzugehen. Delaguerra riß einen umriemten Totschläger aus der Hüfttasche, beugte sich vor. Das verkrampfte braune Gesicht des Filipino duckte sich.

»Mußt noch eine Masse lernen. Hoch mit dir, Jungchen.«

Delaguerras Stimme war eisig unterkühlt, aber völlig gelassen. Der dunkle Mann rappelte sich auf, hob die Arme, dann schoß seine linke Hand plötzlich nach seiner rechten Schulter. Der Totschläger brachte sie nieder, mit einem beiläufigen Schlenker von Delaguerras Handgelenk. Der braune Mann stieß einen dünnen Schrei aus, wie ein hungriges Kätzchen.

Delaguerra zuckte die Achseln. Sein Mund verzog sich zu einem sardonischen Grinsen.

»Kleiner Raubüberfall am Abend, was? Okay, Gelbgesicht, vielleicht ein andermal. Im Moment hab ich zu tun. Zieh Leine!«

Der Filipino glitt zwischen die Tische zurück, kauerte sich nieder. Delaguerra nahm den Totschläger in die linke Hand, griff mit der rechten nach einem Pistolenkolben. Einen Moment lang blieb er so stehen, beobachtete die Augen des Filipino. Dann drehte er sich um, ging rasch die Stufen hinauf und verschwand.

Der braune Mann stürzte vor, an der Wand entlang, und kroch unter den Tisch, um seine Pistole zu suchen.

IX

Joey Chill, der die Tür aufriß, hielt eine kurze, etwas ramponierte Pistole ohne Visierkorn in der Hand. Er war ein kleiner Mann, zäh, mit einem verspannten, besorgt wirkenden Gesicht. Er brauchte eine Rasur und ein frisches Hemd. Ein strenger, tierischer Geruch drang aus dem Zimmer hinter ihm.

Er senkte die Pistole, grinste säuerlich, trat zurück ins Zimmer.

»Okay, Bulle. Sie haben sich ja ganz schön Zeit gelassen.«

Delaguerra ging hinein und schloß die Tür. Er schob seinen Strohhut weit zurück auf seinem drahtigen Haar und sah Joey Chill ohne jeden Ausdruck an. Er sagte: »Soll ich mir etwa von jedem kleinen Gauner in der Stadt die Adresse merken? Mußte sie mir erst von Max holen.«

Der kleine Mann brummelte etwas vor sich hin und ging dann und legte sich aufs Bett, schob die Pistole unters Kopfkissen. Er verschränkte die Hände hinter dem Kopf und blinzelte gegen die Decke.

»Haben Sie 'n Hunderter dabei, Bulle?«

Delaguerra stieß sich einen Stuhl vor das Bett und ließ sich rittlings darauf nieder. Er holte seine Bulldogpfeife heraus, stopfte sie langsam, streifte mit einem widerwilligen Blick das geschlossene Fenster, die abgestoßene Emaille des Bettgestells, das schmutzige, zerwühlte Bettzeug, die Waschschüssel in der Ecke, über der zwei schmierige Handtücher hingen, die nackte Frisierkommode mit der Gideonbibel und der halben Flasche Gin obendrauf.

»Untergetaucht?« erkundigte er sich, ohne sonderliches Interesse.

»Die Heilsarmee ist hinter mir her, Bulle. Ich muß 'n Weilchen von der Bildfläche verschwinden. Also hörn Sie, ich hab da was. Ist einen Hunderter wert.«

Delaguerra steckte langsam seinen Tabakbeutel weg, gleichgültig, hielt ein angerissenes Streichholz an seine Pfeife, paffte mit aufreizender Gemächlichkeit. Der kleine Mann auf dem Bett fing an zu zappeln, beobachtete ihn nervös von der Seite. Delaguerra sagte langsam: »Als Spitzel sind Sie gut, Joey. Das können Sie immer von mir bescheinigt kriegen. Aber hundert Eier sind eine ganz schöne Stange Geld für einen Polizisten.«

»Ist's aber wert, Mann. Wenn Ihnen der Mord an diesem Marr wichtig genug ist, daß Sie ihn richtig aufklären wollen.«

Delaguerras Augen wurden bewegungslos und sehr kalt. Seine Zähne hielten das Mundstück der Pfeife gepackt. Er sprach sehr ruhig, mit Ingrimm:

»Ich werd's mir mal anhören, Joey. Und ich bezahle, wenn's das wert ist. Aber wehe Ihnen, wenn's nicht stimmt.«

Der kleine Mann rollte sich herum, stützte sich auf den Ellbogen. »Wissen Sie, wer das Mädchen war, das mit Imlay zusammen auf diesen Pyjamaphotos?«

»Ich kenne den Namen«, sagte Delaguerra gleichmütig. »Die Photos hab ich gar nicht gesehen.«

»Stella La Motte ist bloß ihr Künstlername. Richtig heißt sie Stella Chill. Mein Schwesterchen.«

Delaguerra verschränkte die Arme auf der Lehne des Stuhls. »Das ist ja reizend«, sagte er. »Reden Sie weiter.«

»Sie hat ihn reingelegt, Bulle. Reingelegt für ein paar Päckchen Heroin von einem schlitzäugigen Flip.«

»Was, einem Filipino?« Delaguerras Stimme klang hastig, rauh. Sein Gesicht war jetzt voller Spannung.

»Tja, ein kleiner brauner Bruder. Ein Schönling, immer wie aus dem Ei gepellt, ein Schneedealer. Ein gottverdammter Fatzke. Heißt Toribo. Genannt wird er Caliente Kid. Er hatte eine Wohnung auf demselben Flur wie Stella, gleich gegenüber. Da hat er ihr das Zeug dann eingetrichtert. Und sie schließlich zu dem Trick mit Imlay gezwungen. Der kriegte von ihr ein paar Tropfen schweres Zeug in den Schnaps und ging aus. Worauf sie den Flip reinließ und der die Photos schoß, mit 'ner Minné-Kamera. Allerliebst, was? ... Und dann, typisch Nutte, kriegt sie das heulende Elend und jammert Max und mir die ganze Schose in die Ohren.«

Delaguerra nickte, schweigend, fast wie erstarrt.

Der kleine Mann grinste scharf, zeigte seine winzigen Zähne. »Und was mach ich? Ich häng mich an den Flip ran. Lebe richtig in seinem Schatten, Bulle. Und nach 'ner kleinen Weile führt er mich, peng, direkt in Dave Aage sein Hochhausapartment im Vendome ... Schätze, das ist ein Häppchen wert.«

Delaguerra nickte langsam, schüttelte ein wenig Asche ab auf die Fläche seiner Hand und blies sie weg. »Wer weiß sonst noch davon?«

»Max. Wird's bestätigen, wenn Sie ihn richtig behandeln. Bloß will er selber nichts damit zu tun haben. Macht nicht mit bei solchen Spielchen. Er hat Stella Geld gegeben, daß sie aus der Stadt weg konnte, und dann dichtgemacht. Denn mit diesen Jungens ist nicht zu spaßen.«

»Also kann Max auch nicht wissen, wohin Sie die Spur des Filipino geführt hat, Joey.«

Der kleine Mann setzte sich scharf auf, schwang die Füße auf den Boden. Sein Gesicht wurde mürrisch.

»Ich nehm Sie nicht auf den Arm, Bulle. Hab ich noch nie gemacht.«

Delaguerra sagte ruhig: »Ich glaube Ihnen ja, Joey. Ich hätt nur gern noch einen Beweis mehr dafür. Was machen Sie sich denn für einen Reim auf das Ganze?«

Der kleine Mann schnaufte verächtlich. »Teufel auch, das sticht einem doch in die Augen, daß es schon weh tut. Entweder hat der Flip die Geschichte von vornherein für Masters und Aage gemacht, oder er ist an sie rangetreten, als er die Photos hatte. Dann kriegte Marr die Photos in die Finger, und das hätt er ja todsicher nicht, wenn die beiden das nicht selber gedeichselt hätten, bloß daß er nicht wußte, daß sie die Dinger ebenfalls hatten. Imlay hat für ihre Partei kandidiert, als Richter. Okay, er war ihr Lump, aber er war eben ein Lump und unzuverlässig dazu. Wenn man so säuft wie der und einem dauernd die Nerven durchgehn? Das weiß doch jeder!«

Delaguerras Augen glitzerten ein wenig. Der Rest seines Gesichts war wie aus Holz geschnitzt. Die Pfeife in seinem Mund stand so unbeweglich, als sei sie festzementiert.

Joey Chill fuhr fort, mit seinem scharfen kleinen Grinsen: »Also haben sie den großen Coup gelandet. Haben Marr die Photos zugespielt, ohne daß der wußte, wo sie herstammten.

Dann kriegte Imlay 'nen Tip, wer sie hätte und was da alles drauf zu sehen wäre und daß Marr ihm die Daumenschrauben anlegen wollte. Was blieb einem Burschen wie Imlay da wohl übrig? Er mußte auf die Jagd, Bulle – und Big John Masters und sein Busenfreund konnten sich die Ente braten.«

»Beziehungsweise das Wildbret«, sagte Delaguerra abwesend.

»Äh, was? Also, ist das ein Happen oder nicht?«

Delaguerra griff nach seiner Brieftasche, schüttelte das Geld heraus, zählte auf dem Knie ein paar Scheine ab. Er rollte sie zu einem festen Packen zusammen und schnippte sie hinüber aufs Bett.

»Ich hätte liebend gern noch einen kleinen Draht zu Stella, Joey. Wie steht's damit?«

Der kleine Mann stopfte sich das Geld in die Hemdtasche, schüttelte den Kopf. »Nichts zu machen. Sie könnten's höchstens noch mal bei Max versuchen. Ich glaube, sie ist aus der Stadt weg, und ich, ich verdrücke mich jetzt ebenfalls, wo ich die Pinke habe. Denn wie gesagt, mit diesen Jungens ist nicht zu spaßen – und vielleicht bin ich nicht gut genug gewesen beim Beschatten ... Bei mir hat sich nämlich selber ein Schleicher ins Schlepptau gehängt.« Er stand auf, gähnte, fügte hinzu: »Schlückchen Gin gefällig?«

Delaguerra schüttelte den Kopf, sah dem kleinen Mann zu, wie er zur Kommode hinüberging und die Ginflasche hob, um sich eine gehörige Portion in ein dickes Glas zu gießen. Er leerte das Glas, wollte es hinstellen.

Glas klirrte am Fenster. Es gab einen Schlag wie von einem schlappen Handschuh. Ein kleines Stück Fensterscheibe fiel auf das nackte fleckige Holz jenseits des Teppichs, fast zu Joey Chills Füßen.

Der kleine Mann stand zwei oder drei Sekunden lang vollkommen reglos. Dann fiel das Glas aus seiner Hand, schlug auf und rollte gegen die Wand. Dann gaben seine Beine nach. Er ging nach der Seite zu Boden, rollte langsam herum auf den Rükken.

Blut begann träge über seine Backe zu kriechen, aus einem Loch über seinem linken Auge. Es bewegte sich schneller. Das

Loch wurde groß und rot. Joey Chills Augen blickten leer gegen die Decke, als ginge ihn nun auf einmal alles nichts mehr an.

Delaguerra glitt still vom Stuhl nieder, auf Hände und Knie. Er kroch an der Längsseite des Bettes entlang, hinüber zur Wand am Fenster, streckte von dort die Hand aus und griff Joey Chill unters Hemd. Er hielt die Finger ein Weilchen auf das Herz, zog sie weg, schüttelte den Kopf. Er hockte sich tief geduckt in die Fensterecke, nahm den Hut ab und schob den Kopf dann sehr vorsichtig hoch, bis er über den unteren Scheibenrand hinaussehen konnte.

Er blickte auf die hohe kahle Wand eines Lagerhauses, gegenüber einer kleinen Gasse. Es hatte ein paar einzelne Fenster, hoch oben, aber keins davon war erleuchtet. Delaguerra zog den Kopf wieder nach unten, sagte ruhig, leise vor sich hin: »Gewehr mit Schalldämpfer, möglicherweise. Sehr saubere Leistung.«

Seine Hand streckte sich noch einmal aus, scheu, zog Joey Chill die kleine Rolle Banknoten aus dem Hemd. Er kroch an der Wand entlang zur Tür zurück, immer noch geduckt, griff hoch und zog den Schlüssel aus der Tür, öffnete sie, richtete sich auf und trat schnell hinaus, schloß die Tür von außen ab.

Er ging einen schmutzigen Korridor entlang und vier Treppen hinunter in eine enge Halle. Die Halle war leer. Es gab einen Empfangstisch und eine Glocke darauf, aber niemand stand dahinter. Delaguerra blieb an der Spiegelglastür stehen, die auf die Straße führte, und blickte über die Straße zu einem Fachwerkhaus hinüber, einer Pension offenbar, auf deren Veranda ein paar alte Männer in Schaukelstühlen hockten und rauchten. Sie sahen sehr friedlich aus. Er beobachtete sie mehrere Minuten lang.

Dann trat er hinaus, suchte blitzschnell und mit scharfen Blikken beide Seiten des Blocks ab, ging an geparkten Wagen entlang bis zur nächsten Ecke. Zwei Blocks weiter winkte er einem Taxi und fuhr zu Stoll's Billiard Parlours an der Newton Street zurück.

Licht brannte jetzt im ganzen Billardraum. Bälle klickten und rollten, Spieler drängten sich im dicken Dunst von Zigarettenrauch. Delaguerra sah sich um, ging dann zu einer Registrierkasse hinüber, neben der ein pausbäckiger Mann auf einem hohen Hocker saß.

»Sind Sie Stoll?«

Der pausbäckige Mann nickte.

»Wo ist Max Chill?«

»Schon lange weg, Bruder. Sind nur bis hundert Punkte hochgegangen. Wird wohl zu Hause sein, schätz ich.«

»Wo ist das, zu Hause?«

Der pausbäckige Mann streifte ihn mit einem raschen, flakkernden Blick, der wie ein Lichtfinger über ihn wegstrich.

»Keine Ahnung.«

Delaguerra hob eine Hand zu der Tasche, in der er sonst sein Abzeichen stecken hatte. Er ließ sie wieder sinken – versuchte, sie nicht zu schnell sinken zu lassen. Der pausbäckige Mann grinste.

»Plattfuß, was? Okay, er wohnt im Mansfield, drei Blocks westlich an der Grand.«

X

Cefarino Toribo, der gutaussehende Filipino in dem gutgeschnittenen lohbraunen Anzug, klaubte zwei silberne Zehncentstücke und drei Pennys vom Schalter im Telegraphenamt und lächelte die gelangweilte Blondine an, die ihn bediente.

»Das geht doch gleich raus, Zuckerchen?«

Sie warf einen eisigen Blick auf das Telegrammformular. »Hotel Mansfield? Ist in zwanzig Minuten da – und Ihren Zucker können Sie sparen.«

»Okay, Zuckerchen.«

Toribo schlenderte elegant aus dem Amt. Die Blondine spießte das Telegramm auf einen Dorn, sagte über die Schulter: »Der ist doch nicht ganz dicht. Schickt ein Telegramm in ein Hotel, das bloß drei Blocks weiter liegt.«

Cefarino Toribo bummelte die Spring Street entlang, ließ über seine hübsche Schulter eine Rauchspur aus einer schokoladenfarbenen Zigarette hinter sich. An der Vierten wandte er sich westlich, ging drei Blocks weiter, bog zum Seiteneingang des Mansfield ab, bei dem Friseurladen. Er ging ein paar Marmorstufen hinauf zu einem Entresol, durch den rückwärtigen Teil eines Schreibzimmers und über eine teppichbelegte Treppe zum zweiten Stock. Er huschte an den Fahrstühlen vorbei und stolzierte dann einen langen Korridor entlang bis zum Ende, musterte die Nummern an den Türen.

Er kam den halben Weg zu den Fahrstühlen wieder zurück, setzte sich in eine Nische, in der unter einem Doppelfenster zum Hof ein Tisch mit Glasplatte und ein paar Sessel standen. Er zündete sich eine frische Zigarette an seinem Stummel an, lehnte sich zurück und lauschte zu den Fahrstühlen hinüber.

Er beugte sich scharf vor, sooft einer in diesem Stockwerk hielt, horchte, ob Schritte kamen. Die Schritte kamen nach etwas über zehn Minuten. Er stand auf und trat hinter die Ecke der Wand, wo die Nischenerweiterung begann. Er zog eine lange dünne Pistole unter dem rechten Arm hervor, nahm sie in die rechte Hand, hielt sie nach unten gerichtet zwischen Körper und Wand.

Ein gedrungener, pockennarbiger Filipino in Pagenuniform kam den Korridor entlang, ein kleines Tablett in der Hand. Toribo gab ein zischendes Geräusch von sich, hob die Pistole. Der gedrungene Filipino wirbelte herum. Sein Mund ging auf, und seine Augen quollen hervor beim Anblick der Pistole.

Toribo sagte: »Welches Zimmer, du Armleuchter?«

Der gedrungene Filipino lächelte sehr nervös, beschwichtigend. Er trat näher, zeigte Toribo einen gelben Umschlag auf seinem Tablett. Die Ziffern 338 waren mit Bleistift auf das Fenster des Umschlags geschrieben.

»Leg's da hin«, sagte Toribo ruhig.

Der gedrungene Filipino legte das Telegramm auf den Tisch. Er wandte die Augen nicht von der Pistole.

»Verschwinde«, sagte Toribo. »Du hast es unter der Tür durchgeschoben, kapiert?«

Der gedrungene Filipino zog den runden schwarzen Kopf ein, lächelte noch einmal nervös und ging dann sehr schnell davon, auf die Fahrstühle zu.

Toribo steckte die Pistole in die Jackentasche, zog ein zusammengefaltetes weißes Papier heraus. Er schlug es sehr sorgfältig auseinander, schüttete glitzerndes weißes Pulver daraus auf die Hohlstelle, die sich zwischen seinem linken Daumen und Zeigefinger bildete, als er die Hand spreizte. Er schnupfte das Pulver mit einem scharfen Atemzug die Nase hoch, zog ein flammenfarbenes Seidentaschentuch heraus und wischte sich die Nase damit ab.

Er stand eine kleine Weile still. Seine Augen bekamen den stumpfen Farbton von Schiefer, und die Haut auf seinem braunen Gesicht schien sich über den hohen Backenknochen zu spannen. Er atmete hörbar durch die Zähne.

Er griff nach dem gelben Umschlag und ging den Korridor entlang bis ans Ende, blieb vor der letzten Tür stehen, klopfte.

Eine Stimme rief etwas. Er legte die Lippen dicht an die Tür, sprach mit hoher, sehr respektvoller Stimme.

»Post für Sie, Sir.«

Bettfedern knarrten. Schritte kamen drinnen über den Boden. Ein Schlüssel drehte sich im Schloß, und die Tür ging auf. Toribo hatte zu diesem Zeitpunkt seine dünne Pistole bereits wieder in der Hand. Als die Tür aufging, trat er schnell in die Öffnung, seitlich, mit einem anmutigen Schwenk seiner Hüften. Er setzte Max Chill die Mündung der dünnen Pistole auf den Bauch.

»Zurück!« sagte er leise, und seine Stimme hatte jetzt das metallische Näseln einer gezupften Banjosaite.

Max Chill wich vor der Pistole zurück. Er wich quer durch den Raum zurück bis zum Bett und setzte sich auf das Bett, als seine Beine auf die Kante trafen. Bettfedern knarrten, und eine Zeitung raschelte. Max Chills bleiches Gesicht unter dem sauber gescheitelten braunen Haar hatte überhaupt keinen Ausdruck.

Toribo schloß leise die Tür, ließ sie einschnappen. Als der Riegelbolzen schnappte, wurde Max Chills Gesicht plötzlich ein krankes Gesicht. Seine Lippen begannen zu zittern, zitterten fort.

Toribo sagte höhnisch, mit seiner näselnden Stimme: »Du hast bei den Bullen gesungen, was? *Adiós.*«

Die dünne Pistole zuckte in seiner Hand, zuckte weiter und weiter. Ein wenig blasser Rauch lispelte aus der Mündung. Das

Geräusch, das die Pistole machte, war nicht lauter als das eines Hammers, der einen Nagel einschlägt, oder eines Knöchels, der scharf auf Holz klopft. Sie machte dieses Geräusch siebenmal.

Max Chill legte sich sehr langsam auf das Bett. Seine Füße blieben auf dem Boden. Seine Augen wurden leer, und seine Lippen teilten sich, und rosa Schaum begann sich auf ihnen zu kräuseln. Blut erschien an verschiedenen Stellen auf der Vorderseite seines losen Hemds. Er lag ganz still auf dem Rücken und sah gegen die Decke, die Füße immer noch auf dem Boden, und der rosa Schaum brodelte auf seinen blauen Lippen.

Toribo nahm die Pistole in die linke Hand und steckte sie wieder unter den Arm. Er schlängelte sich seitlich zum Bett hinüber und blieb daneben stehen, sah auf Max Chill hinab. Nach einer Weile hörte der rosa Schaum auf zu brodeln, und Max Chills Gesicht wurde das stille, leere Gesicht eines Toten.

Toribo ging zurück zur Tür, öffnete sie, wollte rückwärts hinausgehen, die Augen immer noch auf dem Bett. Da regte sich etwas hinter ihm.

Er wollte sich herumwerfen, seine Hand fuhr hoch. Etwas sauste ihm an den Kopf. Der Fußboden neigte sich auf einmal seltsam vor seinen Augen, stürzte auf sein Gesicht zu. Er hatte kein Bewußtsein mehr, als der Boden sein Gesicht traf.

Delaguerra stieß die Beine des Filipino mit dem Fuß ins Zimmer, der Tür aus dem Weg. Er zog die Tür zu, ließ sie einschnappen, ging steif hinüber zum Bett, einen umriemten Totschläger schwingend an der Seite. Er blieb eine lange Zeit neben dem Bett stehen. Schließlich sagte er halblaut vor sich hin: »Die räumen auf. Ja-ah – die räumen wirklich auf.«

Er ging zu dem Filipino zurück, wälzte ihn herum und durchsuchte seine Taschen. Er fand eine elegante Brieftasche ohne alle Ausweispapiere, ein mit Granaten besetztes goldenes Feuerzeug, ein goldenes Zigarettenetui, Schlüssel, einen goldenen Drehbleistift und ein goldenes Messer, das flammenfarbene Taschentuch, loses Geld, zwei Pistolen samt Reservemagazinen dafür und fünf Briefchen Heroinpulver in der Fahrkartentasche des lohbraunen Jacketts.

Er ließ die Sachen verstreut auf dem Boden liegen, stand auf.

Der Filipino atmete schwer, mit geschlossenen Augen. In der einen Backe zuckte ein Muskel. Delaguerra zog eine Rolle dünnen Draht aus der Tasche und band dem braunen Mann die Handgelenke damit auf dem Rücken zusammen. Er schleifte ihn zum Bett hinüber, setzte ihn gegen den Pfosten, schlang einen Strang Draht um den Pfosten und dann um seinen Hals. Er befestigte das flammenfarbene Taschentuch an der Drahtschlinge.

Er ging ins Bad und holte ein Glas Wasser und klatschte es dem Filipino, so heftig er nur konnte, ins Gesicht.

Toribo zuckte, würgte scharf, als der Draht in seinen Hals schnitt. Seine Augen sprangen auf. Er öffnete den Mund, um zu schreien.

Delaguerra riß den Draht straff gegen die braune Kehle. Der Schrei wurde abgeschnitten, unterbrochen wie von einem Schalter. Es kam nur noch ein krampfhaftes, angstvolles Gurgeln. Toribos Mund tropfte.

Delaguerra ließ die Drahtschlinge wieder locker und brachte seinen Kopf dicht an den Kopf des Filipino heran. Er sprach sanft zu ihm, mit einer trockenen, sehr tödlichen Sanftheit.

»Du willst singen, Flip. Vielleicht nicht sofort, vielleicht nicht einmal bald. Aber nach einer Weile willst du singen bei mir, einfach singen.«

Die Augen des Filipino rollten gelb. Er spuckte. Dann schlossen sich seine Lippen fest.

Delaguerra lächelte ein schwaches, ingrimmiges Lächeln. »Zähes Jungchen«, sagte er sanft. Er riß das Taschentuch zurück, hielt es fest und hart, so daß der Draht in die braune Kehle über dem Adamsapfel schnitt.

Die Beine des Filipino begannen auf den Boden zu schlagen. Sein Körper bewegte sich in jähen Stößen. Das Braun seines Gesichts wurde ein tiefes, blutdunkles Purpurrot. Seine Augen quollen heraus, blutunterlaufen.

Delaguerra ließ den Draht wieder locker.

Der Filipino keuchte sich Luft in die Lungen. Sein Kopf sackte nach vorn, zuckte dann zurück gegen den Bettpfosten. Ein Schauer überlief ihn.

»Si . . . ich singe«, hauchte er.

XI

Als es schellte, legte Ironhead Toomey sehr sorgfältig eine schwarze Zehn auf einen roten Buben. Dann leckte er sich die Lippen und legte alle Karten hin und sah sich nach der Vordertür des Bungalows um, die hinter dem Durchgangsbogen zum Eßzimmer lag. Er stand langsam auf, ein ungeschlachter Brocken von einem Mann mit lockerem grauem Haar und einer großen Nase.

Im Wohnzimmer, jenseits des Bogens, lag ein dünnes blondes Mädchen auf einer Couch und las unter einer Lampe mit defektem rotem Schirm in einer Zeitschrift. Sie war hübsch, aber zu blaß, und die dünnen, hochgewölbten Brauen gaben ihrem Gesicht einen verwirrt-verschreckten Ausdruck. Sie legte die Zeitschrift weg und schwang die Füße auf den Boden und sah mit scharfer, jäher Furcht in den Augen zu Ironhead Toomey hinüber.

Toomey gab ihr schweigend einen Wink mit dem Daumen. Das Mädchen stand auf und ging sehr schnell durch den Bogen und eine Schwingtür in die Küche. Sie schloß die Schwingtür langsam, so daß sie kein Geräusch machte.

Es schellte abermals, länger diesmal. Toomey schob seine weißbesockten Füße in Filzpantoffeln, hängte sich eine Brille über die große Nase, griff nach einem Revolver, der auf einem Stuhl neben ihm lag. Er hob eine zerknüllte Zeitung vom Boden auf und drapierte sie locker um die Pistole, die er in der linken Hand hielt. Dann schlenderte er ohne Eile zur Tür.

Er gähnte, als er sie öffnete, beäugte mit schläfrigem Blick durch die Brille den hochgewachsenen Mann, der auf der Veranda stand.

»Okay«, sagte er verdrießlich. »Reden Sie schon, was wollen Sie?«

Delaguerra sagte: »Ich bin von der Polizei. Ich möchte Stella La Motte sprechen.«

Ironhead Toomey legte einen Arm quer über die Tür, so dick wie ein Jul-Block, und lehnte sich mit seinem ganzen Gewicht gegen den Rahmen. Er behielt seinen gelangweilten Ausdruck bei.

»Irrtum in der Hausnummer, Bulle. Hier gibt's keine Nutten.«

Delaguerra sagte: »Ich werd mal reinkommen und nachsehn.«

Toomey sagte gutgelaunt: »Einen Dreck werden Sie.«

Delaguerra zog sehr glatt und sehr schnell eine Pistole aus der Tasche, ließ sie auf Toomeys linkes Handgelenk niedersausen. Die Zeitung und der große Revolver fielen auf den Boden der Veranda. Toomeys Gesicht nahm einen etwas weniger gelangweilten Ausdruck an.

»Blöder Witz«, fuhr Delaguerra ihn an. »Gehn wir rein.«

Toomey schüttelte sein linkes Handgelenk, nahm den anderen Arm vom Türrahmen und holte zu einem harten Schwinger aus, der Delaguerras Kinn treffen sollte. Delaguerra wich mit dem Kopf ein paar Zoll aus. Er runzelte die Stirn, gab mit Zunge und Lippen ein Geräusch der Mißbilligung von sich.

Toomey sprang auf ihn ein. Delaguerra trat einen Schritt zur Seite und schmetterte die Pistole an einen großen grauen Kopf. Toomey landete auf dem Bauch, halb im Haus und halb auf der Veranda. Er grunzte, pflanzte die Hände fest auf den Boden und schickte sich zum Aufstehen an, als hätte ihn überhaupt nichts getroffen.

Delaguerra stieß Toomeys Pistole mit einem Tritt aus dem Weg. Eine Schwingtür im Haus machte ein leichtes Geräusch. Toomey hatte sich auf ein Knie und eine Hand aufgerichtet, als Delaguerra nach dem Geräusch hinübersah. Er führte einen Schlag nach Delaguerras Magen, traf ihn auch. Delaguerra grunzte und schlug Toomey wieder auf den Schädel, hart. Toomey schüttelte den Kopf, murrte: »So 'ne Klopperei ist bei mir bloß Zeitverschwendung, Jung.«

Er tauchte zur Seite weg, erwischte Delaguerras Bein, riß es vom Boden weg. Delaguerra setzte sich auf die Bretter der Veranda, kippte in den Türweg. Sein Kopf schlug gegen den Pfosten, ließ ihn Sterne sehen.

Die dünne Blonde stürzte durch den Türbogen heran, eine kleine Automatik in der Hand. Sie richtete sie auf Delaguerra, schrie wild: »Her mit dem Ding, verdammt!«

Delaguerra schüttelte den Kopf, wollte etwas sagen, holte dann aber nur tief Luft, da Toomey begann, ihm den Fuß umzudrehen. Toomey biß die Zähne zusammen und drehte an dem Fuß, als wäre er ganz allein damit auf der Welt und es wäre sein eigener Fuß und er könnte damit machen, was ihm paßte.

Delaguerras Kopf schlug wieder nach hinten, und sein Gesicht wurde weiß. Der Schmerz verzog seinen Mund zu einer grellen Grimasse. Er stemmte sich hoch, packte mit der linken Hand Toomeys Haar, zerrte den großen Kopf in die Höhe und hinüber, bis das Kinn hochkam, mit aller Anstrengung. Dann schmetterte er den Lauf seines Colts gegen das Kinn.

Toomey wurde schlaff, eine träge Masse, fiel quer über Delaguerras Beine nach vorn und nagelte ihn am Boden fest. Delaguerra konnte sich nicht mehr rühren. Er stemmte sich mit der rechten Hand gegen den Boden und versuchte zu verhindern, daß Toomeys Gewicht ihn auf die Bretter niederdrückte. Er konnte die rechte Hand mit der Pistole nicht vom Boden lösen. Die Blondine stand jetzt nah bei ihm, mit wilden Augen, weiß im Gesicht vor Wut.

Delaguerra sagte mit erschöpfter Stimme: »Seien Sie nicht dumm, Stella. Joey ...«

Das Gesicht der Blondine war unnatürlich. Ihre Augen waren unnatürlich, hatten ganz kleine Pupillen, mit sonderbar flachem Glitzern darin.

»Bullen!« schrie sie fast. »Bullen! Gott, wie ich Bullen hasse!«

Die Pistole in ihrer Hand krachte. Der Widerhall füllte den Raum, drang durch die offene Tür hinaus, erstarb an dem Hochbretterzaun auf der anderen Straßenseite.

Ein scharfer Schlag, wie der eines Golfschlägers, traf Delaguerra an der linken Kopfseite. Schmerz erfüllte seinen Kopf. Licht flammte auf – blendend weißes Licht, das die Welt erfüllte. Dann war es dunkel. Er fiel lautlos, in bodenlose Dunkelheit.

XII

Licht kam als roter Nebel vor seinen Augen wieder. Harter, bitterer Schmerz folterte seinen Kopf an der Seite, zuckte durch sein ganzes Gesicht, bohrte in seinen Zähnen. Seine Zunge war heiß und dick, als er sie zu bewegen versuchte. Er versuchte seine Hände zu bewegen. Sie waren weit weg von ihm, waren überhaupt nicht seine Hände.

Dann öffnete er die Augen, und der rote Nebel wich, und er sah in ein Gesicht. Es war ein großes Gesicht, sehr nah vor ihm, ein riesiges Gesicht. Es war fett und hatte glatte blaue Backen, und eine Zigarre mit grellem Band steckte in einem grinsenden, dicklippigen Mund. Das Gesicht kicherte. Delaguerra schloß die Augen wieder, und der Schmerz schlug über ihm zusammen, überschwemmte ihn. Er verlor die Besinnung.

Sekunden, oder Jahre, vergingen. Er sah wieder in das Gesicht. Er hörte eine dicke Stimme.

»Na also, er beehrt uns wieder. Ein ganz schön zäher Bursche ist das ja.«

Das Gesicht kam näher, das Ende der Zigarre glühte kirschenrot. Dann hustete er gequält, würgte am Rauch. Der Kopf schien ihm zu platzen. Er spürte, wie frisches Blut über seinen Backenknochen glitt, die Haut kitzelte, dann über steifes, getrocknetes Blut kroch, das bereits auf seinem Gesicht festgebakken war.

»Das bringt ihn wieder auf Vordermann«, sagte die dicke Stimme.

Eine andere Stimme mit einem Anflug von irischem Akzent sagte etwas Sanftes und Obszönes. Das große Gesicht wirbelte herum zu dem Klang und knurrte.

Delaguerra kam jetzt ganz wieder zu sich. Er konnte den Raum klar erkennen, konnte die vier Leute erkennen darin. Das große Gesicht war das Gesicht von Big John Masters.

Das blonde Mädchen hockte auf dem einen Ende der Couch und starrte mit einem Ausdruck auf den Boden, als sei sie gedopt, die Arme steif an den Seiten, die Hände außer Sicht in den Kissen.

Dave Aage hatte seinen langen, schlaksigen Körper an eine Wand gelehnt, neben einem Fenster mit zugezogenen Vorhängen. Sein keilförmiges Gesicht wirkte gelangweilt. Commissioner Drew saß auf dem anderen Ende der Couch, unter der ausgefransten Lampe. Das Licht ließ Silber schimmern in seinem Haar. Seine blauen Augen waren sehr hell, sehr aufmerksam.

Eine glänzende Pistole war in Big John Masters' Hand. Delaguerra streifte sie mit einem Blinzeln, wollte aufstehen. Eine harte Hand stieß ihn vor die Brust, schleuderte ihn zurück. Eine Welle von Übelkeit überlief ihn. Die dicke Stimme sagte rauh: »Nun mal langsam, Schleicher. Sie haben Ihren Jux gehabt. Jetzt sind wir an der Reihe.«

Delaguerra leckte sich die Lippen, sagte: »Geben Sie mir einen Schluck Wasser.«

Dave Aage trat von der Wand weg und ging durch den Eßzimmerbogen. Er kam mit einem Glas zurück, hielt es Delaguerra an den Mund. Delaguerra trank.

Masters sagte: »Ihr Mumm gefällt uns, Bulle. Aber Sie machen nicht den richtigen Gebrauch davon. Anscheinend sind Sie ein Bursche, der einen Wink nicht versteht. Jammerschade. Dadurch sind Sie vom Fenster. Verstanden?«

Die Blondine wandte den Kopf und sah Delaguerra mit schweren Augen an, sah dann wieder weg. Aage ging zu seiner Wand zurück. Drew fing an, sich mit raschen, nervösen Fingern über die Gesichtsseite zu streichen, als spüre er den Schmerz von Delaguerras blutigem Kopf im eigenen Gesicht. Delaguerra sagte langsam: »Wenn Sie mich umbringen, hängen Sie bloß ein bißchen höher, Masters. Auch wer im großen Stil pfuscht, ist immer noch ein Pfuscher. Sie haben schon zwei Männer für nichts und wieder nichts umbringen lassen. Sie wissen ja nicht einmal, was Sie da eigentlich zu vertuschen versuchen.«

Der große Mann fluchte rauh, riß die glänzende Pistole hoch, senkte sie dann langsam wieder, mit einem tückischen Blick. Aage sagte lässig: »Reg dich nicht auf, John. Laß ihn ruhig sein Sprüchlein aufsagen.«

Delaguerra sagte im selben langsamen, gleichmütigen Ton: »Die Dame da drüben ist die Schwester der beiden Männer, die Sie haben umbringen lassen. Sie hatte ihnen ihre Geschichte erzählt – wie Imlay reingelegt worden war, wer die Photos hatte, wie Donegan Marr dazu gekommen war. Ihr kleiner Filipino, der Lump, hat inzwischen ein bißchen gesungen. Im wesentlichen ist der Fall jetzt klar. Sie konnten nicht sicher sein, daß Imlay Marr töten würde. Vielleicht erwischte Marr ja auch Imlay. Egal jedenfalls, denn für Sie lief beides nach Wunsch, so oder so. Nur, wenn Imlay Marr tötete, mußte der Fall schnellstens aufgeklärt werden. Und eben da lag der Punkt, wo Sie ins Schleudern kamen. Sie fingen mit der Vertuscherei an, bevor Sie noch richtig wußten, was eigentlich passiert war.«

Masters sagte rauh: »Gefasel, Bulle, nichts als lausiges Gefasel. Sie verschwenden meine Zeit.«

Die Blondine wandte den Kopf, Delaguerra zu, Masters' Rükken zu. Harter grüner Haß lag jetzt in ihren Augen. Delaguerra zuckte nur leicht die Achseln, fuhr fort: »Es war eine reine Routinesache für Sie, die Chill-Brüder durch Killer erledigen zu lassen. Es war auch reine Routinesache, rasch zu veranlassen, daß mir die Untersuchung entzogen wurde, daß ich in eine Falle lief und suspendiert wurde, weil Sie glaubten, ich stünde auf Marrs Gehaltsliste. Aber mit der ganzen Routine war's Essig, als Sie Imlay plötzlich nicht mehr auftreiben konnten — da saßen Sie echt in Druck.«

Masters' harte schwarze Augen wurden weit und leer. Sein dicker Hals schwoll an. Aage kam ein paar Schritte näher von der Wand und blieb dann wie erstarrt stehen. Nach einem Augenblick schlug Masters die Zähne zusammen, sprach sehr ruhig: »Schöner Knüller, Bulle. Erklären Sie uns mal die Pointe.«

Delaguerra berührte sein verschmiertes Gesicht mit den Spitzen zweier Finger, betrachtete die Finger dann. Seine Augen waren unergründlich tief, uralt.

»Imlay ist tot, Masters. Er war schon tot, als Marr getötet wurde.«

Das Zimmer war sehr still. Niemand darin bewegte sich. Die vier Leute, die Delaguerra vor sich hatte, waren wie versteinert vor Schreck. Nach einer langen Zeit holte Masters rauh Atem und stieß ihn wieder aus und sagte fast flüsternd: »Kommen Sie schon rüber damit, Bulle, kommen Sie rüber damit, oder bei Gott, ich werde ...«

Delaguerras Stimme schnitt ihm das Wort ab, kalt, ohne jede Empfindung: »Imlay ging zu Marr, das stimmt schon. Warum sollte er auch nicht? Er hatte ja keine Ahnung, daß man doppeltes Spiel mit ihm trieb. Nur ging er bereits gestern abend zu ihm, nicht erst heute. Er fuhr mit ihm zusammen zur Hütte am Puma Lake, um die Sache in aller Ruhe mit ihm durchzusprechen. Das wurde jedenfalls sein Alibi. Da oben dann gerieten sich die beiden in die Haare, und Imlay wurde getötet, kippte über die Brüstung der Veranda, schlug sich auf den Felsen unten den Schädel in Stücke. Er liegt in dem Holzschuppen unter Marrs Hütte, so tot wie der Heilige Abend vorm Jahr ... Okay, Marr versteckte ihn und fuhr in die Stadt zurück. Heute nun rief ihn plötzlich jemand an, erwähnte den Namen Imlay, traf eine Verabredung für zwölf Uhr fünfzehn. Was sollte Marr nun machen? Er mußte erst mal Zeit gewinnen natürlich, sein Büromädel zum Lunch wegschicken, sich eine Pistole zurechtlegen, die er im Notfall sofort erreichen konnte. Er war zu diesem Zeitpunkt auf alles gefaßt. Nur hat ihn der Besucher dann doch überlistet, so daß er von der Pistole keinen Gebrauch mehr machen konnte.«

Masters sagte ruppig: »Zum Teufel, Mann, Sie sind doch bloß ein Klugscheißer. Diese ganzen Sachen können Sie doch gar nicht wissen.«

Er sah sich nach Drew um. Drews Gesicht war grau, klamm. Aage kam noch ein wenig näher von der Wand und blieb dicht neben Drew stehen. Das blonde Mädchen regte keinen Muskel.

Delaguerra sagte müde: »Sicher, ich rate bloß, aber ich rate so, daß es zu den Tatsachen paßt. Es muß einfach so gewesen sein. Marr war kein blutiger Anfänger, was Schußwaffen betrifft, und er war eher nervös, auf alles gefaßt. Warum kam er dann nicht zum Schuß? Weil es eine Frau war, die ihn besuchte.«

Er hob einen Arm, wies auf die Blondine. »Da haben Sie Ihren Killer. Sie hat Imlay geliebt, obwohl sie ihn reingelegt hat. Sie ist süchtig, und Süchtige sind nun mal so. Auf einmal tat's ihr leid, und sie kriegte das Heulen, und dann ging sie eben selber auf Marr los. Fragen Sie sie!«

Die Blondine sprang auf, mit einem geschmeidigen Satz. Ihre rechte Hand fuhr aus den Kissen hoch, die kleine Automatik darin, mit der sie Delaguerra niedergeschossen hatte. Ihre grünen Augen waren blaß und leer und starrend. Masters wirbelte sie herum, drosch mit dem glänzenden Revolver nach ihrem Arm.

Sie schoß zweimal auf ihn, direkt und genau, ohne auch nur einen Anflug von Zögern. Blut schoß ihm seitlich aus dem dikken Hals, weiter unten aus der Jacke. Er taumelte, ließ den glänzenden Revolver fallen, fast zu Delaguerras Füßen. Er fiel gegen die Wand hinter Delaguerras Stuhl, den einen Arm vergebens nach einem Halt daran ausgestreckt. Seine Hand traf die Wand und schleifte daran nieder, als er fiel. Er krachte schwer auf, regte sich nicht mehr.

Delaguerra hatte den glänzenden Revolver fast schon in der Hand.

Drew war aufgesprungen, schreiend. Das Mädchen wandte sich langsam zu Aage um, schien Delaguerra gar nicht zu beachten. Aage riß eine Luger unter dem Arm hervor und stieß Drew mit dem Arm aus dem Weg. Die kleine Automatik und die Luger krachten zur gleichen Zeit. Die kleine Pistole verfehlte ihr Ziel. Das Mädchen wurde auf die Couch geschleudert, ihre linke Hand krampfte sich gegen ihre Brust. Sie verdrehte die Augen, versuchte die Pistole noch einmal zu heben. Dann fiel sie seitlich auf die Kissen, und ihre linke Hand wurde schlaff, sank ihr von der Brust. Die Vorderseite ihres Kleids war plötzlich eine einzige Woge von Blut. Ihre Augen öffneten sich und schlossen sich, öffneten sich und blieben offen.

Aage schwang die Luger zu Delaguerra herum. Seine Brauen hatten sich zu einem scharfen Grinsen der äußersten Anstrengung hochgesträubt. Sein glattgekämmtes, sandfarbenes Haar umschloß seinen knochigen Schädel so fest, als wäre es aufgemalt.

Delaguerra schoß viermal auf ihn, in so rasend schneller Folge, daß die Explosionen wie das Rattern einer Maschinenpistole klangen.

In dem winzigen Zeitraum, bevor er fiel, wurde Aages Gesicht das dünne, leere Gesicht eines alten Mannes, wurden seine Augen die leeren Augen eines Idioten. Dann knickte sein langer Körper wie ein Taschenmesser in sich zusammen, und er sackte zu Boden, die Luger immer noch in der Hand. Sein eines

Bein gab unter ihm nach, als wäre überhaupt kein Knochen darin.

Pulvergeruch hing scharf in der Luft. Die Luft war noch wie taub vom Schall der Schüsse. Delaguerra brachte sich langsam auf die Füße, winkte Drew mit dem glänzenden Revolver.

»Ihre Party, Commissioner. Ist alles so gelaufen, wie Sie's wollten?«

Drew nickte langsam, weiß im Gesicht, zitternd. Er schluckte, bewegte sich langsam über den Boden, an Aages hingestrecktem Körper vorbei. Er blickte auf die Couch nieder, auf das Mädchen, schüttelte den Kopf. Er ging hinüber zu Masters, ging in die Knie, berührte ihn. Er stand wieder auf.

»Alle tot, glaube ich«, murmelte er.

Delaguerra sagte: »Eine schöne Bescherung. Was ist mit dem großen Brocken geworden? Dem Zementschädel?«

»Sie haben ihn weggeschickt. Ich — ich glaube nicht, daß sie Ihnen ans Leben wollten, Delaguerra.«

Delaguerra nickte ein wenig. Sein Gesicht begann sich zu glätten, die starren Linien schwanden langsam daraus. Die Seite, die keine blutstarrende Maske war, begann wieder menschlich auszusehen. Er netzte sich das Gesicht mit einem Taschentuch. Es wurde hellrot von Blut. Er warf es weg und fingerte sich behutsam das verfilzte Haar zurecht. Ein Teil davon hing im getrockneten Blut fest.

»Und wie die das wollten!« sagte er.

Das Haus war sehr still. Auch von draußen war kein Laut zu hören. Drew lauschte, schnüffelte, ging zur Vordertür und sah hinaus. Die Straße draußen war dunkel, still. Er kam zurück und trat dicht an Delaguerra heran. Sehr langsam arbeitete sich ein Lächeln auf sein Gesicht.

»Es ist schon eine verteufelte Geschichte«, sagte er, »wenn ein Polizeicommissioner gezwungen ist, sein eigener Geheimdienstmann zu sein — und ein anständiger Polizist mit einem hinterhältigen Trick aus dem Dienst gezogen werden muß, damit er ihm helfen kann.«

Delaguerra sah ihn ohne Ausdruck an. »Auf die Tour wollen Sie's durchziehn?«

Drew sprach jetzt ganz ruhig. Das Rosa war wieder in seinem Gesicht. »Im Interesse der Polizei, Mann, und der Stadt – und in unserm eigenen Interesse ist das der einzige Weg, es durchzuziehn.«

Delaguerra sah ihm scharf in die Augen.

»Ich finde's auch nicht schlecht so«, sagte er mit toter Stimme. »Wenn es so durchgezogen wird – *ganz genau so.*«

XIII

Marcus brachte den Wagen zum Stehen und grinste bewundernd zu dem großen, von Bäumen beschatteten Haus hinüber.

»Ganz hübsch«, sagte er. »Da könnt ich auch wohl einen längeren Urlaub aushalten.«

Delaguerra stieg langsam aus dem Wagen, als wäre er steif und sehr müde. Er war hutlos, trug seinen Strohhut unter dem Arm. Ein Teil seiner linken Kopfseite war rasiert, und den rasierten Teil bedeckte ein dickes Polster aus Mull und Pflastern, über der Naht. Ein Docht aus drahtigem schwarzem Haar ragte über den Rand des Verbands hinaus, mit lächerlicher Wirkung.

Er sagte: »Tja – aber ich bleibe gar nicht hier, du Dummkopf. Warte auf mich.«

Er ging den Steinpfad entlang, der sich durch das Gras wand. Bäume warfen lange Schattenspeere über den Rasen, durch das Morgensonnenlicht. Das Haus war sehr still, die Jalousien waren heruntergelassen, am Messingklopfer hing ein dunkler Kranz. Delaguerra ging nicht zur Tür hinauf. Er bog auf einen Seitenweg ab, der unter den Fenstern entlangführte, und er ging um das Haus herum, an den Gladiolenbeeten entlang.

Hinter dem Haus gab es wieder Bäume, wieder Rasen und Blumen, wieder Sonne und Schatten. Es gab einen Teich mit Wasserlilien und einem großen steinernen Ochsenfrosch. Dahinter standen im Halbkreis Liegestühle um einen Eisentisch mit gekachelter Platte. In einem davon saß Belle Marr.

Sie trug ein schwarzweißes Kleid, locker und salopp, und auf ihrem kastanienbraunen Haar saß ein Gartenhut mit breiter

Krempe. Sie hockte sehr still da, sah über den Rasen weg in die Ferne. Ihr Gesicht war weiß. Das Make-up darauf hatte einen leichten Schimmer.

Sie wandte langsam den Kopf, lächelte ein dumpfes Lächeln, wies auf einen Stuhl neben sich. Delaguerra nahm nicht Platz. Er zog seinen Strohhut unter dem Arm hervor, schnippte mit einem Finger gegen die Krempe, sagte: »Der Fall ist abgeschlossen. Es wird Inquest-Verhandlungen geben, Untersuchungen, Drohungen, eine Menge Leute werden die Mäuler aufreißen und die Öffentlichkeit mit allem möglichen Quatsch vollposaunen, und so weiter. Die Zeitungen werden ein Weilchen Wirbel machen. Aber dahinter, in den Akten, ist alles abgeschlossen. Du kannst nun langsam versuchen, es zu vergessen.«

Das Mädchen sah jäh zu ihm auf, weitete die leuchtend blauen Augen, sah wieder weg, über das Gras.

»Ist's sehr schlimm mit deinem Kopf, Sam?« fragte sie leise.

Delaguerra sagte: »Nein. Geht schon wieder gut ... Was ich sagen wollte – diese La Motte hat Masters erschossen – und auch Donny. Aage hat dann sie erschossen. Und ich habe Aage erschossen. Alle tot, rund um die Uhr. Bloß wie Imlay umgekommen ist, werden wir wahrscheinlich nie mehr erfahren. Ich wüßte aber auch nicht, was daran noch wichtig sein sollte jetzt.«

Ohne zu ihm aufzublicken, sagte Belle Marr ruhig: »Aber woher hast du gewußt, daß Imlay das war, oben auf der Hütte? In der Zeitung stand doch ...« Sie brach ab, schauerte plötzlich zusammen.

Er starrte hölzern auf den Hut nieder, den er in der Hand hielt. »Gewußt hab ich das gar nicht. Mein Gedanke war, daß eine Frau Donny erschossen haben müßte. Ich hatte nur so eine vage Ahnung, daß Imlay das war, am See oben. Die Beschreibung paßte.«

»Wie bist du denn auf den Gedanken gekommen, daß es eine Frau war, die Donny ... die Donny tötete?« In ihrer Stimme war eine schleppende, halb flüsternde Stille.

»Ich hab's einfach gewußt.«

Er trat ein paar Schritte weg, sah in die Bäume hinauf. Er

wandte sich langsam wieder, kam zurück, blieb wieder neben ihrem Stuhl stehen. Sein Gesicht war sehr müde.

»Wir haben eine schöne Zeit zusammen gehabt – wir drei. Du und Donny und ich. Es ist schrecklich, was das Leben den Menschen antut. Es ist alles vorbei jetzt – alles, was gut daran war.«

Ihre Stimme war immer noch ein Flüstern, als sie sagte: »Alles vielleicht doch nicht, Sam. Wir müssen uns oft sehen von jetzt an.«

Ein vages Lächeln bewegte die Winkel seiner Lippen, schwand wieder. »Es ist das erstemal, daß ich etwas vertusche«, sagte er ruhig. »Ich hoffe, es ist auch das letztemal.«

Belle Marrs Kopf zuckte ein wenig. Ihre Hände packten die Armlehnen des Stuhls, wirkten grell weiß auf dem gefirnißten Holz. Ihr ganzer Körper schien zu erstarren.

Nach einem Augenblick griff Delaguerra in die Tasche, und etwas Goldenes glitzerte in seiner Hand. Er sah trüb darauf nieder.

»Hab meinen Stern zurückgekriegt«, sagte er. »Er ist nicht mehr so sauber, wie er einmal war. Aber wohl so sauber wie die meisten. Ich werd versuchen, ihn so zu erhalten.« Er steckte ihn in die Tasche zurück.

Sehr langsam stand das Mädchen vor ihm auf. Sie hob das Kinn, starrte ihn mit einem langen, offenen Blick an. Ihr Gesicht war eine Maske aus weißem Gips unter dem Rouge.

Sie sagte: »Mein Gott, Sam – ich fange an zu verstehen.«

Delaguerra sah ihr nicht ins Gesicht. Er blickte an ihrer Schulter vorbei auf irgendeinen vagen Fleck in der Ferne. Er sprach vage, weit entfernt:

»Sicher ... Ich kam auf den Gedanken, daß es eine Frau gewesen sein müßte, weil die Waffe eine kleine Pistole war, wie Frauen sie erfahrungsgemäß benutzen. Aber nicht nur aus diesem Grund. Nachdem ich oben bei der Hütte gewesen war, wußte ich, daß Donny mit Gefahr gerechnet haben mußte und daß es für einen Mann ganz und gar nicht leicht gewesen wäre, ihn zu überrumpeln. Aber die ganze Konstellation deutete schlüssig darauf hin, daß Imlay es getan hatte. Masters und Aage nahmen sofort an, er sei's gewesen, und ließen einen Rechtsanwalt telefonisch zugeben, daß er's gewesen sei, und versprechen, er würde sich am nächsten Morgen stellen. Also war's für jeden, der nicht wußte, daß Imlay tot war, ganz natürlich, entsprechend mitzuziehen. Außerdem würde kein Polizist je auf die Vermutung kommen, eine Frau könnte die Patronenhülsen aufgehoben haben. Als ich Joey Chills Geschichte hatte, dachte ich erst, die La Motte könnte es gewesen sein. Aber das dachte ich schon nicht mehr, als ich's in ihrer Gegenwart sagte. Das war dreckig von mir. Ich hab dadurch ihren Tod mit herbeigeführt, in gewisser Hinsicht. Obwohl sie kaum noch große Chancen gehabt haben dürfte, würde ich meinen, bei der Bande.«

Belle Marr starrte ihn immer noch an. Die Brise wehte ihr einen Haarwisch in die Stirn, und das war das einzige an ihr, was sich bewegte.

Er holte die Augen aus der Ferne zurück, sah sie einen kurzen Moment lang tiefernst an, sah dann wieder weg. Er zog einen kleinen Schlüsselbund aus der Tasche, warf ihn auf den Tisch.

»Drei Dinge waren schwer vorstellbar, bis mir dann endlich ein Licht aufging. Die Notiz auf dem Terminkalender, die Pistole in Donnys Hand, das Fehlen der Patronenhülsen. Dann begriff ich plötzlich. Er war nicht gleich tot gewesen. Er hatte Herz – und er hatte Verstand und nutzte ihn bis zum letzten Flackern seiner Lebenskraft – um jemanden zu schützen. Die Handschrift auf dem Kalender war ein bißchen zittrig. Er hat die Notiz erst hinterher geschrieben, als er allein war, im Sterben. Er hatte an Imlay gedacht, und indem er den Namen schrieb, half er die Spur verwischen. Dann holte er die Pistole aus dem Schreibtisch, um mit ihr in der Hand zu sterben. Blieben jetzt nur noch die Patronenhülsen. Auch dahinter bin ich gekommen, nach einer Weile. Die Schüsse waren aus kurzer Entfernung abgefeuert worden, quer über den Tisch, und am einen Ende des Tisches standen Bücher. Dort fielen die Hülsen hin, sie blieben auf dem Schreibtisch liegen, wo er sie erreichen konnte. Vom Boden hätte er sie nicht mehr aufheben können. An deinem Ring da ist auch ein Schlüssel zu seinem Büro. Ich bin gestern nacht hingegangen, ganz spät noch. Ich habe die Hülsen gefunden, in einem Klimabehälter bei seinen Zigarren. Kein Mensch hat sie dort gesucht. Man findet ja schließlich auch nur, was man zu finden erwartet.«

Er hörte auf zu sprechen und rieb sich die Seite seines Gesichts. Nach einem Augenblick fügte er hinzu: »Donny hat das Beste getan, was er tun konnte — und ist dann gestorben. Er hat seine Sache großartig gemacht — und ich werde sie ihm nicht durchkreuzen.«

Belle Marr öffnete langsam den Mund. Ein unverständliches Babbeln kam zuerst heraus, dann ein Wort, eine Reihe von klaren Worten.

»Es war nicht nur wegen der Frauen, Sam. Es war wegen der Art der Frauen, die er hatte.« Sie schauerte zusammen. »Ich werde jetzt in die Stadt fahren und alles zu Protokoll geben.«

Delaguerra sagte: »Nein. Ich hab's dir doch schon gesagt. Ich werde ihm seinen Plan nicht durchkreuzen. In der Stadt bei der Polizei ist man ganz zufrieden so, wie es ist. Das Ganze ist Politik. Es hat die Stadt von der Masters-Aage-Bande befreit. Es hat zwar auch Drew nach oben gebracht, aber nur für ein Weilchen, denn letzten Endes ist er doch zu schwach, um sich lange zu halten. Also spielt das keine Rolle . . . Du wirst überhaupt nichts tun, weder so noch so. Du wirst akzeptieren, was Donny mit letzter Kraft als seinen Letzten Willen gezeigt hat. Du bleibst aus allem heraus. Lebe wohl.«

Er sah noch einmal in ihr weißes, erschüttertes Gesicht, ganz kurz. Dann wandte er sich ab und ging über den Rasen davon, an dem kleinen Teich vorüber mit den Lilien und dem steinernen Ochsenfrosch, am Haus entlang und hinaus zum Wagen.

Pete Marcus warf die Tür auf. Delaguerra stieg ein und setzte sich und legte den Kopf weit nach hinten gegen die Lehne, rutschte nieder im Sitz und schloß die Augen. Er sagte matt: »Laß es langsam angehen, Pete. Der Kopf tut mir ganz gräßlich weh.«

Marcus startete und bog auf die Straße, fuhr langsam die De Neve Lane zurück zur Stadt. Das von Bäumen beschattete Haus verschwand hinter ihnen. Die hohen Bäume verbargen es schließlich ganz.

Erst als sie schon weit davon weg waren, schlug Delaguerra die Augen wieder auf.

Erstveröffentlichung 1935

Zierfische

I

Ich hatte nicht das geringste zu tun an diesem Tag, holte nur ein bißchen Däumchendrehen nach. Eine warme böige Brise blies zum Bürofenster herein, und der Ruß aus den Ölbrennern des Mansion House Hotel auf der anderen Seite der Gasse wehte in winzigen Partikeln über die Glasplatte meines Schreibtisches, wie Blütenstaub über ein unbebautes Grundstück treibt. Ich überlegte gerade, ob ich zum Lunch gehen sollte, als Kathy Horne hereinkam.

Sie war eine hochgewachsene, etwas verwahrloste Blondine mit traurigen Augen. Früher hatte sie einmal bei der Polizei gearbeitet, ihren Job aber verloren, als sie einen billigen kleinen Scheckfälscher heiratete, um ihn zu bessern. Sie hatte ihn nicht gebessert, wartete aber auf ihn, daß er wieder herauskam, damit sie es dann noch einmal versuchen konnte. In der Zwischenzeit bediente sie am Zigarrenstand im Mansion House und beobachtete die kleinen Gauner und Schieber, die dort, von den Rauchschwaden mieser Fünfcentzigarren umgeben, ein und aus gingen. Von Zeit zu Zeit pumpte sie einem von ihnen zehn Dollar, damit er aus der Stadt verschwinden konnte. Ihr Herz war eben ein bißchen sehr weich. Sie setzte sich und öffnete ihre große glänzende Handtasche und zog eine Packung Zigaretten heraus und zündete sich mit meinem Tischfeuerzeug eine an. Sie blies eine Rauchwolke von sich, zog die Nase darob kraus.

»Haben Sie schon mal was von den Leander-Perlen gehört?« fragte sie. »Mann, der blaue Serge ist aber Klasse! Sie müssen ganz schön Money aus der Bank haben, bei den Sachen, die Sie tragen.«

»Nein«, sagte ich, »weder noch. Von den Leander-Perlen hab

ich noch nie was gehört, und Geld auf der Bank hab ich auch keins.«

»Wie würde Ihnen dann ein kleiner Schnitt von fünfundzwanzig Riesen schmecken?«

Ich zündete mir eine von ihren Zigaretten an. Sie stand auf und schloß das Fenster, sagte: »Ich krieg bei meinem Job schon genug von dem Hotelgestank ab.«

Sie setzte sich wieder, fuhr fort:

»Ist jetzt neunzehn Jahre her. Fünfzehn hat der Bursche in Leavenworth abgesessen, und vor vieren kam er wieder raus. Ein großkotziger Holzhändler oben aus dem Norden namens Sol Leander hatte sie für seine Frau gekauft – die Perlen, meine ich – bloß zweie davon. Haben zwohundert Riesen gekostet.«

»Dann muß er ja einen mittleren Laster gebraucht haben, um sie zu transportieren«, sagte ich.

»Ich seh schon, Sie verstehen nicht besonders viel von Perlen«, sagte Kathy Horne. »Es kommt dabei gar nicht bloß auf die Größe an. Jedenfalls sind sie heute noch mehr wert, und die fünfundzwanzig Riesen Belohnung, die von den Versicherungsfritzen damals ausgesetzt wurden, sind immer noch zu haben.«

»Ich komm langsam mit«, sagte ich. »Irgendwer hat sie sich unter den Nagel gerissen.«

»Phantastisch, wie fix Sie schalten.« Sie warf ihre Zigarette in einen Aschenbecher und ließ sie dort qualmen, wie Damen das tun. Ich drückte sie für sie aus. »Deswegen saß der Bursche dann in Leavenworth, bloß daß sie ihm nie nachweisen konnten, daß er die Perlen auch hatte. War ein Postwagenraub. Er hatte sich irgendwie in dem Ding versteckt, und oben in Wyoming schoß er den Schaffner nieder, klemmte sich die Wertpakete und suchte das Weite. Er kam bis nach B. C., bevor sie ihn schnappten. Aber von dem Zeug keine Spur – jedenfalls zu dem Zeitpunkt nicht mehr. Alles, was sie kriegten, war er. Und er kriegte ›lebenslänglich‹.«

»Wenn's eine längere Story wird, sollten wir was trinken gehen.«

»Ich trinke nie vor Sonnenuntergang. Auf die Art kann man nie versumpfen.«

»Bitter für die Eskimos«, sagte ich. »Im Sommer jedenfalls.«

Sie sah mir zu, wie ich meinen Flachmann herausholte. Dann fuhr sie fort:

»Er hieß Sype – Wally Sype. Hat's im Alleingang gemacht. Und wollte partout nichts ausspucken über das Zeug, hat keinen Mucks gesagt. Dann, nach fünfzehn langen Jahren, boten sie ihm die Begnadigung an, wenn er mit der Beute rausrücken würde. Er gab auch alles her – bis auf die Perlen.«

»Wo hatte er's denn stecken?« fragte ich. »Im Hutfutter?«

»Hören Sie mal, ich reiße hier keine Witze. Ich hab einen Draht zu den Klunkern.«

Ich schloß mir den Mund mit der Hand und machte ein feierliches Gesicht.

»Er behauptete, er hätte die Perlen nie gehabt, und so halbwegs müssen sie ihm das auch geglaubt haben, weil er ja doch wirklich begnadigt wurde. Aber die Perlen waren dabeigewesen bei der Ladung, unter den Wertpaketen, versichert, und sie sind nirgends je wieder aufgetaucht.«

Meine Kehle bekam langsam ein Gefühl, als säße ein Kloß darin. Ich sagte nichts.

Kathy Horne fuhr fort:

»Einmal in Leavenworth, bloß ein einziges Mal in den ganzen Jahren, ist er über eine Pulle Sprit geraten und hat sich einen angesoffen, daß er so voll war wie das Korsett einer Zweizentnerdame. Sein Zellengenosse war ein kleiner Mann, den sie Peeler Mardo nannten. Er mußte siebenundzwanzig Monate absitzen, weil er Zwanzigdollarscheinchen gespalten hatte. Sype erzählte ihm, er hätte die Perlen irgendwo in Idaho verbuddelt.«

Ich beugte mich ein wenig vor.

»Jetzt fängt's bei Ihnen an zu klingeln, was?« sagte sie. »Na schön, dann schlucken Sie mal dies gleich hinterher. Peeler Mardo ist Untermieter bei mir im Haus, und er ist Kokser und redet im Schlaf.«

Ich lehnte mich wieder zurück. »Ach du meine Güte«, sagte ich. »Und ich war praktisch in Gedanken schon beim Ausgeben der Belohnung.«

Sie starrte mich kalt an. Dann besänftigte sich ihr Gesicht.

»Also gut«, sagte sie ein wenig hoffnungslos. »Ich weiß, es klingt verdreht. Nach all den Jahren, die vergangen sind seitdem, und all den schlauen Köpfen, die sich mit dem Fall befaßt haben müssen, den Leuten von der Post, von den privaten Agenturen und so weiter. Und ausgerechnet durch einen Kokser soll's dann auf einmal an den Tag kommen. Aber er ist ein netter kleiner Doofmann und Naivling, und irgendwie glaube ich ihm. Er weiß, wo Sype steckt.«

Ich sagte: »Hat er das alles im Schlaf ausgeplaudert?«

»Natürlich nicht. Aber Sie kennen mich ja. Eine alte Polizistin hat gelernt, die Ohren steifzuhalten. Vielleicht war ich ein bißchen neugierig, aber ich hab gleich gewittert, daß er ein Knastbruder war, und mir Gedanken gemacht, daß er so viel von dem Zeug schnupfte. Er ist der einzige Untermieter, den ich im Moment habe, und da bin ich halt manchmal an seiner Tür stehengeblieben und hab gelauscht, was er sich alles so selber erzählt hat. Auf die Tour hab ich genug mitgekriegt, um ihn eines Tages mal daraufhin anzuhauen. Und da hat er mir den Rest erzählt. Er braucht Hilfe, um zu kassieren.«

Ich beugte mich wieder vor. »Und wo steckt Sype?«

Kathy Horne lächelte und schüttelte den Kopf. »Das ist das einzige, womit er nicht rausrücken wollte, das und der Name, den Sype sich inzwischen zugelegt hat. Aber es muß irgendwo im Norden sein, in oder bei Olympia, Washington. Peeler hat ihn da oben mal gesehen und sich ein bißchen über ihn umgehört, und er sagt, Sype hat *ihn* nicht zu Gesicht gekriegt.«

»Was macht denn Peeler hier unten?« fragte ich.

»Die Jährchen Leavenworth, zu denen ist er hier verknackt worden. Sie wissen doch, ein alter Knastbruder kehrt immer wieder zu dem Fleckchen Bürgersteig zurück, auf dem er ausgerutscht ist. Aber Freunde hat er hier überhaupt keine jetzt.«

Ich zündete mir eine neue Zigarette an und nahm einen weiteren kleinen Schluck zur Brust.

»Sype ist seit vier Jahren raus, sagen Sie. Peeler hat siebenundzwanzig Monate abgesessen. Was hat er seither mit der ganzen Zeit angestellt?«

Kathy Horne weitete mitleidig ihre kobaltblauen Augen. »Vielleicht glauben Sie, es gäbe bloß einen einzigen Bau, in dem er landen könnte.«

»Okay«, sagte ich. »Wird er aber auch mit mir reden? Ich schätze, er braucht Hilfe, um mit den Versicherungsleuten klarzukommen – mal angenommen, es gibt die Perlen wirklich und Sype drückt sie Peeler ohne lange Umschweife in die Hand. Wie steht's damit?«

Kathy Horne seufzte. »Ja, er wird mit Ihnen reden. Er brennt geradezu drauf. Vor irgendwas hat er Angst. Wollen Sie jetzt gleich mit rauskommen, bevor er sich für den Abend wieder einnebelt?«

»Sicher – wenn das auch Ihr Wunsch ist.«

Sie holte einen flachen Schlüssel aus ihrer Handtasche und schrieb mir eine Adresse auf meinen Terminkalender. Sie stand langsam auf.

»Ist ein Doppelhaus. Meine Seite hat einen separaten Eingang. Es gibt eine Verbindungstür dazwischen, der Schlüssel steckt auf meiner Seite. Das bloß für den Fall, daß er nicht aufmachen kommt.«

»Okay«, sagte ich. Ich blies Rauch gegen die Decke und starrte sie an.

Sie ging auf die Tür zu, blieb stehen, kam zurück. Sie blickte zu Boden.

»Ich bin nicht weiter wichtig bei der Sache«, sagte sie. »Vielleicht brauch ich überhaupt nichts zu machen. Aber wenn ich so einen Riesen oder zweie abkriegen könnte, für Johnny, wenn er wieder rauskommt, vielleicht . . .«

»Vielleicht könnten Sie ihn dann bei der Stange halten, was?« sagte ich. »Das ist ein Traum, Kathy. Ist alles bloß ein Traum. Aber so oder so – Sie kriegen ein glattes Drittel, wenn's klappt.«

Sie holte tief Luft und strahlte mich an, um nicht in Tränen auszubrechen. Sie ging wieder zur Tür, blieb wieder stehen und kam wieder zurück.

»Das ist noch nicht alles«, sagte sie. »Da wäre noch der alte Bursche – Sype. Er hat fünfzehn Jahre abgemacht. Hat bezahlt. Hart bezahlt. Käme Ihnen das nicht irgendwie gemein vor, wenn . . .«

Ich schüttelte den Kopf. »Er hat die Dinger doch gestohlen, oder? Und er hat einen Mann umgebracht. Womit verdient er überhaupt sein Geld?«

»Seine Frau hat was«, sagte Kathy Horne. »Er trödelt bloß so rum, mit seinen Goldfischen.«

»Was, mit Goldfischen?« sagte ich. »Zum Teufel mit ihm.«

Sie ging hinaus.

II

Als ich das letztemal im Bezirk von Gray Lake gewesen war, hatte ich einem Mann von der Oberstaatsanwaltschaft namens Bernie Ohls geholfen, einen Revolvermann namens Poke Andrews zu erledigen. Aber das hatte sich höher am Berg oben abgespielt, weiter weg vom See. Das Haus diesmal stand auf halber Höhe, an einer Schleife der Straße, die einen Ausläufer des Berges umzog. Es stand für sich allein, hinter einer von Rissen durchsetzten Stützmauer, umgeben von mehreren unbebauten Grundstücken.

Da es von Anfang an ein Doppelhaus gewesen war, hatte es zwei Eingangstüren und zwei kleine Treppen, die zu ihnen hinaufführten. Eine der Türen trug ein Schild über der Vergitterung, die das Guckfenster abschirmte: Klingeln bei 1432.

Ich stellte meinen Wagen ab und ging rechtwinklige Stufen hinauf, zwischen zwei Beetreihen Federnelken hindurch, weitere Stufen hoch zu der Tür mit dem Schild. Da mußte der Untermieter wohnen. Ich drückte auf die Klingel. Niemand regte sich, und so ging ich hinüber zu der anderen Tür. Auch dort regte sich niemand.

Während ich noch wartete, surrte ein graues Dodge-Coupé um die Kurve, und ein kleines adrettes Mädchen blickte für eine Sekunde zu mir herauf. Ich konnte nicht erkennen, wer sich sonst noch in dem Wagen befand. Ich gab mir auch keine sonderliche Mühe. Ich ahnte ja nicht, daß es wichtig war.

Ich holte Kathy Hornes Schlüssel heraus und verschaffte mir Zugang in ein enges Wohnzimmer, in dem es nach Zedernöl roch. Es hatte grad genug Mobiliar, daß man damit durchkommen konnte, Netzgardinen, unter den Vorhängen der Frontfenster ein stilles Streifchen Sonnenlicht. Es gab ein winziges Frühstückszimmer, eine Küche, ein Schlafzimmer im hinteren Trakt, das offenbar Kathys war, ein Bad, ein weiteres Schlafzimmer nach vorn heraus, das anscheinend als Nähstube benutzt wurde. In diesem Zimmer befand sich der Türdurchbruch in den anderen Teil des Hauses.

Ich schloß auf und trat gewissermaßen durch einen Spiegel. Alles bot hier das umgekehrte Bild, außer dem Mobiliar. Im Wohnzimmer hier stand ein Doppelbett, und der ganze Raum machte nicht den Eindruck, als würde er bewohnt.

Ich ging nach hinten, am zweiten Bad vorbei, klopfte an die geschlossene Tür, die der zu Kathys Schlafzimmer entsprach.

Keine Antwort. Ich probierte die Klinke und trat ein. Der kleine Mann auf dem Bett war vermutlich Peeler Mardo. Ich bemerkte zuerst seine Füße, denn obwohl er Hose und Hemd anhatte, waren seine Füße nackt und ragten über das Ende des Bettes hinaus. Sie waren mit einem Strick an den Knöcheln zusammengebunden.

Sie waren an den Sohlen verbrannt bis aufs rohe Fleisch. Es roch danach, trotz des offenen Fensters. Auch ein Geruch von versengtem Holz hing in der Luft. Ein elektrisches Bügeleisen auf einem Tisch war immer noch angeschlossen. Ich ging hinüber und schaltete es aus.

Ich ging in Kathy Hornes Küche zurück und fand eine Pintflasche Brooklyn-Scotch im Kühlfach. Ich bediente mich und atmete eine Weile tief durch und blickte hinaus über die Nachbargrundstücke. Ein schmaler Zementweg lief hinter dem Haus entlang, grüne Holzstufen führten zur Straße hinunter.

Ich ging in Peeler Mardos Zimmer zurück. Die Jacke eines braunen Anzugs mit roten Nadelstreifen hing über einem Stuhl, die Taschen umgedreht, und was sie enthalten hatten, lag auf dem Boden.

Die Hose des Anzugs hatte er an, und ihre Taschen waren ebenfalls umgedreht. Ein paar Schlüssel, Kleingeld und ein Taschentuch lagen neben ihm auf dem Bett, dazu eine Metalldose, wie die Puderdose einer Frau. Etwas schimmernd weiß Pulveriges war daraus verschüttet worden. Kokain.

Er war ein kleiner Mann, nicht größer als einssechzig, mit dünnem braunem Haar und großen Augen. Die Augen hatten keine bestimmte Farbe. Es waren einfach Augen, sehr weit offen, und ganz tot. Seine Arme waren nach den Seiten gezogen und an den Handgelenken mit einem Strick gefesselt, der unter dem Bett durchlief.

Ich untersuchte ihn auf Schuß- oder Stichwunden hin, fand aber keine. Er hatte überhaupt keine Verletzungen, außer an den Füßen. Schock oder Herzversagen oder die Kombination von beidem mußte ihm den Rest gegeben haben. Er war noch warm. Der Knebel in seinem Mund war ebenfalls noch warm und feucht.

Ich wischte sorgfältig alles ab, was ich berührt hatte, sah noch ein Weilchen aus Kathys Vorderfenster und verließ dann das Haus.

Es war drei Uhr dreißig, als ich die Halle des Mansion House betrat und zum Zigarrenstand in der Ecke hinüberging. Ich beugte mich über die Glasplatte und verlangte Camel.

Kathy Horne schnippte mir die Packung zu, ließ das Wechselgeld in meine äußere Brusttasche fallen und schenkte mir ihr Kundenlächeln.

»Na? Sie haben ja nicht sehr lange gebraucht«, sagte sie und schielte aus den Augenwinkeln zu einem Betrunkenen hinüber, der mit dem Versuch beschäftigt war, sich mit einem altmodischen Feuerzeug eine Zigarre anzuzünden.

»Es kommt was Knallhartes«, sagte ich zu ihr. »Nehmen Sie Ihre Nerven zusammen.«

Sie wandte sich rasch ab und schnippte dem Betrunkenen eine Schachtel Streichhölzer über die Glasplatte hinüber. Er fummelte daran herum, ließ Streichhölzer und Zigarre fallen, klaubte sie wütend vom Boden auf und ging davon, mit einem Blick über die Schulter zurück, als erwarte er einen Fußtritt.

Kathy sah an meinem Kopf vorbei, die Augen kühl und leer. »Okay, Nerven beisammen«, flüsterte sie.

»Sie kriegen jetzt die glatte Hälfte«, sagte ich. »Peeler hat den

Löffel hingeschmissen. Man hat ihm die Luft abgedreht — in seinem Bett.«

Ihre Augen verdrehten sich. Zwei Finger krümmten sich auf der Glasplatte neben meinem Ellbogen. Eine weiße Linie grub sich um ihren Mund. Das war alles.

»Hören Sie zu«, sagte ich. »Sagen Sie nichts, bis ich fertig bin. Er ist am Schock gestorben. Jemand hat ihm die Füße verbrannt, mit einem billigen elektrischen Bügeleisen. Nicht mit Ihrem. Ich hab nachgesehn. Ich würde sagen, er ist ziemlich schnell gestorben und kann nicht mehr viel gesagt haben. Der Knebel steckte noch in seinem Mund. Als ich rausfuhr, hielt ich das Ganze, offen gestanden, noch für Quatsch mit Soße. Jetzt bin ich da nicht mehr so sicher. Wenn er den Happen ausgespuckt hat, sind wir gelackmeiert, und Sype ist das auch, es sei denn, ich kann ihn vorher noch finden. Diese Elektriker haben keinerlei Hemmungen gehabt. Wenn er aber dichtgehalten hat, ist immer noch Zeit.«

Ihr Kopf wandte sich, ihre wieder gefaßten Augen sahen zur Drehtür am Halleneingang hinüber. Weiße Flecken schimmerten auf ihren Wangen.

»Was soll ich tun?« hauchte sie.

Ich stöberte in einer Kiste mit eingewickelten Zigarren, ließ ihren Schlüssel hineinfallen. Ihre langen Finger angelten ihn geschmeidig heraus, versteckten ihn.

»Wenn Sie heimkommen, finden Sie ihn. Sie haben nicht die leiseste Ahnung. Lassen Sie die Perlen ganz aus dem Spiel, und lassen Sie auch mich aus dem Spiel. Wenn sie seine Fingerabdrücke überprüfen, haben sie schnell heraus, daß er vorbestraft war, und werden sich einfach den Reim darauf machen, daß da jemand eine alte Rechnung beglichen hat.«

Ich riß meine Zigarettenpackung auf und zündete mir eine an, während ich Kathy beobachtete. Sie rührte sich keinen Zoll.

»Kann man Ihnen selbst irgendwas am Zeug flicken?« fragte ich. »Wenn ja, bleibt uns jetzt nichts übrig, als den Mund aufzumachen.«

»Aber was denken Sie!« Ihre Brauen wölbten sich. »Seh ich

etwa aus wie eine, die auf ihre Mitmenschen mit dem Bügeleisen losgeht?«

»Sie sind mit einem Lumpen verheiratet«, sagte ich grimmig.

Sie errötete, wie ich's mir gewünscht hatte. »Er ist kein Lump! Er ist bloß ein verdammter Narr! Kein Mensch traut mir deswegen was Schlechtes zu, nicht mal die Jungs von der Polizei.«

»Na schön. Ist mir sehr lieb. Schließlich haben wir den Mord ja nicht begangen. Und wenn wir jetzt auspacken müßten, könnten Sie jeden Anteil an jeder Belohnung in den Rauchfang schreiben – selbst wenn je eine ausgezahlt werden sollte.«

»Quatsch mit Fransen«, sagte Kathy Horne schnippisch. »Ach, der arme kleine Knilch«, schluchzte sie fast.

Ich tätschelte ihr den Arm, grinste so herzlich, wie ich konnte, und verließ das Mansion House.

III

Die Reliance Indemnity Company hatte Büros im Graas Building, drei kleine Zimmerchen, die überhaupt nichts hermachten. Das Unternehmen war groß genug, um sich so schäbig präsentieren zu können, wie es ihm paßte.

Der Manager der Bezirksvertretung hieß Lutin, ein mitteläItlicher kahlköpfiger Mann mit ruhigen Augen, zierlichen Fingern, die eine gescheckte Zigarre streichelten. Er saß hinter einem großen, sauber abgestaubten Schreibtisch und starrte friedlich auf meine Kinnspitze.

»Carmady, was? Ich hab schon von Ihnen gehört.« Er berührte meine Karte mit einem glänzenden kleinen Finger. »Was haben Sie auf dem Herzen?«

Ich drehte eine Zigarette zwischen den Fingern und senkte die Stimme. »Erinnern Sie sich an die Leander-Perlen?«

Sein Lächeln war träge, ein wenig gelangweilt. »Die werde ich wohl kaum so leicht vergessen. Sie haben unsere Gesellschaft einhundertundfünfzigtausend Dollar gekostet. Ich war noch ein junger Spund in der Feststellungsabteilung damals.«

Ich sagte: »Ich hab da so eine Idee. Vielleicht ist's bloß kalter

Kaffee. Höchstwahrscheinlich sogar. Aber ich würde's gern mal damit probieren. Stehn die fünfundzwanzig Riesen Belohnung immer noch?«

Er kicherte. »Zwanzig Riesen, Carmady. Die Differenz haben wir selber schon ausgegeben. Sie vergeuden nur Ihre Zeit.«

»Ist ja meine. Also zwanzig. Wie weit kann ich auf Ihre Mitarbeit rechnen?«

»Mitarbeit welcherart?«

»Kann ich zum Beispiel ein Schreiben kriegen, das mich bei Ihren anderen Bezirksvertretungen ausweist? Für den Fall, daß ich in einen anderen Staat muß. Für den Fall, daß ich von den Lokalbehörden ein paar freundliche Auskünfte brauche.«

»Welchen Staat haben Sie denn da im Auge?«

Ich lächelte ihn an. Er klopfte mit seiner Zigarre auf den Rand eines Aschenbechers und lächelte zurück. Weder sein noch mein Lächeln war ehrlich.

»Kein Schreiben«, sagte er. »New York würde nicht dafür einstehen. Wir sind hier ganz auf uns selbst gestellt. Aber unter dem Hut, inoffiziell, jede Unterstützung, die Sie brauchen können. Und die zwanzig Riesen, wenn Sie fündig werden. Aber natürlich werden Sie nicht.«

Ich zündete meine Zigarette an und lehnte mich zurück, paffte Rauch gegen die Decke.

»Nicht? Aber wieso denn nicht? Sie haben die Klunkern nie gekriegt. Existiert haben sie aber, oder?«

»Darauf können Sie Gift nehmen. Und wenn sie noch existieren, dann gehören sie uns. Aber zweihundert Riesen bleiben nicht zwanzig Jahre lang irgendwo vergraben, um sich dann auf einmal so mir nichts, dir nichts ausbuddeln zu lassen.«

»Schon gut. Ist immer noch meine Zeit.«

Er klopfte ein bißchen Asche von seiner Zigarre und sah mich von oben herab an. »Ihre Nase gefällt mir«, sagte er, »auch wenn Sie verrückt sind. Aber wir sind ein großes Unternehmen. Mal angenommen, ich lasse Sie von jetzt an beschatten. Was dann?«

»Dann passe ich eben. Ich werd's merken, wenn ich beschattet werde. Ich mache das Spiel schon zu lange, als daß mir so was entgeht. Ich höre dann eben einfach auf, erzähle der Polizei, was ich weiß, und gehe meiner Wege.«

»Warum würden Sie das tun?«

Ich beugte mich wieder über den Schreibtisch vor. »Weil«, sagte ich langsam, »der Bursche, der die Spur hatte, heute umgelegt worden ist.«

»Ah – hm.« Lutin rieb sich die Nase.

»Und *ich* habe ihn nicht umgelegt«, fügte ich hinzu.

Eine kleine Weile lang sprachen wir nichts mehr miteinander. Dann sagte Lutin:

»Das Schreiben, das wollen Sie doch überhaupt nicht. Sie würden es nicht einmal bei sich tragen. Und nachdem Sie mir das eben erzählt haben, wissen Sie auch verdammt gut, daß ich's nicht wagen könnte, Ihnen so was in die Hand zu geben.«

Ich stand auf, grinste, stapfte zur Tür. Er kam selber hoch, sehr schnell, lief um den Schreibtisch herum und legte mir seine kleine gepflegte Hand auf den Arm.

»Hören Sie – ich weiß, Sie sind verrückt, aber wenn Sie wirklich was haben, dann lassen Sie unsere Jungens das machen. Wir brauchen die Reklame.«

»Was, zum Teufel, glauben Sie denn, wovon ich lebe?« knurrte ich.

»Fünfundzwanzig Riesen.«

»Ich dachte, es wären bloß zwanzig.«

»Fünfundzwanzig. Und Sie sind trotzdem verrückt. Sype hat die fraglichen Perlen nie gehabt. Wenn er sie gehabt hätte, wäre er schon vor vielen Jahren irgendwie an uns herangetreten.«

»Okay«, sagte ich. »Sie haben ja massenhaft Zeit gehabt, sich Ihre Meinung zu bilden.«

Wir schüttelten uns die Hand und grinsten uns wie zwei gerissene Schlauberger an, die genau wissen, daß sie keinem Aas mehr was vormachen können, es aber immer wieder versuchen.

Es war Viertel vor fünf, als ich ins Büro zurückkam. Ich guckte ein paarmal kurz in die Flasche, stopfte mir meine Pfeife und hockte mich hin, um meinen Grips zu interviewen. Das Telefon klingelte.

Eine Frauenstimme sagte: »Carmady?« Es war eine kleine, feste, kalte Stimme. Ich kannte sie nicht.

»Ja-ah.«

»Sie sollten mal Rush Madder einen Besuch machen. Kennen Sie ihn?«

»Nein«, log ich. »Und warum sollte ich ihn besuchen?«

Ein plötzliches, klingelndes, eiskaltes Lachen kam über den Draht. »Wegen einem Burschen, der wunde Füßchen gekriegt hat«, sagte die Stimme.

Es klickte im Hörer. Ich legte ihn auf die Gabel zurück, riß ein Streichholz an und starrte gegen die Wand, bis die Flamme mir die Finger verbrannte.

Rush Madder war ein Winkeladvokat im Quorn Building. So einer, der sich an Unfallstellen herumtrieb, um Klienten aufzureißen, ein kleinkalibriger Rechtsverdreher, der Alibis besorgte und überhaupt alles machte, was ein bißchen stank und mehr als ein bißchen Geld einbrachte. Im Zusammenhang mit größeren Operationen wie Fußschmorerei hatte ich noch nie von ihm gehört.

IV

Es war gegen Büroschluß auf der Lower Spring Street. Taxis trödelten dicht am Bordstein herum, Stenotypistinnen machten sich leicht verfrüht auf den Heimweg, Straßenbahnen sorgten für den obligaten Verkehrsstau, und Verkehrspolizisten hinderten die Leute am vollkommen regelentsprechenden Rechtsabbiegen.

Das Quorn Building hatte eine schmale Fassade, die Farbe getrockneten Senfs und einen großen Schaukasten mit falschen Zähnen am Eingang. Die Schilder trugen die Namen von Zahnärzten, die absolut schmerzlos behandeln, von Leuten, die einem beibringen, wie man Briefträger wird, bloß Namen dann und Ziffern ohne alle Namen. Rush Madder, Rechtsanwalt, saß auf Zimmer 619.

Ich stieg aus einem klapprigen Paternoster, erblickte einen schmutzigen Spucknapf auf einer schmutzigen Gummimatte, ging einen Korridor hinunter, der nach Zigarrenstummeln roch, und probierte die Klinke unter der Mattglasscheibe von Tür 619. Die Tür war verschlossen. Ich klopfte.

Ein Schatten kam auf das Glas zu, und die Tür wurde mit einem Quietschen aufgezogen. Ich erblickte einen untersetzten Mann mit sanftem rundem Kinn, schweren schwarzen Brauen, öligem Teint und einem Charlie-Chan-Schnurrbart, der sein Gesicht noch fetter aussehen ließ, als es war.

Er streckte ein paar nikotinige Finger aus. »Ah ja, ah ja, der alte Hundefänger persönlich. Das Auge, das immer wacht. Carmady ist der werte Name, glaube ich, stimmt's?«

Ich trat ein und wartete, bis die Tür zugequietscht war. Ein kahler teppichloser Raum, mit braunem Linoleum ausgelegt, ein flacher Schreibtisch, im rechten Winkel dazu ein Rollschrank, ein großer grüner Safe, der so feuerfest wirkte wie die Tragtasche eines Delikatessenladens, zwei Aktenschränke, drei Stühle, ein Wandschrank und ein Waschbecken in der Ecke neben der Tür.

»Ah ja, ah ja, dann nehmen Sie doch Platz«, sagte Madder. »Freut mich, Sie zu sehen.« Er machte allerlei Aufhebens hinter seinem Schreibtisch und rückte sich ein aufgeplatztes Kissen auf dem Stuhl zurecht, setzte sich dann. »Nett, daß Sie mal vorbeigekommen sind. Was Geschäftliches?«

Ich setzte mich und steckte mir eine Zigarette zwischen die Zähne und sah ihn an. Ich sagte kein Wort. Ich sah zu, wie er anfing zu schwitzen. Es begann oben in seinem Haar. Dann grapschte er nach einem Bleistift und kritzelte auf seiner Schreibunterlage herum. Dann sah er mich an, mit einem raschen Blick, und wieder auf die Schreibunterlage. Er redete – mit der Schreibunterlage.

»Irgendwelche Vorstellungen?« fragte er leise.

»Wovon?«

Er sah mich nicht an. »Wie wir zusammen ein bißchen ins Geschäft kommen könnten. Sagen wir, in Steinen.«

»Wer war die Zicke?« fragte ich.

»Äh? Was für eine Zicke?« Er sah mich immer noch nicht an.

»Die mich angerufen hat.«

»Hat jemand Sie angerufen?«

Ich langte nach seinem Telefon, einem altmodischen Apparat mit Galgengabel. Ich hob den Hörer ab und fing an, die Nummer der Kriminalpolizei zu wählen, ganz langsam. Ich wußte, die Nummer kannte er so gut wie seinen Hut.

Er griff herüber und drückte den Gabelhaken nieder. »Also hören Sie mal«, beschwerte er sich. »Sie sind viel zu schnell. Wieso rufen Sie denn die Bullen an?«

Ich sagte langsam: »Weil die Sie dringend sprechen wollen. Wegen einer Flitsche, die Sie kennen und die was von einem Mann weiß, der wunde Füße gekriegt hat.«

»Können wir uns darüber nicht auch anders verständigen?« Sein Kragen war ihm auf einmal zu eng. Er zerrte daran herum.

»Von mir aus schon. Aber wenn Sie meinen, ich hocke hier blöd herum und lasse Sie mit meinen Reflexen spielen, dann haben Sie sich geschnitten.«

Madder öffnete eine flache Zigarettendose und schob sich eine zwischen die Lippen, die dabei ein Geräusch machten, als würde ein Fisch ausgenommen. Seine Hand zitterte.

»Also gut«, sagte er mit kloßiger Stimme. »Also gut. Sie brauchen doch nicht gleich aus der Haut zu fahren.«

»Dann versuchen Sie nicht, Wölkchen mit mir zu zählen«, knurrte ich. »Reden Sie Tacheles. Wenn Sie einen Job für mich haben, ist er ja vermutlich so dreckig, daß ich ihn nicht anfassen kann. Aber anhören kann ich's mir immerhin.«

Er nickte. Er fühlte sich jetzt beruhigt. Er wußte, daß ich bluffte. Er paffte einen blassen Rauchwirbel aus und sah zu, wie er in die Höhe trieb.

»Geht in Ordnung«, sagte er gelassen. »Ich stelle mich bloß hin und wieder ein bißchen dumm. Die Sache ist die: wir wissen Bescheid. Carol hat Sie gesehen, wie Sie zum Haus fuhren und wieder rauskamen. Und Polizei ist keine erschienen.«

»Carol?«

»Carol Donovan. Freundin von mir. Sie hat Sie angerufen.«

Ich nickte. »Fahren Sie nur fort.«

Er sagte nichts. Er saß einfach da und blickte mich eulenhaft an.

Ich grinste und beugte mich ein wenig über den Schreibtisch

und sagte: »Dann will ich Ihnen mal sagen, was Ihnen Kopfschmerzen macht. Sie wissen nicht, warum ich zu dem Haus gefahren bin – beziehungsweise warum ich, nachdem ich wieder gegangen war, nicht nach der Polizei gebrüllt habe. Das ist ganz einfach. Ich hielt's für ein Geheimnis.«

»Wir nehmen uns nur gegenseitig auf den Arm«, sagte Madder säuerlich.

»Also gut«, sagte ich. »Reden wir über Perlen. Macht's das ein bißchen einfacher?«

Seine Augen glänzten. Er wollte seiner Erregung freie Bahn lassen, tat es aber nicht. Er behielt seine Stimme in der Gewalt, sagte kühl:

»Carol hat ihn eines Abends mal aufgelesen, den kleinen Burschen. Eine verrückte Type, randvoll mit Schnee, aber mit einer Idee ganz hinten in seinem Oberstübchen. Er redete von Perlen, von einem alten Knacker oben im Nordwesten von Kanada, der sie sich vor langer Zeit mal unter den Nagel gerissen hätte und bei dem sie immer noch wären. Bloß eins wollte er nicht sagen – wie der alte Knacker hieße und wo er steckte. In der Hinsicht war er ein Fuchs. Kein Sterbenswörtchen. Kann ich gar nicht verstehen, wieso.«

»Er wollte sich erst die Füße verbrennen lassen«, sagte ich.

Madders Lippen bebten, und neuer feiner Schweiß zeigte sich in seinem Haar.

»Das habe nicht ich gemacht«, sagte er gepreßt.

»Sie oder Carol, was soll's? Der kleine Bursche ist dran gestorben. Daraus kann man leicht einen Mord machen. Sie haben nicht aus ihm rausgekriegt, was Sie wissen wollten. Deswegen bin *ich* jetzt hier. Sie denken, ich hab die Informationen, die Sie nicht gekriegt haben. Das schlagen Sie sich nur gleich aus dem Kopf. Wenn ich genug wüßte, säße ich nicht hier, und wenn Sie genug wüßten, hätten Sie mich schwerlich herbestellt. Logisch, oder?«

Er grinste, sehr langsam, als täte es ihm weh. Er rappelte sich in seinem Stuhl auf und zog an der Seite seines Schreibtischs eine tiefe Schublade auf, stellte eine hübsch gebauchte braune Flasche auf den Tisch sowie zwei gestreifte Gläser. Er flüsterte:

»Machen wir halbe-halbe. Sie und ich. Carol boote ich aus.

Sie ist mir einfach zu rabiat, Carmady. Ich hab weiß Gott schon harte Weiber gesehen, aber sie ist wie der Blauglanz auf Panzerstahl. Und dabei sieht man ihr das eigentlich gar nicht an, oder?«

»Hab ich sie denn schon mal gesehen?«

»Ich denke doch. Sie sagte es jedenfalls.«

»Ach, das Mädchen in dem Dodge.«

Er nickte und goß zwei anständige Drinks ein, stellte die Flasche hin und stand auf. »Wasser? Ich nehm's ganz gern dazu.«

»Nein«, sagte ich, »aber wieso wollen Sie mich mit reinnehmen? Ich weiß keine Spur mehr, als Sie erwähnt haben. Oder doch nur ein ganz klein bißchen. Bestimmt aber nicht so viel, wie Sie wissen müssen, wo Sie so weit gegangen sind.«

Er schielte über die Gläser. »Ich weiß, wo ich fünfzig Riesen für die Leander-Perlen kriegen kann, glatt das Doppelte von dem, was Sie einstreichen würden. Ich kann Ihnen also Ihr Päckchen geben und habe meins dann immer noch. Sie haben die Fassade, die ich brauche, um an der freien Luft zu arbeiten. Was ist nun mit dem Wasser?«

»Kein Wasser«, sagte ich.

Er ging zu dem eingebauten Waschbecken hinüber und ließ das Wasser laufen und kam mit halbgefülltem Glas zurück. Er setzte sich wieder hin, grinste, hob es.

Wir tranken.

V

Bis jetzt hatte ich bloß vier Fehler begangen. Der erste war, daß ich mich überhaupt auf die Sache eingelassen hatte, und sei's auch nur um Kathy Hornes willen. Der zweite war, daß ich bei der Stange geblieben war, nachdem ich Peeler Mardo tot aufgefunden hatte. Der dritte war, daß ich Rush Madder zu erkennen gegeben hatte, daß ich wußte, wovon er sprach. Der vierte, der Whisky, war der schlimmste.

Er schmeckte komisch, selbst nach dem Schlucken noch. Und dann kam ein plötzlicher Moment der Erleuchtung, in dem ich auf einmal wußte, so genau, als hätte ich's gesehen, daß er seinen

Drink mit einem harmlosen Glas vertauscht hatte, das im Wandschrank versteckt gestanden hatte.

Ich saß einen Augenblick ganz still, das leere Glas zwischen den Fingerspitzen, und sammelte meine Kräfte. Madders Gesicht begann zu schwellen, wurde mondgroß und verschwamm. Ein fettes Lächeln zuckte unter seinem Charlie-Chan-Schnurrbart hin und her, während er mich beobachtete.

Ich griff nach hinten in meine Hüfttasche und zog ein locker zusammengeknülltes Taschentuch heraus. Die kleine Pistole darin war offenbar nicht zu sehen. Wenigstens machte Madder keine Bewegung mehr, nachdem er zuerst unter seine Jacke gegriffen hatte.

Ich stand auf und schwankte betrunken nach vorn und verpaßte ihm einen Schlag mitten auf den Kopf.

Er würgte. Er wollte aufstehen. Ich erwischte ihn am Kiefer. Er wurde schlaff, und seine unter dem Rock vorfegende Hand stieß sein Glas um auf der Schreibtischplatte. Ich stellte es wieder auf, stand still, lauschte, kämpfte mit einer jäh aufsteigenden Welle betäubender Übelkeit.

Ich ging zu einer Verbindungstür hinüber und probierte die Klinke. Sie war abgeschlossen. Ich taumelte jetzt schon richtig. Ich schleifte einen Bürostuhl zur Eingangstür und klemmte die Rückenlehne unter die Klinke. Ich lehnte mich gegen die Tür, keuchend, zähneknirschend, mich selbst verfluchend. Ich zog Handschellen heraus und wollte zu Madder zurückgehen.

Ein sehr hübsches schwarzhaariges, grauäugiges Mädchen trat aus dem Wandschrank und richtete eine 32er auf mich.

Sie trug ein blaues, sehr schick geschnittenes Kleid. Eine umgedrehte Untertasse von Hut zog eine harte Linie über ihre Stirn. Glänzendes schwarzes Haar schaute an den Seiten darunter hervor. Ihre Augen waren schiefergrau, kalt und doch heiter-fröhlich zugleich. Ihr Gesicht war frisch und jung und zart und so hart wie ein Meißel.

»Das wär's, Carmady. Legen Sie sich hin und schlafen Sie sich aus. Sie sind fertig.«

Ich taumelte auf sie zu, mit schwankender Pistole. Sie schüttelte den Kopf. Als ihr Gesicht sich bewegte, schwoll es an vor meinen Augen. Die Umrisse wechselten und verwackelten sozusagen. Die Waffe in ihrer Hand nahm alle möglichen Gestalten an, vom Tunnel bis zum Zahnstocher.

»Seien Sie kein Idiot, Carmady«, sagte sie. »Ein paar Stunden Schlaf für Sie, ein paar Stunden Vorsprung für uns. Zwingen Sie mich nicht zu schießen. Ich würde's tun.«

»Verdammtes Luder«, murmelte ich. »Wahrhaftig, das würden Sie.«

»So sicher, wie Regen naß macht, mein schöner Schatz. Ich gehöre zu den Frauen, die ihren eigenen Kopf durchsetzen. So ist's recht. Setzen Sie sich hin.«

Der Fußboden kam hoch und prallte gegen mich. Ich saß darauf wie auf einem Floß in rauher See. Ich stützte mich auf die flachen Hände. Ich konnte den Boden kaum fühlen. Meine Hände waren taub. Mein ganzer Körper war taub.

Ich versuchte sie durch einen starren Blick aus der Fassung zu bringen. »Ha-ha! L-lady K-killer!« kicherte ich.

Sie warf mir ein eisiges Lachen entgegen, das ich nur so eben noch hörte. Trommeln dröhnten jetzt in meinem Kopf, Kriegstrommeln aus einem fernen Dschungel. Wellen von Licht kamen in Bewegung und dunkle Schatten und ein Rauschen und Rascheln wie das des Windes in Baumwipfeln. Ich wollte mich nicht hinlegen. Ich legte mich hin.

Die Stimme des Mädchens kam aus sehr weiter Ferne, eine Elfenstimme.

»Halbe-halbe, was? Und meine Methoden gefallen ihm nicht, was? So ein großes weiches Herzchen! Ich werde ihn mir schon noch vorknöpfen.«

Ganz vage glaubte ich, während mein Bewußtsein zerfloß, eine dumpfe Erschütterung zu spüren, die ein Schuß hätte sein können. Ich hoffte, sie hätte Madder erschossen, aber das hatte sie nicht. Sie war mir nur auf meinem Weg ins Dunkel behilflich gewesen – mit meiner eigenen Pistole.

Als ich wieder zu mir kam, war es Nacht. Irgend etwas klapperte über mir, mit schwerem Schlag. Durch das offene Fenster jenseits des Schreibtischs sah ich auf den hohen Seitenwänden eines Gebäudes den Widerschein gelben Lichts aufflammen. Das

Etwas klapperte erneut, und das Licht ging aus. Eine Leuchtreklame auf dem Dach.

Ich brachte mich vom Boden hoch wie ein Mann, der aus einem Schlammsumpf klettert. Ich watete zum Waschbecken hinüber, spritzte mir Wasser ins Gesicht, befühlte meine Schädeldecke und zuckte zusammen, watete zurück zur Tür und fand den Lichtschalter.

Verstreute Papiere lagen um den Schreibtisch herum, abgebrochene Bleistifte, Umschläge, eine leere braune Whiskyflasche, Zigarettenkippen und Asche. Das Trümmerchaos hastig geleerter Schubladen. Ich machte mir nicht die Mühe, darin zu stöbern. Ich verließ das Büro, fuhr in dem rappelnden Aufzug zur Straße hinunter, schlüpfte in eine Bar und genehmigte mir einen Brandy, holte mir dann meinen Wagen und fuhr nach Hause.

Ich wechselte die Kleidung, packte eine Reisetasche, trank noch einigen Whisky und ging ans Telefon, als es klingelte. Das war so um neun Uhr dreißig.

Kathy Hornes Stimme sagte: »Also sind Sie doch noch nicht weg. Das hab ich gehofft.«

»Allein?« fragte ich, mit immer noch dicker Stimme.

»Ja, jetzt, war ich vorher aber nicht. Das Haus hat stundenlang von Polizei gewimmelt. Waren aber sehr nett alle, in Anbetracht der Umstände. Irgendeine alte Rechnung, haben sie gemeint.«

»Und jetzt wird das Telefon wahrscheinlich überwacht«, grollte ich. »Wohin sollte ich denn eigentlich weg sein?«

»Na aber – wissen Sie doch. Ihre Freundin hat's mir erzählt.«

»Kleines dunkles Mädchen? Sehr kühl? Carol Donovan mit Namen?«

»Sie hatte Ihre Karte. Wieso, war denn das nicht ...«

»Ich hab gar keine Freundin«, sagte ich schlicht. »Und ich wette, daß Ihnen bei der Gelegenheit, so ganz nebenbei und ohne großes Nachdenken, ein Name über die Lippen geschlüpft ist – der Name einer Stadt oben im Norden. Stimmt's?«

»Ja-a-ah«, gab Kathy schwächlich zu.

Ich erwischte so grad noch die Nachtmaschine in den Norden.

Es war ein netter Flug, nur daß ich einen wunden Kopf hatte und einen geradezu rasenden Durst auf Eiswasser.

VI

Das Snoqualmie Hotel in Olympia lag am Capitol Way und stieß an den üblichen Quadratblock Park. Ich verließ es durch den Caféausgang und ging einen Berg hinunter zu der Stelle, wo der letzte, einsamste Ausläufer des Puget Sound erstarb und sich vor einer Reihe nicht mehr benutzter Ladeplätze auflöste. Klafter von Feuerholz füllten den Vordergrund, und alte Männer trödelten zwischen den Stößen herum oder hockten auf Kisten, die Pfeife im Mund, und hinter ihren Köpfen stand auf Schildern zu lesen: »Feuer- und Anmachholz. Lieferung frei Haus.«

Hinter ihnen stieg eine niedrige Klippe auf, und die riesigen Fichten des Nordens ragten in einen graublauen Himmel.

Zwei der alten Männer saßen etwa zwanzig Schritte voneinander entfernt auf Kisten und ignorierten sich völlig. Ich schlenderte in die Nähe des einen. Er trug Kordsamthosen sowie ein Etwas, das einmal ein rot-schwarzer Plaidmantel gewesen war. Sein Filzhut zeigte den Schweiß von zwanzig Sommern. Eine seiner Hände hielt eine kurze schwarze Pfeife gepackt, und mit den Dreckfingern der anderen zupfte er langsam, sorgfältig, ekstatisch an einem langen Kräuselhaar, das ihm aus der Nase wuchs.

Ich stellte mir eine Kiste hochkant, ließ mich darauf nieder, stopfte meine eigene Pfeife, zündete sie an, paffte ein Wölkchen Rauch. Ich deutete mit der Hand auf das Wasser und sagte:

»Man sollte nicht meinen, das da könnte's je bis zum Pazifischen Ozean geschafft haben.«

Er sah mich an.

Ich sagte: »Eine Sackgasse sozusagen – ruhig, friedlich, wie Ihre Stadt. Ich mag solche Städte.« Er sah mich weiter nur an.

»Ich wette«, sagte ich, »daß ein Mann, der ein Weilchen in so einer Stadt gewohnt hat, jeden in der ganzen Gegend kennt.«

Er sagte: »Wieviel wetten Sie?«

Ich zog einen Silberdollar aus der Tasche. Da oben gab es immer noch ein paar davon. Der alte Mann betrachtete ihn, nickte, riß sich jäh das lange Haar aus der Nase und hielt es hoch gegen das Licht.

»Sie würden verlieren«, sagte er.

Ich legte den Dollar auf mein Knie. »Kennen Sie hier in der Gegend jemand, der sich eine Menge Zierfische hält?« fragte ich.

Er starrte auf den Dollar. Der andere Mann in der Nähe trug Overalls und Schuhe ganz ohne Schnürsenkel. Er starrte ebenfalls auf den Dollar. Sie spuckten beide im selben Moment aus. Der erste alte Mann wandte den Kopf und brüllte mit äußerster Lautstärke:

»Kennst du jemand, der sich Zierfische hält?«

Der andere alte Mann sprang von seiner Kiste auf und packte eine große Axt, stellte einen Holzkloben auf und ließ die Axt darauf niedersausen, spaltete ihn in zwei gleiche Hälften. Er sah triumphierend zu dem ersten alten Mann herüber und schrie:

»Nee, bin ich nicht gewesen.«

Der erste alte Mann sagte: »Bißchen taub.« Er stand langsam auf und ging zu einer Bruchbude hinüber, die aus alten Brettern von ungleicher Länge zusammengenagelt war. Er ging hinein, schlug die Tür hinter sich zu.

Der zweite alte Mann warf mürrisch seine Axt hin, spuckte in Richtung der geschlossenen Tür aus und stapfte zwischen den Stößen Klafterholz davon.

Die Tür der Bruchbude ging wieder auf, der Mann im Plaidmantel steckte den Kopf heraus.

»Kloakenkrebse sind alles«, sagte er und schlug die Tür wieder zu.

Ich steckte meinen Dollar in die Tasche und ging wieder den Berg hinauf. Ich hatte den Eindruck, daß es doch zu lange dauern würde, bis ich ihre Sprache gelernt hatte.

Der Capitol Way lief nach Norden und Süden. Eine trübgrüne Straßenbahn ratterte vorbei, einem Ziel entgegen, das Tumwater hieß. In der Ferne konnte ich die Regierungsgebäude sehen. Nordwärts führte die Straße an zwei Hotels und einigen Läden vorüber und gabelte sich dann nach rechts und links. Rechts ging es nach Tacoma und Seattle. Links über eine Brücke weiter zur Olympic Peninsula.

Jenseits dieser Abzweigungen nach rechts und links wurde die Straße plötzlich alt und schäbig, mit geborstener Asphaltpflasterung, einem chinesischen Restaurant, einem bretterverschalten

Kino, einer Pfandleihe. Auf einem über den schmutzigen Gehsteig ragenden Schild stand »Rauch-Salon« und darunter, in kleinen Buchstaben, als hoffte es, daß niemand hinsähe, »Billard«.

Ich ging hinein, vorüber an einem Gestell mit geschmacklosen Zeitschriften und einem Schaukasten für Zigarren, in dem sich Fliegen tummelten. Links gab es einen langen hölzernen Tresen, ein paar Spielautomaten, einen einzelnen Billardtisch. Drei Halbstarke fummelten an den Automaten herum, und ein hochgewachsener dünner Mann mit langer Nase und so gut wie keinem Kinn spielte ganz für sich allein Billard, eine kalte Zigarre im Gesicht.

Ich setzte mich auf einen Hocker, und ein hartäugiger, kahlköpfiger Mann hinter dem Thekentresen stand von einem Stuhl auf, wischte sich die Hände an einer dicken grauen Schürze ab, zeigte mir einen Goldzahn.

»Einen kleinen Whisky«, sagte ich. »Kennen Sie jemand, der Zierfische hält?«

»Ja-ah«, sagte er. »Nein.«

Er goß hinter der Theke etwas ein und schob mir ein dickes Glas hin.

»Macht fünfundzwanzig.«

Ich schnüffelte an dem Zeug, krauste die Nase. »War's der Whisky, auf den sich das ›Ja-ah‹ bezog?«

Der kahlköpfige Mann hielt eine große Flasche in die Höhe, auf deren Etikett etwa stand: »Cream of Dixie – Reiner Roggenwhisky – Garantiertes Mindestalter: Vier Monate.«

»Okay«, sagte ich. »Ich seh schon, er ist grad angekommen.«

Ich goß etwas Wasser zu und trank. Er schmeckte wie eine Cholerakultur. Ich legte einen Vierteldollar auf die Theke. Der Barmann zeigte mir einen Goldzahn auf der anderen Seite seines Gesichts und packte die Theke mit zwei harten Händen und reckte mir das Kinn entgegen.

»Was haben Sie da eben fürn Quatsch verzapft?« fragte er, fast liebenswürdig.

»Ich bin grad angekommen«, sagte ich. »Ich suche ein paar Zierfische fürs Wohnzimmerfenster. Zierfische.«

Der Barmann sagte sehr langsam: »Seh ich wie jemand aus,

der jemand kennt, der Zierfische hat?« Sein Gesicht war ein bißchen weiß.

Der langnasige Mann, der mit sich selber eine Partie Billard gespielt hatte, stellte sein Queue in den Ständer und kam zur Theke herübergeschlendert, neben mich, und warf einen Nickel darauf.

»Gib mir was zu trinken, bevor du dich naß machst«, wies er den Barmann an.

Der Barmann riß sich mit erheblichem Kraftaufwand von der Theke los. Ich sah nach, ob seine Finger vielleicht Dellen im Holz hinterlassen hatten. Er machte eine Cola auf, rührte mit einem Cocktailquirl darin herum, hieb sie auf die Thekenplatte, holte tief Luft und stieß sie durch die Nase wieder aus, grunzte und machte sich dann beiseite, auf eine Tür zu, auf der »Toilette« stand.

Der langnasige Mann hob seine Cola und blickte in den verschmierten Spiegel hinter der Bar. Die linke Seite seines Mundes verzog sich leicht. Eine gedämpfte Stimme kam heraus, sagte:

»Wie geht's Peeler?«

Ich preßte Daumen und Zeigefinger zusammen, führte sie an die Nase, schniefte, schüttelte traurig den Kopf.

»Hat immer einen in der Krone, was?«

»Tja«, sagte ich. »Wie war doch gleich der werte Name gewesen?«

»Nennen Sie mich Sunset. Ich bewege mich grundsätzlich nach Westen. Glauben Sie, er hält weiter dicht?«

»Er hält weiter dicht«, sagte ich.

»Was steht denn bei Ihnen an der Haustür?«

»Dodge Willis, El Paso«, sagte ich.

»Schon ein Zimmer irgendwo?«

»Hotel.«

Er stellte sein Glas hin, leer. »Dann wolln wir mal.«

VII

Wir gingen in mein Zimmer hinauf und setzten uns und musterten einander über ein paar Gläsern Scotch und Ginger Ale. Sunset studierte mich mit seinen engstehenden, ausdruckslosen Augen, ein wenig beiläufig scheinbar, aber im Endergebnis doch sehr gründlich.

Ich süffelte meinen Drink und wartete. Schließlich sagte er mit seiner lippenlosen »Knaststimme«:

»Wieso kommt Peeler nicht selbst?«

»Aus dem gleichen Grund, aus dem er nicht geblieben ist, als er hier war.«

»Und der wäre?«

»Das rechnen Sie sich nur selber aus«, sagte ich.

Er nickte, ganz als hätte ich etwas sehr Sinnvolles gesagt. Dann:

»Wie hoch ist der Maximalpreis?«

»Fünfundzwanzig Riesen.«

»Quatsch.« Er sagte das mit Nachdruck, sogar rüde.

Ich lehnte mich zurück und zündete mir eine Zigarette an, paffte Rauch zum offenen Fenster hinüber und sah zu, wie die Brise ihn fing und in Fetzen riß.

»Also nun hören Sie mal«, beschwerte sich Sunset. »In der Sportbeilage vom letzten Sonntag haben Sie nicht gestanden. Sie können alles mögliche sein. Ich weiß es einfach nicht.«

»Warum haben Sie sich dann an mich rangemacht?« fragte ich.

»Sie hatten das Wort, oder?«

Jetzt war der Moment gekommen, einen Kopfsprung zu machen. Ich grinste ihn an. »Na sehn Sie. ›Zierfische‹ war das Kennwort. Und der Rauch-Salon der Treffpunkt.«

Sein Mangel an Ausdruck sagte mir, daß ich recht hatte. Es war eine von jenen Chancen, von denen man immer träumt, aber selbst in Träumen nie den richtigen Gebrauch macht.

»Also gut, und wie soll's jetzt weitergehen?« forschte Sunset, sog ein Stück Eis aus seinem Glas und kaute darauf herum.

Ich lachte. »Okay, Sunset. Ich bin's zufrieden, daß Sie schön gewieft sind. Auf die Tour können wir wochenlang weitermachen. Aber legen wir doch die Karten auf den Tisch. Wo steckt der alte Knacker?«

Sunset preßte die Lippen zusammen, befeuchtete sie, preßte sie wieder zusammen. Er stellte sehr langsam sein Glas ab, und seine rechte Hand hing locker an seinem Oberschenkel nieder. Ich wußte, daß ich einen Fehler begangen hatte: daß Peeler gewußt hatte, wo der alte Mann sich aufhielt, und zwar ganz genau. Folglich hätte ich nicht danach fragen dürfen.

Nichts in Sunsets Stimme ließ erkennen, daß ich einen Fehler begangen hatte. Er sagte mürrisch: »Sie meinen, ich soll meine Karten auf den Tisch legen, und Sie machen's sich bequem und schauen sie sich an. Nichts da.«

»Wie schmeckt Ihnen dann *das*?« grollte ich. »Peeler ist tot.«

Eine seiner Brauen verzerrte sich und einer seiner Mundwinkel. Seine Augen wurden noch ein wenig leerer als vorher, wenn das möglich war. Seine Stimme klang leicht kratzig, wie ein Fingernagel auf trockenem Leder.

»Wie ist das gekommen?«

»Konkurrenz, von der Sie beide nichts gewußt haben.« Ich lehnte mich zurück, lächelte.

Die Pistole bildete einen sanften metallischen Schimmerfleck im Sonnenlicht. Ich hatte kaum gesehen, wo sie herkam. Ganz plötzlich blickte mich die Mündung an, rund und dunkel und leer.

»Sie nehmen den falschen Mann auf den Arm«, sagte Sunset leblos. »Bei mir sind Betrüger nicht auf Rosen gebettet.«

Ich verschränkte die Arme, gab sorgfältig acht, daß meine rechte Hand nach außen gekehrt war, sichtbar.

»Könnte schon stimmen – *wenn* ich Sie auf den Arm nähme. Tue ich aber nicht. Peeler ist mit einem Mädchen rumgezogen, und sie hat ihn gemolken – bis zu einem bestimmten Punkt. Er hat ihr nicht erzählt, wo der alte Knabe zu finden wäre. Deshalb ist sie zusammen mit ihrem Macker Peeler auf die Bude gerückt. Die beiden haben ihm ein bißchen die Füße behandelt, mit einem heißen Bügeleisen. Er starb am Schock.«

Sunset blickte unbeeindruckt. »Ich hab noch viel Platz in den Ohren«, sagte er.

»Ich ebenfalls«, knurrte ich und tat so, als würde ich plötzlich wütend. »Was, zum Teufel, haben Sie denn bisher schon von sich gegeben, was auch nur das geringste besagte – außer daß Sie Peeler kennen?«

Er wirbelte seine Pistole um den Abzugsfinger, betrachtete ihr Trudeln. »Der alte Sype ist in Westport«, sagte er beiläufig. »Sagt Ihnen das vielleicht was?«

»Durchaus. Hat er die Klunkern?«

»Woher, zum Teufel, soll ich das wohl wissen?« Er richtete die Pistole wieder aus, ließ sie auf seinen Oberschenkel sinken. Sie zeigte jetzt nicht mehr auf mich. »Wo stecken diese Konkurrenten jetzt, die Sie erwähnt haben?«

»Ich hoffe, ich hab sie abgehängt«, sagte ich. »Allzu sicher bin ich da allerdings nicht. Kann ich die Hände runternehmen und was trinken?«

»Ja doch, machen Sie schon. Wie sind denn Sie da mit reingekommen?«

»Peeler war Untermieter bei der Frau eines Freundes von mir, der im Knast sitzt. Ein braves Mädchen, dem man trauen kann. Er hat sie eingeweiht, und sie hat's dann mir weitererzählt – hinterher.«

»Als er hops war? Wie viele Anteile sollen denn auf Ihre Seite entfallen? Auf mich kommt die Hälfte, das haben wir ausgemacht.«

Ich trank, schob das leere Glas beiseite. »Einen Dreck haben wir ausgemacht.«

Die Pistole hob sich einen Zoll, sank wieder. »Also, durch wieviel geht's insgesamt?« schnappte er.

»Durch drei jetzt, wo Peeler raus ist. Wenn ich uns die Konkurrenz vom Leibe halten kann.«

»Die Fußröster? Kein Problem. Wie sehn sie aus?«

»Der Mann heißt Rush Madder, ein Winkeladvokat unten im Süden, fünfzig, fett, dünner niedergebogener Schnurrbart, gelichtetes dunkles Haar, knapp einssiebzig, neunzig Kilo, nicht viel Mumm. Das Mädchen, Carol Donovan, schwarzes Haar, lange

Locken, graue Augen, hübsch, schmales Gesicht, fünfundzwanzig bis achtundzwanzig, einsfünfundfünfzig, sechzig Kilo, beim letztenmal in schickem Blau, hart wie ein Kiesel. Der eiserne Kern des Gespanns.«

Sunset nickte gleichgültig und steckte seine Pistole weg. »Wir werden sie weichmachen, wenn sie ihr Schnütchen reinsteckt«, sagte er. »Ich hab eine Karre zu Hause. Sausen wir mal nach Westport und sehn wir uns um. Vielleicht können Sie mit der Zierfischangel an ihn rankommen. Es heißt, er ist ganz verrückt nach den Tierchen. Ich selber bleibe in Deckung. Ich rieche nach Knast. Und er hat eine zu gute Nase dafür.«

»Das ist ja reizend«, sagte ich herzlich. »Ich bin selbst ein alter Goldfischliebhaber.«

Sunset langte nach der Flasche, goß sich zwei Fingerbreit Scotch ein und kippte sie hinunter. Er stand auf, zerrte sich den Kragen gerade, dann schoß sein kinnloser Unterkiefer vor, so weit er konnte.

»Aber bilden Sie sich keine Rosinen ein, Bübchen. Es braucht Druck dahinter. Wahrscheinlich müssen wir eine Weile im tiefen Wald verschwinden und Däumchen drehen. Kann an Kidnapping grenzen.«

»Das ist schon okay«, sagte ich. »Die Versicherungsleute stehn hinter uns.«

Sunset zog mit einem Ruck die Spitzen seiner Weste nieder und rieb sich den dürren Nacken. Ich setzte den Hut auf, verstaute den Scotch in der Reisetasche neben dem Stuhl, auf dem ich gesessen hatte, ging hinüber und schloß das Fenster.

Wir begaben uns zur Tür. Knöchel klopften daran, als ich grad die Hand nach der Klinke ausstreckte. Ich winkte Sunset zurück an die Wand. Ich starrte die Tür einen Moment lang an und machte sie dann weit auf.

Die beiden Pistolen waren in fast gleicher Höhe auf mich gerichtet, die eine klein, eine 32er, die andere eine große Smith & Wesson. Sie konnten nicht beide nebeneinander ins Zimmer kommen, also kam das Mädchen zuerst herein.

»Okay, Sie Draufgänger«, sagte sie trocken. »Gipfelhöhe Null. Mal sehn, ob Sie die erreichen.«

VIII

Ich wich langsam ins Zimmer zurück. Die beiden Besucher drängten neben mir herein, zu beiden Seiten. Ich stolperte über meine Reisetasche und verlor das Gleichgewicht, schlug auf den Boden und krümmte mich stöhnend zusammen.

Sunset sagte beiläufig: »Jetzt mal weg mit den Dingern, Leute. Und zwar dalli!«

Zwei Köpfe zuckten herum, weg aus der Blickrichtung auf mich nieder, und da hatte ich auch schon die Pistole heraus, hielt sie versteckt an der Seite. Ich stöhnte weiter.

Es herrschte Stille. Ich konnte keine Waffen fallen hören. Die Tür stand immer noch weit auf, und Sunset wurde von ihr mehr oder weniger an die Wand dahinter gedrückt.

Das Mädchen sagte zwischen den Zähnen: »Deck du den Schnüffler, Rush – und mach die Tür zu. Die Vogelscheuche hier kann gar nicht schießen. Keiner kann.« Dann fügte sie, so flüsternd, daß ich's kaum verstand, hinzu: »Knall sie richtig zu!«

Rush Madder watschelte rückwärts durch den Raum, die Smith & Wesson immer auf mich gerichtet. Er kehrte Sunset dabei den Rücken zu, und der Gedanke daran brachte Unruhe in seine Augen. Ich hätte ihn ohne weiteres erschießen können, aber so lief das Spiel ja nun doch noch nicht. Sunset stand breitbeinig da, und seine Zunge zeigte sich. Etwas, was ein Lächeln hätte sein können, kräuselte sich um seine flachen Augen.

Er starrte das Mädchen an, und das Mädchen starrte ihn an. Ihre Pistolen starrten einander an.

Rush Madder erreichte die Tür, griff nach der Kante und gab ihr einen kräftigen Schwung. Ich wußte genau, was passieren sollte. Wenn die Tür zuknallte, sollte die 32er losgehen. Man würde es nicht hören, wenn sie im richtigen Moment losging. Der Knall würde im Zuknallen der Tür untergehen.

Ich streckte die Hand aus, erwischte Carol Donovan am Knöchel und riß hart daran.

Die Tür knallte zu. Die Pistole ging los, und Kalk kam von der Decke.

Sie wirbelte zu mir herum, trat nach mir. Sunset sagte mit seiner gepreßten, schleppenden, aber irgendwie durchdringenden Stimme:

»Das war's denn wohl. Jetzt mal auf die Plätze.« Der Hahn an seinem Colt klickte zurück.

Etwas in seiner Stimme beruhigte Carol Donovan. Sie entspannte sich, ließ die Automatik sinken und trat von mir weg, nicht ohne mir einen tückischen Blick zuzuwerfen.

Madder drehte den Schlüssel im Schloß herum und lehnte sich gegen das Holz, geräuschvoll atmend. Der Hut war ihm über das eine Ohr gerutscht, und unter der Krempe zeigten sich die Enden von zwei Pflasterstreifen.

Niemand bewegte sich, während ich diese Gedanken hatte. Auch von draußen, vom Flur, war nichts zu hören, keine Schritte, kein Alarm. Ich richtete mich auf die Knie auf, ließ meine Pistole wieder verschwinden, erhob mich auf die Füße und ging zum Fenster hinüber. Niemand unten auf dem Gehsteig starrte zu den Obergeschossen des Snoqualmie Hotels hinauf.

Ich setzte mich auf die breite altmodische Fensterbank und machte ein leicht verlegenes Gesicht, so als hätte der Pfarrer in der Kirche grad einen unanständigen Ausdruck gebraucht.

Das Mädchen schnappte mich an: »Ist dieser Lump hier Ihr Partner?«

Ich gab keine Antwort. Ihr Gesicht wurde langsam rot, und ihre Augen brannten. Madder streckte eine Hand aus und sagte in wichtigtuerischem Ton:

»Nun hör mir mal zu, Carol, hör mir gut zu. So, wie du das hier machst, geht das nun wirklich nicht, und . . .«

»Halt die Klappe!«

»Ja, schon gut«, sagte Madder mit gehemmter Stimme. »Natürlich.«

Sunset musterte das Mädchen träge, zum nun schon dritten- oder viertenmal. Seine Pistolenhand ruhte gelassen auf seinem Hüftknochen, und seine ganze Haltung war vollkommen entspannt. Da ich gesehen hatte, wie er seine Pistole ziehen konnte, hoffte ich, das Mädchen werde sich nicht davon täuschen lassen.

Er sagte langsam: »Ich hab schon von euch zwei beiden gehört. Wie lautet das Angebot? Ich würde an sich nicht mal zuhören, bloß kann ich im Moment keine Anklage wegen Schießerei gebrauchen.«

Das Mädchen sagte: »Es steckt genug drin für vier.« Madder nickte mit dem großen Kopf, heftig, brachte sogar fast ein Lächeln zustande.

Sunset warf mir einen Blick zu. Ich nickte. »Also vier«, seufzte er. »Aber das ist das Äußerste. Wir gehn jetzt zu mir und machen Nägel mit Köpfen. Mir gefällt das hier nicht.«

»Wir müssen harmlos wirken«, sagte das Mädchen eklig.

»Mordsharmlos«, sagte Sunset gedehnt. »So Typen hab ich schon massenhaft getroffen. Deswegen gehn wir ja drüber reden. Das Spielchen ist kein Preisschießen.«

Carol Donovan zog eine Wildledertasche unter ihrem linken Arm vor und stopfte ihre 32er hinein. Sie lächelte. Sie war hübsch, wenn sie lächelte.

»Mein Einsatz steht«, sagte sie ruhig. »Ich spiele mit. Wo ist das, wo Sie wohnen?«

»Water Street raus. Wir nehmen ein Taxi.«

»Dann gehn Sie mal voran, Sportsfreund.«

Wir gingen aus dem Zimmer und fuhren im Fahrstuhl nach unten, vier freundliche Leute, die in aller Ruhe ein Hotel verließen, durch eine Halle voller Geweihe, ausgestopfter Vögel und gepreßter Wildblumen unter Glas. Das Taxi fuhr den Capitol Way entlang, am Parkquadrat vorbei und vorbei an einem großen roten Apartmenthaus, das viel zu groß war für die Stadt, es sei denn, es fanden grad Sitzungen der Legislative statt. Weiter ging es an Straßenbahnschienen entlang, vorüber an den fernen Bauten des Capitols und den hohen geschlossenen Toren zum Amtssitz des Gouverneurs.

Eichen säumten die Gehsteige. Ein paar ziemlich große Villen zeigten sich hinter Gartenmauern. Das Taxi schoß an ihnen vorüber und drehte dann auf eine Straße ab, die zur Spitze des Puget Sound führte. Nach einer kleinen Weile zeigte sich, auf einer schmalen Lichtung zwischen hohen Bäumen, ein Haus. Wasser glitzerte weit dahinter zwischen den Stämmen. Das Haus hatte eine überdachte Vorplatzveranda, davor einen verwilderten Rasen mit Unkraut und wucherndem Buschwerk. Am Ende einer ungepflasterten Zufahrt stand ein Schuppen, und unter dem Schuppen hockte ein bejahrter Tourenwagen.

Wir stiegen aus, und ich bezahlte das Taxi. Wir sahen ihm alle vier aufmerksam nach, bis es außer Sicht war. Dann sagte Sunset:

»Ich wohne oben. Die Zimmer unten gehören einer Lehrerin. Sie ist nicht zu Hause. Gehn wir rauf und reden wir Tacheles.«

Wir überquerten den Rasen zum Vorplatz hinüber, und Sunset stieß eine Tür auf, wies eine enge Treppe hinauf.

»Die Damen zuerst. Gehn Sie voran, schönes Kind. Hier in der Stadt schließt keiner eine Tür ab.«

Das Mädchen warf ihm einen kühlen Blick zu und ging dann an ihm vorbei die Treppe hinauf. Ich folgte als nächster, dann Madder, Sunset zuletzt.

Das eine Zimmer, das den größten Teil des Oberstocks einnahm, war verdunkelt von den Bäumen, hatte ein Giebelfenster, eine breite, unter die Dachschrägung geschobene Schlafcouch, einen Tisch, einige Korbstühle, ein kleines Radio und, mitten im Raum, einen runden schwarzen Ofen.

Sunset begab sich in eine Kochnische und kehrte mit einer ekkigen Flasche und einigen Gläsern wieder. Er goß ein, nahm ein Glas an sich und ließ die andern auf dem Tisch stehen.

Wir bedienten uns selber und setzten uns.

Sunset kippte seinen Drink in einem Zug hinter die Binde, beugte sich vor, um das Glas auf den Boden zu stellen, und kam mit gezogenem Colt wieder hoch.

Ich hörte Madders Schlucken in der jähen kalten Stille. Der Mund des Mädchens verzog sich, als wollte sie in Gelächter ausbrechen. Dann beugte sie sich vor, hielt ihr Glas mit der linken Hand auf ihrer Handtasche.

Sunset preßte langsam die Lippen zu einem dünnen Strich zusammen. Er sagte, langsam und sorgfältig:

»Fußröster, was? Habt meinem Kumpel die Füße geröstet, was?«

Madder würgte, wollte die fetten Hände ausbreiten. Der Colt schnellte mit einem Ruck in seine Richtung. Madder legte die Hände auf die Knie und umklammerte seine Kniescheiben.

»Und dann auch noch heillose Deppen«, fuhr Sunset überdrüssig fort. »Rösten einem Burschen die Füße, um ihn zum Singen zu bringen, und platzen dann einem seiner Kumpel direkt ins Wohnzimmer. Das geht ja nun wirklich auf keine Kuhhaut mehr.«

Madder sagte krampfhaft: »Also g-gut. Und w-was soll der L-lohn sein?« Das Mädchen lächelte ganz leicht, sagte aber nichts.

Sunset grinste. »Stricke«, sagte er sanft. »Eine Menge Stricke, mit festen Knoten, und Wasser drübergegossen. Dann werden mein Kumpel und ich uns trollen, um ein paar Feuerfliegen zu fangen – Perlen sagt ihr dafür –, und wenn wir wiederkommen ...« Er hielt inne, zog die linke Handkante quer über seine Kehle. »Gefällt Ihnen die Idee?« Er sah fragend zu mir herüber.

»Hm, ja, aber machen Sie keine Operette draus«, sagte ich. »Wo haben Sie die Stricke?«

»In der Kommode«, antwortete Sunset und wies mit einem Ohr in die Ecke.

Ich ging in die angegebene Richtung, an den Wänden entlang. Madder gab ganz plötzlich einen dünnen Wimmerlaut von sich, und die Augen verdrehten sich ihm im Kopf, und er fiel vom Stuhl, direkt nach vorn aufs Gesicht, einfach ohnmächtig geworden.

Das brachte Sunset durcheinander. Etwas so Albernes hatte er nicht erwartet. Seine rechte Hand zuckte herum, bis der Colt auf Madders Rücken niederzeigte.

Die Hand des Mädchens schlüpfte unter die Wildledertasche. Die Tasche hob sich einen Zoll. Die Pistole, die dort in einer Trickhalterung steckte – die Pistole, die Sunset im Innern der Tasche vermutete –, spuckte und flammte kurz auf.

Sunset hustete. Sein Colt krachte, und ein Stück Holz splitterte von der Lehne des Stuhls, auf dem Madder gesessen hatte. Sunset ließ den Colt fallen und das Kinn auf die Brust sinken und versuchte, gegen die Decke zu blicken. Seine langen Beine glitten vor ihm aus, und seine Absätze machten ein kratzendes Geräusch auf dem Boden. Er blieb so sitzen, schlaff, das Kinn auf der Brust, die Augen nach oben gerichtet. Tot wie eine gepökelte Walnuß.

Ich trat den Stuhl weg unter Miss Donovan, und sie krachte in einem Wirbel seidener Beine auf die Seite. Der Hut verrutschte ihr auf dem Kopf. Sie jaulte auf. Ich trat auf ihre Hand, wechselte dann plötzlich den Fuß und beförderte ihre Pistole quer durch die ganze Mansarde. Ich schickte die Handtasche hinterher – mit ihrer zweiten Pistole darin. Sie kreischte mich an.

»Hoch mit Ihnen«, knurrte ich.

Sie stand langsam auf, wich von mir zurück, biß sich auf die Lippe, Wut und Wildheit in den Augen, ganz plötzlich nur noch ein garstiges, in die Enge getriebenes kleines Gör. Immer weiter wich sie zurück, bis die Wand sie aufhielt. Ihre Augen glitzerten in einem gespenstischen Gesicht.

Ich warf einen kurzen Blick auf Madder, ging dann zu einer geschlossenen Tür hinüber. Ein Bad war dahinter. Ich steckte den Schlüssel nach außen und winkte dem Mädchen.

»Rein da.«

Sie kam mit steifen Beinen herüber und ging an mir vorbei hinein, so nah, daß sie mich fast berührte.

»Jetzt hörn Sie mir mal eine Minute gut zu, Schnüffler . . .«

Ich schob sie durch die Tür, schlug hinter ihr zu und drehte den Schlüssel herum. Wenn sie die Lust ankam, aus dem Fenster zu springen, so konnte sie das von mir aus tun. Ich hatte die Fenster von unten gesehen.

Ich ging zu Sunset hinüber, tastete ihn ab, spürte den kleinen harten Klumpen Schlüssel an einem Ring in seiner Tasche und zog sie heraus, ohne ihn ganz vom Stuhl zu stoßen. Nach anderem sah ich nicht.

Es waren auch Wagenschlüssel an dem Ring.

Ich sah wieder nach Madder, stellte fest, daß seine Finger weiß waren wie Schnee. Ich ging die enge dunkle Stiege hinunter zur Vorplatzveranda, von da seitlich ums Haus herum und stieg in den alten Tourenwagen unter dem Schuppen. Einer der Schlüssel am Ring paßte ins Zündschloß.

Der Wagen brauchte eine gehörige Tracht Prügel, bevor er ansprang und mich zurückstoßen ließ, die ungepflasterte Zufahrt hinunter zur Straße. Soweit ich sah oder hörte, regte sich nichts im Haus. Die hohen Fichten dahinter und daneben rührten träge die oberen Zweige, und ein kaltes, herzloses Sonnenlicht stahl sich hier und da hindurch, wenn sie sich bewegten.

Ich fuhr zurück zum Capitol Way und wieder in die Stadt, so schnell ich's nur riskieren konnte, am Parkquadrat vorbei und am Snoqualmie Hotel und über die Brücke in Richtung Pazifik und Westport.

IX

Eine Stunde rasanter Fahrt durch gelichtetes Waldland, unterbrochen von dreimaligem Halten, um Wasser nachzufüllen, und interpunktiert vom Husten einer defekten Dichtungsmanschette, brachte mich in Hörweite der Brandung. Die breite weiße Straße mit ihrem gelben Mittelstreifen schwang sich um die Flanke eines Berges, eine ferne Gruppe von Gebäuden ragte undeutlich vor dem Schimmer des Ozeans auf, und die Straße gabelte sich. Der linke Ast hatte das Richtungsschild »Westport – 9 Meilen« und führte nicht zu den Gebäuden hinüber. Er lief über eine rostige Auslegerbrücke und tauchte in ein Gebiet von windzerzausten Obstgärten.

Weitere zwanzig Minuten, und ich knatterte nach Westport hinein, eine sandige Landzunge mit verstreuten Fachwerkhäusern, die das ansteigende Gelände dahinter tüpfelten. Das Ende der Landzunge bildete ein langer schmaler Segelsteg und das Ende des Stegs eine Traube von Booten mit halbgerefften Segeln, die gegen die einzelnen Masten klatschten. Dahinter kam eine von Bojen bezeichnete Fahrrinne und eine lange unregelmäßige Linie, wo das Wasser über einer verborgenen Sandbank schäumte.

Jenseits der Sandbank rollte der Pazifik nach Japan hinüber. Es war das hier sozusagen der letzte Außenposten der Küste, der westlichste Punkt, den man auf dem Festland der Vereinigten Staaten noch erreichen konnte. Ein reizendes Plätzchen für einen ehemaligen Sträfling, um sich mit einem Paar nicht ganz rechtmäßig erworbener Perlen von der Größe junger Kartoffeln zu verstecken – falls er keine bösen Feinde hatte.

Ich hielt vor einem Landhaus, in dessen Hof ein Schild stand:

»Warme und kalte Mahlzeiten, Tee.« Ein kleiner Mann mit einem Kaninchengesicht und Sommersprossen schwang eine Gartenharke nach zwei schwarzen Hühnern. Die Hühner schienen ihm recht freche Antworten zu geben. Er drehte sich um, als der Motor von Sunsets Wagen sich aushustete.

Ich stieg aus, trat durch ein Pförtchen, zeigte auf das Schild. »Warme Mahlzeiten schon verfügbar?«

Er warf die Harke nach den Hühnern, wischte sich die Hände an den Hosen ab und schielte. »Hat meine Frau da hingestellt«, vertraute er mir dann mit dünner Lausbubenstimme an. »Schinken mit Ei ist gemeint.«

»Schinken mit Ei ist mir durchaus recht«, sagte ich.

Wir gingen ins Haus. Es gab dort drei Tische, bedeckt mit gemustertem Wachstuch, ein paar Farbdrucke an den Wänden, ein vollgetakeltes Schiff in einer Flasche auf dem Kamin. Ich setzte mich. Der Wirt entfernte sich durch eine Schwingtür, draußen schrie jemand mit ihm herum, und dann wurden Brutzelgeräusche in der Küche hörbar. Er kam zurück und beugte sich über meine Schulter, legte einiges Besteck und eine Papierserviette auf das Wachstuch.

»Noch zu früh für einen Apfelbrandy, oder?« flüsterte er.

Ich teilte ihm mit, wie sehr er sich da im Irrtum befand. Er ging wieder weg und kam mit Gläsern und einer Quartflasche zurück, die eine klare bernsteingelbe Flüssigkeit enthielt. Er setzte sich zu mir und goß ein. Eine volle Baritonstimme sang derweil in der Küche über dem Brutzeln die »Chloe«.

Wir stießen an und tranken und warteten, daß uns die Hitze das Rückgrat hochkroch.

»Fremd hier, was?« fragte der kleine Mann.

Ich sagte, das wäre ich in der Tat.

»Vielleicht aus Seattle? Gar kein schlechtes Stück, der Anzug, den Sie da anhaben.«

»Seattle«, stimmte ich zu.

»Hier kommen nicht viel Fremde hin«, sagte er und sah dabei mein linkes Ohr an. »Geht nirgendswohin weiter von hier. Freilich, wie wir noch die Prohibition hatten . . .« Er hielt inne, verlagerte seinen scharfen Spechtsblick auf mein anderes Ohr.

»Ah, die Prohibition, freilich«, sagte ich mit einer großen Geste und trank, wie wenn ich genau im Bilde wäre.

Er beugte sich vor und atmete mir gegen das Kinn. »Mann, da konnten Sie glatt in jeder Fischbude am Segelsteg einladen! Der Stoff kam unter Krabben- und Austernfängen rein. Mann, da war was los in Westport! Sogar die Kinder haben Scotchkisten zum Spielen gekriegt. Gab in der ganzen Stadt kein einziges Auto, was noch in seiner Garage geschlafen hätte, Mister. Warn alle voll bis unters Dach mit kanadischem Sprit, die Garagen. Mann, die Küstenwache hatte einen Kutter draußen vorm Pier, der aufpaßte, wenn die Boote ausgeladen wurden, an einem Tag jede Woche. Freitags. Immer am selben Tag.« Er blinzelte.

Ich paffte an einer Zigarette, und das Brutzeln und der Baritongesang in der Küche gingen weiter.

»Aber was red ich denn, Sie sind ja wohl kaum aus der Schnapsbranche«, sagte er.

»Nee, Mann, ich bin Einkäufer für Zierfische«, sagte ich.

»Okay«, sagte er mürrisch.

Ich goß uns eine weitere Runde Apfelbrandy ein. »Die Flasche hier geht auf meine Rechnung«, sagte ich. »Und ich nehm noch ein paar mehr davon mit.«

Seine Miene erheiterte sich. »Was haben Sie gesagt, wie war doch gleich der Name?«

»Carmady. Sie glauben wohl, ich nehm Sie auf den Arm mit den Zierfischen? Keineswegs.«

»Mann, von den kleinen Flitzern kann man doch nicht leben, oder?«

Ich hielt ihm meinen Ärmel hin. »Sie haben selber gesagt, das wäre kein schlechtes Stück. Aber klar kann man davon leben, von den ausgefallenen Sorten jedenfalls. Neue Sorten, neue Typen, die gibt's in einer Tour. Soviel ich gehört hab, soll hier irgendwo ein alter Knacker wohnen, der eine richtige Sammlung hat. Vielleicht verkauft er ja. Welche, die er selber gezüchtet hat.«

Ich goß uns eine weitere Runde Apfelbrandy ein. Eine große Frau mit Schnurrbart stieß die Schwingtür einen Fußbreit auf und brüllte: »Schinken mit Ei ist fertig!«

Mein Wirt machte sich hurtig auf den Weg und kehrte mit meinem Essen wieder. Ich aß. Er sah mich forschend dabei an. Nach einer Weile klatschte er sich plötzlich auf sein mageres Bein unter dem Tisch.

»Der alte Wallace«, kicherte er. »Aber klar doch, Sie suchen den alten Wallace. Mann, den kennen wir aber nicht besonders gut. Der hält nicht viel auf Nachbarschaft.«

Er drehte sich auf seinem Stuhl herum und zeigte durch die lockeren Gardinen hinaus auf einen fernen Berg. Oben auf dem Berg stand ein gelbweißes Haus, das in der Sonne leuchtete.

»Mann, da oben wohnt er. Hat eine Menge von den Dingern. Goldfische, eh? Mann, also da brächten mich keine zehn Pferde zu!«

Das beendete mein Interesse an dem kleinen Mann. Ich schlang mein Essen hinunter, bezahlte es, dazu drei Quartflaschen Apfelbrandy zu einem Dollar das Stück, schüttelte ihm die Hand und ging zurück zum Tourenwagen.

Eigentlich gab es gar keinen Grund zur Eile. Rush Madder mußte erst wieder aus seiner Ohnmacht erwachen, bevor das Mädchen freikommen konnte. Aber selbst dann hatten die beiden noch keinerlei Ahnung von Westport. Sunset hatte den Namen in ihrer Gegenwart nicht erwähnt. Und sie hatten ihn auch nicht gekannt, als sie nach Olympia kamen, sonst wären sie direkt hingefahren. Wenn sie vor meinem Zimmer im Hotel gelauscht hätten, dann hätten sie auch gewußt, daß ich nicht allein war. Sie hatten sich aber nicht so verhalten, als wären sie darauf gefaßt gewesen, als sie hereingeplatzt kamen.

So hatte ich massenhaft Zeit. Ich fuhr zum Segelsteg hinunter und sah ihn mir an. Das also war der »Pier«. Er machte einen ziemlich dürftigen Eindruck. Es gab Fischbuden, Kneipen, ein kümmerliches Nachtlokal für die Fischer, einen Billardsalon, eine Passage mit Spielautomaten und Guckkästen. Köderfische flitzten und wimmelten in großen hölzernen Behältern unten im Wasser an den Pfählen. Kerle lungerten herum, und sie sahen ganz so aus, als kriegte man Ärger, wenn man sich mit ihnen einließ. Gesetzeshüter konnte ich nirgends entdecken.

Ich fuhr zurück und den Berg hinauf zu dem gelbweißen

Haus. Es stand sehr für sich allein, vier Blocks von der nächsten Behausung entfernt. Davor gab es Blumen, einen gepflegten grünen Rasen, einen Steingarten. Eine Frau in weißbraun bedrucktem Kleid bekämpfte Blattläuse mit einer Spritzpistole. Ich ließ meine Karre sich selber abwürgen, stieg aus und nahm den Hut ab.

»Wohnt hier Mr. Wallace?«

Sie hatte ein hübsches Gesicht, ruhig, fest. Sie nickte.

»Möchten Sie ihn sprechen?« Sie hatte auch eine ruhige, feste Stimme, eine gute Sprache.

Das klang ganz und gar nicht nach der Frau eines Eisenbahnräubers.

Ich nannte ihr meinen Namen, sagte, ich hätte unten in der Stadt von seinen Fischen gehört. Ich wäre an besonderen Zierfischarten interessiert.

Sie legte die Spritzpistole hin und ging ins Haus. Bienen summten mir um den Kopf, große struppige Bienen, denen der kalte Wind vom Meer nichts ausmachte. Weit weg, wie Hintergrundmusik, schlug die Brandung tosend auf die Sandbänke. Der Sonnenschein hier im Norden kam mir bläßlich und öde vor, er hatte im Innersten keine Wärme.

Die Frau kam wieder aus dem Haus und hielt die Tür auf.

»Er ist oben«, sagte sie, »wenn Sie die Treppe hinaufgehen wollen.«

Ich ging an einem Paar rustikaler Schaukelstühle vorüber und in das Haus des Mannes, der die Leander-Perlen gestohlen hatte.

X

Aquarien standen überall in dem großen Raum, in zwei Reihen auf versteiften Wandbrettern, große längliche Becken mit Metallrahmen, manche von oben beleuchtet, manche mit Licht im Innern unten. Wasserpflanzen bildeten wuchernde Girlandenmuster hinter dem algenbesetzten Glas, und das Wasser hatte ein geisterhaft grünliches Licht, und durch das grünliche Licht bewegten sich Fische in allen Regenbogenfarben.

Es gab lange schlanke Fische, blitzend wie goldene Pfeile, und japanische Schleierschwänze mit phantastischen Schleppen und Neons, so durchsichtig wie farbiges Glas, winzige Guppys, grad einen halben Zoll lang, buntscheckige Popeyes mit einem Filigran wie ein Haubenband und große schwerfällige chinesische Moors mit Teleskopaugen, Froschgesichtern und nutzlosen Flossen, die durch das grüne Wasser watschelten wie dicke Männer zum Mittagessen.

Das meiste Licht kam von einem großen schrägen Dachfenster. Darunter stand, an einem nackten Holztisch, ein hochgewachsener hagerer Mann, in der linken Hand einen sich windenden roten Fisch, in der rechten eine Rasierklinge, deren Rücken mit Heftpflaster umklebt war.

Er sah mir unter breiten grauen Brauen entgegen. Seine Augen waren tief eingesunken, farblos, undurchsichtig. Ich trat an seine Seite und sah auf den Fisch nieder, den er in der Hand hielt.

»Pilzbefall?« fragte ich.

Er nickte langsam. »Weißer Fungus.« Er legte den Fisch auf die Tischplatte und spreizte vorsichtig die Rückenflosse. Die Flosse war ausgefranst und rissig, und der gezackte Rand hatte eine moosig weiße Färbung.

»Weißer Fungus«, sagte er, »nicht weiter schlimm. Ich werd dem Burschen die Flosse ein bißchen stutzen, dann fühlt er sich bald wieder quicklebendig. Was kann ich für Sie tun, Mister?«

Ich drehte eine Zigarette zwischen meinen Fingern und lächelte ihn an.

»Wie die Menschen«, sagte ich. »Die Fische, meine ich. Kriegen manchmal Sachen ab, die gar nicht gut für sie sind.«

Er hielt den Fisch gegen das Holz und schnitt den ausgefransten Teil der Flosse ab. Er spreizte den Schwanz und stutzte auch ihn. Der Fisch hatte aufgehört, sich zu winden.

»Manche kann man kurieren«, sagte er, »und manche wieder nicht. Wenn's die Schwimmblase erwischt zum Beispiel, da ist nichts zu machen.« Er sah zu mir auf. »Das hier tut überhaupt nicht weh, falls Sie das denken sollten«, sagte er. »Man kann einen Fisch zu Tode erschrecken, aber weh tun wie einem Menschen kann man ihm nicht.«

Er legte die Rasierklinge hin und stippte einen Wattebausch in eine purpurne Flüssigkeit, strich damit über die Schnittflächen. Dann fuhr er mit dem Finger in einen Topf mit weißer Vaseline und tupfte sie darüber. Er ließ den Fisch in ein kleines Becken gleiten, das ganz für sich an einer Wand des Raumes stand. Der Fisch schwamm friedlich herum, ganz zufrieden und still.

Der hagere Mann wischte sich die Hände ab, setzte sich auf die Kante einer Bank und starrte mich mit leblosen Augen an. Er hatte einmal gut ausgesehen, vor langer Zeit.

»Sie interessieren sich für Zierfische?« fragte er. Seine Stimme hatte den ruhigen, vorsichtigen Murmelton des Zellenblocks und des Spazierhofs.

Ich schüttelte den Kopf. »Eigentlich nicht. Das war nur ein Vorwand. Ich habe eine lange Reise gemacht, um Sie zu sehen, Mr. Sype.«

Er befeuchtete sich die Lippen und starrte mich weiter an. Als seine Stimme wiederkam, war sie müde und leise.

»Wallace ist mein Name, Mister.«

Ich paffte einen Rauchring und steckte den Finger hindurch. »Für meine Belange muß es wohl oder übel bei Sype bleiben.«

Er beugte sich vor und ließ die Hände zwischen seine gespreizten knochigen Knie sinken, faltete sie. Große knorrige Hände, die eine Menge schwerer Arbeit geleistet hatten in ihrem Leben. Sein Kopf sah schräg zu mir auf, und seine toten Augen waren kalt unter den struppigen Brauen. Aber seine Stimme blieb leise, sanft.

»Hab seit einem Jahr keinen Greifer mehr gesehen. Jedenfalls nicht zum Reden. Welche Branche?«

»Raten Sie mal«, sagte ich.

Seine Stimme wurde noch einen Grad leiser. »Hören Sie zu, Greifer. Ich habe ein hübsches Zuhause hier, ruhig und zurückgezogen. Kein Mensch belästigt mich mehr. Keiner hat ein Recht dazu. Ich bin begnadigt worden, direkt vom Weißen Haus. Ich hab die Fische als Hobby, und wo man sich so drum kümmert, da hängt man dran. Ich schulde der Welt keinen Nickel. Ich hab bezahlt. Meine Frau hat genug Moos, daß wir davon leben können. Alles, was ich noch will, ist, in Ruhe gelassen zu werden, Greifer.« Er hörte auf zu reden, schüttelte einmal den Kopf. »Sie können mir nicht mehr zusetzen – jetzt nicht mehr.«

Ich sagte nichts. Ich lächelte ein wenig und beobachtete ihn.

»Keiner kann mir mehr was«, sagte er. »Ich bin begnadigt worden, vom Präsidenten persönlich. Ich will bloß noch in Ruhe gelassen werden.«

Ich schüttelte den Kopf und fuhr fort, ihn anzulächeln. »Grad das werden Sie nie schaffen – bis Sie klein beigeben.«

»Hören Sie zu«, sagte er sanft und leise. »Sie sind vielleicht neu an dem Fall. Ist sozusagen noch frisch für Sie. Und Sie wollen sich die Sporen verdienen damit. Aber ich, ich plag mich schon fast zwanzig Jahre damit ab, und eine Menge anderer Leute haben sich ebenso geplagt, und manche davon waren ganz schön gerissene Burschen. Die *wissen* inzwischen, daß ich nichts besitze, was mir nicht gehört. Nie besessen habe. Irgendwer anders hat's.«

»Der Postschaffner«, sagte ich. »Sicher.«

»Hören Sie«, sagte er, immer noch sanft und leise. »Ich hab meine Zeit abgesessen. Ich kenne alle Gesichtspunkte. Ich weiß, es wird nie ein Ende nehmen, das Fragen und Überlegen – solange wie noch einer am Leben ist, der sich erinnert. Ich weiß, sie werden von Zeit zu Zeit immer wieder einen Tölpel herschicken, der das Ganze wieder aufrührt. Soll sein. Deswegen keine Feindschaft nicht. Aber was soll ich jetzt machen, daß Sie's einsehen und schön brav nach Hause fahren?«

Ich schüttelte den Kopf und starrte an seiner Schulter vorbei auf die Fische, die durch die großen stillen Becken glitten. Ich fühlte mich müde. Die Ruhe des Hauses brachte Gespenster in mein Hirn, Gespenster von vor vielen Jahren. Ein Zug, der durch die Finsternis brauste, ein Räuber, versteckt in einem Postwagen, ein Pistolenblitz, ein toter Schaffner auf dem Boden, ein stiller Absprung bei irgendeinem Wassertank, ein Mann, der neunzehn Jahre lang ein Geheimnis gewahrt hatte – fast gewahrt hatte.

»Sie haben nur einen einzigen Fehler gemacht«, sagte ich

langsam. »Erinnern Sie sich noch an einen Burschen namens Peeler Mardo?«

Er hob den Kopf. Ich konnte sehen, wie er in seinem Gedächtnis suchte. Der Name schien ihm überhaupt nichts zu sagen.

»Ein Bursche, den Sie in Leavenworth gekannt haben«, sagte ich. »Ein kleiner Gauner, der dort einsaß, weil er Zwanzigdollarscheine gespalten und falsche Rückseiten draufgeklebt hatte.«

»Ja-ah«, sagte er. »Jetzt erinnere ich mich.«

»Sie haben ihm erzählt, Sie hätten die Perlen«, sagte ich.

Ich konnte sehen, daß er mir nicht glaubte. »Da muß ich ihn auf den Arm genommen haben«, sagte er langsam, ganz leer.

»Vielleicht. Aber jetzt kommt die Pointe. Er war nämlich nicht dieser Ansicht. Er hat sich hier vor einiger Zeit in der Gegend rumgetrieben, zusammen mit einem Kumpel, einem Burschen, der sich Sunset nannte. Die beiden haben Sie irgendwo gesehen, und Peeler hat Sie erkannt. Da sind ihm dann Gedanken gekommen, wie er wohl selber einen kleinen Reibach machen könnte. Aber er war Kokser und redete im Schlaf. Ein Mädchen hat alles spitzgekriegt und dann noch ein anderes Mädchen und ein Winkeladvokat. Peeler kriegte die Füße verbrannt und ist tot.«

Sype starrte mich an, ohne auch nur mit der Wimper zu zukken. Die Linien um seine Mundwinkel vertieften sich.

Ich wedelte mit meiner Zigarette und fuhr fort:

»Wir wissen nicht, wieviel er ausgeplaudert hat, aber der Rechtsverdreher und das eine Mädchen sind in Olympia. Sunset ist ebenfalls in Olympia, bloß daß er inzwischen tot ist. Sie haben ihn umgelegt. Ich weiß nicht, ob sie wissen, wo Sie sich aufhalten. Aber irgendwann werden sie's erfahren, sie oder andere, die ähnlich sind wie sie. Den Bullen können Sie Sand in die Augen streuen, vorausgesetzt, die Kerls finden die Perlen nicht und Sie selber versuchen auch nicht, sie zu verkaufen. Sie können auch der Versicherung Sand in die Augen streuen und sogar der Post.«

Sype rührte keinen Muskel. Seine großen knotigen, zwischen den Knien verschränkten Hände rührten sich nicht. Seine toten Augen starrten nur.

»Aber keinen Sand in die Augen streuen können Sie den Gaunern und Verbrechern«, sagte ich. »Die lassen sich nicht zermürben. Die geben nie auf. Es wird immer wieder zwei oder drei Leute geben, die Zeit genug haben und Geld genug – und die brutal genug sind, um über Leichen zu gehen. Die werden rauskriegen, was sie wissen wollen, auf irgendeine Art. Sie werden sich Ihre Frau schnappen oder Sie selber mit in den Wald rausschleppen und dort in die Mangel nehmen. Und dann werden Sie's ausspucken müssen ... Ich will Ihnen jetzt einen anständigen, ehrlichen Vorschlag machen.«

»Zu welcher Sorte gehören denn Sie eigentlich?« fragte Sype plötzlich. »Ich dachte erst, Sie röchen nach Polizei, aber da bin ich mir jetzt gar nicht mehr so sicher.«

»Versicherung«, sagte ich. »Folgender Vorschlag. Fünfundzwanzig Riesen Belohnung insgesamt. Fünf Riesen für das Mädchen, das mir die Information gesteckt hat. Sie hat viel abgekriegt im Leben, und sie hat auch ein Recht auf den Schnitt. Zehn Riesen für mich. Ich hab die ganze Arbeit getan und in sämtliche Kanonen gucken müssen. Zehn Riesen für Sie, durch mich. Direkt könnten Sie keinen Nickel kriegen. Ist da was drin? Wie hört sich's an für Sie?«

»Hört sich gut an«, sagte er sanft. »Bis auf einen kleinen Haken. Ich habe keine Perlen, Greifer.«

Ich sah ihn finster an. Das war meine ganze Munition gewesen. Mehr hatte ich nicht zu bieten. Ich richtete mich auf, löste mich von der Wand und ließ einen Zigarettenstummel auf den Holzboden fallen, trat ihn aus. Ich wandte mich zum Gehen.

Er stand auf und streckte eine Hand aus. »Warten Sie einen Moment«, sagte er ernst, »ich werde es Ihnen beweisen.«

Er ging an mir vorbei und aus dem Raum. Ich starrte die Fische an und kaute auf meiner Lippe. Irgendwo hörte ich das Geräusch eines Wagenmotors, nicht sehr nah. Ich hörte, wie eine Schublade aufgezogen und wieder geschlossen wurde, offenbar in einem angrenzenden Zimmer.

Sype kam in den Aquarienraum zurück. Er hatte einen glänzenden 45er Colt in seiner hageren Faust. Der Colt wirkte so lang wie der Unterarm eines Mannes.

Er richtete ihn auf mich und sagte: »Hier hab ich Perlen drin, ganze Stücker sechs. Bleiperlen. Ich kann damit einer Fliege auf sechzig Yards Entfernung den Backenbart stutzen. Sie sind gar kein Greifer. Stehn Sie auf und verschwinden Sie – und richten Sie Ihren hitzigen Freunden aus, daß ich bereit bin, ihnen die Zähne einzeln aus dem Maul zu schießen, jeden Tag einen und sonntags zwei.«

Ich bewegte mich nicht. Es lag Wahnsinn in den toten Augen des Mannes. Ich wagte mich nicht zu bewegen.

»Das ist doch bloß Theaterdonner«, sagte ich langsam. »Ich kann beweisen, daß ich Detektiv bin. Sie sind ein ehemaliger Sträfling, und schon der Besitz der Knarre da ist ein Kapitalverbrechen. Legen Sie das Ding weg – und reden wir vernünftig.«

Der Wagen, den ich gehört hatte, schien draußen vor dem Haus zu halten. Bremstrommeln quietschten. Füße klapperten, einen Weg hinauf, Stufen hinauf. Plötzlich scharfe Stimmen, ein unterdrückter Ruf.

Sype wich durch den Raum zurück, bis er sich zwischen dem Tisch und einem Zwanzig- oder Dreißiggallonenbecken befand. Er zeigte mir ein Grinsen, das breite, klare Grinsen eines Kämpfers, der aufs Letzte geht.

»Ich sehe, Ihre Freunde haben Sie offenbar eingeholt«, sagte er gedehnt. »Nehmen Sie Ihre Knarre raus und lassen Sie sie auf den Boden fallen, solange Sie noch Zeit dazu haben – und Luft in den Lungen.«

Ich bewegte mich nicht. Ich sah das drahtige Haar über seinen Augen. Ich sah seine Augen selbst. Ich wußte, wenn ich mich bewegte – auch nur um das zu tun, was er gesagt hatte –, würde er schießen.

Schritte kamen die Treppe herauf. Es waren gehemmte, schlurfende Schritte, die etwas von Widerwehr hatten.

Drei Menschen betraten den Raum.

XI

Mrs. Sype kam zuerst herein, steifbeinig, mit glasigen Augen, die Arme starr angewinkelt, die Hände wie Klauen nach vorn ins Nichts gestreckt, als suchten sie etwas zu ertasten, was es nicht gab. In ihren Rücken drückte eine Pistole, eine von Carol Donovans kleinen 32ern, sehr wirksam gehalten von Carol Donovans kleiner erbarmungsloser Hand.

Madder kam als letzter. Er war betrunken, voller Mut aus der Flasche, rot angelaufen und wild. Er richtete die Smith & Wesson auf mich und grinste höhnisch.

Carol Donovan stieß Mrs. Sype beiseite. Die ältere Frau taumelte in die Ecke hinüber und sank dort in die Knie, mit leerem Blick.

Sype starrte das Donovan-Mädchen an. Er war verwirrt, weil es ein junges Mädchen war und hübsch. Der Typ war ihm noch nicht vorgekommen. Ihr Anblick nahm ihm sein ganzes Feuer. Wären Männer hereingekommen, er hätte sie in Fetzen geschossen.

Das kleine dunkle weißgesichtige Mädchen betrachtete ihn kalt, sagte mit ihrer festen, unterkühlten Stimme:

»Das wär's, Alter. Schmeiß die Knarre. Ganz vorsichtig jetzt.«

Sype beugte sich langsam nieder, ohne die Augen von ihr zu wenden. Er legte seinen riesigen Grenzercolt auf den Boden.

»Jetzt einen kleinen Stoß, Alter.«

Sype stieß die Waffe mit dem Fuß von sich. Sie schlidderte über die nackten Bohlen, hinüber in die Mitte des Raums.

»So ist's recht, alter Mann. Du behältst ihn vorm Lauf, Rush, während ich den Schnüffler entwaffne.«

Die beiden Pistolen machten einen Schwenk, und die harten grauen Augen sahen jetzt mich an. Madder ging ein Stückchen auf Sype zu und richtete seine Smith & Wesson auf Sypes Brust.

Das Mädchen lächelte, kein sehr reizvolles Lächeln. »Heller Junge, was? Sie müssen wohl dauernd Ihren Hals riskieren, unter dem tun Sie's nicht. Diesmal haben Sie einen Bock geschossen, Schnüffler. Haben Ihren dürren Freund nicht genügend gefilzt. Er hatte eine kleine Landkarte im Schuh stecken.«

»Hatte ich nicht nötig«, sagte ich geschmeidig und grinste sie an.

Ich versuchte meinem Grinsen einen werbenden, Einverständnis heischenden Zug zu geben, denn Mrs. Sype bewegte sich auf den Knien ganz langsam über den Boden, und jede Bewegung brachte sie Sypes Colt ein Stückchen näher.

»Aber jetzt sind Sie badengegangen, mitsamt Ihrem umwerfenden Grinsen. Nehmen Sie die Flossen hoch, während ich Ihnen die Knarre ziehe. Los, Mister.«

Sie war ein Mädchen, grad einsfünfundfünfzig groß, und wog rund sechzig Kilo. Bloß ein Mädchen. Ich war einsfünfundsiebzig und wog fünfundneunzig. Ich nahm die Hände hoch und erwischte sie mit einem Volltreffer am Kinn.

Es war verrückt, aber ich hatte die Nase voll von der Donovan-Madder-Show, von den Donovan-Madder-Pistolen, vom Donovan-Madder-Jargon. Ich hieb ihr unters Kinn.

Sie flog einen Schritt zurück, und ihr kleines Schießgewehr ging los. Eine Kugel schrammte mir die Rippen. Sie kam ins Wanken. Langsam, wie in Zeitlupe, fiel sie hin. Das Ganze hatte fast etwas Albernes an sich.

Mrs. Sype bekam den Colt zu fassen und schoß ihr in den Rücken.

Madder wirbelte herum, und in dem Augenblick, wo er sich drehte, stürzte Sype sich auf ihn. Madder sprang zurück und schrie und deckte Sype wieder mit der Waffe. Sype blieb wie angewurzelt stehen, und das breite verrückte Grinsen kam wieder auf sein hageres Gesicht.

Die Kugel aus dem Colt riß das Mädchen wieder nach vorn, wie eine aufgestoßene Tür, die ein jäher Windstoß wieder zureißt. Ein Wirbel aus blauem Tuch – etwas schlug mir gegen die Brust – ihr Kopf. Ich sah ihr Gesicht einen kurzen Moment lang, als sie zurückprallte, ein fremdes Gesicht, das ich nie zuvor gesehen hatte.

Dann war sie nur noch ein Häufchen Unordnung auf dem Boden zu meinen Füßen, klein, totenstill, erloschen, und es sickerte rot unter ihr hervor, und hinter ihr kniete die große stille Frau, den rauchenden Colt fest in beiden Händen.

Madder schoß zweimal auf Sype. Sype schwankte nach vorn, immer noch grinsend, und schlug gegen das Ende des Tisches. Die purpurne Flüssigkeit, die er für den kranken Fisch verwendet hatte, spritzte auf und über ihn. Madder schoß noch einmal auf ihn, während er fiel. Ich riß meine Luger heraus und schoß Madder in die schmerzhafteste Stelle, die ich mir denken konnte und deren Verletzung wohl kaum tödlich war – in die Kniekehle. Er ging exakt zu Boden, als wäre er über einen verborgenen Draht gestolpert. Ich hatte ihm Handschellen angelegt, noch ehe er auch nur anfangen konnte zu stöhnen.

Ich trat überall Pistolen beiseite und ging hinüber zu Mrs. Sype und nahm ihr den großen Colt aus den Händen.

Für eine Weile war es sehr still in dem Raum. Rauchstrudel trieben auf das Dachfenster zu, duftig grau, blaß in der Nachmittagssonne. Ich hörte die Brandung in der Ferne tosen. Dann hörte ich, ganz in der Nähe, ein pfeifendes Geräusch.

Es war Sype, der noch etwas zu sagen versuchte. Seine Frau kroch zu ihm hinüber, immer noch auf den Knien, kauerte sich neben ihn. Es war Blut auf seinen Lippen und blasiger Schaum. Er blinzelte heftig, versuchte Klarheit in seinen Kopf zu bringen. Er lächelte zu ihr empor. Seine pfeifende Stimme sagte sehr schwach:

»Die Moors, Hattie – die Moors.«

Dann wurde sein Hals schlaff, und das Lächeln schmolz von seinem Gesicht. Sein Kopf rollte zur Seite auf den nackten Fußboden.

Mrs. Sype berührte ihn, erhob sich dann sehr langsam auf die Füße und sah mich an, ruhig, mit trockenen Augen.

Sie sagte mit leiser klarer Stimme: »Wollen Sie mir helfen, ihn aufs Bett zu tragen? Ich möchte nicht, daß er hier bei diesen Leuten bleibt.«

Ich sagte: »Natürlich. Was war das, was er eben noch gesagt hat?«

»Ich weiß es nicht. Irgend etwas Unsinniges – über seine Fische, glaube ich.«

Ich hob Sypes Schultern an, und sie nahm seine Füße, und wir trugen ihn ins Schlafzimmer und legten ihn aufs Bett. Sie faltete ihm die Hände auf der Brust und schloß ihm die Augen. Sie ging hinüber und zog die Jalousien herunter.

»Das wäre alles, danke Ihnen«, sagte sie, ohne mich anzusehen. »Das Telephon ist unten.«

Sie setzte sich auf einen Stuhl neben dem Bett und legte den Kopf auf die Bettdecke neben Sypes Arm.

Ich ging aus dem Zimmer und schloß die Tür.

XII

Madders Bein blutete langsam, nicht gefährlich. Er starrte mich mit vor Angst fast wahnsinnigen Augen an, während ich ihm das Knie mit einem festen Taschentuch abband. Wahrscheinlich hatte er eine zerrissene Sehne und eine zertrümmerte Kniescheibe. Er würde wohl ein bißchen hinken, wenn sie ihn zum Galgen holten.

Ich ging nach unten und trat auf den Vorplatz und sah zu den beiden Wagen hinüber, dann den Berg hinunter zum Segelsteg. Kein Mensch hätte sagen können, woher die Schüsse gekommen waren, es sei denn, er wäre grad zufällig vorbeigekommen. Wahrscheinlich wurde in den Wäldern ringsum überhaupt ziemlich viel geschossen.

Ich ging ins Haus zurück und betrachtete das Kurbeltelephon an der Wohnzimmerwand, rührte es aber noch nicht an. Irgend etwas beunruhigte mich. Ich zündete mir eine Zigarette an und starrte aus dem Fenster, und eine Geisterstimme sagte in meinen Ohren: »Die Moors, Hattie. Die Moors.«

Ich ging wieder nach oben in den Aquarienraum. Madder stöhnte jetzt, ein dumpfes, keuchendes Stöhnen. Aber was kümmerte mich ein Menschenquäler wie Madder!

Das Mädchen war tot. Von den Becken war keins getroffen worden. Die Fische schwammen friedlich in ihrem grünen Wasser, langsam und friedlich und leicht. Auch sie kümmerte Madder nicht.

Das Becken mit den schwarzen chinesischen Moors stand drüben in der Ecke, etwa zehn Gallonen groß. Es gab grad vier davon, große Burschen, von etwa vier Zoll Körperlänge, kohlschwarz rundum. Zwei von ihnen sogen Sauerstoff an der Oberfläche des Wassers, und zwei watschelten träge am Boden. Sie hatten dicke, breite Leiber mit starken Fächerschwänzen und hohen Rückenflossen, und die vorstehenden Teleskopaugen ließen sie wie Frösche erscheinen, wenn sie einen von vorn ansahen.

Ich beobachtete sie, wie sie in dem grünen Zeug herumtappten, das in dem Becken wuchs. Ein Pärchen rote Posthornschnecken war damit beschäftigt, die Scheiben zu reinigen. Die beiden Fische auf dem Grund wirkten dicker und träger als die beiden an der Oberfläche. Ich fragte mich, warum.

Zwischen zweien der Becken lag ein langstieliger Kescher aus feinem Netzgewebe. Ich nahm ihn und fuhr damit in das Bekken, erwischte einen der großen Moors und hob ihn heraus. Ich drehte ihn im Netz herum, betrachtete seinen mattsilbrigen Bauch. Ich sah etwas dort, was wie eine Naht wirkte. Ich befühlte die Stelle. Unter ihr war ein harter Knoten.

Ich holte den zweiten Moor vom Grund. Dieselbe Naht, derselbe harte runde Knoten. Ich fing mir einen der beiden, die an der Oberfläche nach Luft geschnappt hatten. Keine Naht, kein harter runder Knoten. Er war auch schwerer zu fangen gewesen.

Ich tat ihn ins Becken zurück. Ich hatte es nur mit den beiden anderen zu tun. Ich hab Zierfische so gern wie jeder Mensch, aber Geschäft ist Geschäft, und Verbrechen ist Verbrechen. Ich legte meine Jacke ab und rollte die Ärmel hoch und nahm die mit Heftpflaster geschützte Rasierklinge vom Tisch.

Es war eine wahre Drecksarbeit. Sie brauchte etwa fünf Minuten. Dann lagen sie auf meiner flachen Hand, dreiviertel Zoll im Durchmesser, schwer, vollkommen rund, milchweiß und schimmernd von jenem inneren Licht, das kein anderes Juwel hat. Die Leander-Perlen.

Ich wusch sie ab, wickelte sie in mein Taschentuch, rollte die Ärmel wieder herunter und zog meine Jacke wieder an. Ich betrachtete Madder, seine kleinen schmerz- und angstgeweiteten Augen, den Schweiß auf seinem Gesicht. Ich hatte keinerlei Mitgefühl mit Madder. Er war ein Killer, ein Menschenquäler.

Ich ging aus dem Aquarienraum. Die Schlafzimmertür war immer noch geschlossen. Ich ging nach unten und drehte die Kurbel des Wandtelephons.

»Hier das Haus von Wallace in Westport«, sagte ich. »Es hat

einen Unfall gegeben. Wir brauchen einen Arzt und leider auch die Polizei. Was können Sie da machen?«

Das Mädchen sagte: »Ich werde versuchen, Ihnen einen Arzt zu besorgen, Mr. Wallace. Es kann aber ein bißchen dauern. Westport hat einen Marshal. Würde der genügen?«

»Ich denke schon«, sagte ich und hängte ein. So ein Landtelephon hatte doch durchaus seine Vorteile.

Ich zündete mir eine neue Zigarette an und setzte mich in einen der rustikalen Schaukelstühle auf der Vorplatzveranda. Nach einer kleinen Weile erklangen Schritte, und Mrs. Sype kam aus dem Haus. Sie blieb einen Moment lang stehen und blickte die Berge hinunter, dann nahm sie neben mir in dem anderen Schaukelstuhl Platz. Ihre Augen sahen mich fest an.

»Sie sind Detektiv, nehme ich an«, sagte sie langsam, scheu.

»Ja. Ich vertrete die Gesellschaft, bei der die Leander-Perlen versichert waren.«

Sie blickte in die Ferne. »Ich dachte, er würde hier Frieden finden«, sagte sie. »Und daß niemand ihn mehr behelligen würde. Daß dieser Ort eine Art Freistatt für ihn sein würde.«

»Er hätte nicht versuchen sollen, die Perlen zu behalten.«

Sie wandte den Kopf, ganz schnell diesmal. Ihr Blick war jetzt leer, dann zeigte er Angst.

Ich langte in die Tasche und zog das zusammengeschlagene Taschentuch heraus, öffnete es auf der flachen Hand. Da lagen sie zusammen auf dem weißen Leinen, ein Mord-Wert von zweihundert Riesen.

»Er hätte seine Freistatt haben können«, sagte ich. »Niemand wollte ihm die nehmen. Aber er war nicht zufrieden damit.«

Sie blickte langsam, zögernd auf die Perlen. Dann verzerrten sich ihre Lippen. Ihre Stimme wurde rauh.

»Der arme Wally«, sagte sie. »Da haben Sie sie also gefunden. Sie sind sehr schlau, alle Achtung. Er hat Dutzende von Fischen töten müssen, bevor ihm der Trick gelang.« Sie blickte auf, in meine Augen. Etwas leicht Fragendes lag im Hintergrund ihrer Augen.

Sie sagte: »Ich habe den Gedanken immer schrecklich gefunden. Erinnern Sie sich an die alte biblische Geschichte vom Sündenbock?«

Ich schüttelte den Kopf, nein.

»Das Tier, das mit den Sünden der Welt beladen und dann in die Wüste hinausgeschickt wurde. Die Fische waren sein Sündenbock.«

Sie lächelte mich an. Ich lächelte nicht zurück.

Sie sagte, immer noch leicht lächelnd: »Sehn Sie, er hatte die Perlen einmal gehabt, die richtigen, echten, und irgendwie hatte er das Gefühl, daß sie durch all die Leiden sein rechtmäßiges Eigentum geworden wären. Aber sie hätten ihm ja gar keinen Gewinn bringen können, selbst wenn er sie wiedergefunden hätte. Offenbar hatte sich irgendeine Landmarkierung verändert, während er im Gefängnis saß, und er konnte die Stelle in Idaho, wo er sie vergraben hatte, nie wiederfinden.«

Ein eisiger Finger strich langsam an meinem Rückgrat auf und nieder. Ich öffnete den Mund, und ein Etwas, das ich für meine Stimme hielt, sagte:

»Was?«

Sie streckte einen Finger aus und berührte eine der Perlen. Ich hatte sie ihr immer noch hingehalten, starr, als wäre meine Hand ein Brett an der Wand wie die Aquarienträger.

»So hat er sich dann die hier beschafft«, sagte sie. »In Seattle. Sie sind hohl, mit weichem Wachs gefüllt. Ich weiß nicht mehr, wie man das Verfahren nennt. Sie sehen sehr schön aus. Aber natürlich habe ich nie wirklich wertvolle Perlen gesehen.«

»Wozu hat er sich die denn besorgt?« krächzte ich.

»Verstehn Sie das nicht? Sie waren seine Sünde. Er mußte sie in der Wüste verstecken, hier in unserer Wüste. Er hat sie in den Fischen versteckt. Und wissen Sie ...« Sie beugte sich wieder zu mir vor, und ihre Augen glänzten. Sie sagte sehr langsam, sehr ernst:

»Manchmal hab ich fast den Eindruck gehabt, daß er ganz zuletzt, so seit einem Jahr etwa, tatsächlich geglaubt hat, es wären die echten Perlen, die er da versteckt hielt. Können Sie das vielleicht verstehen?«

Ich sah auf die Perlen nieder. Meine Hand und das Taschentuch schlossen sich langsam über ihnen.

Ich sagte: »Ich bin ein einfacher Mann, Mrs. Sype. Ich glaube, diese Geschichte mit dem Sündenbock geht ein bißchen über meinen Horizont. Ich würde sagen, er hat eben versucht, sich selber ein bißchen was vorzumachen – wie jeder große Verlierer.«

Sie lächelte erneut. Sie war hübsch, wenn sie lächelte. Dann zuckte sie die Achseln, ganz leicht.

»Natürlich, Sie müssen das wohl so sehen. Aber ich ...« Sie breitete die Hände. »Ach, das ist ja jetzt sowieso alles gleichgültig geworden. Kann ich sie zum Andenken behalten?«

»Behalten?«

»Die – diese Talmiklunkern. Sie werden sie doch ganz bestimmt nicht ...«

Ich stand auf. Ein alter Ford Roadster ohne Verdeck kam den Berg heraufgezockelt. Ein Mann saß drin, mit einem großen Stern an der Weste. Das Knattern des Motors klang wie das Geschnatter eines alten wütenden kahlköpfigen Affen im Zoo.

Mrs. Sype stand neben mir, die Hand halb ausgestreckt, einen dünnen, flehenden Blick im Gesicht.

Ich grinste sie mit plötzlicher Wildheit an.

»Tja, eine Zeitlang waren Sie richtig gut«, sagte ich. »Um ein Haar, verdammt, wär ich drauf reingefallen. Und wie mir's kalt den Rücken runtergelaufen ist, werte Dame! Aber dann haben Sie sich selbst alles verdorben. ›Talmiklunkern‹ – mit dem Ausdruck sind Sie denn doch um eine Nuance aus der Rolle gefallen. Und wie Sie mit dem Colt umgegangen sind, das war zu fix und ein bißchen zu brutal. Und schließlich haben Sypes letzte Worte alles vermasselt. ›Die Moors, Hattie – die Moors.‹ Die hätten ihn wohl kaum noch beschäftigt in seiner Lage, wenn die Perlen Imitationen gewesen wären. Und um sich selber bis zuletzt was vorzumachen, dazu war er denn doch nicht naiv genug.«

Einen Moment lang veränderte sich überhaupt nichts in ihrem Gesicht. Aber dann kam es. Etwas ganz Gräßliches erschien in ihren Augen. Sie spitzte die Lippen und spuckte nach mir. Dann stürzte sie ins Haus zurück und schlug die Tür hinter sich zu.

Ich stopfte fünfundzwanzigtausend Dollar in meine Westentasche. Zwölftausendfünfhundert für mich und zwölftausendfünfhundert für Kathy Horne. Ich konnte im Geist ihre Augen sehen, wenn ich ihr den Scheck brachte und sie ihn auf die Bank trug, damit das Geld dort bereitlag, bis Johnny in Quentin entlassen wurde.

Der Ford war hinter den beiden anderen Wagen aufgefahren. Der Mann am Steuer spuckte nach der Seite aus, zog mit einem Ruck die Notbremse an, stieg aus, ohne von der Tür Gebrauch zu machen. Er war ein massiger Bursche in Hemdsärmeln.

Ich ging die Stufen hinunter und ihm entgegen.

Erstveröffentlichung 1936

Inhalt

K-Reihe 1964–1987
im Verlag Volk und Welt Berlin

Adamow, Arkadi
Die Spur des Fuchses · 1967
Gift aus dem Kischlak · 1973
Der verschwundene Hotelgast · 1977
Die Tote in der Baugrube · 1979
Ein Uhr nachts · 1981
Marktlücken · 1985
Fahndung läuft · 1987

Antkowiak, B. u. A.; (Hrsg.)
Der Mord in der Via Belpoggio 1/2 · 1964
Der Fall mit dem verdrehten Schal 1/2 · 1966

Balderson, Bo
Der Minister und der Tod · 1974

Boileau, P. u. Th. Narcejak
Tote sollen schweigen · 1974
Hexenspuk · 1975

Caudwell, Christopher
Das perfekte Alibi · 1975

Chalatschew, Marin
Zeugen in Handschellen · 1983

Chandler, Raymond
Das hohe Fenster · 1970
Der lange Abschied · 1972
Der tiefe Schlaf · 1976
Die kleine Schwester · 1979
Leb wohl, mein Liebling · 1980
Playback · 1981
Die Tote im See · 1982
Erpresser schießen nicht · 1984
Gefahr ist mein Geschäft · 1984

Christie, Agatha
Die Tote in der Bibliothek/
16.50 Uhr ab Paddington · 1986

Erben, Václav
Die Tote im Foyer · 1972

Gamarra, Pierre
Der Mörder erhielt den Prix Goncourt · 1965

Hammett, Dashiell
Der dünne Mann · 1969
Der Malteser Falke · 1978

James, P. D.
Ein reizender Job für eine Frau · 1983
Ende einer Karriere · 1985
Tod eines Sachverständigen · 1987

Kolbergs, Andris
Die Nackte mit dem Gewehr · 1984

Korobizin, Alexej
Das Geheimnis des Wachsfigurenkabinetts · 1966

Kwaśniewski, Kazimirz
Der Mörder und das Mädchen · 1974

Leonow, Leonid
Die Falle · 1985

Matsumoto, Seicho
Spiel mit dem Fahrplan · 1969
Mord am Amagi-Paß · 1983

Prošková, Hana
Der Mond mit der Pfeife · 1979
Das grüne Etikett · 1985

Putrament, Jerzy
Der Trauermantel · 1971

Rainow, Bogomil
Herr Niemand · 1968
Die große Langeweile · 1973

Sayers, Dorothy
Der Mann mit den Kupferfingern · 1977

Semjonow, Julian
Auftrag: Mord · 1965

Simenon, Georges
Drei Fälle aus dem Leben des Kommissars Maigret · 1982
Drei Zufälle im Leben des Kommissars Maigret · 1984
Dreimal Beifall für Maigret · 1986
Kommissar Maigret und die Frauen · 1987

Sjöwall, M. u. P. Wahlöö
Der lachende Polizist · 1973
Der verschlossene Raum · 1977
Das Ekel aus Säffle · 1980
Die Tote im Götakanal · 1981
Der Mann auf dem Balkon · 1983
Alarm in der Sköldgatan · 1984
Der Polizistenmörder · 1985
Die Terroristen · 1986

Stout, Rex
Per Adresse Mörder X · 1971
Der geflügelte Revolver · 1987

Suneson, Vic
Fall Nr. 44 · 1966
Wer von den sieben? · 1971
Der falsche Adressat · 1975
Um Mitternacht mit Vic Suneson · 1978

Svedelid, Olov
Als vermißt gemeldet · 1976
Fahndung nach Monsieur Fontaine · 1979
Sklavenhändler · 1982
Die Opfer · 1987

Wainer, A. u. G.
Weiße Augen · 1970
Rennen an der Todeswand · 1977
Die schwarze Katze · 1978

Wyssozki, Sergej
Der anonyme Auftraggeber · 1986